彼得堡之恋

[俄]冈察洛夫 著　张耳 译

中国友谊出版公司

图书在版编目（ＣＩＰ）数据

彼得堡之恋 /（俄罗斯）冈察洛夫著 ；张耳译. ——
北京 ：中国友谊出版公司，2014.12（2018.8重印）

ISBN 978-7-5057-3436-4

Ⅰ. ①彼… Ⅱ. ①冈… ②张… Ⅲ. ①长篇小说－俄
罗斯－近代 Ⅳ. ①I512.44

中国版本图书馆CIP数据核字(2014)第245125号

书名　**彼得堡之恋**
著者　[俄]冈察洛夫
译者　张耳
出版　中国友谊出版公司
发行　中国友谊出版公司
经销　新华书店
印刷　北京中科印刷有限公司
规格　880×1230毫米　32开
　　　13印张　285千字
版次　2015年1月第1版
印次　2018年8月第2次印刷
书号　ISBN 978-7-5057-3436-4
定价　48.00元
地址　北京市朝阳区西坝河南里17号楼
邮编　100028
电话　(010) 64668676
版权所有，翻版必究
如发现印装质量问题，可联系调换
电话　(010) 59799930-614

精致是堕落的标志！

——别尔嘉耶夫

第一章

　　格拉奇村住着一位不大富有的女地主安娜·帕甫洛夫娜·阿杜耶娃。夏日的一天，她全家上下，从女东家到拴着链子的狗巴尔博斯，一大早都起来了。

　　唯有安娜·帕甫洛夫娜的独生子亚历山大·费多雷奇仍在睡觉，这个二十岁的后生睡得像勇士似的香甜，而家里所有其他成员却忙得个不亦乐乎。下人们走路都蹑手蹑脚，说话声都轻轻的，生怕吵醒少爷。要是有人弄出点儿响声，或者说话声音大点儿，安娜·帕甫洛夫娜便马上像一头发怒的母狮扑过去，将那个粗心大意的家伙痛斥一顿，或者给人一个难堪的绰号，赶上她火气大、气力足的时候，可能还要使劲推人一把。

　　厨房里有三个人负责做饭，仿佛家里有十来口人似的，实际上这个地主家庭仅有母子两人，即安娜·帕甫洛夫娜和亚历山大·费多雷奇。车棚那里有人在擦洗马车，给车轴上油。大家都在忙活，累得汗流满面。独有巴尔博斯却无所事事，不过它也按自己的方式参与大伙的活动。每当有仆人、车夫走过它的身旁，或有某个使唤丫头在跑来跑去，它便摇着尾巴，细细地嗅着从身旁经过的人，似乎用眼神问道：能否告诉我，今天家里到底为什么这般乱纷纷的？

乱纷纷的原因是，安娜·帕甫洛夫娜允许儿子上彼得堡去当差，或如她所说的，让儿子去见识见识各色人物，也显显自己的本事。可对于她来说，这确是要命的一天！难怪她是那么忧愁、那么伤心。她在忙碌中常常张嘴想叮嘱点什么，而说了半句就停住了，发不出声来，她便转过脸去，来得及的话，便擦去眼泪，来不及时就让眼泪滴到行李箱上，那箱子里都是她亲自放置的萨申卡①的内衣。泪水早就在她心里沸腾了，它们压着胸口，涌上喉头，眼看就要奔流而出；她似乎很珍惜泪水，准备留到临别时挥洒，所以难得让它掉下几滴来。

不光是她一人为这次别离而哭哭啼啼，连萨申卡的侍仆叶夫塞也悲伤得要死。他要跟随少爷上彼得堡去，只得抛下他在这个家里的一处美好所在，就是阿格拉芬娜房里炕边的那个温暖的角落。这个阿格拉芬娜乃是掌管安娜·帕甫洛夫娜家家务的首席大臣，是女东家手下的头号女管家，对于叶夫塞来说，这是最重要的。

炉炕旁边的那个角落只放得下两把椅子和一张桌子，桌子上老摆有茶、咖啡和小吃。叶夫塞牢牢地占据着炕边和阿格拉芬娜心中的一个位置。那另一把椅子则是这位女管家自己坐的。

阿格拉芬娜和叶夫塞之间的风流艳史在这个家里早已成为旧闻了。对这样的事，正如对所有的世事一样，人们起先总要议论纷纷，说了他们俩一阵坏话，然后就像对所有的世事一样，渐渐

---

① 萨申卡、萨莎等都是亚历山大的爱称。——译注

地就不去谈了。女东家自己对他们两人的厮混也见惯不怪了，他们便过了整整十年的快乐时光。能有多少人在自己一生里享受到十年的幸福日子呢？可是就要到了失去这样时光的时刻了！别了，温暖的角落，别了，阿格拉芬娜·伊万诺夫娜；别了，傻瓜牌，还有咖啡、伏特加、甜酒——全得拜拜了！

叶夫塞不言不语地坐着，时而唉声叹气。阿格拉芬娜皱着眉头，忙着干家务活。她以自己的方式表达心中的痛苦。这一天她闹气地斟茶，通常总是把第一杯浓茶端给女东家，今天她却把第一杯茶泼了，心里想，"谁也别想喝到它"，倔巴地忍受主人的责骂。她把咖啡煮过火，把鲜奶烧煳了，把手上的杯子也摔了。她没有把托盘轻轻地放到桌子上，而是碰得砰砰直响，开柜门、开房门时也弄得震天动地。她虽然没有哭鼻子，可是冲着所有的东西和所有的人发火使气。这大概是她脾性的主要特征吧。她历来有一肚子的不满，什么都不称她的心，老是怨这怨那的。而在她遭受这种不幸的时刻，她的性格便充分显示出来了。看起来她最生叶夫塞的气。

"阿格拉芬娜·伊万诺夫娜……"他默然而温柔地喊了一声，这声音同他那高大而坚实的身躯很不相称。

"你这鬼家伙干吗坐在这儿呀？"她回答说，好像他是头一回坐在这儿似的，"走开，我要拿毛巾。"

"唉，阿格拉芬娜·伊万诺夫娜……"他又懒洋洋地重喊了一声，边叹气边站了起来，待她拿到毛巾后，他立即又坐下了。

"光会叫苦！你这淘气鬼又要缠人！天哪，这是受的什么罪呀！老是缠人！"

她把勺子砰的一声丢进洗碗盆里。

"阿格拉芬娜！"突然从另一房间里传来了喊声，"你疯了！难道你不知道萨申卡在睡觉？怎么，离别的时候要跟相好干一仗是吗？"

"难道为了你就得像死人似的一动不动地！"阿格拉芬娜像蛇那样咝咝响地说道，双手使劲擦着杯子，仿佛要把它捏成碎片。

"再见啦，再见啦！"叶夫塞大声地叹息说，"这是最后一天啦，阿格拉芬娜·伊万诺夫娜！"

"谢天谢地！让魔鬼把你从这儿带走吧，这儿会宽绰些。挪开点儿，把腿横在这儿，人家怎么过去！"

他本想摸摸她的肩膀——看她怎么反应！他又叹了口气，可坐在那儿没动；本来他也用不着挪开，阿格拉芬娜也不是要他这样。叶夫塞明白这一点，所以他没有觉得不好意思。

"谁来填补我这个位置呢？"他说，又叹着气。

"鬼呗！"她生硬地回答说。

"上帝保佑！只要不是普罗什卡就好。可谁来跟您玩傻瓜牌呢？"

"就算是普罗什卡，那有什么不好呢？"她恼怒地说。

叶夫塞站了起来。

"您千万别跟普罗什卡玩，真的，别跟他玩！"他很不安地说，几乎带点威胁口吻。

"谁能阻拦我？就你这个丑小子吗？"

"宝贝，阿格拉芬娜·伊万诺夫娜！"他以恳求的声调说，并搂住了她的腰（要是她哪怕还有一点儿腰身的样子的话）。

她用胳膊肘往他胸前一顶，算作对他的拥抱的回答。

"宝贝，阿格拉芬娜·伊万诺夫娜！"他又喊了一声，"普罗什卡会像我这样爱您吗？您瞧着吧，他会瞎胡闹，没有一个女人他不纠缠的。我多正派呀！唉！您可是我的心肝宝贝儿！要不是太太的意思，那就……唉……"

他说到这儿叹息了一声，摆了摆手。阿格拉芬娜忍不住了，终于以眼泪来表达心中的苦痛了。

"您是要甩掉我呀，该死的？"她哭泣着说，"你胡说些什么呢，傻瓜！我会去勾搭普罗什卡！难道你不知道他没有一句正经话吗？他光知道动手动脚……"

"他也纠缠过您了？这个坏蛋！您大概不敢说吧？我要拿他……"

"让他来纠缠试试，他就知道厉害了！难道除开我，下人中就没有娘儿们了？我会跟普罗什卡勾搭！亏你想得出来！在他旁边待一会儿都恶心——这个猪猡！他动不动就搞人一下，他乱吃东家的东西，好像别人看不见。"

"阿格拉芬娜·伊万诺夫娜，要是有这样的机会（要知道魔鬼很厉害呀），你不如让格里什卡坐到这儿来吧，至少那小子脾气好，肯干活，嘴不损……"

"你又瞎想了！"阿格拉芬娜责备他说，"你怎么把我硬推给一个个男人，难道我是什么……滚你的吧！你们这些男人多的是，我会去跟人家勾搭吗？我可不是这样的贱货！我只跟你这个鬼厮混，看来这是我前世造的孽，我好后悔呀……瞧你瞎想一气！"

"您品德这样好，上帝会奖赏的！我心上的石头落地了！"叶夫塞喊道。

"你高兴了！"她又粗野地喊了起来，"有什么好高兴的——还高兴！"

她那两片嘴唇气得直发白。两人都默不作声了。

“阿格拉芬娜·伊万诺夫娜！”稍过了一会儿，叶夫塞胆怯地说。

“嗯，又有什么事？”

“我可忘了，从早上到现在我一口饭也没有吃呢。”

“光想着这些事！”

“伤心得忘了，宝贝！”

她从柜子底格上，从一大块糖后边拿出一杯伏特加和两大片火腿面包。这些都是她那关切的手为他早准备好的。她把这些东西塞给他，就像塞给狗吃一样。一片面包掉在了地板上。

“拿去，噎死你！噢，你呀……轻声点儿，别吧嗒吧嗒的吃得全屋子都听得见。”

她装出恼恨的神情，对他背过脸去，他皱起眉头瞧了瞧阿格拉芬娜，一只手遮着嘴巴，不慌不忙地吃了起来。

这时候大门口出现一个马车夫和三匹马。辕马的脖子上套着木轭。拴在辕枕上的小铃铛闷声闷气地、不由自主地摇着舌头，活像一个被捆起来扔进守卫室的醉汉一样。车夫把马儿拴在车棚的棚下，摘下帽子，从帽里掏出一条脏兮兮的脸巾，擦去脸上的汗。安娜·帕甫洛夫娜从窗子里一瞧见他，脸色刷地就变白了。她两腿发软，双手下垂，虽然这是她意料中的事。她振作一下精神，便唤阿格拉芬娜过来。

“你踮着脚轻轻地去瞧瞧，萨申卡是不是还在睡？”她说，“他，我的小鸽子兴许会把这最后一天睡过去了呢，那我就不能多看看他了。噢，不，你去不行！你说不定会像一头母牛似的闯进去的！我还是自己去好……”

她立刻就去了。

"你去吧，你不是母牛！"阿格拉芬娜低声叨叨说，一边退了回去，"哼，你雇了一头母牛！像这样的母牛你能有多少头？"

亚历山大·弗多雷奇自己迎着安娜·帕甫洛夫娜走过来，这是一个长着淡黄发的年轻人，正值青春年华，身强力壮。他欢欢喜喜地向母亲请安，可是一看到那行李箱和包袱，心里便感到不安。他默默地走到窗前，用手指在玻璃上画来画去。过了一会儿他又跟母亲说说话，无忧无虑甚至挺开心地瞧着那些为旅行准备的行李。

"你怎么啦，我的朋友，睡那么久。"安娜·帕甫洛夫娜说，"连脸蛋都睡肿了吧？我用玫瑰水给你擦洗眼睛和面颊吧。"

"不，妈妈，不用。"

"早餐你想吃些什么，先喝茶或是咖啡？我吩咐他们做了奶油煎肉饼——你想吃什么？"

"什么都行，妈妈。"

安娜·帕甫洛夫娜继续收拾着内衣类衣服，然后停下手来，愁苦地瞧了瞧儿子。

"萨沙①······"稍过了一会儿她说道。

"您想说什么，妈妈？"

她迟迟地不说话，似乎担心什么。

"你去哪儿，我的朋友，干吗要去呢？"她终于轻声地问。

"什么去哪儿，妈妈？去彼得堡呀，为了······为了，······要······"

"听我说，萨莎，"她激动不安地说，一只手搁到他肩膀上，

---

① 亚历山大的爱称。——译注

显然是试图做最后一次的挽留，"还有些时间，你再考虑考虑，留下吧！"

"留下！怎么可以呢！您看……衣服都放好了。"他说道，不知道想出什么理由好。

"衣服放好了？你瞧这样……这样……这样……不就没放好嘛。"

她掏了三次，把行李箱里的东西全掏了出来。

"怎么能这样呢，妈妈？我都准备好了，突然又说不去！人家会怎么说……"

他愁死了。

"我不是为了自个儿，而是为了你，才劝你留下的。你干吗去呀？去找快乐？难道你待在这儿就不开心？难道妈妈不是整天想着法儿去让你过得称心如意吗？当然，你到了这样年纪，光是妈妈的悉心关爱已经算不上幸福了，我也不要求这样。瞧瞧你的周围吧，大家都盯着你呢。那个玛丽娅·瓦西列耶夫娜的闺女索纽什卡①怎么样？怎么……你脸红了？她，我那可爱的丫头（上帝保佑她健健康康）多么爱你呀，知道吗？她三夜都没睡了！"

"瞧您，妈妈，说些什么呀！她是……"

"可不是，好像我看见……唉！为了留个纪念，她给你的手绢都锁上边，她说，'我谁都不让，我要亲自在手绢上绣些记号！'瞧，你还要什么呀？留下吧！"

他默默地听着，低着头，玩弄着睡衣上的穗子。

"你能在彼得堡找到什么呢？"她继续说，"你以为在那里也会像家里似的过得舒舒服服？唉，我的朋友！天知道你会看到什

---

① 索菲娅的爱称。——译注

么，会受到什么样的苦。饥呀、寒呀、穷困呀——你全得忍受。坏人到处有，好人难找到。荣誉嘛——在乡下也好，在京城也好——都是那么个荣誉。你没有看到彼得堡的生活之前，你生活在这儿，就会觉得你是天下第一。什么事都是这样的，我亲爱的！你受过教育，人又机灵又漂亮。我这老太婆，只剩下这么点快乐了，那就是看着你。你要是娶了媳妇，上帝会赐你一群孩子的，我愿意照看他们——你就可以过着无忧无虑的日子，一辈子过得太太平平，用不着去羡慕任何旁人。而在那边，兴许没有好日子过，到那时候你会想起我的话……留下吧，萨申卡！好吗？"

他咳嗽了一声，叹了一口气，但半句话也没有说。

"你瞧瞧这儿吧，"她打开通向阳台的门，接着说，"抛下这样的地方你不觉得可惜吗？"

一股清新气息从阳台飘进房里。从屋前直到远处是一座面积挺大的花园，里面长着好多古老的椴树、茂密的野蔷薇、稠李和丁香丛。树木之间百花盛开，一条条曲径通向四方，再往前去是一座湖，湖水轻轻拍着湖岸，湖的一边洒满着朝阳的金光，湖水平滑似镜；另一边的湖面是深蓝色的，很像倒映在其中的天空，又稍稍泛着一层涟漪。那边的田野上绚丽多彩的庄稼随风起伏，那田野像半圆形的剧场似的延伸开去，连接着黑压压的森林。

安娜·帕甫洛夫娜一只手放在眼睛上边遮挡阳光，另一只手给儿子依次指点着各个景物。

"瞧瞧呀，"她说，"上帝把我们的田野打扮得多么美呀！知道吗，光从那片黑麦地我们就可以收五百石，那边还有小麦、荞麦，只是今年长势不如去年，看来收成会差一些。而林子呢，林子长得多繁茂呀！你想，上帝多么伟大英明！我们这片地段的柴火差不多可卖千把块钱。还有野兽野禽呢，这些也值钱着呢！要知道这一切全都是你的，亲爱的儿子呀！我只不过是你的管家呀。你瞧瞧这个湖，多么美呀！真是天上胜景！鱼儿在快乐地游呀游呀：只有一种鲟鱼我们得花钱去买，而鲈鱼、鳜鱼、鲫鱼都多得不得了，足够我们自己和下人们吃的。那边草地上还有你的牛和马在吃草。在这儿你是万物的唯一主人，而在那边没准人人都可以任意支使你。你想离开这样的宝地，还不清楚去的是什么样的地方，说不定掉进深渊了呢，上帝宽恕我说得难听……留下吧！"

他沉默不语。

"你没有在听我说，"她说道，"你这样死盯盯地望着哪儿呢？"

他不言不语，心事重重地以手指着远方。安娜·帕甫洛夫娜瞥了一眼，脸色都变了。在那边田野中间，有条道路曲曲弯弯地延伸到树林的后边，它就是通往人间福地、通往彼得堡之路。安娜·帕甫洛夫娜沉默了几分钟，以便集中一下气力。

"原来是这样！"她终于灰心地说，"好，我的朋友，上帝保佑你！你就去吧，要是你这么想要离开这儿——我不留你！至少将来你不会说：是母亲断送了你的青春，误了你的一生。"

可怜的母亲呀！这就是对你的母爱的酬报！那是你所期盼的结果吗？再说，做母亲的并不期望什么酬报。母爱是盲目的，它不计得失。你变得了不得了，光荣得很，你变得又帅气、又傲气，你的名声扬四海，你的事业震五洲，你的老母亲会乐得脑袋直晃，她会掉泪，会欢笑，会满腔热情地为你祈祷个没完。而做儿子的大部分都没想到同母亲共享荣华。反过来说，假如你意志消沉、才智有限、长相丑陋、疾病缠身、心受创伤，最终你受到人们的排挤，在他们中间失去了你的位置，而在母亲的心坎里却总是为你保留着一席之地。她会把相貌丑陋、失意潦倒的儿子紧紧地搂在怀里，会为他更加长久更加热情地祈祷。

怎能把亚历山大称之为缺乏感情的人！就因为他决心离家远行吗？他已二十岁了。打小生活一直向他微笑。母亲呵护他、娇宠他，就像人们对待独生子一样。保姆对着摇篮为他哼唱曲子，祝愿他将来走着黄金之路，享受荣华富贵，而且无病无灾。老师们常说他会鹏程万里，大有出息。当他回家的时候，邻居的闺女也朝他微笑。连那只老公猫瓦西卡对他比对家里的其他人都更加亲热。

他只是从传闻里听说有什么痛苦、眼泪、灾难，就像人们知道某种尚未显现，但潜伏在人们身上的传染病一样。因此他觉得前途是美好的、光明的。有某种东西吸引他向往远方，但究竟是何物，他却不甚了了。远方隐约闪烁着迷人的幻影，可他无法把它们端详个分明。又听到一些纷杂的声响——时而是荣誉的呼唤，时而是爱情的呼唤。这一切使他的心甜滋滋地直发颤。

家里这块小天地很快令他感到太狭小了。自然的景色、慈母的爱抚、保姆和全体下人的崇敬、柔软的床铺、美味的佳肴、瓦西卡的鼾声——所有这些在人生的晚年会觉得特别可贵的东西，他都乐于用它们换取那种尚未见识过的、极富吸引力的神秘而美好的东西。就连索菲娅的爱情，那柔情似水的无比美妙的初恋，也留不住他。这种爱情对于他算得了什么呀？他幻想着一种伟大的激情，它不怕任何艰难险阻，能建立丰功伟业。他对索菲娅的爱只是一种微小的爱，他期待一种伟大的爱。他也幻想去造福祖国。他勤奋地学了很多知识。文凭上写明：他通晓十多门学科，懂得五六种古今语言。而他最向往的则是作家的名声。他的诗作令同学们惊叹不已。他面前伸展着许多条道路，似乎一条胜于一条。他不知奔哪一条好。不过有一条便捷的坦途他却视而不见；要是他当时看见了，也许就不想离家远行了。

他怎么会留下来呢？母亲希望他留下，那是另一回事，也是很合情理的。她心里的一切情感都衰亡了，唯有一种情感例外，那就是对儿子的爱，她热烈地抓住了这最后的对象。他离去了，她怎么办？只有死路了。女人的心没有了爱是活不了的，这早有证明了。

亚历山大是被家里的生活宠惯了。但还没有被它毁了。造物主把他造就得这般美好，慈母的宠爱和周围人们的崇敬只是影响着他善良的品性，比如过早地发展了他心中的志趣，也引起他对一切事物的过分轻信。也许就是这个激发了他的自尊心，可是自尊心本身只是一种外形，一切都取决于灌注其中的内容。

对于他来说，极大的不幸在于，他的母亲虽然给了他无比的慈爱，但却不能给予他正确的人生观，也没有培养他的奋斗精神，激励他去克服所遇到的和每个人在前进道路都可能遇到的困难。这需要精巧的手、敏锐的智慧和超越于狭隘的农村视野的丰富经历。甚至要对他少些宠爱，不要时时刻刻为他着想，不要让他避开各种烦恼和不愉快，不要在他年幼时代他哭泣、代他受苦，而是要让他亲身体验风暴的临近，用自己的力量去应付，并考虑自己的命运、总之，要让他明白，他是个堂堂男子汉。安娜·帕甫洛夫娜哪能懂得这些呢，尤其是哪能做到呢？读者已经明白她是个怎样的女人。要不要再瞧一瞧呢？

她已经忘记了儿子的自私。亚历山大·费多雷奇看到她又重新放好各类衣服。她又忙着为儿子收拾旅行的行装。似乎把痛苦全然忘记了。

"喂，萨申卡，好好记住，我把什么东西放在什么位置，"她说，"放在最下面箱子里的是床单，有一打。你瞧一下，是这样写着吗？"

"是这样，妈妈。"

"瞧，全绣上你姓名的缩写：亚·阿。都是亲爱的索纽什卡绣的！要是没有她，我们那些蠢娘儿们是干不了那样麻利的。现在看什么来着？对啦，看枕套。一、二、三、四——瞧，这儿整整一打。这是衬衫，有三打。多好的亚麻布，瞧着就可心！这是荷兰货，是我亲自去厂里找瓦西里·瓦西里耶奇买的，他为我挑选了最优质的三匹料。亲爱的，你每次从洗衣服的那儿拿回来时，都要查对一下单子；全是崭新的衬衫，在京城那边这样的衬衫也少见，兴许有人会偷换的，要知道就有一些连上帝都不怕的坏蛋。袜子二十二双——你知道我想出了什么主意？把你的那钱夹子藏在一只袜子里。你在去彼得堡的路上是用不着这笔钱的，所以千万要保存好！万一出了什么事，任人怎么翻找也找不到。给你叔叔的信也放在那里面，我想他定会很高兴的。要知道也有十七年没有通音信了。可不是开玩笑！这儿是围巾，这儿是手绢；还有五六条在索纽什卡那里。亲爱的，别把这些手绢丢了，都是上好的细麻纱！是从米赫耶夫那儿买的，两卢布二十五戈比一条。好，内衣、床单等全齐了。现在理一下旁的衣服……叶夫塞在哪儿？他怎么不来瞧着？叶夫塞！"

叶夫塞懒洋洋地走进房间。

"有什么吩咐？"他更为懒洋洋地问。

"有什么吩咐？"阿杜耶娃生气地说，"你怎么不来看我放置

013

东西？要是在路上得拿件什么，你准得把箱子翻个底朝天！你脱不开自己的相好呀——真是个活宝！日子长着呢，你不用急！你到了那边就这样侍候少爷？瞧我收拾你！你瞧着，这是一件很好的燕尾服，看见我把它放在哪儿了吗？你呀，萨申卡，要爱惜这件衣服，不要天天穿它，这种料子一尺值十六个卢布呢。去上等人家作客你就穿上，可不要随便什么地方都坐，像你姨妈那样，她好像故意不往空椅子或空沙发上坐，总是猛一下坐到放着帽子什么的地方；前两天她就坐到一盘果子酱上——多丢人呐！跟一般人往来，穿这件紫红色的燕尾服就行。现在看一下坎肩——一件、两件、三件、四件。两条裤子。唉，这些衣服够穿三四年的！哎哟，我累死了！我忙了整个早上，不是闹着玩的！你去吧，叶夫塞。萨申卡，咱们谈点别的吧。过一会儿客人到了，就顾不上谈了。”

她在沙发上坐下来，让他坐在自己的身旁。

“喂，萨沙，”她稍沉默一下说，“你现在就要奔往异乡……”

“什么‘异’乡，是彼得堡。妈妈，您怎么啦！”

“等一等，等一等，听听我要说的话！只有上帝知道你去那边会遇到什么，看到什么，好的坏的都会有的。但愿他，我的天父，会使你坚强。而你，我的朋友，千万不要忘记他，要记住，没有信仰，无论在哪儿、无论遇上什么事情，是不会得救的。你在那边会当大官，会成为贵族，要知道我们并不比别人差，你爹就是贵族，是少校——不管怎样你都得信奉上帝。走运也好、倒霉也好，都得祈祷，不要如俗话说的那样：‘雷声不响，祈祷不做’。有的人走运的时候，对教堂都不瞧一眼，一旦倒了霉，就连一卢布一根的蜡烛也舍得给神像点，也肯布施乞丐了，这样才罪过呢。

顺便说一下那些乞丐，不要在他们身上白花钱，要给也别给很多。干吗娇惯他们呢？他们是不在乎你的施舍的。他们拿到钱就会去喝酒，还要拿你取笑。我知道你心肠软，你呀兴许十戈比银币也舍得给。不，用不着这样，上帝会给的！你上不上教堂？每个礼拜天你去不去做礼拜？"

她叹了口气。

亚历山大默默不语。他记得以前在省城的大学里念书的时候，是不很热心上教堂的，而在乡下，常陪母亲去做礼拜，那只是为了让母亲高兴罢了。他不好意思说谎，所以默不作声。母亲知道他沉默的原因，又叹了口气。

"好，我不勉强你，"她接着说，"你是个年轻人，怎么能像我们老头老太太们那样热心上教堂呢？再说啦，没准是公务忙，让你脱不开身，或者在上等人家那里待得太晚而睡过了头。上帝会怜惜你年轻不懂事。别发愁，你还有母亲呢。她不会睡过头的。只要我身上还剩下一滴血，只要我眼里泪水还没有干，只要上帝肯宽容我的罪过，即使我走不动，爬也爬到教堂的门口，为了你，我的朋友，我会吐尽最后一口气，哭干最后一滴泪。我会为你祈祷，求上帝保佑你身体安康，官运亨通，得十字勋章，享受天堂和人世的幸福。难道他，仁慈的天父，会不理睬我这可怜的老太婆的祈祷吗？我自己什么也不要。就让天父拿走我的一切：健康、生命，让我眼睛瞎了也行，只求赐给你一切欢乐，一切幸福和富贵……"

她话还没说完，便眼泪直淌了。

亚历山大从座位上腾地站了起来。

"好妈妈……"他说。

"咳，坐下，坐下！"她赶忙擦去眼泪，继续说道，"我还有好多话要说……我想说什么来着？一下就忘了……你瞧我现在这个记性……噢对啦！要遵守斋期，我的朋友，这是要紧事！礼拜三、礼拜五——上帝会宽容；可在大斋期——千万别马虎。就拿米海依洛·米海依雷奇来说，他算是个聪明人吧，可他的品性呢？不管斋期不斋期，他总是一个劲地吃喝。简直让人听了毛发都竖起来！他也去救助穷人，但他的施舍上帝会认可吗？听我说，有一次他给了一个老头一张十卢布的票子，老头转过脸就啐了一口唾沫。大家都向他鞠躬问候，当面说几句好话，背地里提到他就画十字，把他看作魔鬼似的。"

亚历山大听得有些不耐烦，不时地瞧瞧窗外，瞧瞧远处的道路。

她沉默了一会儿。

"千万要爱护身体，"她接着说，"万一得了重病——上帝保佑，但愿不会这样——你就给我写信……我会拼命赶来的。那边有谁照料你呀？有人还想把病人抢个光呢。晚上你可别上街，看见样子凶暴的人你就避开远些。钱省着点用……积点钱防防困难的日子！钱要花得在理。钱是可恶的东西，好事坏事都是由于它。别瞎花钱，别动怪念头。每年你可以从我这儿按时收到二千五百卢布。二千五百卢布可不是一笔小数目！不要去买什么奢侈品，这类东西一点儿也不用买，不过花得起的也别省；想吃些好的，也不要舍不得。别多喝酒——唉，酒可是人的大敌呀！还有(此时她压低声音)要当心女人！我可了解她们！就有一些不要脸的娘儿们，她们会自动来纠缠的，要是看到像你这样的……"

她满怀母爱地瞧了瞧儿子。

"行了，妈妈，我该吃点早饭了吧？"他有点懊恼地说。

"马上就说完……还有几句话……"

"对那些有夫之妇可别眼馋，"她急忙要把话说完，"这是大罪过！'不可贪恋他人的妻子'①。圣经上是这么说的。要是那边有什么女人要向你提亲——但愿没有这种事——你可不要考虑。那些娘儿们见到一个又有钱又帅气的小伙子，就会来勾引的。要是你的上司或哪个有钱有势的大官看上你，想把自家的闺女许配给你，那是可以的，不过你也得写信告诉我。不管怎样我得前来看一看，不能让他们随便塞给你一个嫁不出去的丫头、一个老姑娘或一个贱货。你这样的未婚青年谁都乐意搞到手。喂，要是你自己看中一位姑娘，她人品又好，那么……"这时候她又压低了嗓门说："索纽什卡嘛，可让她靠边站（老太太由于太爱儿子，准备昧着良心）。玛丽娅·卡尔波夫娜究竟打什么主意！她的女儿跟你不般配。一个乡下丫头！这种人配不上你。"

"甩掉索菲娅！不，妈妈，我永远忘不了她！"亚历山大说。

"好，好，我的朋友，你放心吧！我只不过提一下罢了。你去干一阵子事就回来，到时候看上帝的安排：待嫁的姑娘多的是！要是你忘不了她，那就……唉，这样……"

她想说点什么，可又犹豫不决，后来凑近他的耳边，悄悄地问："你会记得……母亲吗？"

"您说到哪儿去了，"他打断她的话说，"您赶快吩咐把备好的早点送过来，是鸡蛋吗？忘记您！您怎么能这样想？上帝会惩罚我的……"

---

① 参见《圣经·旧约·出埃及记》第二十章。——译注

"别说了，别说了，萨沙，"她急忙地说，"你干吗对自己说不吉利话！不，不！不管怎样，要是有这样的罪过，就由我一人承受惩罚吧。你年轻，刚刚开始生活，你会有一批朋友，你娶了亲，年轻的媳妇会代替娘，会代替一切……不！愿上帝祝福你，像我祝福你一样。"

她亲了亲他的额头，就这样结束了自己的教诲。

"怎么搞的，谁都还没来？"她说，"玛丽娅·卡尔波夫娜、安东·伊万内奇、神父——怎么都还没来？礼拜大概已经做完了！啊，那边有人来了！好像是安东·伊万内奇……常是这样子：一提谁，谁就到。"

谁不知道安东·伊万内奇呢？这是个永远跃的犹太人。这种人从远古时代起就有了，他们代代相传，无处不在，而且永远不会消失。他们曾出席过希腊人和罗马人的宴会，当然也吃过幸运的父亲为欢庆浪子归来而宰杀的肥牛犊。

在我们俄国，这种人有各式各样的。这里提到的这个人，有二十来个一再典押的农奴，他几乎一直住在一间木屋里，或者说住在一种形似谷仓的怪房子里——出入口在后面，是用几根圆木搭成的门，挨近篱笆；而二十年来他常常说，来年春天他要盖座新房子。他在家里不招待客人。他的熟人没有一个在他家里吃过一顿饭或喝过一杯茶，然而没有一个熟人家里每年没有被他吃喝过五十来次的。

早先安东·伊万内奇穿的是肥大的灯笼裤和后身打褶的立领上衣，现在平日里穿普通礼服和长裤子，每逢良辰佳节便换上一件样式极古怪的燕尾服。他那外表挺富态的，因为他一直无忧无虑、无牵无挂，虽然他好像一辈子都在忧他人之所忧，劳他人之所劳；不过尽人皆知，他人的愁苦和烦恼是不会使人消瘦的，人们都是这样认为。

实际上谁都不需要安东·伊万内奇，可是婚礼、葬礼等各种礼仪缺了他似乎就不成。他出席各种宴会、晚会，出席各家的家庭会议，似乎离开他就寸步难行。也许有人以为他挺有用，能完成某种重要的托付，请他出出点子，办点事情——根本不是！谁都不把这类事情托付他去办，他什么也不会，什么也不懂。既不会去法院里张罗，也不会做中介人，不会做调解人——什么都干不了。

不过也有人托他办点小事，比如顺路替某人去问候某人，他一定会办到，而且顺便在人家那儿蹭一顿早饭；或通知某人，说某种文书已经收到，至于是什么文书，人家则没有告诉他；托他往某处送交一小桶蜂蜜或一小把种子，叮嘱他不要溢了撒了；或让他去提醒某人某日过命名日。还有一些不便派仆人去做的事也用得着安东·伊万内奇。"不能派彼得鲁什卡去，"他们说，"他准定会搞错的。不，还是让安东·伊万内奇去一趟好！"或者说："叫下人不合适，某人会见怪的，还是让安东·伊万内奇去一趟为好。"

如果在某处的宴会或晚会上忽然见不到他，大家似乎都会感到惊讶。

"安东·伊万内奇呢？"每个人定会惊讶地问，"他怎么啦？为什么他没来？"

于是宴会就不像宴会了。这时候有人甚至会派个代表前去探望他，看他出了什么事，是不是病了，是不是外出了？如果他病了，那么对他比对亲人还要关心。

安东·伊万内奇前来吻了吻安娜·帕甫洛夫娜的手。

"您好，亲爱的安娜·帕甫洛夫娜！很荣幸祝贺您添了新设施。"

"什么新设施，安东·伊万内奇？"安娜·帕甫洛夫娜问道，一边把自己从头到脚打量了一下。

"大门旁那条沟上的木板呀！看来是刚搭上的吧？我发觉木板在车轱辘下面不跳动了。我一瞧，已换上新木板了！"

他遇到熟人时，总是要向人家祝贺点什么，或祝贺斋期，或祝贺春天，或祝贺秋天，如果解冻之后来了严寒，那么就祝贺严寒，严寒之后出现解冻，那么就祝贺解冻。

这一回类似的事一件也没有，他便想出点什么说一说。

"亚历山德拉·瓦西里耶夫娜、马特林娜·米海依洛夫娜、彼得·谢尔盖伊奇都向您问好。"他说道。

"非常感谢，安东·伊万内奇！他们的孩子身体好吗？"

"都很好。我给您带来上帝的祝福，神父跟着我来了。听说了吗？太太，我们的谢缅·阿尔希佩奇……"

"怎么回事？"安娜·帕甫洛夫娜惊慌地问。

"他去世了呀！"

"您说什么！什么时候？"

"昨天早晨。傍晚的时候有个小伙子跑来告诉我的，我就赶去了，整宿都没睡。大家全在哭哭啼啼，我又要安慰他们，又要料理后事。他们伤心得办不了事；净是在哭呀哭呀，光我一个人在张罗。"

"主啊，主啊，我们上帝啊！"安娜·帕甫洛夫娜摇着头说，"我们的人生啊！怎么会有这样的事呢？他上礼拜还托你捎来问候呢！"

"是呀，太太！不过他早就觉得有些不舒服，老头上年纪了，奇怪，他怎么一直还没有病倒！"

"也不很老！他只比先夫大一岁。唉，愿他进天国！"安娜·帕甫洛夫娜画着十字说，"我真可怜苦命的费多西娅·彼得罗夫娜，拉扯着一群小儿女。真够呛的，有五个孩子，还全是些小丫头！什么时候安葬呀？"

"明天。"

"看来，人人都有自己的伤心事，安东·伊万内奇，你看，我要给儿子送行呢。"

"有什么法子呢，安娜·帕甫洛夫娜，我们都是人嘛！'忍耐吧'，圣书上这样说。"

"请原谅，打扰您了，让您也跟着伤心；您就像亲人一样关爱我们。"

"唉，尊敬的安娜·帕甫洛夫娜！我不关爱您，那么关爱谁呀？像您这样的好人我们能有几个呀？您都不知道自己有多好。我是忙得很哪，脑子里老转着自己盖房子的事。昨天还跟承包商谈了一个早晨，可是还没有谈妥……我想，怎能不去呢……我想她那边独自一人，我不去，她怎么办呢？她不是个年轻人了，说不定会慌了神的。"

"上帝保佑您，安东·伊万内奇，您总惦记着我们！我真的不知怎么好，脑子里空空的，什么也搞不明白！我哭得喉咙都干了。请吃点儿东西，您一定累了，兴许饿坏了吧。"

"非常感谢。说真的，我过来的时候，顺便在彼得·谢尔盖伊奇家喝了点儿酒，匆匆地吃了点东西。嗯，这不碍事。神父说话就来，让他来祝福吧！瞧，他已经上台阶了！"

神父来了。玛丽娅·卡尔波夫娜带着女儿一道也坐车来了。这姑娘体态丰满，两颊绯红，面带微笑，还有一双哭过的眼睛。

索菲娅的眼睛和整个神色都清楚地表明："我会真心实意地去爱丈夫，会像保姆一样去侍候他，对他百依百顺，永远不显出比他高明。怎么可以比丈夫高明呢？这绝不可以！我要勤勤恳恳地管理家务，做针线活；我要给他生五六个孩子，并要亲自给他们喂奶、照料，给他们做衣服穿衣服。"——她那圆润的鲜艳的脸颊、丰满的胸脯皆可证明她很能生育。而眼里的泪水和忧伤的笑容此时使她别具一番风韵。

他们先是进行祷告，而安东·伊万内奇去把仆人们召集到一起，点上蜡烛，待神父念完圣书，便接过来交给一个教堂执事，然后把圣水灌进一只小瓶，藏到口袋里，说："这是给阿加菲娅·尼基季什娜的。"除安东·伊万内奇和神父之外，照一般规矩没有人去碰一下食物，然而安东·伊万内奇对这顿丰盛的早餐却大为欣赏。安娜·帕甫洛夫娜一直在抽泣，并偷偷地抹泪。

"行了，尊敬的安娜·帕甫洛夫娜，您的泪流得够多了！"安东·伊万内奇一边斟满一杯露酒，一边假装生气地说，"您是送他去挨宰还是怎么的？"然后他喝下半杯酒，吧嗒几下嘴唇。

"好酒，好酒！味道真香呀！尊敬的安娜·帕甫洛夫娜，我们这样的酒全省都没处找去！"他非常得意地说。

"这是前……前年……酿的！"安娜·帕甫洛夫娜呜咽着说，"今儿为您……刚刚……开封的。"

"唉，安娜·帕甫洛夫娜，瞧着您我心里好难过，"安东·伊万内奇又开口说，"没有人让您这么伤心呀！"

"您想一想看，安东·伊万内奇，我只有一个儿子，他就要走掉了。我死了都没有人送葬呢。"

"我们是干吗的呀？我是您的外人，是吗？再说，干吗急着去死呢？说不定您还会去嫁人呢！那我还要去您婚礼上跳舞！您别再哭啦！"

"我做不到，安东·伊万内奇，真的做不到，我自个儿也不知道哪儿来的这些眼泪。"

"怎能把这样的年轻人关在家里呢！给他自由吧，他会展翅高飞，干出一番大事业来，他在那边会当上大官的！"

"您这张嘴说得好甜哪！您馅饼干吗吃得这么少？再吃些吧！"

"我会吃的，那我就吃这一小块。"

"祝您健康，亚历山大·费多雷奇！祝您一路平安！快快回来娶亲吧！索菲娅·瓦西里耶夫娜，您怎么脸红了？"

"我没什么……我就这样……"

"哦，年轻人哪年轻人！哈哈哈！"

"跟您在一起就感觉不到愁苦，安东·伊万内奇，"安娜·帕甫洛夫娜说，"您真会安慰人，愿上帝赐您健康！再喝点酒吧。"

"我会喝的，尊敬的安娜·帕甫洛夫娜，会喝的。送别怎能不喝酒呢！"

早餐结束了。车夫已套好马车。车子拉到了台阶前面。仆人们一个跟一个地跑出来。有的提着行李箱，有的拿着包袱，也有的扛着袋子，转身又进去拿别的什么。仆人们像苍蝇围着一滴甜水那样围着马车，大家都奔到那里忙活着。

"箱子就这样摆好，"一个仆人说，"这边放食品盒。"

"那他们的腿往哪儿搁呀？"另一个仆人答话说，"最好让箱子竖着放，食品盒可以放在边上。"

"要是箱子竖着放，那鸭绒褥子会滑下去的，还是横着放好。还有什么吗？靴子搁上去了吗？"

"我不知道。谁搁上的？"

"我没有搁。去看一下吧——是不是还在楼上放着？"

"那你去吧。"

"你怎么啦？你看，我没空！"

"还有东西，别忘了这个！"一个丫头喊道，她从人家脑袋旁边伸过手来，手里举着一个小包袱。

"放这儿来！"

"把这个设法塞进箱子里去，刚才给忘了。"另一个丫头说，她登上踏板，递上小刷子和小梳子。

"这会儿往哪儿塞？"一个大块头的仆人冲她生气地喊道，"你滚开！瞧见没有，箱子给压在最底下了！"

"是太太吩咐的，关我什么事，哪怕你扔了！你横什么呀！"

"好吧，快点递到这里来，这儿可以从旁边塞进那夹袋里。"

那匹辕马不断地抬起头摇来晃去。铃铛每次都发出刺耳的响声。它提醒人们要告别了。两匹拉梢马低着头，心事重重地站着，似乎明白行将开始一次美妙的旅行，有时扇着尾巴或者把下唇伸向辕马。离别的时刻终于来临了。人们再一次祈祷。

"坐下来，大家都坐下来！"安东·伊万内奇指挥说，"请坐下。亚历山大·费多雷奇！还有你，叶夫塞，也坐下。坐下吧，坐下！"他本人也侧着身子在椅子上稍微坐了坐："现在愿上帝保佑您一路平安！"

安娜·帕甫洛夫娜当即号啕大哭起来，去搂住亚历山大的脖子。

"别了，别了，我亲爱的孩子！"在她的痛哭声中听到这样的话音，"我还能见到你吗……"

往下什么话也听不清楚了。这时候传来另一种铃铛的声音，一辆三驾马车飞快地奔进院子。从车上跳下一位满身尘土的年轻人，他冲进屋里，扑过来搂住亚历山大的脖子。

"波斯佩洛夫……""阿杜耶夫……"他们同时惊喊了一声，互相紧紧地拥抱。

"你打哪儿来，怎么回事？"

"从家里来，赶了整整一天一夜的路，特地来为你送行。"

"朋友！朋友！真正的朋友！"阿杜耶夫热泪盈眶地说，"赶了一百六十里路，为了道一次别！哦，世界上确有这样的友谊！友谊地久天长，不是吗？"亚历山大热情洋溢地说，紧握着朋友的手，扑到他身上。

"至死不渝！"这位朋友回答说，把手握得更紧，也扑到亚历山大身上。

"给我写信！"——"好，好，你也写信！"

安娜·帕甫洛夫娜不知怎样对波斯佩洛夫表示亲热才好。动身的时间推迟了半个小时。最后终于出发了。

大家都步行到小树林那边。当走过那片浓浓的树荫的时候，索菲娅和亚历山大互相拥抱在一起。

"萨沙！亲爱的萨沙……"——"索里奇卡①……"他们悄悄地呼唤着，话音消失在亲吻中。

"您到了那边会忘了我吗？"她泪汪汪地问。

"哦，您怎么这样不了解我！我会回来的，请您相信，别的姑娘永远不找……"

"那您赶紧拿着，这是我的头发和戒指。"

---

① 索菲娅的爱称。——译注

他忙把这两样纪念品藏进口袋里。

安娜·帕甫洛夫娜同儿子和波斯佩洛夫走在前面，后面是玛丽娅·卡尔波夫娜和女儿，最后面是神父和安东·伊万内奇。马车是走在稍远一点的地方。车夫好不容易勒住马儿慢慢地前进。仆人们在大门口围着叶夫塞。

"再见了，叶夫塞·伊万内奇，再见了，亲爱的，不要忘了我们！"四边都响起了这样的声音。

"再见了，伙伴们，再见了，别记着我的不是！"

"再见了，叶夫塞尤什卡①，再见了，我亲爱的朋友！"母亲拥抱着他说，"送你这个圣像，这是我对你的祝福。要记住信仰，叶夫塞，到了那边不要成了异教徒，那样我要诅咒你！别喝醉酒，别偷人东西；真心实意地侍候少爷。再见了，再见了……"

她用围裙遮住脸，走了开去。

"再见了，大娘！"叶夫塞懒洋洋地说。

一个约十二岁的小姑娘向他奔了过来。

"跟小妹妹告个别吧！"一个婆娘说。

"你也跑来了！"叶夫塞亲了亲她说，"好，再见吧，再见！光脚小丫头，现在你进屋去吧！"

阿格拉芬娜站在后头，与大家隔开一点距离。她的脸色发青。

"再见了，阿格拉芬娜·伊万诺夫娜！"叶夫塞提高点嗓子拉长声调说，并向她伸过双手。

她让他拥抱，但没有对拥抱做出回应；只是她的脸变得极不自然。

---

① 叶夫塞的爱称。——译注

"这个给你，拿着！"她从围裙里掏出一小袋东西塞给他，说道，"你到那边没准会跟彼得堡的娘儿们玩上呢！"她又添了一句，斜着眼瞟了他一下。这一目光表现出她的整个忧愁和醋意。

"我去玩，我？"叶夫塞说，"要是我在那边乱搞，让上帝当场劈死我，让我的眼睛瞎了！让我下地狱……"

"得了！得了！"阿格拉芬娜半信半疑地嘟哝说，"你要是那样……哼！"

"咳，差点儿忘了！"叶夫塞说，一边从口袋里掏出一副沾着油污的纸牌，"给你，阿格拉芬娜·伊万诺夫娜，留个纪念吧，您在这儿反正没处可搞到。"

她伸过一只手来。

"送给我吧，叶夫塞·伊万内奇！"普罗什卡从人群中喊道。

"你！给你还不如烧了！"他把牌藏进了口袋里。

"那就给我吧，傻瓜！"阿格拉芬娜说。

"不，阿格拉芬娜·伊万诺夫娜，随您怎么样，我就不给了，您会跟他玩的。再见啦！"

他头也不回，挥一下手，慢吞吞地跟在马车后面走着，看那架势，仿佛能把车子连同亚历山大、车夫以及马儿一起扛在肩上带走似的。

"该死的！"阿格拉芬娜望着他的背影说，一边用头巾角擦着滴下的眼泪。

大家在小树林旁边停了下来。在安娜·帕甫洛夫娜痛哭着同儿子告别的时候，安东·伊万内奇拍了拍一匹马的脖子，随后又抓住它的鼻子左右摇晃了几下，那匹马显得非常不满，所以便龇了龇牙，当即打了一声响鼻。

"把辕马的肚带紧一紧，"他对车夫说，"瞧，辕鞍歪到一边去了！"

车夫瞧了瞧辕鞍，看到它放得好好的，便坐在驭座上不动，只是用鞭子稍稍整了整皮马套。

"好了，该动身了，上帝保佑您！"安东·伊万内奇说，"得了，安娜·帕甫洛夫娜，您别再折磨自个儿了！您上车吧，亚历山大·费多雷奇，您要在天黑之前赶到希什科夫。再见了，再见了，愿上帝保佑您走运，当大官，挂勋章，享受一切荣华富贵……好了，上帝保佑，赶马动身吧，到了斜坡那儿小心点，慢些赶！"他又对车夫说了一句。

亚历山大坐进车里，大哭起来。叶夫塞走到太太跟前，跪拜在地，并吻了吻她的手。她塞给他一张五卢布的纸币。

"小心些，叶夫塞，你记住，你好好侍候少爷，我让你娶阿格拉芬娜，不然就……"

她讲不下去了。叶夫塞爬上了驭座。由于等了老半天而有些不耐烦的车夫此时似乎又活跃起来，他把帽子压了压紧，坐好了位置，提了提缰绳，三匹马便轻快地慢跑起来。他轮着在两匹拉梢马身上各抽了一鞭，它们挺挺身子，奔跑起来，马车沿着大路奔进了树林。送行的人们站在飞扬的尘土里，不声不响，呆然不动，直至马车完全消失不见了。安东·伊万内奇第一个清醒过来。

"好了，现在各自回家吧！"他说。

亚历山大在马车上一直回头望着，待到望不见了，便把脸埋在靠枕上。

"您别丢开我这个不幸的人，安东·伊万内奇！"安娜·帕甫洛夫娜说，"在这儿吃午饭吧！"

"好的，尊敬的安娜·帕甫洛夫娜，我还打算吃晚饭呢。"

"那您就在这儿过夜吧。"

"那哪儿行，明天有葬礼呢！"

"噢，对啦！那好，我不勉强您。代我向费多西娅·彼得罗夫娜问好，请告诉她，我为她的不幸心里非常难过，本想亲自去看望她，可是上帝也给我送来了痛苦，送别儿子。"

"我会告诉她的，会告诉她的，忘记不了。"

"你，我的小鸽子，萨申卡！"她喃喃地说，四下瞧了瞧，"他已经不在了，看不见了！"

阿杜耶娃不声不响地呆坐了一整天，不吃中饭，也不吃晚饭。而安东·伊万内奇又是说话，又是吃了中饭、吃了晚饭。

"他这会儿到了哪儿啦，我那小鸽子？"她有时只这样问一下。

"这会儿该到涅普柳耶夫了。不，我怎么瞎说？还没有到涅普柳耶夫，可也快到了，他会在那儿喝茶的。"安东·伊万内奇回答说。

"不，他在这时候从来不喝茶。"

安娜·帕甫洛夫娜就这样在心里陪着儿子一路同行。后来依她估计他应该已抵达彼得堡了，她便忽而祈祷，忽而用纸牌算卦，有时还跟玛丽娅·卡尔波夫娜谈论他。

而他呢？

我们将在彼得堡与他相会。

第二章

彼得·伊万内奇·阿杜耶夫乃是我们主人公的叔父，像我们的主人公一样，他二十岁的时候便被他的哥哥，即亚历山大的父亲，打发到彼得堡来了，一直在这儿生活了十七年。哥哥去世之后，他便没有跟亲属们互通音信。安娜·帕甫洛夫娜自从他卖掉了离她村子不远的那个小田庄以后，也不知道有关他的任何消息。

在彼得堡他是个出名的有钱人，这可能不是没有原因的。他是在某位要员手下担任负有特殊使命的官员，燕尾服的钮襻上挂有几枚勋章；他住在一条大街上，拥有一座漂亮的住宅，有三个仆人，三匹马。他人不老，是个所谓"正当年的男士"——年龄在三十五至四十之间吧。再说，他不喜欢让人家都知道自己的年岁，这不是出于浅薄的自尊心，而是由于某种深思熟虑的打算，他似乎想要让自己的人寿保险保得更高一些。至少从他隐瞒真实年龄的做法上看不出他有讨女性欢心的企图。

他是一位个子高大、身材匀称的男子，有一张端正的大脸盘，脸色浅黑，步态稳健优雅，举止持重大方。这样的男人通常被称为 bel homme①。

他脸上也显出一种持重的神色，说明他具有自我克制的本事，不让脸容成为心灵的镜子。他认可那样对人对己皆不合适。他在交际场上就是这个样子。然而不能说他脸孔呆板，不，它只是很平静罢了。有时候也看到他脸露倦容，可能是由于工作太忙的关系。他被公认为是个能干的活动家。他的穿着一向很精细，甚至很讲究，但不过分，只是颇具情趣。穿的内衣都是高品位的。他那双手又白又胖，指甲长而洁净。

一天早晨，他醒来了，按了按铃，仆人在上茶的同时，给他递上三封信，并禀报说，来了一位年轻的先生，自称是亚历山大·费多雷奇·阿杜耶夫，称彼得·伊万内奇是他叔叔，说好十一点多钟再来。

彼得·伊万内奇照例平静地听完这种报告，只是稍稍竖了竖耳朵，扬了扬眉毛。

"好，去吧。"他对仆人说。

然后他拿起一封信，正想要拆开，可又停下了，沉思起来。

"从外省来了个侄儿，真没想到！"他喃喃地说。"我倒希望老家那边的人把我忘了！再说，干吗同他们礼尚往来呢！我要避开……"

他又按了按铃。

"待那位先生再来，就告诉他，说我起来之后立即就出门到工厂去了，三个月后才回来。"

"是，老爷，"仆人回答说，"对那些礼品怎么办呢？"

---

① 法语：体面的人。——原注

"什么礼品？"

"是一个仆人送来的，说是他家太太让送这些乡下礼品来的。"

"礼品？"

"是的，老爷，一小桶蜂蜜，一袋干马林果……"

彼得·伊万内奇耸了耸肩膀。

"还有两块亚麻布，还有果子酱……"

"我料想亚麻布是很好的……"

"亚麻布是很好，果子酱也很甜。"

"好，你去吧，我马上去看一看。"

他拿起一封信，开了封，瞥一眼信纸。上面写的是真正粗大的斯拉夫字体，把字母 B 写成有上面两道，把字母 K 干脆画成两竖；并且没有标点符号。

阿杜耶夫轻声地念了起来：

尊敬的彼得·伊万内奇先生！

　　我与已故的令尊大人非常熟悉，是好朋友，在您幼小的时候我常哄着您玩，在您府上我也常受到热情款待，因此，我对您的真诚和善良寄予深深的希望，希望您没有忘记瓦西里·季洪内奇这位老人，我在此十分怀念您和令尊令堂的恩德，我祈求上帝……

"真是一派胡言！这是谁写来的？"彼得·伊万内奇瞧了瞧落款。"瓦西里·扎耶菲扎洛夫！扎耶菲扎洛夫，哪怕打死我，我也记不起来了。他要我干什么呢？"

他又继续往下念。

我对您有一事相求，请勿拒绝，阁下……您身居彼得堡，不同于我们这里的人，见多识广，对自己和亲友的各种事情想必是了解的。我受到一桩该死的官司的拖累，已经六年有余，至今仍无法摆脱。您是否还记得离鄙村两俄里的那座小树林？地产局在地产买卖契约上登记有误，我的对头梅德韦杰夫便以这点为理由，声言契约登记不实，不足为凭。梅德韦杰夫就是常在您家别墅附近擅自捕鱼的那个家伙，已故令尊大人曾驱赶过他，斥骂过他，也曾打算去向省长控告他的违法行为，可由于心地善良（愿他进天堂）而放过了他，对这样的坏蛋本来是不应该宽恕的。请帮我一把吧，尊敬的阁下，彼得·伊万内奇。此案现在已提交到枢密院。我不知将由何司何人审理，他们定会向您报告。劳您大驾去各位秘书和枢密官那儿走一趟，替我美言几句，向他们说明，由于契约上登记有误，使我遭受败诉。他们定会为您效劳的。并请顺便为我搞到三种官衔的委任状，给我寄来。彼得·伊万内奇，尊敬的阁下，我还有一件小事求您，请对一个被欺压的无辜受难者表示深切的同情，帮他出点主意，给点实际帮助。我省省政府里有位叫德罗若夫的官员，此人人品高尚，非一般人可比；他宁死也不会出卖朋友；我在城里除了他的家，不去别处的住所——我每次进城，就直接去他家，一住就几个礼拜——不想去别处住宿，他招待有佳肴美酒，饭后常打牌至深夜。而这样的好人如今却遭受诽谤，被迫提出辞职。请走访各位显要人物，让他们了解阿法纳西·伊万内奇的为人，他办事认真，而且雷厉风行；请告诉他们，对他的控告是不符合事实的，是省长秘书的阴谋——他们会听您的，请尽快给我复信。还要请您去会一下我的老同事柯斯佳科夫。我是从一位外来客人斯图杰尼岑（也是你们彼得堡人，您也许认识）那儿听说，柯斯佳科夫就住在佩斯基；那边的孩子都知道他的住所；麻烦您尽快写信告诉我，他是否健在，身体好否，现在在干什么，还记得我吗？跟他结识一下，交个朋友，此人品德极佳。胸怀坦荡，又很风趣。最后在结束此信之际，还有一个请求……

阿杜耶夫不再往下念了，慢慢地把信撕成四片，扔进桌子底下的纸篓里，然后伸一下腰，打了个哈欠。

他拿起另一封信，同样轻声地念了起来：

亲爱的哥哥，彼得·伊万内奇阁下

"这是什么妹妹呀！"阿杜耶夫说，同时瞧了瞧署名，"玛丽娅·戈尔巴托娃……"他举头仰望着天花板，回忆着什么……

"这是怎么回事？好像有点印象……噢，我明白了——原来哥哥娶的妻子叫戈尔巴托娃；这位是她的妹妹，就是那个……啊，我记起来了……"

他皱了皱眉头，又念了起来：

命运使我们劳燕分飞，也许我们之间永远隔着一个深渊；年华易逝……

他跳过几行，再往下念：

我至死都会记得我们那次一起在湖畔散步的情景，您不顾生命危险和健康，趟入齐膝盖的水里，为我从芦苇丛中摘取那朵大黄花，花茎里流出一种液汁，弄脏了我们的手，您就用帽子舀来水，我们才得以把手洗净；我们当时为此事大笑了好一会儿。那时候我是多么幸福呀！这朵花至今还保存在一本书里……

阿杜耶夫停下来了。显然，他很不喜欢这个情景；他甚至心怀疑虑地摇摇头。

（他继续念道）您不顾我的叫喊和恳求，从我的衣柜里抢走的那条带子，您还好好地保存着吗……

"我抢走了一条带子！"他使劲地皱起眉头，出声地说。他沉默了一下，又跳过几行，念道：

我决定让自己终身不嫁，我觉得自己极为幸福；谁都禁止不了我去追忆那些幸福的时光……

"哦，是个老处女！"彼得·伊万内奇心里想，"怪不得她脑子里还怀念着那些黄花！下面还写些什么呢？"

　　亲爱的哥哥，您娶媳妇了吗，娶了哪一位？谁是装点您人生道路的可爱的女伴，请告诉我她的芳名；我将像爱亲姊妹那样去爱她，我在遐想中把她的形象和您的融合在一起了，我还要为你们祈祷。要是您尚未成亲，那是出于什么原因——请写信坦率地告诉我，没有人能够从我这儿打听到您的隐私，我将把它们埋藏在自己的心里，除非人家把它们连同我的心一起掏走。请速速回信吧，我急不可耐地盼着读到您的奥妙莫解的词句……

"不，你写的词句才是奥妙莫解呢！"彼得·伊万内奇想。

　　（他又念道）我不知道我们亲爱的萨申卡突然心血来潮，要到壮丽繁华的首都去观光，他真有福气呀！他将看到华美的住宅和商店，享受豪华的生活，紧紧拥抱所热爱的叔父——而我呢，我在这时候只能一边追忆那幸福的时光，一边掉泪。如果我早知道他要去京城的话，我就会夜以继日地为您绣个枕头，绣上一个黑人和两条狗；您不会相信我瞧着这些花样曾哭了多少回，有什么比友谊和忠诚更神圣的呢……如今我就只有这样一个意愿，我要把自己的时间都用来实现这个意愿，可是我这儿没有上好的毛线，因此我恳求您，最亲爱的哥哥，照我信中所附的样子，从一流商店里购来英国毛线，尽快寄来。我这是在说些什么呀？一种很可怕的想法使我停下笔！也许您已经把我给忘了，您哪能记得这个远离上流社会、以泪洗面的可怜的苦命女人？但是不！我不能设想您也可能像许多男人那样成为坏蛋；不！我的心告诉我您在繁华富丽的首都的奢华享乐的生活中依然对我们保持着昔日的感情。这种想法安慰着我这颗受尽煎熬的心。对不起，我再写不下去了，我的手在颤抖……

至死都忠实于您的

玛丽娅·戈尔巴托娃

再者，哥哥，您有没有好书？如果您有一些用不着的，请给我寄几本来，我读着每一页就会想起您，就会掉泪的，或者请您在书铺里买几本新的，如果价钱不贵的话。听说，扎戈斯金①先生和马尔林斯基②先生的文集非常棒，就买他们的吧；我还在报纸上看到一个书名《论偏见》，是普济纳③先生的著作，请寄一本来，我对偏见是无法容忍的。

念完之后，阿杜耶夫本想把这封信也扔进纸篓，但又住手了。

"不，"他想了一下，"保存着吧，有人就专门爱好这种信；还有人整套地收藏，也许有机会卖给什么人。"

他把信扔进挂在墙上的小筐里，随之拿起第三封信念了起来：

---

① 米·尼·扎戈斯金 (1789-1852)，俄国作家。——译注
② 原来姓名为亚·亚·别斯图热夫 (1797-1837)。马尔林斯基是他的笔名，俄国作家。——译注
③ 生平不详。——译注

我最亲爱的小叔彼得·伊万内奇！

　　您还记得十七年前我们替您安排进京事宜的情景吗？如今我又得祝福自己的孩子远行了。亲爱的，请您仔细瞧瞧他吧，您就会想起我的先夫，我们亲爱的费多尔·伊万内奇，萨申卡活脱脱地像他。只有上帝知道，放这孩子远奔异乡，我这做母亲的心要经受多大的痛苦。我让我亲爱的孩子直接去找您，除了您那儿，我不准他待在别的什么地方……

阿杜耶夫又摇摇头。

"蠢老太婆！"他嘟哝说，接着念道：

　　他还不大懂事，兴许会逗留在客栈里，但我知道，这可能会让亲叔叔见怪，所以我嘱咐他直接前去您那儿。你们会面该是何等的欢喜呀！亲爱的小叔，您要多多教导他，照料他；我亲手把他托付给您了。

彼得·伊万内奇又停顿一下。

　　（随后又接着念）要知道在京城您是他唯一的亲人。请多关照他，不要太娇惯他，也不要太严厉，责罚他的人有的是，可抚爱他的只有自己的亲人了。他是个非常可爱的孩子，您只要见到他，就舍不得离开他。请您在他的上司面前打声招呼，请他爱护我的萨申卡，要对他尽量温存些，因为我这孩子还很娇嫩。请告诫他不要喝酒，不要赌牌。夜里（我想你们是睡在一个房间里）萨申卡习惯于仰着睡觉，所以，亲爱的，他常难受得哼哼，翻过来覆过去的——您就轻轻地叫醒他，给他画十字，这种情形就会马上过去，夏天的时候请给他嘴上遮一条手绢，因为他老张着嘴巴睡觉，那些可恶的苍蝇在快天亮的时候会爬进他嘴里的。在他手头吃紧的时候，请给他一些照应……

阿杜耶夫皱起了眉头，但当他念完下面一段的时候，他的脸容很快又开朗了。

他所需的钱我会给寄去的，现在我交给他手里一千卢布，不过让他不要把钱浪费在无用的东西上，也不要让那些马屁精给骗了去，我听说你们京城有许多骗子和形形色色的无耻之徒。对不起，亲爱的小叔，我完全不习惯于写信了。

永远真心敬重您的
嫂子安·阿杜耶娃

再者，顺便送上我们乡下的一些小礼物——自己园子里的马林果，像泪珠似的白色纯蜜糖，够做两打衬衫的荷兰亚麻布，还有自家制的果子酱。请尝尝吧、穿穿吧，待用完了，我再给送上。请管教着点叶夫塞，他人倒还老实，不嗜酒，可在京城兴许会被惯坏的，真的那样了，可以用鞭子抽他。

彼得·伊万内奇慢慢地把信放到桌子上，更加慢吞吞地取出一支雪茄，在手上搓了一会儿，才抽了起来。他把嫂子跟他要弄的把戏（他心里把这件事称之为把戏）思量了好久。他在脑子里认真分析了人家对他所要的把戏，想着自己应该如何对付。

他对整个这种情况做了以下的分析。他不认识自己的侄儿，自然也就没有什么感情，所以心里觉得对侄儿没有什么义务；不过对这件事应该按合理公平的原则去解决。他的哥哥娶了媳妇，享受了夫妇生活的乐趣，而他彼得·伊万内奇要费心去照顾哥哥的儿子？他可没有享受夫妇生活的好处呀！当然，根本没有必要。

然而从另一方面想一想，做母亲的让儿子直接前来找他，把儿子托付给他，都不知道他是否愿意背这个包袱，甚至不知道他是否健在，有没有能力照顾侄儿。当然，这是很蠢的；可是事已至此，侄儿已经来到彼得堡，无依无靠、无亲无故，连一封介绍信也没有，而且又是个没见过任何世面的年轻人……他怎能让侄儿去受命运的随意摆布呢？怎能把他抛在复杂的人间而听之任之呢？侄儿若有个三长两短，那他对得起良心吗……

这时候，阿杜耶夫也回想起了十七年前已故的哥哥和这位安娜·帕甫洛夫娜为他送行的情景。当然，他们不能为他在彼得堡的发展帮什么忙，路是他自己去闯出来的……可他想起了离别时她的眼泪，她那母亲般的祝福，她的厚意，她的馅饼，还有她最后说的话："等萨申卡长大了（当时他还是三岁小儿），好兄弟，兴许您也会疼爱他的……"想到这儿彼得·伊万内奇站了起来，快步来到前厅……

"瓦西里！"他说，"等一会我的侄儿来了，不要回掉他。你去看一下楼上那间前不久退租回来的房间是不是还空着，要是没出租，你就去说我要留着自己用。啊，这就是礼品！拿它们怎么处理呢？"

"我们把这些东西搬上来的时候，那小铺的老板看见了。他问能不能把蜜糖卖给他，他说，'我给好价钱'，马林果他也要买……"

"好极了！卖给他吧。喂，那亚麻布怎么办？做套子用合不合适……那就把亚麻布收起来，把果子酱也收起来——可以留给自己吃，看起来挺不错的。"

彼得·伊万内奇正准备刮胡子的时候，亚历山大·费多雷奇就来了。他本想扑上来搂住叔父的脖子，然而叔父以一只挺有劲的手握住了他柔嫩的手，使他跟自己保持一定的距离，看起来是为了好好打量他，其实是为了阻止他的情感冲动，只让他握握手。

"你母亲说得对，"他说，"你活脱脱地像我已故的哥哥，就是在街上我也会认得出你，可你比他更加帅气。好，我不拘礼节了，我得刮胡子，你就朝着我坐，让我看得见你，我们就聊聊吧。"

彼得·伊万内奇随即干起自己的事来，旁若无人。他把肥皂抹在脸颊上，时不时地用舌头鼓起腮帮。这样的接待方式让亚历山大发窘了，他不知谈话如何开头。他以为叔父的冷淡是由于自己没有直接奔叔叔这儿来的缘故。

"嗯，你妈妈怎么样？身体好吗？我想她老些了吧？"叔父问，一边在镜子前做着各种怪脸。

"感谢上帝，妈妈身体挺好，她向您问候，姨妈玛丽娅·帕甫洛夫娜也问候您，"亚历山大·费多雷奇怯生生地说，"姨妈要我代她拥抱您……"他站起来，走到叔父跟前，要亲亲他的脸颊，或者脑袋、肩膀，或其他什么地方。

"你那姨妈也有大把年纪了，按说该变得聪明些了，可是我看她还像二十年前一样的傻气……"

受窘的亚历山大退回自己的座位上。

"您收到信了吗，叔叔……"他问道。

"嗯，收到了。"

"瓦西里·季洪内奇·扎耶菲扎洛夫，"亚历山大·费多雷奇开始说，"恳请您帮帮忙，过问一下他的官司……"

"嗯，他给我写信了……你们那边这样的蠢驴还没有绝迹？"

亚历山大不知作何回答才好，这种评语令他大为吃惊。

"很抱歉，叔叔……"他几乎哆嗦着说。

"什么？"

"很抱歉，我没有直接坐车到您这儿来，而是住宿在驿站客店里……我不知您的住处……"

"这有什么好抱歉的？你做得很对嘛。天知道你妈妈是怎么想的。你还不知道能不能在我这儿住，怎么能直接奔我这儿来呢？你看，我住的是单身住宅，只供一人住的，一间客厅、一间接待室、一间餐室、一间书房，还有一间工作室、更衣室和洗手间——没有多余的房间。我可能挤着你，你也可能挤着我……不过我已替你在这座房子里找好一个住处……"

"啊，好叔叔！"亚历山大说，"我怎么感谢您的这种关怀呢？"

他又从座位上蹦了起来，想以言语和动作去表示自己的感谢。

"安静些，安静些，别碰我！"叔父说，"剃刀快着呢，一不小心会伤着你，也会伤着我。"

亚历山大明白了，无论怎么努力，今天他是得不到拥抱一下敬爱的叔父或依偎在他胸前的机会了，只得把这种愿望推到下一次去实现吧。

"房间是挺舒适的，"彼得·伊万内奇说，"窗子挨前边的墙近了些，反正你也不会老在窗边坐着，要是你在屋里常干些事，也就没工夫闲看窗外了。房租也不贵，四十卢布一个月。还有间前室给仆人住。你一开始就应学会一个人过日子，不用保姆；安排好自己的简单家务，也就是说，家里得有自己的饭食、茶水，总之，得有自己的一个安乐窝，照法国人的说话，得有 un chez soi①。你可以在那儿随便接待什么人……另外，遇到我在家用饭的时候，也欢迎你来共餐。在其他日子里——这儿的年轻人一般都在小饭馆里吃饭——不过我建议你派人去把饭菜买回来吃，因为家里更清静些，也不用担心会跟什么人发生冲突。对不对？"

"叔叔，我非常感谢……"

"感谢什么？你不是我的亲人吗？我是在尽自己的责任。好了，我现在要穿好衣服出去，我有公事，还有厂子……"

"叔叔，我不知道您有厂子。"

"是玻璃厂和瓷器厂；不过不是我一人办的，我们是三人合伙的。"

"生意好吗？"

"是的，挺不错的，大部分销给国内各省的市场。最近两年销路好得很！如果还能这样保持四五年，那就可以……说实话，有个合伙人不怎么可靠，他总是乱花钱，不过我能控制住他。好了，再见吧。你现在去参观一下市容，四处逛一逛，随便在哪儿吃顿

---

① 法语：一个家。——译注

饭，晚上我在家，来我这儿喝茶吧，到时候咱们再聊。喂，瓦西里！你带他去看看房间，帮他安排一下。"

"在彼得堡这儿原来是这个样……"亚历山大在自己的新住处里思忖着，"要是亲叔叔尚且这样，那旁的人会怎么样呢?……"

年轻的阿杜耶夫在房间里踱来踱去，苦苦地沉思着，而叶夫塞一边在收拾房间，一边自言自语：

"这儿过的是什么日子呀，"他嘀嘀咕咕地说，"听说彼得·伊万内奇的厨房每月只生一次火，仆人都在别人家用饭……咳，天哪！哼，这种人！没法说，还叫作彼得堡人呢！在我们家乡连狗都舔着自己的盘里的东西吃呢。"

看来，亚历山大是认同叶夫塞的看法的，虽然他没有作声。他走到窗前，看过去净是些烟囱、屋顶，还有砖砌房子又黑又脏的山墙……他把这些景象跟两礼拜前从自己乡下房子的窗口所看到的景色做了一番比较。他不禁发起愁来。

他去到街上，那里熙熙攘攘，一片繁忙，大家都在匆匆忙忙地赶路，只顾忙着自己的事，难得去瞧一下身旁来往的人，即使瞧一眼，也不过是为了不与人家撞脑袋。他回想起自己的省城，在那边不管遇到什么人，都觉得很有意思。你瞧，那是彼得·伊万内奇去找彼得·彼得罗维奇，那全城的人都知道他前去有何目的。那是玛丽娅·玛尔特诺夫娜做完晚祷回来，那是阿法纳西·萨维奇去捕鱼。省长的一名侍卫拼命策马去找医生，那大家就知道了，省长夫人要生孩子了，虽然照各种婆娘们的说法，这种事是不该预先知道的。大家都会问，是千金或是公子？太太们准备着考究的礼帽。傍晚五六点钟，马特韦·马特韦伊奇从家里走出来，拿着一根粗手杖，大家就知道他是出来散散步，活动活动身子，不然的话，他的胃就不消化，他一定会在一个老文官家的窗旁逗留，大家也知道，那位文官这时候正在喝茶。无论遇到谁，都要点头招呼一声，寒暄两句。遇到不用与之打招呼的人，你也知道他是何人，去往何处，去作何事，而那个人的眼神也表明，我也知道您是何人，去往何处，去作何事。如果是两个从未见过面的陌生人相遇，那么双方的脸一下都会变成问号，他们会停下脚步，回头瞧两三次，回到家里后，会描述起陌生人的服装和步态，于是就会纷纷议论、猜测，他是何人，从何处来，来干什么。可是在这儿人们相遇时只碰一下目光就走开了，仿佛彼此是仇人似的。

亚历山大起初怀着外省人的好奇心打量着每个迎面过来的人和每个衣着讲究的人，时而把他们看作大臣或公使，时而看作作家。"不是他吗？"他想，"不是这个人吗？"但很快他就厌烦了，因为大臣、作家、公使处处可以遇到。

他瞧了一会儿那些房子，感到更无聊了，这些单调的、石头的庞大建筑物使他产生了郁闷感，它们像一些大坟墓，一座挨着一座，延伸开去。"街道就要到头了，眼前马上会变得开阔了，"他心里想，"也许有小山，也许有一片绿茵，也许有坍倒的篱笆。"不，出现的又是同样带有四排窗子的房子，同样的石头围墙。这条街道到头了，又横着一条同样子的街道，又是一排排同样式的房子。无论你向右看、向左看，到处如巨人似的包围着你的是房子，房子和房子，石头和石头，净是这些玩意儿……没有可供远眺的自由空间，四面都是被封闭着的，人们的思想和情感似乎也是被封闭着的。

这个外省人对彼得堡的初步印象是不愉快的。他感到困惑和压抑；没有人理睬他，他觉得很失落；无论形形色色的新奇东西

和人群都吸引不了他。他那外省人的狭隘心理使他对这里看得到
而在家乡看不到的种种事物都深为反感。他沉思起来，想念着故
乡的城市。何等悦目的风光！一座带尖顶的房子，还有个长着一
棵棵刺槐的院子。房顶上又添盖了一个鸽子窝，商人伊久明喜欢
放鸽子，所以他在房顶上盖了鸽子窝。每天一早一晚，他戴着尖
顶帽，穿着长大褂，手里拿着一根顶端系着破布的竿子，站在房
顶上又吹哨子又挥竿子。另一座房子就像个灯笼，四面全是窗子，
房顶上平的，是座年头已久的建筑，似乎就要塌了，或者自己起
火烧了。木板已变成了浅灰色。住在这样的房子里是挺可怕的，
可是人家就住在里面。的确，主人有时候瞧着倾斜的天花板便摇
头，喃喃地说："撑得到来年春天吗？很难说呀！"后来又说了，
可仍继续住在那儿，他担心的不是自己的安全，而是钱袋。旁边
是一位医生的住宅，外观华美、式样新奇，呈半圆形地展开，带
有两个像亭子的厢房，房子整个都藏在一片绿阴里，它背向街道，
围墙长达两俄里，树上的红苹果有的探出墙来，诱惑着孩子们。
那些房子同教堂都隔有相当的距离。教堂的周围长着密密的青草，
其间点缀着一些墓石。政府机关一看就知道是政府机关，没有必
要时，谁都不会去靠近。可是在这京城里，它们跟普通的住宅却
区别不开，还有，说来丢脸，那种房子还开有铺子呢。而在我们
那边的小城市里，你走过两三条街，就可以嗅到自由的空气，出
现一道道的篱笆，篱笆里边是菜园，再往前去是长着春播作物的
田野。到处是宁静、悠闲、散淡，即使在街头，在人群中也是有
令人快乐的平静！大家过得自由自在，心情舒畅，谁也不觉得憋
得慌；就连母鸡公鸡都可在街上自由地走来走去，牛羊啃着青草，
娃娃们放着风筝。

而在这里呢……多么烦闷呀！这个外省的小伙子怀念起故乡窗子对面的篱笆，尘土飞扬、肮脏不堪的街道，摇摇晃晃的小桥，酒馆的招牌。他很反感地意识到，伊萨基辅大教堂比他家乡城里的教堂更高更气派，贵族会议的大厅也比家乡的大厅宽敞。做这样的比较时，他气得一声不响，有时候则武断地说，这种料子或这种酒在他家乡可买到更好更便宜的，至于对那些从外国进口的一些东西，如大虾、蛤蜊，还有上等鲟鱼，家乡的人连睬都不睬，你们还随便从老外那里购买各种料子、小饰物；你们竟任他们勒索，乐于当傻瓜！当他经比较之后发现，家乡城里的鱼子呀、梨呀、白面包呀都更好的时候，他一下就高兴了。"你们这儿这些也叫梨呀？"他说，"在我们那边这种东西连仆人都不吃……"

　　这个外省的年轻人远道而来，拿着介绍信去人家登门拜访的时候，他便更加发愁了。他本以为人家会展开双臂热烈拥抱他，简直不知怎样接待才好，不知让他坐在哪儿，怎样款待；他们巧妙地探听他喜欢吃什么菜，这些亲切的招待使他感到很不好意思，终于抛开各种礼节，热烈地吻了主人和主妇，用"你"称呼他们，仿佛他们已有二十年的交情，大家开怀畅饮，也许还同声合唱……

　　哪有这样的事呀！主人几乎都不瞧他一眼，皱起眉头，借口事情忙，没时间接待，如果有事要谈，那就另约时间，当然不会约在吃饭的时候。他们根本不知道让客人稍垫补点儿——又没有酒、又没有点心。主人避开他的拥抱，带点古怪的眼光瞧着客人。隔壁房间里响着勺子、杯子，照理该邀他用餐，可是他们却以巧妙的暗示把他赶走……一切都上锁，到处安铃铛，这不是太没有意思了吗？还有那些冷漠的、不爱理人的面孔。而在我们家乡，你只管大胆地进去，要是主人已吃过饭，他们会再陪着客人吃饭；茶饮早晚都不离桌，而铃铛连商店里都不安的。人们相遇了，都要拥抱、亲吻。那边的邻居，那才是真正的邻居呢，大家手拉手，心连心，亲近得很；亲戚那真是亲戚，为了亲人，连命都愿豁出去……唉，这儿真差劲！

亚历山大终于来到海军广场，他一下愣住了。他在青铜骑士前面站了一个来小时，可是他并不像可怜的叶甫盖尼①那样心里怀着痛苦的自责，而是满心的欢喜。他瞧了瞧涅瓦河和河畔的建筑——他两眼闪光了。他突然为自己对那些摇晃的木桥、房前的小花园、坍倒的篱笆的偏爱而感到羞愧。他开始变得快乐轻松了。就连忙乱的景象和嘈杂的人群，在他眼里都有了另外的意义。一时被忧愁的印象抑制着的希望又开始闪烁了；新生活将他热情地拥抱，使他向往着某种未知的东西。他的心强烈地跳动着。他憧憬着高尚的劳动、崇高的志向，他雄赳赳气昂昂地走在涅瓦大街上，自以为是个新世界的公民……他就怀着这些幻想走了回去。

晚上十一点钟，叔父差人去叫他来喝茶。

"我刚从剧院里回来。"叔父躺在沙发上说。

"很可惜，您没有早点跟我说，叔叔，我真想跟您一块去。"

"我坐的是池座，你在哪儿坐呀，坐在我的膝盖上？"彼得·伊万内奇说，"明天你自己一人去吧。"

"独自一人在大堆人群里多闷呀，没有人可以交换交换看法……"

"用不着那样！应该学会一个人去感受、去思考，总之要学会

---

① 普希金的长诗《青铜骑士》中的主人公。——译注

独自生活，将来用得着。还有，你上剧院得穿得体面点儿。"

亚历山大看了看自己的衣服，对叔父说的话感到惊讶。"我什么地方穿得不体面？"他想，"青色的礼服，青色的裤子……"

"叔叔，我衣服挺多，"他说，"都是克尼格什泰因缝制的，他是给我们省长做衣服的。"

"那没有用，反正这些衣服不合适；明后天我带你到我的裁缝那儿去；不过这是小事。还有较重要的事要谈一下。你说说，你来这儿的目的是什么？"

"我来这儿……生活呀。"

"生活？如果你说的是指吃喝和睡觉，那么就不值得从大老远辛辛苦苦地跑到这儿来，你在这儿吃喝睡觉都做不到像你在家里那样；如果你另有所图，那就说说看……"

"享受一下生活呗，我说的是心里话，"亚历山大红着脸补充说，"我在乡下待腻了，那儿生活太单调了……"

"啊，原来如此！那么，你就在涅瓦大街租一处二层楼，购置一辆马车，交一帮朋友，过起自己的小日子，好吗？"

"这样太花钱了。"亚历山大天真地说。

"你母亲信上说，她给了你一千卢布，这点儿哪够呀，"彼得·伊万内奇说，"我的一个熟人不久前来到这里，他也是在乡下待烦了；他也想享受一番生活，所以一下就带来五万卢布，而且每年都将收到这个数目的钱。他的确要在彼得堡享受一番生活，而你不是！你不是为这个来的。"

"您这话的意思，叔叔，是我似乎不知道自己为什么来。"

"差不多是这样；更确切说，就是这样；只是这样很不好。难道你打算来这儿的时候，没有问一下自己，我去的目的是什么？

这样问不是多余的。"

"在我给自己提这个问题之前，我已经有了答案了！"亚历山大骄傲地回答说。

"那么你干吗不说呢？到底是什么目的呢？"

"我被一种无法抗拒的志向所吸引，我渴望从事崇高的事业；我心中沸腾着一种愿望，就是要了解和实现……"

彼得·伊万内奇从沙发上稍欠起点身子，从嘴上取下雪茄，竖起耳朵听着。

"实现那些积聚起来的愿望……"

"你是不是在写诗？"彼得·伊万内奇忽然问。

"还写散文，叔叔，要拿来看看吗？"

"不，不……以后什么时候再看吧，我只是这样问问。"

"为什么？"

"因为你说话是那样……"

"难道不好吗？"

"不，也许很好，就是有点怪。"

"我们那边一位美学教授就是这样说话的，他被认为是极有口才的教授。"亚历山大有些发窘地说。

"他讲什么呀？"

"讲自己的课呗。"

"啊！"

"那我该怎么说话呀，叔叔？"

"说得通俗些嘛，像一般人一样，不要学那个美学教授。不过这不是一下可讲得清楚的；你以后自己会搞明白的。你似乎想说，如果我能用大学课堂上的用语来表达你要说的话，你来此的目的

050

就是追求功名利禄——是这样吗？"

"是的，叔叔，是为了前途……"

"还要发财，"彼得·伊万内奇补充说，"不发财，算什么功名？想法很好，只是……你白来了。"

"为什么呀？我希望您不是根据自己的经验这样说的吧？"亚历山大说，一边朝周围瞧了瞧。

"说得有道理。对，我的境况很好，我的生意也不错。可是依我看，你和我有很大的差别。"

"我怎么敢跟您比……"

"问题不在这儿；你也许比我聪明十倍、优秀十倍……不过你的性格似乎不大适应新环境；而老家的那种环境，实在不怎么样！你被母亲娇宠惯了，你哪里经受得了我所经受的一切呢？你大概是个幻想家，而这儿哪有时间去幻想呀；我们这种人来这儿是干事业的。"

"也许我也能干些什么嘛，如果您愿意帮我出出主意，谈谈您的切身经验……"

"出主意我不敢。我对你乡下人的脾性没有把握，瞎说一通，你会责怪我的；讲一点自己的意见，我不推辞，你听或不听都随你。可是不！我想没有用处。你们那边的人有自己的人生观，怎么把它改变过来呢？你们迷醉于爱情、友谊、生活的美好情趣、幸福，以为生活仅仅是这一套玩意儿，可叹哪可叹！哭泣、诉苦、献殷勤，就是不干正事……我怎么能让你抛掉这一套呢？——难哪！"

"叔叔，我会努力去适应现代的观念的。今天我已经看到了这些巨大的建筑物，看到了从遥远国度给我们运来货物的海船，我想到了现代人类的成就，我懂得了这些富于理性、积极进取的人们的激动情绪，我准备与他们打成一片……"

彼得·伊万内奇在倾听这段独白时，意味深长地扬起眉头，凝视了一会侄儿。侄儿把话打住了。

"事情看起来简单，"叔父说，"天知道他们会想些什么……'富于理性、积极进取的人们'!! 说真的，你还是留在乡下那边比较好。你会风光地过一辈子，在那边你可能是最聪明的人，可能被认为是作家和有口才的人，相信永世不渝的友谊和爱情，相信亲情、幸福，在那边娶个媳妇，不知不觉地活到老年，真的觉得自己是挺幸福的；可按这里的观念，你会是不幸福的，因为在这里所有那些观念统统应该倒翻个个儿。"

"怎么，叔叔，难道友谊和爱情这些神圣崇高的情感似乎是偶然从天上掉到地上的脏处的……"

"什么？"

亚历山大没有作声。

"'爱情和友谊掉到脏处！'哼，你在这儿怎么说出这样的话？"

"我想说，难道它们在这儿跟那边就不一样？"

"这儿也有爱情和友谊，哪儿没有这种好东西呢？不过跟你们乡下那边的不一样，以后你自己会明白的……你首先要忘掉这些神圣的崇高的情感，而看事情要实际些，你说得越实际也就越好。不过，这不关我的事。你到这儿来了，又不想回去，要是你找不到要找的东西，你就怨自己吧。我根据自己的看法，预先告诉你什么是好什么是坏，至于怎么做，那随你便……我们试一试吧，也许能把你造就成什么。是呀！唉！你妈妈请我接济你……听我对你说，不要向我要钱，这种事往往会损坏正人君子之间的良好关系。不过，你别认为我不肯给你钱。不，如果到了无法可想的时候，那就来找我吧……向叔叔借钱总比向生人借要好些，至少不用付利息吧。为了不至于落到这种极端境地，我尽快给你找个差事，让你好挣些钱。好，再见吧。你明儿早上再来，我们商谈一下怎么开头。"

亚历山大·费多雷奇回去了。

"喂，你不想吃点儿晚饭吗？"彼得·伊万内奇朝着他背影说。

"是的，叔叔……我是想……"

"我这儿什么也没有。"

亚历山大不作声了。"干吗来这种客套呢？"他心里想。

"我这里不开伙，饭铺这会儿也打烊了，"叔父接着说，"这是给你上的第一课，你要习惯。你们乡下的人是日出而起，日落而息，要吃要喝，听凭自然；冷了，就戴上带耳套的帽子，其他的什么也不想知道；天亮了就是白天，黑了就是夜晚。你已经闭上眼睛睡觉了，我还要坐下来工作，到月底得结结账。你们乡下整年都呼吸着新鲜空气，而在这儿享受这种快乐也是需要花钱的——什么都得花钱！完全不一样呀！这儿的人一般不吃晚饭，尤其是要自己掏钱，要我掏钱我也不干。这对你也有好处，你不会在夜里唉声叹气，翻来覆去睡不着，我可没时间为你祈祷。"

"叔叔，这很容易习惯……"

"如果是这样，那就很好。你们乡下什么都还按老规矩吗，夜里可去作客，立即备好晚饭招待客人？"

"那怎么啦，叔叔，我希望不要否定这种优点，这是俄罗斯人的美德……"

"得了！这算是什么美德。是因为太无聊了吧，见到一个坏蛋也欢天喜地，说：'欢迎光临，请随便吃吧，只要替我们解解闷，帮我们打发一下时间，让我们瞧瞧你——这反正也是一种新鲜事嘛；饭菜我们是不会吝惜的，在这儿这也花不了什么……' 多么讨厌的美德呀！"

亚历山大躺下睡觉的时候，拼命猜测他叔父是个什么样的人。他回想了整个谈话的内容；有许多话他弄不明白，有些话他不大相信。

"我说得不好！"他想，"'爱情和友谊'不是永恒的吗？叔叔不是笑话我了？难道这儿就是这样的规矩？索菲娅不就是特别喜欢我的口才吗？她的爱情难道不是永恒的……难道这儿真的不吃晚饭？"

他在床上还辗转了老半天。脑袋里忧思重重，胃里空空如也，他睡不着了。

过了两星期左右。

彼得·伊万内奇对自己的侄儿变得一天比一天满意。

"他很有分寸，"他对厂里的一个合伙人说，"我根本没有料到一个乡下孩子能够这样。他不纠缠人，不叫他，他就不来；一发现不应多待，他马上就走；他不伸手要钱，他是个斯文的小伙子。他也有些怪……老要亲吻人，说起话来像个中学生……他会改掉这种毛病的；还有一点很好，他不依赖我过活。"

"他有家产吗？"那个人问。

"没有，只有百来个农奴！"

"那不要紧！只要有能力，他在这儿就会有发展……您不也是白手起家的嘛，而如今多么风光……"

"不！哪里呀！他不会有什么作为的。他那种愚蠢的热情哪儿也不适用，真没办法！他不会适应这里的环境的；他哪能升官发财呀！他是白来一趟了……当然，这是他自己的事情。"

亚历山大认为自己理应热爱叔父，可是怎么也习惯不了他的性格和想法。

"我的叔叔看起来是个好人，"他在一个早晨写信给波斯佩洛夫说，"他很聪明，可极没有情趣，老是忙于做生意，算计……他的精神似乎被禁锢在地面上，永远脱离不开世间俗事而上升到对人类的精神世界现象进行纯粹直观的高度。他的天总是与地不可分地联系着的，看来我跟他在心灵上永远完全融合不到一起。我来到这儿的时候，曾以为他身为叔父，心里总会给我一个位置，他会以热烈的充满友谊的拥抱来温暖处在这里冷漠人群中的我；你知道。友谊乃是第二神明！可是他却正是这个冷漠人群的代表。我本想跟他一起共度时光，一刻也不分离，可是我受到的是什么呢？是那些被他称之为至理名言的冷漠的劝导；宁可让那些劝导不是至理名言，只要充满温暖诚挚的关怀就好。他傲气倒不算傲气，可不喜欢任何真情的流露；我们不在一起吃中饭、吃晚饭，也不一起去哪儿。他回家后，从来不说他去过哪儿，做过什么事；他也从来不说他要去哪儿，去做什么，他有些什么熟人，他喜欢什么，不喜欢什么，他是怎样打发时间的。他从来不大发脾气，也不亲亲热热，既不悲，也不喜。爱情、友谊等各种激情，对美好事物的一切向往都是与他的心格格不入的。我经常絮絮叨叨，像个富于灵感的预言家，几乎像我们那位了不起的、令人难忘的伊万·谢梅内奇（你记得吗，当他在讲台上大声宣讲时，我们都被他那火热的目光和言辞激动得直发颤）。然而我的叔叔呢？他扬起眉毛听着，奇怪地瞧着，或者以独特的声音笑了起来，那种笑声令我的血液都凝固了——还有什么灵感！我有时觉得他很像普希金笔下的魔鬼……他不相信爱情这一类东西，他说，幸福是没有的，没有人能期望得到它，有的只是生活，它分为好多部分，它有善有恶，有满足、成功、健康、安宁，也有不满、失败、不安、疾病等等。看一切事物应该实际些，不要往脑袋里装那些没用的（怎么？没用的！）问题，我们是为何而生，要追求何种目的——这些不用我们去操心，不然我们就会看不见我们鼻子底下的事，就会不务正业……你听，人一张嘴就谈事业！你弄不清他是醉心于什么享受呢，或只操心那种没趣的事业，因为他在算账也好，在剧院看戏也好，都是同一的表情；他没有强烈的感受，似乎也不喜欢优雅的东西，它同他的心灵格格不入，我猜想他甚至没有读过普希金的作品……"

彼得·伊万内奇出人意料地走进侄儿的房间，正碰上他在写信。

"我来瞧瞧你安顿好了没有，"叔父说，"顺便谈点事儿。"

亚历山大猛地站了起来，赶紧用一只手遮住什么。

"藏吧，把你的秘密藏起来吧，"彼得·伊万内奇说，"我转过脸去。嗯。藏好了？什么掉出来了？这是什么？"

"这个，叔叔，没什么……"亚历山大本想说话，可一发窘，就停住不说了。

"看来是头发！其实没关系！我已经看到一样了，把你手里藏的东西也给我看看吧。"

亚历山大像个被揭穿的小学生，不得不松开手，露出了戒指。

"这是什么？哪儿来的？"彼得·伊万内奇问。

"叔叔，这是一件纪念物……它表示一种情意……"

"什么？什么？把这件纪念物给我看看。"

"这是信物……"

"是从乡下带来的吧？"

"是索菲娅给我作纪念的，叔叔……在我们临别的时候……"

"原来是这样。你就把它带了一千五百俄里？"

叔父摇了摇头。

"你还不如多带一袋马林果呢，它至少可以卖给铺子，而这些信物……"

他仔细瞧瞧头发，又仔细瞧瞧戒指；他闻了闻头发，把戒指放在手上掂量一下。然后他从桌子上拿过一张纸，把这两件纪念物包了起来，紧紧捏成一团，叭的一声扔出窗外。

"叔叔！"亚历山大发狂地喊了起来，抓住叔父的手，但已经晚了，那一团东西飞过邻居屋顶的一角，落到运河里一条运砖的货船边上，蹦了一蹦，然后蹦进了水里。

亚历山大露出痛苦的责怪神色，默默地瞅着叔父。

"叔叔！"他又唤了一声。

"什么事？"

"您这种行为算做什么呢？"

"就是把那些没用的纪念物以及各种不该留在房间里的破烂废物扔到窗外的河里去……"

"废物，这些是废物？"

"你以为是什么？是你的心肝宝贝……我是来同你谈正事的，而你在干什么呢——坐在那儿思念废物！"

"难道这有碍于正事吗，叔叔？"

"非常有碍。时光在流逝，你到现在还没有跟我谈谈你的打算，你想干公差或是选择其他工作——还没有说过一句话呢！全是因为你满脑子尽想着索菲娅和那些纪念物。看样子，你是在给她写信吧？是吗？”

“是的……我正要动笔……”

“给母亲写信了吗？”

“还没有，我准备明天写。”

“为什么明天？给母亲的明天写，而给那个过一个月就该忘掉的索菲娅的却今天写……”

“忘掉索菲娅？能忘得掉她吗？”

“必须忘掉。我不把你那些信物扔了，恐怕你还会多记她一个月。我给了你双重的帮助。过几年这些纪念物会让你想起你的愚蠢而使你脸红的。”

“因为这种纯洁而神圣的往事而脸红？这说明不懂得那种诗意……”

“愚蠢的东西有什么诗意？就如你姨妈信里的那种诗意！黄花呀，湖水呀，什么秘密呀……我一念那封信，就感到难受，说不出来的难受！我差点儿脸红了，我还没有养成不脸红的习惯！”

“这太可怕了，太可怕了，叔叔！您大概从来没有恋爱过？”

“那些纪念物我受不了。”

“这是何等呆板的生活呀！”亚历山大非常激动地说，“这是混日子，而不是生活！没有灵感，没有眼泪，没有生命，没有爱情，瞎混日子……”

“也没有头发！”叔父补了一句。

“叔叔，您怎么可以冷酷地嘲笑世界上美好的东西呢？这是罪过呀……爱情……神圣的激情！”

“我了解这种神圣的爱情，在你这般年纪，眼里只有卷发呀、坤鞋呀、吊袜带呀，一触到女人的手，全身便奔腾着神圣崇高的爱情，就让它自由宣泄吧，那倒也……可惜，你的爱情老待在你前面；你怎么也脱不开它，可是事业就会离开你，如果你不好好干正事的话。"

"难道爱情不是正事？"

"不，它是一种愉快的娱乐，不过不要过分沉湎于它，否则就荒唐了。因此我也为你担心。"

叔父摇了摇头。

"我差不多给你找到位置了，你不是要差使吗？"他说。

"啊，叔叔，我真高兴！"

亚历山大扑上来亲了亲叔父的脸颊。

"你终于找到机会了！"叔父擦净脸颊说，"我怎么没防着这一手呢！好，你听着。告诉我，你懂些什么，你觉得自己能干些什么？"

"我懂神学、民法、刑法、自然法和民权法、外交、政治经济学、哲学、美学、考古学……"

"等一下，等一下！你会不会规范地书写俄文？目前这最需要。"

"这算什么问题呀，叔叔，会不会书写俄文！"亚历山大一边说，一边奔到柜子前，从里面取出各式各样的文书，而叔父这时候从桌上拿起一封信，阅读起来。

亚历山大拿着一堆文书回到桌边，看见叔父在读信。那些文书便从手上掉了下来。

"您这是在读什么呀，叔叔？"他惊慌地说。

"桌上放着的一封信，大概是你写给朋友的吧。对不起，我是想看一看你字写得怎么样。"

"您把信都看过了？"

"是的，差不多——只剩下两行了，我马上就看完，反正信里也没什么秘密，不然它就不会这样随便放着……"

"那您现在对我怎么看？"

"我认为你字写得挺不错，又规范又美观……"

"那么您没有看明白信上写的什么吗？"亚历山大急忙地问。

"不，似乎都看明白了，"彼得·伊万内奇瞅着两张信纸说，"开头你描写彼得堡，谈自己的印象，后面是谈论我。"

"我的天哪！"亚历山大惊喊了一声，用双手蒙住脸。

"你干什么？你怎么啦？"

"您说得怎么这样心平气和？您不生气，不恨我？"

"不！我干吗要发脾气呀？"

"请再说一遍，让我好放心。"

"不，不，不。"

"我还是不信，请证明一下，叔叔……"

"怎么证明呢？"

"拥抱一下我。"

"对不起，我不能。"

"为什么呢？"

"因为这样做不理智，也就是没有意义，或者用你的教授的话来说，意识没有促使我去这样做；假如你是个女人，那又另当别论了，这种无意义的举动就另有用意了。"

"叔叔，情感需要表现出来，它要求迸发、流露……"

"我的情感不需要这样，也不要求这样，假如它需要这样，我就会加以克制的——我劝你也这样。"

"为什么呢？"

"为了以后能更看清你所拥抱过的人，你不会为自己的拥抱而羞得脸红。"

"叔叔，难道就没有这种情况，先厌弃人家，过后又感到后悔？"

"有这种情况，所以我从来不厌弃任何人。"

"您不会因为我写了这样的信而厌弃我，不把我叫作怪物？"

"你觉得谁乱写了几句，谁就是怪物，这样怪物就太多了。"

"可是看到了这些有关自己的令人难堪的议论——是谁写的？是亲侄儿！"

"你以为你写的都是事实？"

"噢，叔叔……当然是我错了……我会改正的……请原谅……"

"要不要我给你口授一些事实？"

"好的。"

"你坐下来写吧。"

亚历山大取过纸，拿起笔，而彼得·伊万内奇瞧着那封刚读过的信，口授道：

"'亲爱的朋友'。"

"写了吗？"

"写了。"

"'关于彼得堡和我个人的印象我就不再多写了'。"

"'不再多写了'。"亚历山大一边跟着念，一边写。

"'彼得堡的景象早已有人描写过，而没有描写的东西，你应该亲自来看看；我的印象对你没什么用。何必白浪费时间和纸张。不如让我来描写一下我的叔父，因为这跟我个人大有关系'。"

"'描写一下我的叔父'。"亚历山大重复念道。

"你在信里说我很善良、聪明，也许这是真的，也许不是；我们不如来个折中，你就写：'我的叔父人不笨、也不坏，他希望我好……'"

"叔叔！您的心意我是明白的，感觉得出来的……"亚历山大说，并探过身子去吻他。

"'虽然他不拥抱我'，"彼得·伊万内奇继续口授说。亚历山大没有够着他，急忙坐回原处。

"'他希望我好，因为没有理由希望我不好，而且是我母亲求他关照我，我母亲曾为他做过好事。他说他不喜爱我——那也是很自然的嘛，短短两个星期是不可能让人去喜爱另一人的。再说，我也还没喜爱上他，虽然我相信情况会好起来的'。"

"怎么能这样写呢？"亚历山大说。

"写吧，写吧。'但我们开始相互习惯了。他甚至说，没有爱也完全可以的。他不是从早到晚跟我亲热地待在一起，因为这毫无必要，而且他也没有时间'。"

"'他不喜欢真情的流露'——这话可以保留，说得很好——写下啦？"

"写下啦。"

"喂，你信里还写了些什么？'缺乏情趣的灵魂，魔鬼……'写吧。"

亚历山大在默写的时候，彼得·伊万内奇从桌上拿过一张纸，卷了卷，拿它引了火，吸起雪茄来，然后把纸扔在地上，用脚踩灭火。

"'我的叔叔既不是魔鬼，也不是天使，而是跟大家一样的普通人'，"他口授说，"'只是不完全像我和你。他是按世俗的方式去思考、去感受的，他认为既然我们是生活在地上，那就没有必要从地上飞到暂时还没有要求我们前去的天上去，我们只需去做我们该做的人类的事情。所以他深入了解一切世俗的事，了解实际的生活，而不像我们那样对生活抱着种种幻想。他相信有善也有恶，相信有美也有丑。他也相信有爱情和友谊，不过不认为它们是从天上掉到肮脏的地上的，而是认为它们的产生是与人息息相关的，是为人服务的，对它们应该这样去理解，对一切事物应该从它们实际方面去进行仔细考察，而不要瞎想一气。他认为诚实正派的人彼此可能产生好感，由于经常的交往和习惯，这种好感便发展成了友谊。可是他又认为，离别会使习惯失去作用，致使人们彼此相忘，这完全不算是罪过。所以他深信，我会忘掉你，你也会忘掉我。对此你我大概都会觉得奇怪，然而他劝我要习惯于这种想法，这样我们俩就不至于成为傻瓜。他对爱情的看法也大同小异，他不相信有永世不渝的爱情，正如不相信有家神一样——也劝我们不要相信。他还劝我少考虑这方面事情，我也劝你这样。他说这种事会自然地到来，用不着去招它。他说生活不仅仅是爱情；恋爱就像其他一切事情一样，都有它适宜的时机，一辈子光痴想着，那就太蠢了。那些老去寻找爱情、一分钟也离不开爱情的人活得太烦心了，更糟的是太伤脑筋了。叔叔喜欢工作，他也劝我这样，我也劝你。他说我们属于社会，社会需要我们。他在工作的时候，并没有忘记自己，工作可以挣钱，而钱可以带来他所非常喜欢的舒适生活。此外，他可能另有所图，因而我大概不是他的继承人。叔父也不总是在考虑公事和工厂的事，他会背诵的也不仅仅是普希金的诗……"

"您，叔叔？"亚历山大惊讶地说。

"是的，总有一天你会看到的。写吧，'他以两种语言阅读人类知识各个领域的优秀著作，他喜爱艺术，收藏了一整套佛拉芒派的精美名画——这是他的爱好；他也常去剧院，但不瞎忙瞎折腾，不叹气、不叫好，认为这些很幼稚，人应该自我克制，不要把自己的印象强加于人，因为任何人都不需要这个。他也不说没道理的话，他劝我这样，我也劝你。再见吧，少给我写信，不要白浪费时间。你的朋友某某某。再写上某月某日'。"

"这样的信怎么可以寄出去？"亚历山大说，"'少写信'——把这样的话写给一个赶了一百六十俄里路特意来道别的友人！'我劝你也这样、那样、再那样……'他不比我笨，大学毕业时他得了第二名呢。"

"不要紧的，你还是寄出去吧，他也许会变得更聪明的，这封信会使他产生各种新的想法；虽然你们已经毕业了，但你们的学习才刚刚开始。"

"我不能这样，叔叔……"

"我从来不干涉别人的事，可你自己请求我为你做点什么，我尽力引导你走一条正路，帮助你迈出第一步，而你却很固执，好吧，随你的便。我不过是谈点自己的意见，我不会强迫你的，我不是你的保姆。"

"对不起，叔叔，我听您的就是了。"亚历山大说，并立即封好了信。

封好这一封信之后，他开始找另一封写给索菲娅的信。他往桌子上瞧了瞧——没有，桌子底下——也没有，抽屉里——还是没有。

"你找什么？"叔父问。

"我找另一封信……给索菲娅的。"

叔父也开始找了。

"它会哪儿去了呢？"彼得·伊万内奇说，"我的确没有把它扔到窗外去……"

"叔叔！您干的什么呀？您不是用它点火吸雪茄了吧！"亚历山大痛心地说，一边捡起烧剩的碎纸片。

"真的呀？"叔父惊喊了一声，"我这是怎么啦？我一点儿没发觉；你瞧，我竟烧掉了一件如此珍贵的东西……不过，你知道吗，从某个方面来说，它也是好事……"

"哎呀，叔叔，说实在的，不管从哪方面说都不是好事……"亚历山大绝望地说。

"真的，是件好事，赶今天这趟邮车你已经来不及给她写信了，等到下一趟邮车时，你大概已经改变主意了，忙于公务，就顾不上那个了，这样你就少干一件蠢事了。"

"她对我会怎么想呢？"

"随她怎么想吧。我认为这对她也有好处。反正你是不会娶她的，是吧？她会以为你已把她忘了，她自己也会忘了你，待她将来在未婚夫面前说自己除了他之外没有爱过任何旁人的时候，她会少点脸红。"

"叔叔，您这个人好怪呀！对于您来说，不存在忠贞不渝的爱情，也没有神圣的诺言……生活是这样美好，这样富于魅力和柔情，它如同平静美妙的湖水……"

"那儿长着黄花，对吗？"叔叔插话说。

"如同湖水，"亚历山大继续说，"它充满神秘而诱人的东西，蕴藏着这么多的……”

“这么多的淤泥，亲爱的。”

“叔叔，你为什么想到淤泥，为什么要毁坏一切欢乐、希望、幸福……总是从黑暗面去看事情呢？”

“我看事情是很实际的，我劝你也这样，那样你就不至于当傻瓜。有你这样看法的人最好生活在乡下，那儿的人是不会去探讨生活的——那儿生活着的不是一般的俗人，而是天使，例如扎耶菲扎洛夫，他就是个圣人，你的姨妈是个高尚的、多情的女人，我猜想索菲娅也像你姨妈一样的傻，还有……”

“别往下说了，叔叔！”亚历山大气冲冲地说。

“还有那些像你一样的幻想家，拿鼻子嗅来嗅去，看哪儿有永世不渝的友谊和爱情……我要对你说一百遍，你白来了！”

“她会告诉未婚夫说，她没有爱过任何旁人！”亚历山大几乎自言自语地说。

“你总是有自己的一套看法！”

“不，我相信她会非常坦诚地把我的信直接交给他看的，还有……”

“还有纪念物。”彼得·伊万内奇说。

“是的，还有我们的信物……她会说：‘你看，他就是第一个拨动我的心弦的人，就是听到他的名字，我的心弦第一次被拨动了……’”

叔父竖起了眉毛，瞪大了眼睛。亚历山大不吭声了。

“你怎么不再弹奏自己的心弦了？喂，亲爱的，如果你那索菲娅会做出这样的事，那她真蠢透了，我希望她有母亲或什么人能阻拦她！”

"叔叔，您居然把灵魂中这种最神圣的激情、这种崇高的内心流露叫作愚蠢，您让人怎么看您呢？"

"随你怎么看好了。天知道她会引起未婚夫什么猜疑；说不定连婚姻也得吹了，为什么？因为你们曾在一起摘黄花……不，事情不能这么干。好，你会书写俄文，明天我们就上局里去，我有一个老同事在那儿当处长，我已向他提起你，他说有一个空缺，那就莫失良机……你拿出一叠什么东西？"

"这是我读大学时做的笔记。我来读几页伊万·谢缅内奇关于希腊艺术的讲义……"

他急忙翻起那些笔记。

"噢，你行行好，免了吧！"彼得·伊万内奇皱皱眉头说，"这是什么？"

"这是我的毕业论文。我希望给我的上司看一看；尤其是里边有一份我拟定的计划……"

"啊！这类计划有的已经实行一千年了，有的根本不能实行，也不需要实行。"

"您说什么呀，叔叔！这份计划我曾向一位热心教育事业的著名人士请教过的，为这件事他有一天还邀请我和大学校长前去吃顿饭呢。这是另一份计划的开头部分。"

"就在我这儿吃两顿饭吧，可不要去写完另一份计划。"

"为什么呀？"

"是这样，你现在写不出什么好计划，而时间却白过去了。"

"怎么会！那些课白听了……"

"那些课对你将来会有用的，而现在要去观察、去读书、去学习，去做人家让你做的事。"

"那么上司怎样了解我的才能呢？"

"一下就能了解，他很有了解人的本领。你想谋个什么职位？"

"我不知道，叔叔，什么职务……"

"有大臣的，"彼得·伊万内奇说，"有副大臣、局长、副局长、处长、科长、副科长，还有特务官员等等的职位，还不够挑的吗？"

亚历山大深思起来，他着慌了，不知挑哪种好。

"一开始当个科长就不错。"他说。

"是呀，很不错！"彼得·伊万内奇重复说。

"我把工作熟悉一下，叔叔，过两三个月就可以当处长……"

叔父竖起耳朵听。

"当然，当然！"他说，"然后再过三个月就当局长，嘿，再过一年就当上大臣了，是这样吗？"

亚历山大脸红了，没有作声。

"处长大概跟您说过是什么位置空缺了吧？"过了一会儿他问。

"不，"叔父回答说，"他没有说，我们就指望他好了，你知道，我们自己也很难挑呀，而他知道把你安排到哪儿合适。你对他就不要说自己不好挑选，关于计划嘛也一字不提，也许他看我们不信任他，他会不高兴的，可能会吓唬你，他的脾气犟着呢。我还劝你对这儿的漂亮娘儿们也不要谈什么纪念物，她们不懂这个，她们哪儿懂得了呀！这对于她们太高深了，连我都不容易理解，她们会感到莫名其妙的。"

叔父说话的时候，亚历山大翻弄着手里的一包东西。

"你还有什么东西？"

亚历山大急不可耐地等着这样的问话。

"这是……我早就想给您看的……几首诗，您有一次曾经很感兴趣……"

"我不记得了，我似乎不曾感兴趣过……"

"您知道吗，叔叔，我认为上班办公是一种枯燥的事情，它不需要心灵的参与，可是心灵总是渴望表现的，总是想把充溢于心灵中的丰富的思想和感情跟亲朋好友分享的。"

"那又怎么样呢？"叔父不耐烦地问。

"我觉得我应该从事创作……"

"就是说在业余时间你还想干点别的，比如说，译点东西，是吗？很好，值得称赞，译些什么呢？文学作品？"

"是的，叔叔，我想请求您找机会帮我发表些东西……"

"你相信自己有才华吗？要是没有才华，你只能当个艺术匠——有什么好处？若有才华，那就是另一回事了，可以去干，会有许多好处，再说，这也是资本呀，抵得上你家的一百个农奴。"

"这个您也拿金钱去衡量呀？"

"那你说拿什么去衡量？你的读者越多，你挣的钱也越多。"

"而荣誉，荣誉呢？这才是对诗人的真正奖赏……"

"荣誉已懒得去照顾诗人了，因为觊觎荣誉的人太多了。从前有个时候，荣誉就像女人一样，见到人便巴结奉承，可如今你注意到没有？它似乎完全消失了，或者是藏起来了——是呀！名声是有的，荣誉却没有听说了，或者它换了个样子出现，谁写得好，谁就多挣钱，谁写得差，那不要怨别人。所以当今不错的作家生活得很不错，不会在阁楼上冻死饿死，街上也没有人跟在他后面跑，也没有人朝他指指点点，把他看作小丑；人们明白，诗人不是神，而是人，也像其他普通人一样，在那里观看呀，行走呀，想事情呀，做蠢事呀，这有什么好看的？"

"'也像其他普通人一样'，您说的什么呀，叔叔！怎么可以这样说呢！诗人是打有特殊印记的，他身上蕴藏着非凡的能力……"

"有时候其他人身上也有，譬如数学家身上、钟表匠身上、我们这些工厂老板身上。牛顿、古滕贝格①、瓦特也是像莎士比亚、但丁等作家一样，都是具有非凡的能力的。如果我通过某种工艺改良帕尔哥洛夫地方的黏土，制造出比萨克森或塞夫勒的瓷器更出色的瓷器，那你想想看，这里不就存在一种非凡的能力吗？"

"您把艺术跟手艺混为一谈了，叔叔。"

"没有的事！艺术是艺术，手艺是手艺，这两者都可以有创造性，或者说都没有。如果没有创造性，那么手艺匠就是手艺匠，而不是创作者，诗人没有创造性不是诗人，而是写作匠……难道你们在大学里没有读过这个？你们在那里学些什么呢……"

叔父已经有些不高兴了，他竟要去讲解那些他认为是常识性的知识。

"这倒像是真情的吐露，"他心里想。"你手里拿的是什么？给我看看，"他说，"是诗呀！"

叔父接过那包诗稿，朗读起了头一页：

> 烦恼和痛苦如乌云一般
> 不知从何处骤然飘来，
> 心儿跟生活在吵个不休……

---

① 古滕贝格(1394-1399或1406-1468)，德国活版印刷术发明家。——译注

"给我个火，亚历山大。"

他抽起雪茄，继续朗读道：

> 他的种种希望都消失了？
> 为什么噩梦像阴沉沉的雨天
> 一下落进他的灵魂，
> 神秘莫测的厄运
> 突然将他灵魂搅乱……

"跟头四句诗说的是同一个意思，水分出来了。"彼得·伊万内奇评论说，又往下念道：

> 谁能猜出为什么
> 煞白的额头突然渗出
> 冰凉的泪珠……

"怎么会这样？额头会出汗，而出泪珠——我没见过。"

> 我们到底怎么啦？
> 远方的天空一片寂静，
> 这一会儿变得可怕和吓人……

"可怕和吓人——也是一种意思嘛。"

> 眺望天空：一轮明月……

"月亮是一定要有的，缺了它绝对不行！如果你当时心里就有了幻想和姑娘——你就完了，我就不理你了。"

> 眺望天空：一轮明月
> 在默默地飘浮、照耀，
> 我似乎觉得月亮上埋藏着
> 不祥的千古之谜。

"不赖！再给我个火……雪茄灭了。我念到哪儿啦——噢，这儿！"

> 星星在太空里屏息不动，
> 投下闪烁不定的亮光，
> 它们仿佛一致商定，
> 要狡猾地保持沉默。
> 所以世上老是灾难不断，
> 而恶老向我们粗野地预言
> 它那骗人的宁静，
> 似乎不在意地哄着我们；
> 那种忧伤无以名状……

叔父大声地打了个哈欠，继续念道：

> 忧伤就要过去，将会无影无踪，
> 犹如原野上的阵阵清风，

072

吹走沙地上野兽的踪迹。

"唉，野兽的踪迹这些写得不好！为什么这儿画道杠？啊，忧伤讲过了，现在要讲欢乐了……"

他快速地读了起来，近乎默读：

> 然而有的时候
> 另一魔鬼附到我的身上，
> 于是欢喜宛如一股流水
> 拼命挤进我的灵魂……
> 心里甜蜜得直发颤……

"既不坏，也不好！"他念完之后说道，"不过，有些人开头时候写得更差，你如果有兴趣，就去试试，去写写，实践实践，也许会显出才华，到时候就是另一回事了。"

亚历山大伤心死了。他压根没料到会获得这样的评价。令他稍感宽慰的是，他认为叔父几乎是个冷酷无情的人。

"这是席勒作品的译文。"他说。

"行了，我看到了。你懂哪些语言？"

"我懂法语、德语，还懂一点英语。"

"祝贺你，你早就该告诉我呀，你将来会大有作为的。前几天你跟我谈了一通政治经济学、哲学、考古学，以及一些莫名其妙的东西，可是对主要的东西却只字不提，谦虚得不是地方。我马上给你找些文学方面的工作。"

"真的吗，叔叔？太感谢了！让我拥抱您吧。"

"慢着，等我给你找到了再说。"

"您要不要把我的几篇著作拿给我未来的上司看看，让他也了解了解？"

"不，不必。如果需要，你自己拿给他看，也许也没有必要。就把你的那些计划和作品送给我好吗？"

"送给您？那当然可以，叔叔，"亚历山大说，叔父的这个要求使他颇感得意，"我把所有的文章按时间顺序编个目录给您好不好？"

"不，不用了……谢谢你的礼物。叶夫塞！把这些纸拿去给瓦西里。"

"干吗拿给瓦西里？应该送到书房去呀。"

"他求我给些纸去糊什么东西……"

"怎么，叔叔……"亚历山大惊慌地问，一边夺回那叠文稿。

"反正你已经送给我了，而我拿你的礼物去派什么用场，这跟你有什么关系呢？"

"您什么也不怜惜……什么也不……"他绝望地说，双手把文稿紧按在胸前。

"亚历山大，听我的话，"叔父一边说，一边去夺他手里的稿子，"你将来就不用脸红了，还要向我道声谢谢的。"

亚历山大松开手里的稿子。

"喂，叶夫塞，拿走吧，"彼得·伊万内奇说，"看，现在你房间里变得又干净又舒服，没有了没用的东西，让房间里堆满垃圾，或者只放有用的东西，这就看你自己了。我们去工厂逛一逛，散散心，呼吸一下新鲜空气，瞧一瞧工人们的工作情况。"

第二天早晨，彼得·伊万内奇带着侄儿去到局里。在叔父跟那位当处长的朋友交谈的时候，亚历山大了解了一下这个他所陌生的世界。他还老是在思考着那些计划，大费脑筋地去猜想将让他去处理哪些国家大事。这时候他一直站在那儿观察着。

"就像我叔叔的工厂里一样！"他终于下断语地想，"在工厂里一个工人拿起一块材料放进机器里，转动一下两下三下——瞧，就出来一种圆锥形、椭圆形或半圆形的东西，然后交给另一个人，这个人把它放在火上烘干，第三个人给它上了釉，第四个人给它描上花彩，这样就成了一个碗、一个盘子或一只碟子。而在这里呢，从外面进来了一个申请人，他弯着腰，脸上堆着可怜的笑容，递上一张文书——一个工作人员拿过那张文书，在上面稍涂了几笔，便交给了另一个人，此人把它扔进成千上万的文书堆里，不过它不会丢失，它被打上号码和日期之后，丝毫无损地经过十来个人的手，又产生出一些类似的文书。第三个人拿起它，往柜子里查阅一下案卷或别的文书，对第四个人说了几句作用非凡的话，这个人便刷刷地写起字来。写好之后，就把原来的那张文书连同新产生的文书交给第五个人，后者也拿笔刷刷地写着，于是又产生新的文书，这个人对它做了一下润色，再交给下一个人；文书就这样一直往下传送，却永不会丢失，撰写和呈递文书的人会死去，而这种文书则将万古长存。它终于被长期的灰尘落满了，即使在这种时候，仍然有人来惊扰它，拿它来参考。每时每刻、日复一日，年复一年，那官僚主义机器不断地平稳运作了整一世纪，无须休息，似乎没有人在操作——只有齿轮和各种部件……"

"使这种文书工厂得以运作的智能在哪儿呢？"亚历山大思索着，"是在案卷里，在文书本身，或是在这些人的头脑里？"

他在这儿看到的是一些什么样的人物啊！在街上似乎是见不

到这样的人物的，他们似乎也不出现在普通的人世间，他们生于斯，长于斯，固守着自己的位置，将来也死在这里。亚历山大·阿杜耶夫仔细打量着那位处长，此人简直就像雷神朱庇特。他一张嘴，那个胸前挂着铜牌的墨丘利便跑了过来；他一伸出那只拿着文书的手，就有十只手伸过来接文书。

"伊万·伊万内奇！"他喊道。

那个伊万·伊万内奇从桌旁一跃而起，跑到这个朱庇特跟前，他站在上司面前，犹如一片小树叶掉在草地前面。亚历山大自己不知为什么也害怕起来。

"拿鼻烟来！"

那个人带奴才相地双手捧上一个打开的鼻烟壶。

"就试一试他吧。"处长指着亚历山大说。

"就由这个人来试我？"亚历山大瞅着伊万·伊万内奇那副烟鬼相和那磨破了的袖子，心里想，"难道这个家伙也能处理国家大事？"

"您的手灵光吗？"

"手？"

"是的，我是指书法。请您把这份文件抄一下。"

亚历山大对这个要求感到挺惊奇，但照办了。伊万·伊万内奇瞅了瞅他抄的字，皱起了眉头。

"字写得很差呀。"他对处长说。处长瞅了一眼。

"是的，不好，写得不整齐。那就让他暂时抄抄底稿，待他稍微熟练一些，再让他抄公文。也许他合适，他上过大学呢。"

亚历山大很快就成了这部机器中的一个零件。他抄呀，写呀，没完没了地抄写着，若是让他早上去干些其他的事，他倒会感到惊奇。当他一想到自己写的那些计划，不禁感到脸红。

"叔叔啊!"他心里想，"在这一点上你是正确的。非常之正确；但难道每种事情都是这样？难道我在珍贵的、充满灵感的思想上，在对爱情、对友谊……对人……以及对自己本人……的热情信仰上都错了吗……人生到底是怎么回事呢？"

他低着头抄写着文件，使劲地用笔抄写着，而眼眶里却闪着泪花。

"你的确很走运呀，"彼得·伊万内奇对侄儿说，"我开始当差的时候，整整一年没有拿薪金，而你一下就得到高薪，薪金是七百五十卢布，加上奖金就有一千了。一工作便好运当头！处长还夸奖你呢，不过他又说你不专心，有时漏写逗点，有时忘了写内容概要。就改掉这种缺点吧。最重要的是关注你眼前的事情，不要心猿意马。"

叔父用手指指上边。打那时起他对侄儿又更亲切了些。

"我那位科长是个多好的人呀，叔叔!"有一次亚历山大说。

"你怎么知道？"

"我跟他已很熟了。这样崇高的心灵，这样正直高尚的思想！我跟副科长也很接近，看来他也是个意志坚定、性格刚强的人……"

"你跟他们都搞熟了？"

"是呀，是这样……"

"科长是不是请你每星期四到他家里去？"

"对呀，他很热情，让每个星期四去。他似乎对我特别有好感……"

"那位副科长向你借钱了吗？"

"是的，叔叔，借过一点儿……我把身边带的二十五卢布都给了他，他还要借五十。"

"已经给了！唉！"叔父遗憾地说，"多少是我的错，我事先没有告诉过你；我以为你不至于傻到那样程度，才认识两个星期就把钱借给人家。没有办法了，过错我们共同分担，十二个半卢布算在我的账上。"

"怎么，叔叔，他会还的吧？"

"休想！我可了解他，自从我在那儿当差以来，我有一百卢布白掉进他的腰包。他向谁都借钱。以后他如果再要借钱的话，那你就对他说，我请他不要忘了还欠我的债——他就不会再纠缠了！科长家也不要去了。"

"为什么呀，叔叔？"

"他是个赌棍。他会让你跟他的两个同伙坐在一起，他们串通一气，让你输个精光。"

"赌棍！"亚历山大惊讶地说，"可能吗？我觉得他很喜欢真情的流露……"

"在你们交谈的时候，你顺便告诉他，说自己的钱全交给我保管了，那你就会看到，他是不是喜欢真情的流露，还会不会请你星期四上他家去。"

亚历山大沉思起来。叔父摇摇头。

"你以为你身边的人都是天使呢！真情的流露，特别的好感！为什么你就不事先想一想，身旁的一些人会不会是坏蛋，你不该来这儿呀！"他说，"真的，你不该来呀！"

有一天亚历山大刚刚醒来，叶夫塞递给他一个大纸袋，还附有一张叔父写的便条。

"终于给你找到一种文学工作了，"便条上写道，"我昨天遇见一位做报刊工作的朋友，他给你送来这些稿子，让试译一下。"

亚历山大打开这个纸袋时，欢喜得双手直发颤。里面是一份德文手稿。

"这是什么？是散文？"他说，"写什么的？"

他念了一下写在上边的铅笔字：

"论粪肥，农业栏稿件。请快些译出。"

他面对着这篇论文，坐在那里沉思良久，然后叹息一声，慢悠悠地拿起笔翻译起来。过了两天，文章译好了，寄出去了。

"好极了，好极了！"过了几天彼得·伊万内奇对他说，"编辑非常满意，只是觉得译文还不够严谨；不过头一次嘛，不能要求太高。他想认识一下你。明天七点左右你去找他，他已经给你准备了另一篇稿件了。"

"又是同一类的内容，叔叔？"

"不，是别的内容，他对我说过，可我忘了……噢，记起来了，论马铃薯的糖分。亚历山大，你大概天生有福气。我终于觉得你会很有出息，也许过不多久我就不会再责问你为什么到这儿来了。还不到一个月呢，好事已从四面八方来光顾你了。局里的薪水就有一千卢布，而那位编辑又答应只要译满四个印刷页，每月就付你一百卢布，已经收入二千二百卢布了！不！我开头就没有这样走运！"他稍稍皱一下眉头说，"给母亲写封信吧，告诉她你的差使已有着落，并说一下经过的情况。我也要给她回封信，告诉她为了报答她对我的恩情，我已为你做了我能做的一切。"

"我妈妈会非常……感激您的，叔叔，我也是……"亚历山大叹口气说，然而他已经不再扑过去拥抱叔父了。

第三章

　　过去两年多时间了。谁能认得出这个风度优雅、衣装讲究的年轻人原来就是那个从外省来的土包子呢？他变了很多，已长成为堂堂的男子汉了。小伙子柔和的脸形、光泽细嫩的皮肤，下巴上的茸毛统统都消失了。胆怯腼腆的神情、优美而羞赧的动作也不见了。脸盘成熟了，形成了固定的面相，而面相标志着性格。白里透红的面色隐去了，似乎被抹上一层淡淡的黝黑色。茸毛被稀疏的连鬓胡代替了。轻飘不定的脚步变成了稳重而坚定的步伐。嗓音里添了一点低沉的声调。从一幅上过一点色的草图变成了一幅已画好的肖像。小青年变成了男子汉。眼里闪着自信和勇敢的光芒——这种勇敢不是嗓门大得老远都听得见，不是蛮横地蔑视一切，不是盛气凌人、目空一切，说："留神，不要冒犯我，不要得罪我，不然，就不客气，让你知道厉害！"不，我说的勇敢表现不是排斥别人，而是吸引别人。它有着对善、对成功的向往，希望克服各种阻挡他们前进的障碍……亚历山大原先那种欢欣鼓舞的神情已被一丝忧思的色调抑制了，这是疑虑潜入心灵的初期征兆，也许还是叔父的谆谆教导和对亚历山大心目中所向往的一切的无情分析所产生的唯一结果。亚历山大终于懂得了分寸，也就是学会了为人处世的本事。他不再见到人就去拥抱了，特别是在他不听叔父的警告，被那喜欢作真情的流露的人大赢了他两回钱，又被那个性格坚定、意志刚强的人多次借走了不少钱之后，他变得更是这样。其他的一些人和一些事也使他变得成熟起来。他有时发现，人们在背地里嘲笑他那种幼稚的、兴高采烈的情态，给他取外号叫幻想家。有时候人家对他不大理睬，因为他对旁人也是 ni chaud ni froid①，他不请客吃饭，不购置马车，也不豪赌。起先，亚历山大由于自己美好的理想跟现实生活发生种种冲突而感到痛心和沮丧。他没有想到要扪心自问：我做过什么出众的事了，我有什么出类拔萃的地方？我的功绩何在，为什么人家非得注意我？而自尊心使他感到挺痛苦。

后来他渐渐地产生这样的想法：生活中显然并不全是玫瑰花，也有扎人的刺，不过不是叔父所讲的那样可怕。于是他开始学习自我克制，不常显露兴高采烈的样子，很少说不得体的话，至少在外人面前是这样。

而仍使彼得·伊万内奇相当苦恼的是，他依然远不能冷静地分析那些使人心激动和震撼的普通因素。那种对心灵的各种隐秘的解释，他连听都不想听。

彼得·伊万内奇早上对他教训了一通，亚历山大聆听着，有时感到困惑，有时深深地沉思起来，然而去参加了一次晚会回来，又有些忘乎所以，放肆了两三天——就让叔父的那套理论全见鬼去吧。舞会的魅惑气氛、喧闹的音乐、裸露的肩膀、火热的目光、

---

① 法文，不冷不热。——原注

红唇的微笑，都令他彻夜难眠。他似乎时而看见他双手搂着的细腰，时而看见临别时向他投来的慵懒而含情的目光，时而看见跳华尔兹舞时令他陶醉的热烈的气息，或者看到在玛祖卡舞曲的震耳声中站在窗旁的窃窃私语，那时候目光闪闪发亮，而舌头却不知所云；他搂着枕头，痉挛性地颤抖着，久久地辗转反侧。

"爱情在哪儿呀？哦，爱情，我渴望爱情！"他说，"它会很快来临吗？什么时候到来呀，这些奇妙的时刻、这些甜蜜的苦恼、幸福的颤抖、眼泪……"

第二天他前来看望叔父。

"叔叔，昨天扎赖斯基家的晚会多热闹呀！"他说道，一边沉醉在对舞会的回忆中。

"好吗？"

"哦，好极了！"

"晚餐丰盛吗？"

"我没有用晚餐。"

"怎么这样？在你这样年龄不用晚餐怎么行呢！我看到了，你认真地去适应这里的规矩，不过有点过分了。怎么，那边一切都很讲究吗？譬如装饰、照明……"

"是的，叔叔。"

"都是些体面人物？"

"噢，是的！非常体面。多么迷人的眼睛、肩膀！"

"肩膀？谁的？"

"您是问的她们吗？"

"问的谁？"

"那些姑娘们吧。"

"不，我问的不是她们；不过没有关系——漂亮的多吗？"

"哦，挺多的……不过遗憾的是她们全是一种样子。在一种场合下一位姑娘这么说这么做，你瞧，换一个姑娘也是重复同样的东西，仿佛是在背功课似的。有一位姑娘……跟其他的不完全相同……不过也看不出有什么特点和个性。动作也好，目光也好，全都一个样，看不到她本人的思想和感情的流露……一切都被同样的文雅外表给掩饰起来了，看来也没有什么东西可使它们显示出来。难道这要永远封闭起来，而不在别人面前显露吗？难道她们的紧身胸衣将永远压住爱情的叹息和破碎心灵的哀号？难道就不给感情一点活动的空间吗……"

"在丈夫面前一切都会显露的，可如果像你那样在别人面前哇啦哇啦地议论，那么好多女人恐怕就得当一辈子的老处女了。有一些傻婆娘把本来应该深藏在心底的秘密早早地吐露给别人，那以后就得成天以泪洗面了，不会盘算！"

"这也用盘算，叔叔？"

"处处都得盘算，亲爱的，谁不盘算，我们俄国人就管他叫缺心眼、傻瓜。简单明了。"

"要克制自己心中崇高的感情冲动……"

"哦，我知道你是不会去克制的；你会在大街上或剧院里去搂住朋友的脖子痛哭流涕。"

"那有什么呢，叔叔？别人只会称赞，此人感情丰富，这种人会去追求美好和崇高的东西，而不会去……"

"不会盘算也就是不会深思。一个人感情丰富，具有巨大的热情，这当然很好。然而热情不是多种多样的吗？怎能老是过度兴奋，欣喜若狂！这样就不像个人了，没什么可自吹的。应该问一下，他会不会控制感情；如果会，那才是个人⋯⋯"

"依您看，控制感情应该像控制蒸气一样，"亚历山大说，"有时放出一点，有时一下刹住，阀门一下打开，一下关上⋯⋯"

"是的，这种阀门就是理智，老天爷不是没有用意地把它赐给人的，而你却不随时去利用它——多可惜！不过你是个正派的小伙子！"

"不，叔叔，听您说话很不好受！还是给我介绍一下那位外地来的太太⋯⋯"

"哪一位？柳别茨卡娅吗？她昨天也去啦？"

"去了，她跟我谈论您老半天，还打听她自己那件官司来着。"

"噢，对啦！正好⋯⋯"

叔父从抽屉里抽出一张文件来。

"你把这个带给她，告诉她昨天刚刚好不容易由法院批下来的；你把事情向她好好解释一下，你不是听见我跟那位法官谈话的吗？"

"是的，我知道，我知道，我会解释的。"

亚历山大双手接过文件，藏到口袋里。彼得·伊万内奇瞅了瞅他。

"你怎么想起要跟她交往呢？她似乎并不迷人嘛，鼻子边有颗小疣子。"

"有颗小疣子？我不记得。您怎么注意到这个呢，叔叔？"

"在鼻子边会看不到吗！你干吗要去找她呀！"

"她很善良、很可敬⋯⋯"

"你连她鼻子边的小疣子都没发现，怎么就知道她是善良可敬的呢？真是奇怪。噢⋯⋯原来她有个闺女——那个一头黑发的小姑娘。啊，现在我不觉得奇怪了。原来这就是你没有注意到那鼻子上的小疣子的原因！"

两个人都大笑起来。

"我觉得挺奇怪，叔叔，"亚历山大说，"您怎么先发现她鼻子上的小疣子，然后才发现她女儿呀？"

"把文件还给我吧。你在那边没准会放出全部感情，完全忘了关阀门，在那儿胡说八道，鬼知道你还会解释什么……"

"不，叔叔，我不会胡说八道的，随您怎么样，文件是不还给您的，我马上就去……"

他说着就跑出了房间。

事情到现在一直顺利地进行着。在工作中上司发现亚历山大颇有才能，给了他一个体面的职务。那个伊万·伊万内奇也开始毕恭毕敬地给他递上自己的鼻烟壶，并预感到他将跟其他许多人一样，正如他所常说的，干不了多久就会超过他，骑到他的脖子上，直奔处长的职位，然后就像那个人一样当上副局长，或者像这个人一样当上局长，而这个人那个人都曾在他的领导下当差。"我得为他们效劳！"他添说一句。在杂志编辑部里亚历山大也成了重要人物。他又是选材，又是翻译，又是修改别人的文章，他本人也撰写了一些有关农业的各种理论文章，他挣的钱嘛，依他看来已经够多了，花不完了，而在他叔父看来还很不够。然而他并不总是为钱而工作。他仍然愉快地想到另一种崇高的使命。他年富力强，干什么都挺行。他牺牲点睡眠时间，偷用点工作时间，用来写诗、写小说，写历史论文，写传记。叔父已经不把他的文章拿去糊墙壁了，而是默默地阅读，然后吹吹口哨，或者说："嗯，比以前写得好。"有几篇文章是用化名发表的。亚历山大快乐而激动地听着朋友们的好评，他在工作中、在糖果点心店里、在住宅里都有许多这样的朋友。他那仅次于爱情的美好理想已在实现。他的前途看来灿烂辉煌，等着他的将是大不寻常的命运，可突然……

几个月一闪就过了。几乎到处都见不到亚历山大的影子，他似乎失踪了。他也很少来看望叔父。叔父以为他工作忙，所以没去干涉他。然而一位杂志编辑有一次遇到彼得·伊万内奇时埋怨亚历山大没有按时交稿。叔父答应一有机会就跟侄儿说一说。过了三四天，机会就来了，亚历山大疯了似的一早跑到叔父这儿来。从他的步态和动作中可以看出他高兴得不得了。

"您好，叔叔！啊，见到您我真高兴！"他说，并想拥抱叔父，可是叔父连忙退到桌子后边去了。

"你好，亚历山大！怎么好久见不到你呢？"

"我……很忙，叔叔，我在做几位德国经济学家著作的摘要……"

"啊！那个编辑怎么说谎呢？他前天对我说，你什么也没干，算什么撰稿人呢！我再见到他，非骂他不行……"

"不，您对他什么也别说了，"亚历山大打断叔父的话说，"我还没有把自己的文章给他寄去，所以他这么说……"

"那你怎么啦？瞧你的脸那样喜气洋洋的！怎么，让你当了八品文官，或是授你十字勋章了？"

亚历山大摇摇头。

"那么给你钱了？"

"没有。"

"那你怎么显得像个统帅？要是没给你钱，那也别来打扰我，最好坐下来给莫斯科商人杜巴索夫写封信，催他尽快把余下的款子汇过来。你念一下他的信吧。信放哪儿了？噢，在这儿。"

他们俩不说话了，动笔写信。

"写完了！"过了几分钟亚历山大说。

"写得真快，好样的！让我看看。这是怎么搞的？你是给我写信呀，'彼得·伊万内奇阁下！'他是叫季昔费伊·尼科内奇。怎么写为五百二十卢布，是五千二百！你怎么啦，亚历山大？"

彼得·伊万内奇搁下笔，瞧了瞧侄儿。侄儿脸红了。

"您从我脸上什么也没有发现吗？"他问。

"有点儿笨相……等一等……你恋爱啦？"彼得·伊万内奇说。

亚历山大默不作声。

"是这样吗？我猜对了？"

亚历山大带着胜利的微笑和闪亮的目光，表示肯定地点了点头。

"原来是这样！我怎么没有一下猜到呢？就是因为这个，你变懒了，因为这个，哪儿也见不到你。而扎拉伊斯基和斯卡钦他们尽缠着我问：亚历山大·费多雷奇到底上哪儿去了？原来他在天堂呢！"

彼得·伊万内奇又写起信来。

"我爱上娜坚卡·柳别茨卡娅了！"亚历山大说。

"我没有问这个，"叔父回答说，"不管爱上什么人，都是傻蛋一个。爱上哪个柳别茨卡娅？是那个长有小疣子的？"

"唉，叔叔！"亚历山大懊恼地打断他的话说，"什么小疣子呀？"

"长在鼻子旁的。你还没有看清楚呀？"

"您老是把事情搞混了。似乎是她母亲的鼻子旁有小疣子吧。"

"嘿，反正一样。"

"反正一样！娜坚卡！这位天使！难道您没有注意到她？见过一回，却没有注意！"

"她有什么特别之处吗？有什么引人注意的？你不是说她没有小疣子吗？……"

"您老提这个小疣子！别造孽了，叔叔，能说她像那些社交界的古板的玩偶吗？您仔细瞧瞧她的脸，那儿呈现着多么深沉的思想！她不仅是一个多情的也是一个有头脑的姑娘……一种多么深刻的个性……"

叔父拿着笔在纸上沙沙地写着，而亚历山大继续说：

"在她的言谈里您听不到俗气的老生常谈。她的见解闪耀着多么明快的智慧！感情中燃着多么炽烈的火！她对生活的理解多么深刻！您用自己的眼光毒化生活，而娜坚卡却使我与生活和平相处。"

亚历山大沉默片刻，完全沉湎于对娜坚卡的思念里。后来他又说起话来：

"当她一抬起眼睛，您马上可看出，那双眼睛反映出她有一颗多么热烈而温柔的心！而声音，她的声音啊！多么悦耳，多么柔和！听到这种声音表白爱情……那真是人世间无上的快乐！叔叔呀！生活多么美好，我多么幸福！"

他汪着眼泪，扑上去一把抱住了叔父。

"亚历山大！"彼得·伊万内奇猛地站了起来，喊道，"快关上你的阀门——蒸气全放出来了！你疯了！瞧你干的什么呀！一眨眼就干了两件蠢事，碰乱了我的头发，又让墨水溅脏了这封信。我还以为你已完全改掉你那套习惯。你好久不这样了。看在上帝分儿上，你去照照镜子吧！会有更蠢的面相吗？还自以为不蠢！”

"哈、哈、哈！我好幸福呀，叔叔！"

"这看得出来！"

"不是吗？我知道我的目光里流露着自豪感。我用来瞧一般人的那种神情，也只有英雄、诗人和陷入情网的幸福恋人才有……"

"真像是疯子，或者更坏……喂，我现在拿这封信怎么办？"

"让我来擦一擦吧，让污点看不出来。"亚历山大说。他神经质地颤抖着奔到桌旁，动手刮呀、擦呀，结果把信纸擦出了个窟窿。桌子被他擦得直摇晃，还撞了一下书架。书架上立着一个意大利的石膏半身像，大概是索福克勒斯① 或埃斯库罗斯② 吧。这位尊敬的悲剧家先是被震得在不稳的台座上前后摇晃了两三回，随之便从书架上摔了下来，摔了个粉碎。

"第三件蠢事，亚历山大！"彼得·伊万内奇说，一边捡起碎块，"这件东西值五十卢布呢。"

"我来赔，叔叔，哦！我来赔，但请不要责骂我的激情，它是纯洁的、高尚的。我很幸福，很幸福！天哪，生活多么美好！"

叔父皱了皱眉毛，摇了摇头。

"什么时候你会变得聪明些呢，亚历山大？天知道你在瞎说些什么！"

此时他伤心地瞅着这被打碎了的半身像。

"'我来赔，我来赔！'"他说，"这是第四件蠢事。我知道你

_____

① 索福克勒斯（约公元前 496—前 406）古希腊诗人、剧作家，古希腊三大悲剧家之一。——译注

② 埃斯库罗斯（约公元前 525—前 456）古希腊诗人、剧作家，被称为"悲剧之父"。——译注

是想谈谈自己的幸福。真没办法。要是叔叔注定得听侄儿的废话的话，那么我就给你一刻钟时间，你就老老实实地坐在这儿，不要干出第五件蠢事，你就讲吧，待干完这件新蠢事之后你就走，我没有闲工夫陪你。讲吧……你很幸福……那又怎么呢？快点讲吧。"

"如果是这样，叔叔，那么这些事情就不要说了。"亚历山大谦逊地微笑说。

"我本来想让你便当些，可我看到你仍然想从一般的前奏曲开始。就是说，你要讲一个小时；我现在没工夫，邮车不等人呀。别忙，还是由我替你说吧。"

"您替我说？这真有意思！"

"喂，听着吧，很有意思的！你昨天同你那位美妞幽会了……"

"您怎么知道的？"亚历山大焦急地说，"你派人监视着我？"

"怎么，我为你花钱雇侦探。你从哪儿断定我是这样替你操心？关我什么事呀？"

叔父说这句话时投来冷冰冰的目光。

"那么您是怎么知道的呢？"亚历山大一边问，一边走近叔父。

"坐下，坐下，看在上帝分儿上，别靠近桌子，又会碰碎东西的。你脸上全都写着呢，我就是从这儿得知的。嗯，你们做了一番表白。"他说。

亚历山大脸红了，默默不语。显然，叔父又说中了。

"你们俩也不例外，都蠢得很。"彼得·伊万内奇说。

侄儿做了一个不耐烦的动作。

"你们单独相处的时候，总是从一些微不足道的小事谈起，从绣什么花样谈起，"叔父接着说，"你问她是给谁绣的？她回答说是'给妈妈或姨妈绣的'等等一类的话，你们两人还会像发热病似的在那儿发颤……"

"不是这样，叔叔，您没有猜对，不是从绣花谈起的；我们是在花园里……"亚历山大说走了嘴，随即不作声了。

"好，那就从花儿谈起，"彼得·伊万内奇说，"没准还是从黄花谈起，反正一样；眼睛看到什么，就可以聊什么，这种时候常常找不到话说。你问她是不是喜欢花，她回答说是的；你问她为什么？她说'就这样嘛'，随之两人又不说话了，因为心里想说的完全是另外的事，所以话没有谈起来。后来你们相互对瞧了一眼，微微一笑，脸红了起来。"

"哎，叔叔，叔叔，您得了……"亚历山大非常不好意思地说。

"后来，"不依不饶的叔父接着说，"你开始从旁的方面慢慢谈到你面前展现了一个新的世界。她突然扫你一眼，似乎听到一个意料不到的新闻；而你呢，我想一定显得惊慌失措，然后又低声地说，直到现在你才懂得人生的价值，还说你以前曾见到过她……她叫什么来着？叫玛丽娅，是吗？"

"叫娜坚卡。"

"不过仿佛是在梦里见到的，你预感到会跟她相逢，是好感把你们吸引到一起，你说，现在你要把自己所有的诗和散文都献给她一人……我想，这时候你的双手又在挥舞！大概又会碰翻或打碎什么。"

"叔叔！您偷听了我们的谈话！"亚历山大情不自禁地喊道。

"是呀，我是在那小树丛后面坐着呢。我的任务就只是跟踪你，偷听你们的胡说八道？"

"那为什么您知道这一切呢？"亚历山大疑惑地问。

"有什么奇怪！从亚当和夏娃那时以来，人人都有这么一套经历，只是稍有点差别而已。你只要了解出场人物的性格，也就知道那些细微差别了。这也让你惊奇，亏你还算是什么作家呢！这几天你准会疯了似的蹦蹦跳跳，去搂每个人的脖子——不过看在上帝分儿上，可别来搂我。我劝你在这段时间里闭门不出，把这种蒸气全部放掉，同叶夫塞一起去耍各种把戏，不要让什么人瞧见。然后你会稍微改变主意，会去争取另外的东西，比如亲吻……"

"娜坚卡的吻！啊，多么崇高神圣的奖赏！"亚历山大差点儿大声叫喊起来。

"神圣的！"

"怎么，你以为是物质的、世俗的？"

"毫无疑问，这是电的作用。一对恋人就等于两个莱顿瓶，两者都充足了电，通过亲吻让电释放出来，当电释放完了，爱情也完了，随之就是冷淡……"

"叔叔……"

"就是这样！你以为怎么样？"

"这是什么观点！什么见解！"

"是的，我忘了说，你还会提到什么'纪念物'。又会拿来种种破烂，整天在那里欣赏呀，沉思呀，而把正事撂在一边。"

亚历山大突然抓住口袋。

"怎么，已经有了？你要去做人们自远古以来所做的那种事了。"

"这么说，你也是做过那种事了，叔叔？"

"是的，不过更蠢。"

"更蠢！我会爱得比你更深更强烈，不会像您那样去嘲笑感情，不会拿它开玩笑，不会冷酷地戏弄它……也不会扯下那神圣秘密的盖布……您不会把这些都叫作愚蠢吧？"

"你的爱情跟旁人的都一样，既不更深，也不更强烈，你将来也会去扯下那些秘密的盖布……不过你相信爱情是永世不渝的，而且你光想到这个，所以很蠢，你会给自己带来好多不应有的痛苦。"

"哦，这真可怕，真可怕，您说的什么呀，叔叔！我曾三番五次地暗自发誓，不对您吐露我心中的秘密。"

"为什么你按捺不住呢？你又跑来打扰我……"

"可是要知道您是我唯一的亲人呀，叔叔，我跟谁去分享这样丰富的感情呢？而你却用你的解剖刀毫无怜悯地扎入我最隐秘的内心深处。"

"我不是为了自己高兴而这样做的，是你自己求我给你一些忠告。经我提醒，你少干了好多蠢事……"

"不，叔叔，就让我在您眼中永远是愚蠢的吧，我可不能抱着你那样的人生观生活下去。这太痛苦、太可悲了！那样我就不要活了，我不愿在这样的条件下活着——听见了吗？我不愿意。"

"听见了，可我有什么办法？反正我不能剥夺你的生活。"

"是的！"亚历山大说，"不管您怎么预言，我将会幸福的，有一天我会得到永恒的爱情的。"

"啊，不！我有预感，你还会在我这儿打碎许多东西的。不过这没什么要紧，爱情毕竟是爱情，没有人会去妨碍你；在你这样年龄特别热心于谈情说爱，这也不是我们定的规矩，不过总不能热烈到把工作抛在一边吧。爱情是爱情，工作还是工作……"

"我是在摘录德国……"

"得了，你什么摘录也没有做，你只沉湎于甜蜜的柔情，编辑不再求你帮忙了……"

"让他去吧！我不缺钱花。我现在哪能去考虑那点臭钱……"

"臭钱！臭的！你不如在深山里盖一间茅舍，啃啃面包，喝喝白开水，一边唱到：

> 我即使住着简陋的茅舍，
> 与你为伴它就胜似天堂……

一旦你没有了一点'臭钱'，别向我要，我不会给的……"

"我似乎没有经常打扰您。"

"谢天谢地，到现在为止还没有，如果你丢了工作，那就可能发生这样的情况；爱情也需要钱，这种时候要讲究衣着打扮，还有其他各种花销……唉，我二十岁时候的恋爱就是这样！那真是可鄙的、非常可鄙的恋爱，毫不中用……"

"什么样的恋爱才中用呢，叔叔，四十岁时的？"

"我不知道四十岁时的恋爱怎么样，而三十九岁时的……"

"像您的？"

"也许，像我的。"

"那绝不是什么爱情。"

"你何以见得？"

"难道您会恋爱？"

"为什么不会？难道我不是人，或者我已八十岁了？不过如果我谈恋爱，那我会爱得很理智，不会忘乎所以，不会打碎或碰翻什么东西。"

"理智的爱情！好呀，不会忘乎所以的爱情！"亚历山大嘲笑地说，"那种一分钟也不会忘记自己的爱情……"

"那种粗野的、动物性的爱情，"彼得·伊万内奇打断对方的话说，"是会得意忘形的，而理智的爱情应该显得稳重，否则它就不是爱情……"

"那是什么呢？"

"那不像你说的，是卑鄙无耻。"

"您……会恋爱！"亚历山大怀疑地瞧着叔父说，"哈、哈、哈！"

彼得·伊万内奇默默地写着。

"爱的是谁呀，叔叔！"亚历山大问。

"你想知道？"

"想。"

"爱自己的未婚妻。"

"未……未婚妻！"亚历山大好不容易才说出这个字，霍地蹦了起来，走到叔父跟前。

"别靠近，别靠近，亚历山大，关上阀门！"彼得·伊万内奇说，他看到侄儿瞪着大眼睛，就赶紧把各种小摆设、半身像、雕像、钟表和墨水瓶什么的都往自己一边挪挪。

"那么，您要结婚啦？"亚历山大同样惊讶地问。

"是的。"

"您真沉得住气呀！您往莫斯科写信，谈论一些不大相干的事情，您还去工厂，还这样地狱般冷冰冰地谈论爱情！"

"地狱般冷冰冰——这倒新鲜！人们都说地狱里热得很。你干吗这么古怪地瞅着我？"

"您——要结婚！"

"这有什么奇怪的？"彼得·伊万内奇搁下笔问道。

"怎么不奇怪？您要结婚，可没向我提过一句！"

"对不起，我忘了请求你的允许。"

"不是请求允许，叔叔，是应该让我知道。亲叔叔要结婚，我却一无所知，您不告诉我……"

"这不是告诉你了。"

"告诉了，是因为碰巧提到的。"

"我都是尽可能碰巧地去做各种事情的。"

"不，应该让我第一个知道您的大喜事，您知道我多么热爱您，多么想与您分享……"

"我一般不与人分享，而结婚就更不用说了。"

"您知道吗，叔叔？"亚历山大快活地说，"也许……不，我不能瞒着您……我不是那样的人，我要全说出来……"

"唉，亚历山大，我可没时间；要是有新鲜的事儿，到明儿讲不行吗？"

"我只想告诉您，可能……我离这样的幸福也很近了……"

"什么？"彼得·伊万内奇问，稍稍竖起耳朵，"这倒有点意思……"

"啊，有意思？那我就让您难受一下，我不说了。"

彼得·伊万内奇拿过一个信封，把信塞进去，封了起来。

"我可能也要结婚了！"亚历山大凑在叔父的耳边说。

彼得·伊万内奇还没有封好信，非常严肃地瞧了瞧他。

"关上阀门，亚历山大！"他说。

"您开玩笑！开玩笑吧？叔叔，我可不是说着玩的。我要请求妈妈的允许。"

"你要结婚！"

"那怎么呢？"

"在你这样岁数。"

"我二十三岁了。"

"是时候了！在这样岁数只有那些庄稼人才结婚，他们家里需要干活的人手。"

"但如果我爱上了一位姑娘，也有了结婚的条件，而依您的意思，也不要……"

"不管怎样我不会劝你跟一个你所爱上的女人结婚。"

"怎么呢，叔叔？这倒新鲜；我从来没听说过。"

"你没听说过的事多着呢！"

"我总是认为没有爱情就不应该结婚。"

"结婚归结婚，而爱情归爱情嘛。"彼得·伊万内奇说。

"怎么才能结婚……得有算计？"

"要有盘算，而不是算计。只是这种盘算应该不单是金钱方面的。男人生来就是要生活在女人中间，你就要盘算盘算，怎样去结婚，要在女人中去寻找、挑选伴侣……"

"寻找，挑选！"亚历山大惊讶地说。

"是呀，挑选。所以当你爱上一个女人的时候，我劝你不要就去结婚。反正爱情是会过去的——这已是一种很通俗的道理。"

"这是极大的谎言和诽谤。"

"好，眼下我说服不了你，以后你自己会明白的，不过你现在要记住我的话，我再说一遍：爱情是会过去的，在你看来是完美的理想化身的女人到时候可能显得很不完美，那你就没有法子了。

爱情会使你看不到对方缺乏做妻子所应有的品质。所以你在挑选的时候，你得冷静地去判断，这样或那样的女人是否具备你认为做妻子应该有的品质，这就是最要紧的盘算。如果你物色到这样的女人，她定会让你永远喜欢，因为她合乎你的心意。这样一来，在她与你之间会产生亲密关系，以后便形成……"

"爱情？"亚历山大问。

"不……习惯。"

"没有倾慕、没有爱的诗意，没有激情，你想想看，怎么去结婚，为何去结婚!!"

"而你没有好好考虑，也不问自己是为什么要去结婚，正像你到这里来时也不问问自己为什么来一样。"

"那您结婚是算计好了的？"亚历山大问。

"是经过盘算的。"彼得·伊万内奇说。

"这反正一样。"

"不，按算计意味着是为了钱而结婚——这太鄙俗了；可是不经盘算就结婚——这又太愚蠢了……而你目前根本不应该结婚。"

"那什么时候结婚呢？等我老了？为什么我要仿效那些荒谬的样子呢。"

"也包括仿效我的样子吗？谢谢了！"

"我不是指您说的，叔叔，我是指一般的人。人们一听说有婚礼，就要跑去瞧瞧——瞧到什么呢？瞧到一个几乎还是小孩的美丽温柔的姑娘，她只盼着爱情的魔棒轻轻一触，化成为一朵艳丽的鲜花，可是突然让她丢开布娃娃、保姆、儿童的游戏和舞蹈，如果光是让她丢开这些，那倒也谢天谢地了；人们往往不去探察一下她的心，这颗心也许已经不属于她自己的了。人家给她穿绸披纱，戴上鲜花，而不顾她泪珠滚滚，脸色惨白，把她当作牺牲品一样牵过来，摆在——摆在谁的身旁呢？摆在一个有了大把年纪的男人身旁，这种男人大都其貌不扬，又早已失去了青春的光彩。他或向她投来充满色欲的目光，或把她从头到脚冷冷地打量一番，他心里大概在想：'你挺有些姿色，说不定你脑子里满是古怪念头，什么爱情呀，玫瑰呀——我要打消你那些傻念头，那是很蠢的！在我家里，你不能唉声叹气、想入非非，你得老老实实'；还有更差劲的，他图的是她的财产。这种男人最年轻的也有三十来岁了。他往往是秃顶的，虽然挂着十字勋章，有时还有挂金星勋章的。人家对她说：'他就是你注定要为其献出你整个宝贵青春的人，你心儿的初次悸动、表白、目光、话语、少女的爱抚，以及整个生命也都得献给他。'而在她的周围却有一群年轻漂亮的小伙子，与她都很般配，本应该同她成双结对。他们眼巴巴地瞧着这个可怜的牺牲品，似乎在说：'唉，待到我们耗尽活力、健康，熬秃了头，我们才能娶媳妇，才能得到这样艳丽的花朵……'太可怕了……"

"没有道理，这很不好，亚历山大！你已经写了两年的文章，"彼得·伊万内奇说，"论述粪肥、土豆以及其他严肃的问题，文体很严谨，很精练，可说话仍然这样没道理。看在上帝分儿上，不要神魂颠倒，至少当这种愚蠢念头找上你时，你就沉默，让它自行过去，因为你说不出明智的话，做不出明智的事，不然一定很糟糕。"

"怎么，叔叔，难道诗人的灵感不是在神魂颠倒的时候产生的吗？"

"我不知道它是怎么产生的，我只知道从头脑里出来的是完全成熟的东西，也就是说，只有经过深思熟虑，它才是好的。嗯，依你看，"彼得·伊万内奇沉默了一下，又开口说，"这些美丽的姑娘应该嫁给什么人呢？"

"嫁给她们所钟爱的人，那些人没有丧失青春的美丽和光彩，在他们的头脑和心坎里到处充满着生命的活力，眼睛的闪光还没有熄灭，脸颊上的红晕还没有褪去，蓬勃的生气——健康的象征还没有消失；他们不是用衰弱的手携着漂亮的女友走上生活的道路，而是把自己的一颗心献给她，这颗心充满对她的爱，能够理解和分享她的感情，到那时，自然的要求……"

"别再说了！就是要嫁给像你这样的小青年。假如我们生活在荒野和密林里，这样还凑合，不然嫁给你这样的小青年，那可有她的苦头吃了！头一年他会欣喜若狂，然后就跑到剧院后台去胡混，或者把妻子的侍女变成她的情敌，因为你所讲的自然的要求需要变换花样，需要新鲜感——历来如此嘛！而做妻子的一旦发现丈夫的胡闹之后，突然便讲究起衣着打扮，喜欢起化装舞会，给他一套回敬……而没有家财就更糟了！他叫苦说，没有东西可吃了！"

彼得·伊万内奇做出不快的神色。

"他说'我娶亲了'，"他继续说道，"他说'我已有三个孩子了，请帮帮忙吧，我没能力养活他们，我很穷……'很穷！糟糕透了！不，我希望你不要成为这样一类人。"

"我会成为幸福的丈夫这一类人的，叔叔，而娜坚卡会成为幸福的妻子。我不愿像大多数人那样结婚，他们都唱的一个调：'青春已经消逝，独身令人厌烦，所以要结婚！'我不是那样的！"

"你在说梦话，亲爱的。"

"您何以见得？"

"因为你跟旁人一样，而旁人我早就了解。好，你说说，为什么要结婚？"

"怎么问为什么！娜坚卡是我的妻子呀！"亚历山大双手掩面，大声说道。

"喂，怎么样？瞧你自己也不知道。"

"噢！一想到这个，我气都透不过来了。您不知道我多么爱她，叔叔！我的这种爱非同寻常，从来没有人像我这样爱过。我把全部的心灵力量都献给她……"

"亚历山大，你哪怕骂我一顿，或者就让你拥抱我，都比你老说这种蠢话要好！你的舌头怎么说出这种话呢？'从来没有人像我这样爱过'！"

彼得·伊万内奇耸耸肩膀。

"怎么，难道这不可能？"

"不过，说真的，瞧瞧你的痴情，我想这倒是可能的，没有比这种痴情更愚蠢的了！"

"但是她说，需要等一年，说我们还年轻，应该考验自己……一整年……到时候……"

"等一年！啊！你该早说呀！"彼得·伊万内奇插话说，"这是她提的？她多么聪明呀！她多大年纪了？"

"十八。"

"而你已二十三岁，喂，朋友，她可比你聪明二十三倍呢。依我看，她很懂事，她跟你随便玩一阵，对你撒娇卖俏，快快活活地打发时光，然后……这些小丫头们中间有的鬼着呢！你这样是结不了婚的。我猜想你准是要把这件事尽快悄悄地办了。在你这般年纪，这种蠢事往往匆忙地一下就干了，让人阻拦都来不及。

可现在要等一年！在这整段时间里她还是要骗你的……"

"她会骗人，会卖俏！小丫头！她是娜坚卡！瞎说呢，叔叔！要是您把事情尽往坏处猜想，那您一辈子跟谁去过日子，跟谁打交道，爱什么人呢？"

"跟大伙一起过日子，爱一个女人。"

"她会骗人！这个天使，这个真诚的化身！看来她是上帝首次创造出的如此纯洁和光彩夺目的女人……"

"可毕竟是个女人嘛，就可能骗人。"

"您过后会说我也骗人？"

"将来——是的，你也会骗人的。"

"我！对于那些您不了解的人，您可以随便推论，但对于我，您总不该怀疑我这样卑鄙吧？我在您眼里算是什么呢？"

"是一个人。"

"不是人人都一个样的。您要知道，我是认真地、真诚地对她许诺过，要爱她一辈子。我愿意对此发誓……"

"我知道，知道！一个正派人给女人起誓往往是很真诚的，然而后来变心了，或者冷淡了，连自己都不明白是怎么回事。这种事不是有意的，也谈不上什么卑鄙，没人可以怪罪，世上本来就没有永恒的爱情嘛。相信永世不渝的爱情的人跟那些不相信的人做的都是同样的事，只是不说或不愿承认而已。有人说，'我们比这个高尚，我们不是凡人，而是天使'——简直胡说八道！"

"那怎么有永世相爱，百年偕老的恩爱夫妻呢？"

"永世？有人只爱两个星期，他被人叫作轻浮鬼，而爱个两三年，就算永世啦！你去探求一下，爱情是怎么产生的，你自己就会明白它不会是永世的！这种情感是那么富于活力、那么炽烈、狂热，这便决定它难以持久。恩爱夫妻百年偕老——这是真的！可他们难道一辈子都相亲相爱？难道他们被原先的爱情永远捆绑在一起？难道他们时时刻刻都在寻觅对方，互相欣赏个没够？百般讨好、时刻关爱、长相厮守，又流泪、又狂喜——这些把戏最后到哪儿去了呢？丈夫们的冷淡和寡情已成为平常的现象。'他们的爱情变成友谊！'大家都严肃地说，但这已经不是爱情！变成了友谊！这是什么样的友谊呀？把丈夫同妻子拴在一起的是共同的利益、环境、命运——所以就生活在一起。没有这些，就会散伙，都去另觅新欢——只是时间迟早的问题，这就被名之为移情别恋……如果生活在一起，以后就会习惯的，这种习惯，我悄悄地跟你说吧，要胜过任何爱情，无怪乎人们称它为第二天性；不然的话，人们就要在同所爱的对象的生离死别中而痛苦一辈子，而实际上过不久就会忘掉痛苦的。可仍有人老叨叨说：永世，永世……他们并不了解，就去瞎嚷嚷。"

"叔叔，那您不为自己担心吗？这样说来，您的未婚妻……对不起……也会骗您了？"

"我不认为。"

"多爱面子呀！"

"这不是爱面子，而是盘算。"

"又是盘算！"

"也可以说是深思，如果你愿意的话。"

"如果她爱上什么人呢？"

"不能让她闹出这种事来；万一发生这种丑事，那可以让它巧妙地冷淡下来。"

"这办得到吗？难道您能把握住……"

"完全可以。"

"那么所有被骗的丈夫都会这样做了，"亚历山大说，"要是他真有办法……"

"不是所有当丈夫的都一个样，亲爱的，一些人对妻子漠不关心，对她们周围发生的事毫不在意，也不愿去留意；另一些人出于爱面子，很想去留意，可糟糕的是，他们没本事对付。"

"那您会怎么去做呢？"

"这是我的秘密，对你解释不清，你的头脑正发热呢。"

"我现在挺幸福的，我要感谢上帝。至于将来怎么样，我不想知道。"

"你说的前半句话挺富于智慧，哪怕是说给不喜欢这句话的人听，它表明你善于利用现在；而后半句，恕我直言，太不合适了。'将来怎么样，我不想知道'，就是说不愿想想昨天是什么样，今天又是什么样；既不去设想、也不去深思，不去准备那个，不去提防这个，到时候随风倒！你看，这像什么样？"

"那依您的意思该怎么样，叔叔？幸福的时刻行将到来，要拿起放大镜细细端详……"

"不，要用缩小镜，免得因高兴而犯傻，逢人就要搂脖子。"

"或者遇到忧伤的时刻，"亚历山大接着说，"就用您的缩小镜去细细观察？"

"不，观察忧伤要用放大镜，如果你把不愉快的事想象成比实际大一倍，那就比较容易忍受。"

"为什么呢，"亚历山大懊恼地接着说，"为什么我一开头不去充分享受一切快乐，而以冷静的沉思去扼杀它，心里老想着：它会变的，会消失的？为什么痛苦还没有来临，就先用痛苦来折磨自己呢？"

"因为当痛苦要来临的时候，"叔父插话说，"你这样一想，痛苦也就过去了，就像我的和其他人的痛苦那样过去了。我认为这办法不错，值得注意；如果你看透了人生的变化无常，那就不会苦恼了；你会很冷静，很坦然，像一些人所能做到的那样。"

"这就是您保持坦然态度的秘密所在！"亚历山大沉思地说。

彼得·伊万内奇没有吭声，只管去写。

"可这算是什么生活呢！"亚历山大又说起来，"不能得意激动，老是要考虑来考虑去……不，我觉得不能这样！我要的生活是不需要您那冷漠的分析，我不去考虑前面有没有灾难、危险在等着我，想不想反正都一样……我何必事先想那么多，让自己扫兴……"

"反正我把道理说了，而你总是抱着自己的一套！别让我对你作个难听的比喻。道理就是：如果你能预见到危险、障碍、灾难，那就较为容易跟它们斗争，或较为容易忍受：你不会发疯，也不会完蛋；待到快乐来了，你也不会乱蹦乱跳，打翻半身塑像——明白了吗？有人对你说：这是开头，要小心，要想想结局，可是你闭起眼睛，摇着脑袋，好像看到的只是个稻草人，只管小孩似的生活。依你的想法，日子一天天地过，坐在自己茅舍的门口，用午宴、舞会、爱情和忠诚不渝的友谊去衡量生活。大家都希望处在黄金时代！我已经对你说过，你带有这些想法，最好待在乡下，跟老婆和半打孩子在一起，而在这儿必须干事，干事就得不断地思考，想想昨天干了什么，今天干了什么，以便知道明天需要干些什么，也就是说，过日子得不断检查自己和自己的工作。这样我们才会达到实际的目标；不然……干吗同你讲这些呀，你

105

目前糊涂着呢。哎呀！快一点钟了。别再讲了，亚历山大，你走吧……我不听了。明儿到我这儿吃饭吧，有几个客人来。"

"是您的朋友吗？"

"是的……科涅夫、斯米尔诺夫、费多罗夫——你知道他们，还有几位……"

"科涅夫、斯米尔诺夫、费多罗夫！这些都与您有业务往来的人。"

"是呀，都是些用得着的人。"

"这么说都算是您的朋友？我真的还没见过您特别热情地接待过什么人。"

"我已跟你说过好几回了，我把那些与我经常来往、给我带来好处或乐趣的人称之为朋友。可不是！干吗白供人吃喝呢？"

"我以为您要在结婚之前同您所衷心热爱的真正的朋友们道别呢，要与他们举着酒盅最后一次回忆那欢乐的年轻时光，可能在离别之际会紧紧地拥抱他们。"

"在你的这句话儿里把生活中没有的或不应该有的东西都说到了。你的姨妈可能会欣喜若狂地扑上来搂住你的脖子的！你说的真正的朋友，实际上只是些一般的朋友，你说的酒盅，其实是用高脚玻璃杯喝点儿，说到离别时的拥抱，实际上也无所谓离别。唉，亚历山大！"

"跟这些朋友分别，至少跟他们见面少了，您没感到有点依依不舍吗？"

"不！我从来不跟任何人亲近到依依不舍的程度，我也劝你这样。"

"但他们也许不是这样，他们可能因失去您这样经常互相交谈的好伙伴而感到难过?"

"这就不是我的事,而是他们的事了。我也不止一次地失去这样的伙伴,可我没有因为这个而死去。那么你明天来吗?"

"明天,叔叔,我……"

"怎么呢?"

"人家请我到别墅去。"

"大概是去柳别茨卡娅家吧?"

"是的。"

"那好吧!随你的便。不要忘了工作,亚历山大,我会对编辑说你正忙于……"

"唉,叔叔,怎么可以呢!我一定要搞完对德国经济学家著作的摘要工作……"

"你先开始搞吧。给我好好记住,当你完全沉湎于甜蜜的柔情的时候,别向我要臭钱"

第四章

亚历山大的生活分成了两半。早上的时间都耗在公务上。他翻阅着那些落满尘土的案卷，思考着那些与己无关的事情，在纸上计算着那些不属于他的千百万钱款账目。不过他那脑子有时就不愿替别人卖力，笔从手中掉下来，那种让彼得·伊万内奇生气的甜蜜的柔情支配了他。

这种时候亚历山大便仰靠在椅背上，魂儿已经奔到那个安乐之乡，那儿没有文牍、没有笔墨，没有怪里怪气的面孔，没有一身身官服，那儿洋溢着宁静、温馨和清爽，那儿装饰优雅的客厅里花气袭人、琴声悠扬，鹦鹉在笼中跳跃，花园里白桦和丁香的枝条随风摇摆，而主宰这一切的女皇就是她……

早上亚历山大虽然屁股坐在局里，而心儿却已跑到了小岛上柳别茨卡娅家的别墅，那儿是他晚上经常光临的地方。我们就不客气地去瞧瞧他的幸福吧。

那是个炎热的日子，是彼得堡很少见的大热天，太阳给田野带来一派生气，却使彼得堡的街道苦不堪言，阳光把花岗石晒得滚烫，又从石头上反射过来，烤着过路的人们。人们耷拉着脑袋，缓步而行，狗伸出了舌头。这城里就像是一个童话所说的城市，依照魔法师的一个手势，这儿的一切转眼间都变成了石头。石板路上没有马车的响声，遮阳的帘子像眼睛垂下的眼皮，遮住了窗户；木块马路如镶木地板似的闪着亮光，走在人行道上都感到烫脚。到处都显得无精打采，昏昏欲睡。

行人一边擦着脸上的汗水，一边寻找阴凉的地方。公共马车载着六个乘客，向城外缓缓地驶去，稍稍扬起了一点尘土。四点钟时公务员们下班出来了，慢悠悠地各自走回家去。

亚历山大跑了出来，仿佛房子里天花板坍了似的，他看了看表——时间已经晚了，到那边吃饭赶不上了。他急忙奔到饭馆老板那儿。

"你们这儿有什么吃的？快！"

"汤有 julienne 和 a la reine；沙司有 à la provençale,à la maître d'hôtel①；烤火鸡、野味、甜酥饼。"

"行，就来 à la provençale 汤，julienne 沙司和烤酥饼，尽量快！"

一个侍役瞧了瞧他。

"喂，怎么呢？"亚历山大不耐烦地说。

那侍役跑出去，端上随意想到的几样菜。亚历山大挺满意。他没等上第四道菜，便奔向涅瓦河岸边去了。那边有一条小船和两名划船的正等着他。

过了一小时，他便远远地望见那块乐土了，他站在船上，老凝视着那边。起先他心里有些惊惶不安，转而又疑惑起来，因此

---

① 以上几种都是当时京城饭馆里法式菜肴的名称。——原注

眼睛也模糊了。后来脸上骤然露出阳光般的欢欣的光彩。他认出了花园栅栏旁那件熟悉的衣衫；而那边的人也认出他了，向他挥动着手绢。也许人家早就等着他了。他的脚后跟似乎也焦急得发烫了。

"唉！要是在水上可以跑就好了！"亚历山大想，"人们发明了各种乱七八糟的东西，就是没有发明出这个来！"

划船的人不慌不忙地划着桨，动作均匀得像机器似的。他们晒得黑黑的脸上汗流如雨，亚历山大的心在胸口直扑腾，眼睛死盯着一点，他已有两回糊里糊涂地先后把左右脚伸到舷外，划船的人对于这些都毫不在意，照常无动于衷地划着船，不时地用衣袖擦攘脸。

"快点！"他说，"赏你们五十戈比酒钱。"

他们立刻卖力了，在各自的位置上拼命地划了起来。疲劳哪儿去了？哪儿来的力气？船桨在水里使劲地划动着，划一下小船便飞快地前进约三俄丈①。划了十来下，船尾画了一个弧形，小船轻盈地斜靠到了岸边。亚历山大和娜坚卡都老远地微笑着，互相盯看着对方。亚历山大一只脚没跨到岸，而踩进了水里，娜坚卡哈哈地笑了起来。

"慢点，老爷，请等一等，我来扶您一把。"一个划船的人说，而这时候亚历山大已上岸了。

"在这儿等我吧。"亚历山大吩咐他们一声，随即向娜坚卡跑去。

她从老远便朝亚历山大温柔地微笑。小船越来越靠近岸边的时候，她的胸脯也越强烈地起伏着。

---

① 一俄丈相当于 2.134 米。——译注

"娜杰日达·亚历山大罗夫娜①!"亚历山大说，快乐得差点儿喘不过气来。

"亚历山大·费多雷奇!"她回应说。

他们情不自禁地互相向对方奔了过来，但又停住了，带着微笑和湿润的眼睛互相对瞧着，一句话也说不出来。好几分钟就这样过去了。

不能责怪彼得·伊万内奇没有一眼就注意到娜坚卡。她长得并不很美，不能一下子就能吸引别人的注意力。

然而谁若是细细地打量她的面容，那他就会久久地移不开眼睛了。她那容貌很少有两分钟是平静的。她的心灵极其敏感，也极易于激动，各种思想和情感在不断地变来变去，而这些细微变化着的情感奇妙地融合在一起，每分钟都给她的脸容增添着出人意料的新表情。比如，那双眼睛似乎突然射出电光，燃起熊熊的烈火，可顷刻间又藏到长长的睫毛底下；脸变得呆愣愣地，一无生气，犹如一尊大理石雕像摆在您面前。您以为随后又会出现那种锐利的目光——根本不是！眼皮缓缓地轻轻抬起，把您照亮的是一道温柔的目光，仿佛从云层里慢慢浮现的月光。看到这样的目光，您必定会出现轻微的心跳。她的举止动作也是如此。它优雅极了。但它不同于西利菲达②的优雅。这种优雅的举止中带有许多野性的激情，这是大自然之所赐，然而后天的教养不只是使它变得不那么刺目，而且足消除它的最后痕迹。而那些痕迹却常常出现在娜坚卡的举止里。她有时坐着的姿势优美如画，可天知道由于什么内心活动，转眼间这种绘画似的姿势被破坏了，换成了

---

① 娜坚卡的正式名字和父名。——译注
② 西欧某些民族神话中的女神。——原注

111

完全出人意料而又极其迷人的姿势。她的话语也是变化莫测，时而是正确的论断，时而是想入非非、尖刻的评判，随后又是孩子气的举动，或是巧妙的假装。这一切表明她有一个热烈的头脑，有一颗任性多变的心。不单是亚历山大一人因她而神魂颠倒，唯有彼得·伊万内奇不受迷惑，可这样的人能有几个呢？

"您在等我！天哪，我多么幸福！"亚历山大说。

"我等您？没有的事！"娜坚卡摇摇头说，"您知道我常待在花园里。"

"您生气啦？"他怯生生地问。

"干吗呀！亏您想的！"

"那好，把手伸给我。"

她把手伸给他，可他刚一触到它，她又立刻将它抽了回去——一下变了神色。笑容消失了，脸上显出近乎懊恼的表情。

"这是怎么啦，您在喝牛奶？"他问道。

娜坚卡手里拿着杯子和面包干。

"我在吃午饭。"她回答说。

"吃午饭，在六点钟，喝牛奶？"

"您在叔叔那儿享用了讲究的午饭，瞧着我喝牛奶当然觉得奇怪了。我们这儿是乡下，生活过得很简单的。"

她用前面的牙齿咬了几口干面包，一边又喝着牛奶，随后噘起嘴唇做了个非常可爱的鬼脸。

"我没有在叔叔那儿吃午饭，我昨天就谢绝了。"亚历山大回答说。

"您真不害臊！能这么撒谎吗？您是在哪儿待到这个时候？"

"今天我工作到四点钟……"

"可现在已经六点了。别撒谎，好好坦白，您被什么宴会、快乐的交际迷住了？您在那边快活得很吧？"

"说实话，我没有到叔叔那儿去……"亚历山大热烈辩护说，"不然的话我能这个时候赶到您这儿？"

"啊！您觉得这还早呀？那您就再过两三个小时来！"娜坚卡说，突然猛一转身，不去理他，径自沿着小路走回家去。亚历山大跟在她后面。

"别靠近，别靠近我，"她挥着手说道，"我不要看见您。"

"别闹了，娜杰日达·亚历山大罗夫娜！"

"我压根儿没有闹。您说，您是在哪儿待到现在？"

"我四点钟下班出来，"亚历山大说，"来这儿坐了一小时船……"

"那样该是五点，而现在是六点。还有一个小时您在哪儿呢？瞧您多会撒谎！"

"我在一家饭馆匆匆忙忙吃了顿饭……"

"匆匆忙忙！只有一个小时！"她说，"可怜的人哪！您可能饿了。要不要喝点牛奶？"

"那就给我，给我这一杯吧……"亚历山大说，一边伸出手来。

但她忽然不想给了，把杯子翻个底朝天，不去理睬亚历山大，只管好奇地瞧着最后几滴牛奶怎样从杯子中滴到沙地上。

"您真残忍！"他说，"能这样折磨我吗？"

"瞧呀，瞧呀，亚历山大·费多雷奇，"正沉迷于玩耍的娜坚卡突然插话说，"我能不能把牛奶滴到在小路上爬行的甲虫身上呢？……啊，滴中了！可怜的小虫！它快死了！"她说道，随即关切地捡起那甲虫，放在手心上，朝它哈起气来。

"您好关心甲虫呀！"他懊恼地说。

"可怜的小虫呀！您瞧，它快死了！"娜坚卡难过地说，"我干了什么呀？"

她让甲虫在手心上待了一会儿，而当它蠕动起来，开始在她手上爬来爬去的时候，娜坚卡不禁一颤，赶紧把它丢在地上，并踩了一脚，低声地说："可恶的甲虫！"

"那您到底在哪儿呢？"随后她又问。

"我不是说了嘛……"

"啊，对！在叔叔那儿。客人多吗？喝了香槟酒？我甚至从这儿也闻得到香槟酒的味儿呢。"

"不是，我没有在叔叔那儿！"亚历山大绝望地插话说，"谁跟您说的？"

"是您说的呀。"

"我想他那边客人们现在刚入席呢，您可不知道这种宴会，难道它一个小时结束得了吗？"

"您吃了两个钟头，从四点到六点。"

"那我来这儿路上花的时间呢？"

她什么也没回答，身子一蹦，折下一根槐树枝，然后就沿着小路跑了起来。

亚历山大跟在她后边。

"您去哪儿呀？"他问。

"去哪儿？什么去哪儿？问得多妙！找妈妈去。"

"为什么呀？我们可能会打扰她的。"

"不，没关系。"

娜杰日达·亚历山大罗夫娜的妈妈叫玛丽娅·米海依洛夫娜，是一位善良而老实的母亲，不管孩子们干什么事，她都觉得挺好。比如说，玛丽娅·米海依洛夫娜吩咐套马车。

"要上哪儿去，妈妈？"娜坚卡问。

"出去逛逛，天气多好呀。"母亲说。

"那怎么行？亚历山大·费多雷奇要来。"

于是就让人把马车卸了。

又有一次玛丽娅·米海依洛夫娜坐在那儿织那条永远织不完的围巾，她一边开始叹气，嗅鼻烟，查看一根根骨针，或者埋头于阅读法国小说。

"妈妈，您干吗不穿好外衣呢？"娜坚卡厉声问道。

"去哪儿呀？"

"我们不是要去散步嘛。"

"散步？"

"是呀，亚历山大·费多雷奇来陪我们去呀。您竟忘了！"

"我不知道呀。"

"这怎么不知道呢！"娜坚卡不满地说。

母亲便搁下围巾或者书，跑去穿衣服。娜坚卡就这样十分任性、随意地安排自己和妈妈的活动，安排自己的时间和各种事情。不过，她也是一个善良而温柔的女儿，虽然不能说她很听话，因为不仅不是她需要听话，而是母亲要听她的话；因此可以说，她有一个听话的母亲。

"您去看看妈妈。"当他们来到客厅门口的时候，娜坚卡说。

"您呢？"

"我待会儿来。"

"那我也待会儿。"

"不，您先去。"

亚历山大走进去，立刻又蹑手蹑脚地转回来。

"她在安乐椅里打盹呢。"他轻声地说。

"没关系，咱们去吧。妈妈，妈妈！"

"啊！"

"亚历山大·费多雷奇来了。"

"啊！"

"阿杜耶夫先生要看看您。"

"啊！"

"您瞧，睡得多香。别叫醒她！"亚历山大阻止说。

"不，叫醒她。妈妈！"

"啊！"

"醒醒吧，亚历山大·费多雷奇在这儿呢。"

"亚历山大·费多雷奇在哪儿呢？"玛丽娅·米海依洛夫娜说，一面直瞧着他，并整了整歪到一边的睡帽，"唉，这是您呀，亚历山大·费多雷奇？欢迎欢迎！我一坐在这儿就打盹儿，自己也不明白是什么道理，看来是天气的关系吧。我的茧子开始有点疼——天要下雨了。我打盹儿那会儿，梦见好像伊格纳季禀告说有客人来，只是不明白说的是谁。我听到他说客人来了，是谁我搞不明白。刚才娜坚卡喊了一声，我马上就醒来了。我睡得不深，只要谁弄出点响声，我就会睁眼看一下。请坐吧，亚历山大·费多雷奇，您身体好吗？"

"非常感谢。"

"彼得·伊万内奇身体也好吗？"

116

"很好，非常感谢。"

"为什么他从来不来看望我们？我昨儿个还想过，我想，随便什么时候他哪怕来一趟呢，可是没有——看来，他很忙？"

"很忙。"亚历山大说。

"就连您也两天没见了！"玛丽娅·米海依洛夫娜说。"刚才我醒来就问娜坚卡在干吗呢？人家说还在睡呢。我说，就让她睡吧，整天在外边花园里野，天气那么好，她会很累的。在她这样年纪睡得深，不像到我这把年纪，常常这样失眠，您信吗？简直苦恼死了；是神经的关系，还是别的原因——我搞不清楚。人家给我端来咖啡，要知道我总是在床上喝它的——边喝边想：'怎么回事，看不见亚历山大·费多雷奇？他身体好吗？'后来起床了，一看十一点，哎呀！下人们也不告诉我一声！我去找娜坚卡，她还没有睡醒呢。我叫醒了她。我说：'该起来了，我的祖宗，快十二点了，你这是怎么啦？'要知道我整天照看着她，就像个保姆。我连家庭女教师也特意不雇了，为的是不要有外人。要是托付给外人吧，天知道她们会干出什么来。不！我自个儿来对她进行教育，我严格地看管她，不让她离开我一步，我可以说，娜坚卡感觉到这一点，她没有任何想法悄悄瞒着我。我好像看得透她……那时候一个厨子来了，我跟他谈了一个来小时，又读一会 Memoires du diable[①]……唉，索列耶是位多么令人喜欢的作家！他写得多棒呀！后来女邻居玛丽娅·伊万诺夫娜同丈夫一起来了，所以我都没发觉早上是怎么过去的，一瞧，已经三点多了，该吃午饭了……唉，可不，您干吗不来吃午饭呢？我们等您等到五点钟。"

[①] 《魔鬼回忆录》，法国作家弗雷德里克·索列耶(1800-1847)的冒险小说。——原注

117

"等到五点钟？"亚历山大说，"我怎么也赶不来，玛丽娅·米海依洛夫娜，让工作拖住了。我请你们一过四点就不用等我了。"

"我也这么说，可是娜坚卡说：'我们等一等，再等一等。'"

"我！哎呀，妈妈，您说什么呀！我不是说：'该吃饭了，妈妈。'而您说：'不，应该等一会儿，亚历山大·费多雷奇好久没有来了，他定会来吃午饭的。'"

"您瞧，您瞧！"玛丽娅·米海依洛夫娜摇摇头说，"唉，多不害臊！把自己说的话推到我身上！"

娜坚卡转过身子，走到花丛中，逗弄起鹦鹉来。

"我说：'唉，亚历山大·费多雷奇现在在哪儿呢？'"玛丽娅·米海依洛夫娜接着说，"'已经四点半了'。她说：'不，妈妈，该再等一会儿——他会来的'。我一瞧，到四点三刻了，我就说：'随你便，娜坚卡，亚历山大·费多雷奇大概作客去了，不会来了，我饿了。'她说：'不，还要等一等，到五点钟。'她就这样让我饿着肚子。怎么，说得不对吗，小姐？"

"鹦鹉，鹦鹉！"从花丛那里传来声音，"今天你在哪儿吃的午饭，在叔叔那儿？"

"怎么回事？她躲开了！"母亲继续说，"看来，她觉得不好意思啦！"

"根本不是。"娜坚卡回答说，她走出小树丛，坐在窗边。

"她就是不坐下来吃饭！"玛丽娅·米海依洛夫娜说，"要了一杯牛奶，就到花园里去了。所以她就这样没有吃饭。怎么？直瞪着我瞧，小姐。"

听着这番话，亚历山大都有些愣了。他瞥了一眼娜坚卡，而她转过身背对着她，摘下一片常春藤的叶子。

"娜杰日达·亚历山大罗夫娜!"他说,"您这样想念我?难道我真的这么幸福?"

"别靠近我!"她气恼地喊了起来,因为她说的假话被揭穿了,"妈妈是开玩笑说的,而你当真相信!"

"你为亚历山大·费多雷奇准备好的浆果搁在哪儿啦?"母亲问。

"浆果?"

"是呀,浆果。"

"您不是在吃饭的时候吃了⋯⋯"娜坚卡回答说。

"我!你好好想一想,我的祖宗,是你藏起来,不给我吃。你说:'等亚历山大·费多雷奇来了,到时候就给您。'什么样的姑娘呀!"

亚历山大温情而狡猾地扫了娜坚卡一眼。她羞红了脸。

"她亲手洗好的,亚历山大·费多雷奇。"母亲补充说。

"您胡编一气干吗呀,妈妈?我洗了两三个浆果,自个儿吃了,要不然是瓦西里莎⋯⋯"

"别信,别信,亚历山大·费多雷奇,瓦西里莎一早就派去城里了。干吗瞒着呢?知道是你洗的而不是瓦西里莎洗的,亚历山大·费多雷奇大概会更高兴的。"

娜坚卡莞尔一笑,然后又隐到花丛中,出来时端着满满一盘浆果。她向亚历山大伸过拿盘子的手。他吻了吻那手,拿过浆果,像领受元帅杖一样。

"您不配吃!让人家等您这么久!"娜坚卡说,"我在栅栏旁站了两小时;您想想看!有人过来,我就以为是您,我挥了挥手绢,突然发现是不认识的人,一个军人。他也挥了挥手,真讨厌⋯⋯"

晚上客人来了又走了。天开始黑下来，又是剩下柳别茨卡娅母女和亚历山大三个人。连这三重唱也渐渐地解体了，娜坚卡去到花园里。形成了玛丽娅·米海依洛夫娜跟亚历山大的不大协调的两重唱，她久久地唱的是：昨天做了什么，今天做的什么，明天将做什么。他感到无聊极了，心里忐忑不安。晚上很快到了，他还没机会同娜坚卡单独说上一句话呢。厨子像救星似的来了；当时亚历山大心里非常着急，比先前在船上的时候还要厉害。正好，在这时候这位厨子来问太太，晚饭要准备些什么，他们刚开始谈到肉饼、谈到酸牛奶，亚历山大便乘机巧妙地溜掉了。他要了多少花招，只求离开玛丽娅·米海依洛夫娜的安乐椅！他先是走到窗边，瞅一眼外边，那两条腿把他拖向那扇开着的门。他好容易稳住步子，不让身子猛地跑出去，他慢慢地走到钢琴那边，在琴键上随便敲了几下，他像患热病似的哆嗦着从乐谱架上拿下乐谱看了看，又放回原处；他甚至坚定地闻了闻两朵花儿，还唤醒鹦鹉。这时候他焦急极了；这扇门就在近处，可是溜掉似乎有点不好意思——该站上一两分钟，然后仿佛在无意中走了出去。那厨子又退两步，再说句话——就会走开的，那时柳别茨卡娅一定又会找他聊天。亚历山大忍耐不住，便像蛇似的溜出门来，不管台阶有多少级，一跳就跳下了台阶，三步两步奔到林阴道的尽头——来到岸边娜坚卡的身旁。

"好不容易想起我啦！"这一次她温柔地责备说。

"唉，我受了多大的罪呀，"亚历山大回答说，"您也不来帮个忙！"

娜坚卡给他看一本书。

"我正想拿它去找您呢，要是过一会儿您还不来的话，"她说，

"坐下吧，现在妈妈是不会来的，她怕潮湿。我有好多话，好多话要对您说……唉！"

"我也是……唉！"

他们并没有说出什么，或者几乎没有说什么，因为要说的一些话早已说过十来遍了。一般不外乎是：理想、天空、星星、好感、幸福等等。谈话更多的是用目光、微笑和感叹词等的语言进行的。那本书掉在了草地上。

夜来临了……不，什么夜呀！彼得堡的夏天难道有夜吗？这不是夜，而是……这里应该想出另一名称——比如，叫朦胧吧……周围都是静悄悄的。涅瓦河宛如睡着了，有时它仿佛在半睡半醒中以波浪轻轻地拍打着河岸，接着又沉默下来。那儿不知从何处吹来一阵晚风，在睡梦中的河水上空掠过，但却唤不醒它们，只是让河面泛起涟漪，并给娜坚卡和亚历山大送来凉爽，或给他们带来远方的歌声——后来一切又沉寂下来，涅瓦河又静止不动了，犹如一个睡梦中的人，在轻微的响声中睁开一会眼睛，马上又闭上了；睡梦让他那发沉的眼皮合得更紧了。后来从桥的另一边传来似乎很远处的雷声，随后是最近一处渔场的看门狗的叫声，接下来又是一片寂静。树木形成黑暗的拱门，几乎没有声响地晃动着树枝。河岸边的别墅里灯光闪闪。

这时候在这温暖的空气中有着什么特别的东西？是什么秘密掠过花朵、树木和草地，以不可解释的愉悦吹向心灵？为什么这时候的心灵中产生的思想和感情就不同于喧闹的人群之中呢？在这大自然的睡梦中、在这种朦胧暮色中，在沉默无言的树木、香花和僻静处为恋爱提供了多好的环境！此时的一切多么有助于头脑去幻想，有助于心灵产生稀有的感觉，而这些幻想和感觉在平常严格正规的生活中却被视为毫无用处、非常可笑的东西……是呀！说它毫无用处，然而也只有这样的时刻，心灵才会是模糊地感受到幸福，这种幸福是人们在其他时间里所那么用心去寻找而无法找到的。

亚历山大和娜坚卡来到河边，倚在栏杆上。娜坚卡在沉思中久久地望着涅瓦河，望着远处，亚历山大望着娜坚卡。他们心里洋溢着幸福，甜蜜得很，同时又有些懊恼，而嘴上不说出来。

亚历山大轻轻地碰一下她的腰。她用胳膊轻轻地推开他的手。他又去碰了一下，她更轻地把它推开，一边凝视着涅瓦河。对第三次触碰她就不推开了。

他握住她的手——她也没有把手缩回来；他紧握着她的手，她也紧紧地握着。他们俩就这样默默地站着，可有什么感觉呢！

"娜坚卡！"他轻轻地唤了一声。

她沉默不语。

亚历山大向她俯过身去，心里非常紧张。她的脸颊上感到了一股热烘烘的气息，顿时颤了一下，转过身去——她没有气愤地走开，也没有叫喊！——她无法假装生气而后退，爱情的魅力迫使理智沉默了，当亚历山大把嘴唇紧贴在她的嘴唇上时，她也回吻起他来，虽然很轻，几乎觉察不到。

"不成体统！"严厉的母亲们会说，"没有母亲在旁，一个姑娘竟在花园里跟一个小伙子亲嘴！"有什么办法，不成体统，而她就是以吻相报。

"哦，人可以多么幸福！"亚历山大自言自语说，他又俯向她的嘴唇，就这样吻了，好几秒钟。

她脸色发白，一动不动地站着，睫毛上闪烁着泪花，胸部强烈地起伏着。

"真像做梦！"亚历山大喃喃地说。

突然娜坚卡全身一振，心醉神迷的时刻过去了。

"这是怎么回事？您好放肆！"她突然说，跑开好几步，"我要告诉妈妈去！"

亚历山大从九霄云外摔了下来。

"娜杰日达·亚历山大罗夫娜！不要用责备打碎我的快乐，"他开始说，"您不要像……"

她瞧了瞧他，一下快乐地大笑起来，又走到他身旁，又站在栏杆旁，信任地把手和脑袋倚着他的肩膀。

"这么说您很爱我？"她问，一边揩去滚在脸颊上的一颗泪珠。

亚历山大的双肩做了个难以名状的动作。他的脸上出现彼得·伊万内奇所说的那种"愚蠢的表情"，这也许是真的，但是在这种愚蠢的表情里蕴含着多少幸福呀！

他们依然默默地望着河水，望着天空，望着远方，仿佛他们之间什么也没发生过。只是他们不敢互相对瞧；他们终于对瞧了一下，微微一笑，立即又转过脸去。

"世上真的有痛苦吗？"娜坚卡沉默一会儿之后说。

"据说，有……"亚历山大若有所思地回答说，"可我不信……"

"能有哪样的痛苦呢？"

"叔叔说是贫穷。"

"贫穷！难道穷人就感觉不到我们现在所感觉到的东西吗？有了这样的感觉他们就不算贫穷了。"

"叔叔说，他们顾不上那个——他们需要有吃的喝的……"

"哼！吃！您叔叔说得不对，没有吃的也可以是幸福的，我今天就没有吃午饭，可我多么幸福！"

他笑了起来。

"是的，为了这样的片刻，我愿意把一切、一切都送给穷人！"娜坚卡往下说，"就让穷人来吧。唉，为什么我不能用某种快乐使大家都感到安慰和快乐呢？"

"天使！天使！"亚历山大紧握着她的手，欣喜若狂地喊道。

"咳，您握得我好疼呀！"娜坚卡突然打断对方的说话，皱起眉头，把手抽了回来。

然而他又抓起她的手，热烈地吻了起来。

"我会去好好祈祷，"她继续说，"今天、明天、永远都为这个晚上祈祷！我多么幸福！您呢……"

忽然她沉思起来；眼睛闪出一丝担心。

"知道吗，"她说，"听说，好像这样的事只有一次，就永远不会再发生了！也许这样的时刻不会再有了？"

"哦，不！"亚历山大回答说，"这不对，会再有的！还会有更美好的时刻；是的，我感觉得到……"

她疑惑地摇摇头。他想起了叔父的教导，顿时打住了。

"不——他自言自语地说——不，这不可能！叔叔不懂这种幸福，所以他对人是那么严厉，那么不信任，可怜的人！他那冷酷无情的心真让我觉得可怜，他不懂爱情带给人的陶醉，所以对人生抱着恼恨排斥的态度。愿上帝原谅他！如果他看到我的幸福，他就不会来瞎干涉了，不会以胡乱怀疑去侮辱它了，我可怜他……"

"不，娜坚卡，不，我们会幸福的！"他继续大声地说，"瞧瞧周围吧，瞧着我们的爱情，这里的一切不是都为我们高兴吗？上帝会原谅他。我们手拉着手度过一生会多么快乐！这种相爱使我们感到多么骄傲、自豪！"

"哎呀，打住吧，别再猜测了！"她打断他的话说，"别去预言，当您这么说的时候，我有些害怕。我现在很发愁……"

"有什么好害怕的？难道相信不了自己？"

"不行，不行！"她摇摇头说。他瞅了瞅她，沉思起来。

"为什么？"他后来又说起来，"什么能破坏我们的幸福世界？谁有必要来干涉我们？我们将来永远单独在一起，远远离开其他的人；我们关他们什么事？他们关我们什么事？他们记不起我们，忘了我们，那时候，我们就不会受到有关苦难的消息的惊扰，就像现在这花园里一样，任何声响都不会惊扰这快乐的寂静……"

"娜坚卡！亚历山大·费多雷奇！"突然从台阶上响起一个声音，"你们在哪儿？"

"您听！"娜坚卡以预言家的声调说，"这是命运的暗示，这样的时刻不会再有了——我感觉得到……"

她抓住他的一只手，紧紧握了握，有些异常而悲伤地瞧瞧他，突然向黑暗的林阴小道奔去。

他一人陷于沉思地站在那里。

"亚历山大·费多雷奇！"从台阶上又响起了声音，"酸牛奶早放在桌上了。"

他耸了耸双肩，向屋里走去。

"在无法形容的幸福的片刻后面突然就是酸牛奶！！"他对娜坚卡说，"难道生活里都是这样？"

"只要不更坏就行了，"她快乐地回答，"而酸牛奶好得很哪，尤其对没有吃过午饭的人来说。"

幸福使她精神焕发。她的两颊红红的，眼睛闪烁着异常的光辉。她多么热心地干起家务，多么快活地唠叨着！瞬间闪现的忧愁已不见踪影了，她快乐得心醉了。

当亚历山大坐进小船回去的时候，朝霞已布满半个天空。两个划船的一边等待已承诺的奖赏，一边往手上吐了几口唾沫，开始照旧在原位上猛然欠起身来，使足全力地划起桨来。

"慢点划！"亚历山大说，"再赏半卢布的酒钱！"

他们瞧了瞧他，然后互相对瞧了一眼。一个搔了搔前胸，另一个搔了搔后背，他们轻轻地划动船桨、稍稍地触碰着河水。小船宛如天鹅般游动着。

"叔叔想让我相信幸福是一种幻想，绝对不能相信任何东西，生活是……好狠心的人！为什么他想这么残酷地欺骗我？不，这就是生活！我所想象的生活就是这样，它应该是这样，现在是这样，将来也是这样！不然就没有生活！"

早晨清新的风从北方徐徐吹来。亚历山大稍稍颤了一下，这既是由于轻风也是由于回想，随后他打了一下哈欠，裹上斗篷，沉醉在幻想之中。

第五章

　　亚历山大达到了幸福的极点。他没有什么可更多地期望了。本职工作、为杂志撰稿通通被忘在脑后，丢在一边了。在职务的提升上已轮不到他了。他几乎没注意到这种情况，还是叔父给提醒的。彼得·伊万内奇劝他抛开那些没意义的事，然而亚历山大在听到"没意义的事"这几个字时耸了耸肩膀，遗憾地笑了笑，不说什么了。叔父看到自己的劝告不顶用，也耸了耸肩膀，遗憾地笑了笑，然后也不作声了，只说了一句："随你便，这是你的事，不过当心，不要来向我借臭钱"。

　　"不要怕，叔叔，"亚历山大对此回答说，"钱少是不好的，可我需要的不多，我现在的钱够用了。"

　　"那好，我祝贺你。"彼得·伊万内奇添了一句。

　　显然，亚历山大在回避他。亚历山大对于叔父那些悲观的预言已完全不相信了，很怕叔叔那种对爱情的冷酷观点，尤其是怕那些针对他同娜坚卡的关系的令人难堪的嘲讽。

　　叔父老是简单地用那些似乎普遍适用的一般规则来分析他的爱情，并且亵渎这种依他看来崇高而神圣的事情，他听起来觉得

127

很反感。他隐藏着自己的喜悦，也不显示这种美好幸福的前景，因为他料到，这种幸福一经叔父的分析立即就要烟消灰灭或变为粪土。叔父首先躲避他是由于这样的考虑，他觉得这小子变懒了，陷于困境了，来向他要钱，依赖于他。

亚历山大的步伐、目光以及整个神态都带有某种得意而神秘的东西。他跟别人来往时，就像市场上富有的大老板对待小商人那样，既平易又神气，心里在想："可怜的人们！你们哪一个像我这样的富有？哪一个能有这般感觉？哪一个人的心胸……"

他深信，世界上只有他一人是这样去恋爱的。

不过，他不单只回避叔父，而且也回避如他所谓的芸芸众生。他或拜倒在自己的偶像跟前，或独坐在住所的书房里，沉醉于幸福感受中，对它进行细细的分析，并把它分解成无穷小的原子。他对此名之曰创造特殊的世界，他一人独处，仿佛以虚无构建一种世界，大部分时间都待在其中，很少去上班，也不乐意去，称上班为痛苦的义务、避不开的灾难或可悲的俗事。总之，对这种差事他有很多的说法。编辑那里、熟人那里他完全不去走动了。

跟自我谈话成了他最大的快乐。"只有跟自己单独相处，"他在一篇笔记中写道，"人才会像照镜子那样看清自己；只有在这种时候他才学会相信人类的伟大和尊严。在这种同自己心灵力量的谈话中他是多么的美呀！他像领袖似的对它们做了严格的评论，按照周密的计划组织它们，带领它们向前奋进，带领它们行动、创造！相反，有的人不善于或害怕独自相处，不愿孤独地生活，到处寻找交往，寻找异样的智慧和精神，这样的人多么可怜呀……"有人也许以为他是一个发现构造世界或人类生活的新规律的思想家，其实不过是个恋爱中的人！

这会儿他正坐在那张高背深座的安乐椅上。他面前摊着一张纸，上面草草地写有几行诗，他时而俯在草稿上做些修改，抑或添上两三句诗，时而仰靠在椅背上沉思起来。嘴唇上浮动着微笑；显然，他是刚让它们离开那满满的幸福之杯。他的一双眼睛懒洋洋地闭起来，仿佛一只打盹的猫儿，或者猛地闪出内心激动的火光。

周围静悄悄。只有从远处，从大街上传来马车的隆隆声，有时叶夫塞擦靴子擦累了，便大声地说起话来："千万别忘了，前两天在小铺里赊了一戈比的醋、十戈比的白菜，明儿该还了，要不然那店老板下一回就不相信了——那个狗娘养的！面包用镑称来称，好像在闹饥荒的年头——真不要脸！哎，天哪，累死了。擦完这只靴子，就去睡觉。在格拉奇那边大概早就睡了，不像这里！上帝让我什么时候再见到……"

这时候他大声地叹了口气，对着靴子哈了哈气，又用刷子刷了起来。他认为这工作是他主要的职责，也差不多是唯一的职责，一般说来，仆人甚至一般人的优点是以擦靴子的能力来衡量的；他自己是带着某种热情去擦的。

"不要啰唆了，叶夫塞！你老拿自己的小事来妨碍我干事！"亚历山大喊道。

"小事，"叶夫塞喃喃地说，"怎么不要小事，你就有这些小事，而我是干的正事。你瞧，你把靴子弄得多脏。很难擦干净。"他把靴子放到桌子上，得意地欣赏那光洁如镜的皮子。

"来吧，看谁能擦得这么亮，"他又说了一句，"小事！"

亚历山大越来越深地沉入对娜坚卡的思念，后来又沉于创作的构想中。

写字台上是空空的。凡是令他想起先前的工作、公务、撰稿等事的一切东西都被放到桌子底下，或放进柜子，或塞到床下。"光是这种脏玩意的样子，"他说，"就会吓跑创作的思考；它会飞掉的，就像夜莺因马路上突然响起没上油的车轱辘的轧轧声而从小树林里飞走一样。"

朝霞常常遇上他在创作一种哀诗。除了在柳别茨卡娅家度过的时光之外，其他全部时间都献给了创作。他写了诗，便去读给娜坚卡听；她把诗誊抄在精美的纸张上，并且还读得烂熟，于是他"体会到诗人的最大快乐——倾听亲爱的人朗读自己的作品"。

"你是我的缪斯，"他对她说，就作我胸中燃烧的圣火的保护者维斯太 ① 吧；你一丢开不管——那圣火就会永远熄灭。"

后来他化名把诗稿寄给社刊。诗作被刊登出来，因为它们写得不错，有些地方颇有感染力，每篇都充满热烈的情感；文笔也很流畅。

娜坚卡以享有他的爱而感到骄傲，称他为"我的诗人"。

"是的，是你的，永远是你的"，他添上一句。前面是荣誉向他微笑，他想，娜坚卡为他编花环，编桂冠，而后来……"生活，生活，你多么美啊！"他高声地说，"而叔叔呢？为什么他要扰乱我的内心的平静呢？难道他是命运派来的魔鬼吗？他的心老跟这些纯洁的欢乐格格不入，是不是出于嫉妒呢，或许是由于阴暗的愿望而来伤害……哦，离他远一些、远一些……他会以自己的仇恨来毒害扼杀我这充满爱情的心灵，来腐蚀它……"

他躲避叔父，一连几个礼拜、几个月不同叔父会面。即便碰

---

① 罗马神话中的圣火保护者，也是家室女神，即希腊神话中的赫斯提。——原注

见了，只要一聊起情感的问题，他便带点讥笑意味地一声不吭，或者像一个以任何道理都不能动摇其信念的人那样倾听着。他认为自己的观点是绝对没错的，认为自己的见解和情感是无可争议的，他决心在今后只以它们为行动指针，他说，他已不是小孩了，为什么老把别人的意见奉为圣旨呢①？以及这一类的话。

叔父依然是那个样子，他什么也不问侄儿，不去注意或不愿去注意他的所作所为。他看到亚历山大的情况没有什么变化，还是过着原先的那样生活，也没向他要钱，他便对侄儿跟以往一样亲切，还稍稍责备侄儿不常来串门。

"我妻子生你气了，"他说，"她一直把你看作亲人；我们天天都在家吃饭，来吧。"

仅此而已。而亚历山大很少前去，的确没有时间去，早上去上班，从午后直到晚上都待在柳别茨卡娅家；剩下就是夜里了，夜里他要进入自己所创造的特殊世界里，并继续创作。同时也得稍许睡上一会儿。

在文学散文创作方面他就不大走运了。他写了一部喜剧、两个中篇小说、一篇随笔，以及一种游记。他的写作精力是令人惊叹的，一张纸在他的笔下很快就写满了。起先他曾把一部喜剧和一个中篇小说拿给叔父看，并问他合不合用？叔父随便拿几页看了看，便退了回去，在稿子上方批了几个字："适于……糊墙壁！"

亚历山大气疯了，便把稿子寄给杂志社，但都被退了回来。在喜剧的页边有两处人家用铅笔写的评语："不坏"——仅此而已。在中篇小说中可常见到如下的评语："很差、不真实、不成

---

① 引自格里鲍耶多夫的喜剧《聪明误》第三场中恰茨基的话。——原注

熟、呆板、没有展开"等等，而在末尾处写着："总的看来，对心灵的无知、过分激烈、不够自然，处处矫揉造作，看不到真实人物……主人公太畸形……"

"这样的人不会有……不宜刊用！不过，看来作者不无才华，应多加努力……"

"这样的人不会有！——伤心而惊异的亚历山大想——怎么不会有呢？要知道主人公就是我自己。难道我要去描写那些每一步都可遇到的，思想感情跟众人一样，所作所为也同大家无所区别的庸俗人物，去描写日常小型的悲剧和喜剧中那些可怜的毫无特殊表现的人物……艺术就降到这种地步？"

为了证明他所宣扬的文学论点的纯洁性，他召来拜伦的幽灵，引证歌德和席勒的话语。他不外乎把海盗或伟大诗人、演员想象成为剧中或小说中的主人公，让他们按他的见解去行动、去感觉。

在一部小说中他选择美洲作为故事发生的地点。场面是很气派的；美洲的大自然、群山起伏，在整个这种背景里，一个流放者劫持了自己所钟爱的女人。整个世界已把他们遗忘了；他们孤芳自赏，迷恋于大自然，后来传来被赦免的消息，他们可以重返祖国，但他们拒绝了。约过了二十年之后，有一个欧洲人来到那里，他由印第安人陪同前去打猎，在一座山里发现一个茅屋，里面有一对骷髅。——这欧洲人就是主人公的情敌。他觉得这部小说出色极了！在那些冬天的夜晚他兴高采烈地把它读给娜坚卡听。她听得多么兴趣盎然呀！——然而这部小说竟不被采用！

这次失败他连半句话也没跟娜坚卡说；他默默地吞下这个耻辱——当作没有事一样。"那部小说怎么样啦？"她问，"发表啦？""没有！"他说，"不行了，那里边有过多依我们看来古里古怪的东西……"

他哪会知道，他道出了某种真情，虽然想说的是另一种意思。

辛勤劳作在他看来也是奇怪的。"为什么要有才华？"他说，"没有天赋的劳作者得辛勤劳作，有才华的人轻松而自由地创作着……"不过一想起他那些论农业的文章，还有那些诗，起初也都写得不三不四，而后来逐渐提高，并引起读者的重视，他深思起来，明白了自己的论点是错误的，于是叹着气把那文学写作暂时搁置一旁，等以后心情比较平静，思想变得有头绪了，那时候他一定好好写作。

日子一天天地过去，亚历山大在这些日子里一直非常快活。当他吻着娜坚卡的指尖，在姿势优美的她的对面坐上两小时，老盯着她看，一边发呆、叹息，或者朗诵一些应景的诗，这时候他幸福极了。

公正地说，她听着这些叹息和诗句，有时也会打起哈欠来。这也不奇怪，她的心是充实的、可头脑仍是空洞的。亚历山大没有注意去给那头脑补充营养。娜坚卡指定作为考验期的一年过去了。她跟母亲还是住在那座别墅里。亚历山大提到她的诺言，请求允许跟其母亲谈一谈。娜坚卡又把日期推延到回城的时候，可亚历山大坚持要谈。

终于在一天晚上告别的时候，她答应亚历山大第二天跟她母亲谈一谈。

亚历山大整夜没有入睡，也没有去上班。他脑子里尽转着第二天的情景；他老在琢磨怎么跟玛丽娅·米海依洛夫娜谈，编好了一套发言，做好了准备，但一想到有关娜坚卡的婚姻大事，他便想入非非，心里发慌，又把什么都忘了。就这样晚上来到了别墅，思想上一无准备，而且也用不着。娜坚卡照常在花园里迎接他，可是她眼睛里带点心事重重的神色，没有笑容，有些心不在焉。

"今天不能跟我妈妈谈，"她说，"那个讨厌的伯爵正在我家里呢！"

"伯爵！什么伯爵？"

"您不知道是什么伯爵？就是诺温斯基伯爵，知道吗，是我们的邻居；那就是他的别墅；您自己还曾好几次夸奖过他的花园！"

"诺温斯基伯爵！在您家里！"亚历山大惊讶地说，"因为什么事情？"

"我自己还搞不大清楚，"娜坚卡回答说，"我坐在这里读您的书，妈妈也不在家，她去玛丽娅·伊万诺夫娜那儿了。刚掉了些雨点，我走进屋里，忽然有辆马车驶到台阶前，车身是蓝色的，带有白色的坐垫，就是常经过我们身旁的那一辆——您还曾夸过它呢。我一瞧，从车里出来的是妈妈和一个男子。他们走进屋里，妈妈说：'伯爵，这就是我女儿，请多多关照。'他点点头，我也点点头。我感到害羞，脸都红了，跑回自己的房间。我妈真令人难受，我听见她说：'对不起，伯爵，我这个女儿很不懂规矩……这时候我就猜到了，他一定是我们的邻居诺温斯基伯爵。大概因为下雨了，他用马车把我妈从玛丽娅·伊万诺夫娜那儿送回家。"

"他……是个老头？"亚历山大问。

"什么老头，瞎说！他很年轻，很漂亮……"

"您已经看仔细了，他很漂亮！"亚历山大懊丧地说。

"真有意思！用得着仔细瞧半天？我已经跟他说过话了。唉！他挺讨人喜欢的，他问我在干些什么；他谈了音乐；他请我随便

134

唱个歌，我没有唱，我几乎不会。今年冬天一定请妈妈给我雇个好的教唱歌的老师。伯爵说，当今唱歌很时兴。"

她是异常兴奋地叙说这一切的。

"我想，娜杰日达·亚历山大罗夫娜，"亚历山大说，"今年冬天除了唱歌之外，您还会有事……"

"什么事呀？"

"什么事！"亚历山大带点责备的口气说。

"啊……您是坐船来的吗？"

他不作声地瞧着她。她转过身向家里走去。

亚历山大有些不安地走进客厅。什么样的伯爵！怎么同他应酬？他会是什么态度？傲慢吗？随便吗？他走进来。伯爵先站起来，彬彬有礼地点了点头。亚历山大勉强而不自然地还了礼。女主人给他们相互做了介绍。不知为什么他不喜欢这个伯爵。伯爵是个挺神气的男人，身材高挑而匀称，一头金发，一对表情生动的大眼睛，脸上带着可爱的微笑，他风度翩翩，举止文雅。看来，他能使每个人都对他产生好感。可是亚历山大除外。

尽管玛丽娅·米海依洛夫娜请他靠近些坐，而他却坐到角落里看起书来，表现得很不礼貌，很不得体。娜坚卡站在母亲的座椅后边，好奇地望着伯爵，听他说些什么，说得怎么样。他对于她来说是挺新鲜的。

亚历山大掩饰不住他不喜欢伯爵的态度。伯爵似乎没有注意他的不礼貌，他对待亚历山大很殷勤，尽量使谈话投机一些。这可是白费劲了，亚历山大闷声闷气，或者只回答个是或不是。

当柳别茨卡娅偶尔重新提到他的姓氏时，伯爵就问，彼得·伊万内奇跟他是不是亲属？

“是我叔叔！”亚历山大断断续续地说。

“我跟他在社交界经常会面。”伯爵说。

“可能吧，这有什么奇怪的？”亚历山大回答说，一边耸耸肩膀。

伯爵隐去了笑容，稍稍咬住下唇。娜坚卡跟母亲交换一下眼色，她脸红了，垂下了眼睛。

“您的叔叔是位聪明又可爱的人哪！”伯爵略带点讽刺口吻说。

亚历山大不吭声。

娜坚卡忍不住了，走到亚历山大身边，待伯爵跟她母亲说话的时候，她对他悄悄地说：“你多不害羞！伯爵对您多么亲切，可您呢……”

“亲切！”亚历山大很是懊恼，几乎大声地回答说，“我不需要他的亲切，请不要再用这个字眼……”

娜坚卡赶紧离开他，睁大眼睛，从远处一动不动地望了他好一会儿，然后又站到母亲的座椅后面，不去理睬亚历山大了。

而亚历山大一直在等着伯爵走掉，然后他能够跟她母亲谈一谈。可是十点、十一点钟都敲过了，伯爵还没走，老是在说个没完。

在初次相识之时，谈话通常所围绕的所有话题都谈尽了。伯爵便开始说笑话。他的笑话说得很高明，里面没有丝毫的不自然，没有故作机智俏皮，可是很吸引人，有一种特殊的才能，把话讲得妙趣横生，即使讲的不是什么趣闻，不过是一种普通的新消息、一起偶然事件，他只用一个出人意料的词语便把严肃的东西变得很好笑。

无论母亲或女儿都被他说的笑话迷住了，就连亚历山大也好几次用书本遮住他忍不住的微笑。可是他心灵里却怒不可遏。

伯爵谈音乐、谈人物、谈异乡风情，谈什么都谈得一样精彩、有分寸。他还谈起男人和女人，他把男人骂了一通，也包括骂他自己，又巧妙地称赞所有的妇女，尤其对两位女主人公说了好多的恭维话。

亚历山大想起自己的文学创作，想起了那些诗。"在这些方面我就比他高明得多了。"他心里想。他们开始谈到文学了；母女俩都介绍说，亚历山大是位作家。

"我要让他丢面子。"亚历山大想，"这一下他会丢脸了吧！"

根本不是这样。伯爵谈起文学，就好像历来就是搞这一行的。他对当代俄罗斯的和法国的著名作家约略地做出了一些恰当的评论。说话之间透露出他同俄罗斯第一流文学家都有友好往来，在巴黎也结识了一些法国文学家。他对为数不多的一些文学家是很敬重的，对其他的一些则稍加讽刺。

关于亚历山大的诗作，他说没有读过，也没听说过……

娜坚卡有些奇怪地瞧了瞧亚历山大，似乎在问："怎么样呀，你这老兄？名气不大嘛……"

亚历山大羞怯了。粗暴无礼的神色不见了，出现一脸的沮丧。他好像一只在下雨天淋湿了尾巴而躲在屋檐下的公鸡。

此时餐室里响起杯盘碗勺的交响曲，仆人们在摆桌子，准备开饭了，而伯爵还是不走。什么希望都没有了。他甚至答应柳别茨卡娅的邀请，留下来吃晚餐、吃酸牛奶。

"一个伯爵，却吃酸牛奶！"亚历山大喃喃地说，心怀怨恨地瞧着伯爵。

伯爵胃口挺好，吃得满香，他继续说着笑话，仿佛他在自己家里似的。

"他真不要脸，头一回来人家做客，吃了三个人的分量！"亚历山大对娜坚卡低声说。

"这有什么！他想吃嘛！"她天真地回答。

伯爵终于走啦，可是谈那件大事时间已经太晚了。亚历山大拿起帽子赶快离去。娜坚卡赶上他，及时安慰他几句。

"那么明天？"亚历山大问。

"明天我们不在家。"

"那好，后天吧。"

他们分了手。

第三天，亚历山大来得较早。还在花园里时，他就听见从房子里传来一种不熟悉的声音……大提琴声不像大提琴声……他走近一些听……是一个男子的声音在唱歌，那是什么样的声音啊！嘹亮而充满朝气，它似乎在向女人的心表露衷情。它也触及亚历山大的心，不过引起的反应不一样，他的心由于烦恼、嫉妒、仇恨、由于模糊而沉重的预感而紧缩了，并痛苦得很。亚历山大从院子里走进前厅。

"谁在你们这儿？"他问一个仆人。

"诺温斯基伯爵。"

"早就来了？"

"六点钟来的。"

"你悄悄地告诉小姐，说我来过，待一会儿再来。"

"是，先生。"

亚历山大走了出来，顺着一幢幢别墅随便溜达，没怎么注意往哪儿去。过了大约两小时他返回了。

"怎么，还在你们这儿？"他问。

"还在这儿；看来要留下来吃晚饭。太太吩咐晚饭烤松鸡。"

"你告诉小姐我来了吗？"

"说了，先生。"

"那她说什么？"

"她什么也没吩咐。"

亚历山大便回去了，两天没有露面。天知道他有了什么主意，有多少感受；最后他又来了。

他老远一看到那幢别墅，就在船上站了起来，用一只手给眼睛遮挡阳光，向前望去。那边树木之间闪现着一件蓝色连衣裙。那件衣服穿在娜坚卡身上真合身得很，蓝色非常适合于她，当她特别想让亚历山大喜欢的时候，她总是穿上这件衣服。他放下心了。

"啊！她已感到自己一时不自觉地对我怠慢了，现在想对我有所补偿。"他心里想，"不是她，而是我错了，我怎么可以有那样不可原谅的举止呢？这只会招人反感；一个陌生人，刚刚相识……那样很自然，她是女主人嘛……啊！她会从小树丛里，从那狭窄的小道上出来的，朝栏杆那边走去，她会站在那里等着……"

她的确走到林阴大道上……不过还有什么人跟她一起从小路上转出来呢？

"是那个伯爵！"亚历山大痛苦地喊出声来，简直难以相信自己的眼睛。

"什么？"一个划船的人问了一句。

"她单独跟他在花园里……"亚历山大小声地说，"像跟我一样……"

伯爵同娜坚卡一起走到栏杆旁，他们没有瞧一眼河水，便转过身子，沿着林阴道往回走。他向她俯着身子，悄悄地说些什么，她低着头走着。

亚历山大仍然站在船上，张着嘴，身子不动，双手伸向岸边，后来放下手，坐了下来。划船的人继续划着船。

"你们往哪儿划？"亚历山大清醒过来后，怒冲冲地对他们，"回去！"

"回去？"一个划船的又问了一下，惊讶地望着他。

"回去！你耳朵聋了？"

"不用去那里了？"

另一个划船的人一声不响，机灵地把左边的桨使劲快划几下，后来双桨一起用劲，小船便飞快地往回奔去了。亚历山大把帽子拉得低低的，几乎碰到了肩膀，他陷入了痛苦的沉思。

此后有两星期之久他没有上柳别茨卡娅家去。

两个星期，对于恋爱中的人是多么漫长的时间呀！然而他仍在等待她们派人来打听，他发生什么事了？是不是病了？每当他病了，或者他要脾气了，人家总是这么做的。通常，娜坚卡起先是以母亲的名义形式上作些提问，后来自己什么话不写呢？多么亲切的责备，多么温存的担心！多么急不可待！

"不，现在我不能很快投降，"亚历山大心里想，"我要让她难过一阵子。我要教会她应该怎样对待不相干的男人；和解将不很容易！"

他想好残酷的报复计划，幻想她的悔过，幻想他如何宽宏大量地原谅她，并教训她一顿。但是人家并没有派人来看望他，也没表示认错；在她们眼里他似乎不存在了。

他消瘦了，脸色变得惨白。嫉妒比什么病都更痛苦，尤其只是由于猜疑而没有证据引起的嫉妒。一旦有了证据，嫉妒也就告终，而爱情多半也要吹，那时候至少知道怎么办，可在此之前真痛苦死了！亚历山大充分体验了这种痛苦。

他终于决定一早就前去，他希望同娜坚卡单独会面，跟她把事情说个明白。

他到了那里，花园里什么人也没有。厅里和会客室里也没有人。他来到前室，打开通向院子的门……

出现在他面前的是一幅什么样的场景啊！两个穿着伯爵家仆役号衣的马夫牵着两匹骑的马。伯爵和一仆人扶娜坚卡骑在其中一匹马上；而另一匹马是准备给伯爵本人骑的。台阶上站着玛丽娅·米海依洛夫娜。她皱着眉头，不安地望着这个场景。

"坐稳点，娜坚卡，"她说，"小心，伯爵，看在基督分儿上，跟着她！哎呀，我害怕，天哪，我害怕。抓住马耳朵，娜坚卡，瞧，它像魔鬼——老在打转。"

"没关系的，妈妈，"娜坚卡快活地说，"我已经会骑马了，您瞧。"

她抽马一鞭，马便往前奔，并跳蹦起来，想猛跳一阵。

"哎呀！勒住！"玛丽娅·米海依洛夫娜边摇手边嚷嚷起来，"别骑了，会送命的！"

娜坚卡拉了拉缰绳，马便站住了。

"瞧，它多听我的话！"娜坚卡说，并摸摸马的脖子。

谁也没注意到亚历山大。他脸色苍白，不声不响地瞅着娜坚卡，而她，好像是有意嘲笑他似的。显得从来没有像现在这么漂亮。那身骑马服装以及这顶带绿面纱的帽子多么合她穿戴呀！她的腰身是何等苗条！那娇羞的自豪和新的美好感觉使她满面春风。红晕时而消失，时而因为快乐而涌上脸颊。马儿轻轻地颤动着，这位体态苗条的女骑手也优美地随之颤动着。她的身躯在马鞍上稍稍摇摆，恰似花茎随风摆动。然后马夫把马牵给伯爵。

"伯爵！我们照旧穿过小树林吗？"娜坚卡问。

"照旧！"亚历山大心里想。

"好呀。"伯爵回答说。

两匹马从原地起动了。

"娜杰日达·亚历山大洛夫娜！"亚历山大突然以某种粗野的声音喊了起来。

大家一动不动地停了下来，仿佛变成了石头一般，人人都困惑地瞅着亚历山大。这情景持续了一分来钟。

"哎呀，是亚历山大·费多雷奇呀！"母亲最先回过神来说。伯爵很礼貌地鞠一下躬。娜坚卡迅速地掀起面纱，转过头来，稍稍张着小嘴，惊慌地瞅了他一眼，便立即转过头去，抽了马一鞭，马向前猛冲而去，奔跳两三下便消失在大门外了；伯爵也策马跟去了。

"慢点儿，慢点儿，看上帝分儿上，慢点儿！"母亲在后面喊道，"抓住耳朵。啊，上帝，搞不好就会摔下来的，这算什么爱好呀！"

一切消失不见了；只听到马蹄的嗒嗒声，路上扬起了一股股黑黑的尘土。亚历山大跟柳别茨卡娅留在了原地。他默不作声地瞧着她，似乎拿目光在问："这是什么意思呀？"她没让他久等回答。

"他们骑走了，"她说，"连影子也不见了！好，让年轻人去玩一玩吧，我跟您一起聊聊，亚历山大·费多雷奇。这两个礼拜怎么没一点音信呢，厌烦我们啦，是吗？”

“我生病了，玛丽娅·米海依洛夫娜。”他郁闷地回答说。

“是呀，这看得出来，您瘦了，脸色那么苍白！快坐下来歇歇；要不要我吩咐煮几个嫩鸡蛋给您？吃饭还早着呢。”

“谢谢您，我不要。”

“干吗呀？立马就能煮得；鸡蛋可新鲜啦，芬兰人今儿个刚送来的。”

“不啦，不啦。”

“您这是怎么啦？我老在等呀等呀，心里想：这是什么意思，自己不来，法国小说也不送来！记得吗，您答应送《Peau de chagrin》①来的，是不是？我等呀，等呀，可等不到！我想，亚历山大·费多雷奇厌烦我们了，真的厌烦了。”

“我担心，玛丽娅·米海依洛夫娜，是不是你们厌弃我了？”

“您用不着担这个心，亚历山大·费多雷奇！我喜欢您，把您看作亲人；只是不清楚娜坚卡怎么样。她还是个小孩呢，她懂什么？她哪会看人呢！我天天跟她叨叨：怎么老不见亚历山大·费多雷奇，他怎么不来呢？我老在等着。您信吗，我们每天五点之前不坐下来吃饭，心里老想着您会来的。娜坚卡有时就说：‘这是怎么啦，妈妈，您等谁呀？我要吃饭了，我想，伯爵也……’”

“伯爵……他经常来？”亚历山大问。

“差不多天天来，有时一天来两次；他人挺好的，非常喜欢我们……这不，娜坚卡就说：‘我要吃饭，就是要吃嘛！是开饭的时

---

① 法国作家巴尔扎克的早期小说《驴皮记》。——原注

候了。'我说：'要是亚历山大·费多雷奇来了怎么办呢？'她说：'不会来的，您要打赌吗？用不着等了……'"柳别茨卡娅这番话如刀子似的刺痛着亚历山大。

"她……是这么说的？"他努力装点笑容，问道。

"可不，她就是这么说的，还急着要吃。别看我样子挺和气的，其实我是挺严厉的。我就骂她：'有时老等着，不到五点不吃饭，有时完全不想等——简直胡闹！这样不好！亚历山大·费多雷奇是我们的老朋友了，对我们很亲热，他的叔叔彼得·伊万内奇也对我们挺不错的……'这样随随便便可不好！他兴许要生气的，以后就不再来了……'"

"她怎么说呢？"亚历山大问。

"倒没说什么。您也知道，我这闺女就这样好玩闹——她跳呀，唱呀，跑呀，或者说一句：'他想来就会来的！'多淘气的丫头！我也想，您会来的！瞧，又一天过去了，还是没来！我又说了：'怎么回事，娜坚卡，亚历山大·费多雷奇身体好不？'她说：'不知道呀，妈妈，我怎么知道？'派人去打听一下，看他是怎么啦？'老说派人去派人去，可就是没有派，我记性差，指望她去张罗，可我的这个丫头办事不牢。如今呀她迷上骑马了！有一回她从窗口看见伯爵骑着马，她就缠着我说：'我要骑马。'老缠着说！我这样说那样说都不行，而她坚持说'我要！'真是疯丫头！不，在我那年代骑什么马呀！我们受的教育根本不是这样。说来可怕，当今的女人都抽起烟来了。我们对面住着一个年轻的寡妇，整天待在露台上抽烟；人家在眼前来来去去，她都不在乎！从前那时候要是我们家客厅里冒着烟味，哪怕是男人抽的……"

"早就这样啦？"亚历山大问。"这我不清楚，听说时兴了五年了，全是从法国人那儿学来的……"

"不，我是问，娜杰日达·亚历山大罗夫娜早就骑马了？"

"大约一个半星期了。伯爵这个人挺好，挺和气的，什么事他不替我们办呀；对她可宠啦！您瞧，多少花儿呀！全是从他的花园里拿过来的。有时候我们觉得很不好意思。我说：'伯爵，干吗您这么宠她呀？她变得完全不成样子了……'我是要骂她的。我同玛丽娅·伊万诺夫娜和娜坚卡一起去过他家的练马场。您知道，我要亲自照看她，谁会比母亲更精心照管闺女呢？我亲自教育她，我可以不吹牛地说，但愿天下父母都有这样的好女儿！在那边娜坚卡当着我们的面学习骑马。后来就在他的花园里用早餐，如今他们天天都去骑马。说实话，他家的房子多么阔气啊！我们参观了，什么都那么雅致，那么讲究！"

"天天！"亚历山大几乎自言自语地说。

"干吗不让她娱乐娱乐呢！我自个儿也年轻过……想当年……"

"他们骑马骑很久吗？"

"三个来钟头吧。啊，您害了什么病呀？"

"我不知道……我胸口有点疼……"他把手按在胸部说。

"您没有吃什么药？"

"没有。"

"你们这些年轻人哪！什么都不在乎，老说还早，还不到时候，等想起去治病，时间就耽误了！您有什么感觉，是酸痛或是刺痛？"

"又酸痛，又疼痛，又刺痛！"亚历山大漫不经心地说。

"这是着了凉，可得当心！不要误了治病，您这是糟蹋自己……可能会变成炎症，没药可治！您知道怎么办吗？拿些樟脑油，夜间使劲擦到胸口上，要擦到皮肤发红，再喝些草药汤，我给您方子。"

娜坚卡回来了，累得脸色发白。她扑到沙发上，好容易喘过气来。

"瞧你！"玛丽娅·米海依洛夫娜把手按在她脑袋上说，"累成这个样，气都喘不上来。喝点水吧，去换换衣服，把带子解了。这样骑马对你不会有好处！"

亚历山大和伯爵都待了一整天。伯爵对亚历山大一直都很客气，很热情，请他去参观自己的花园，请他一起骑马游玩，要给他准备一匹马。

"我不会骑马。"亚历山大冷冷地说。

"您不会？"娜坚卡问，"骑马多好玩！我们明天再去，伯爵？"

伯爵点了点头。

"你得了，娜坚卡，"母亲说，"你老是麻烦伯爵。"

然而，没有什么情况表明伯爵和娜坚卡之间存在特殊的关系。他对她们母女都一样殷勤，并不去找机会跟娜坚卡单独谈话，不单跟在她后边去花园，瞧着她同瞧着她母亲时的神情是一样的。她对他随随便便的态度，和他骑马游玩，从她这方面来说是由于她有些野性，不够稳重、天真，也许还由于缺乏教养，不懂世故；从母亲方面来说，是由于软弱无能，缺乏远见。伯爵的关心和殷勤以及他每日的来访，可以认为是由于两家的别墅毗邻的关系，也由于他总是在柳别茨卡娅家受到亲切的接待。

事情看来是很自然的，如果用普通的眼睛去看的话；然而亚历山大却用放大镜去看……于是看到了许多……许多东西……这些用普通眼睛是看不到的。

"为什么，"他悄悄地自问，"娜坚卡对我的态度变了吗？"她已经不在花园里等他了，见到他时不是满面笑容，而是有点惊慌；从某个时候起她对衣着大为讲究起来。对待他也不随随便便；她的举动显得较为谨慎了，似乎变得更明事理了。有时候在她那双眼睛以及言词中像藏着某种秘密……那些可爱的调皮、任性、淘气、活泼的性格哪儿去了呢？通通不见了。她变得神情严肃、心事重重、寡言少语。她似乎有些苦衷。如今她变得跟一般姑娘一样，也那样装腔作势，那样好说谎，那样客套地与人寒暄……表面上常常对他……对亚历山大装得很关心、很客气！而跟某某人……上帝啊！他的心紧缩了。

"这不是无缘无故的，无缘无故的，"他常自言自语说，"里边有着隐情！我无论如何要搞个明白，到时候痛苦就……

> 决不能放任这个浪荡汉
> 用那叹息和恭维的烈火
> 去扰乱年轻姑娘的心坎……
> 不能让那可鄙的毒虫
> 咬坏纯洁的百合的花梗，
> 这小花刚绽开两个早晨，
> 不能让它就这样凋零。"①

这一天，等伯爵走了之后，亚历山大尽力找机会想同娜坚卡

---

① 引自普希金《叶甫盖尼·奥涅金》第六章第十五、十六、十七节。——原注。这里引用的是冯春先生的译文。——译注

单独谈一谈。什么招他没有使过呢？他拿起那本她常用来叫他离开母亲到花园里去的书，向她示意一下，便向河边走去，他以为她会马上跑来。他等呀等呀，可她没有来。他回到屋里。她只管自己在看书，连一眼也不瞧他。他在她身旁坐下，她没有抬一抬眼皮，后来她急速而随便地问了一下，他是不是还在从事文学创作，有没有新作问世？关于往事则一字不提。

他同她母亲交谈起来。娜坚卡跑到花园里去了。她母亲走出房间，亚历山大也立即奔向花园。娜坚卡一见到他便从椅子上站起身来，没有迎着他过来，而是沿着环形林阴道慢慢地走回家去，似乎在回避他。他加快了脚步，她也加快了脚步。

"娜杰日达·亚历山大罗夫娜！"他从远处喊了一声，"我想同您说两句话。"

"进屋里去吧，这儿潮湿。"她回答说。

回屋后，她又坐到母亲身旁。亚历山大几乎发晕了。

"您现在也怕潮湿了？"他讽刺地说。

"是的，现在夜那么黑、那么冷。"她打着哈欠回答说。

"我们很快就要回城了，"母亲说，"亚历山大·费多雷奇，麻烦您去一趟我家，向房东提一下，请他换两把门锁，还要修一下娜坚卡卧室的百叶窗。他答应过的，可准得忘记。他们都这个样，光知道收钱。"

亚历山大起身告辞了。

"想着点，别长时间不来。"

娜坚卡没有吭声。

他已走到门口，回头瞧一下她。她向他走近几步。他的心颤了一下。

"她终于找我了！"他想。

"您明天上我们家来吗？"她冷淡地问，可她的眼睛极为好奇地注视着他。

"不知道，有事吗？"

"没什么，我只是问一下，来吗？"

"您要我来吗？"

"您明天上我们家来吗？"她又以同样冷淡的语调重问了一遍，可是已很不耐烦了。

"不来！"他烦闷地回答。

"那后天呢？"

"不来；我整个星期都不来，也许两个……很长时间……"他向她投去审视的目光，力求从她的眼神里看出他这句答话对她产生什么影响。

她默不作声，听到他的答话后，她的眼睛立刻低垂下来，那眼睛里含着什么呢？是悲愁使它们变模糊了，或是闪着欢乐的电光——在这张大理石般的美丽面容上什么也看不出来。

亚历山大紧握着手中的帽子，走了出来。

"别忘了用樟脑油擦胸口，"玛丽娅·米海依洛夫娜在后喊道。这样一来，亚历山大面前又出现一个问题，那就是要分析，娜坚卡问这个问题有何用意？其中的含意是：想要见他或是害怕见他？

"哦，多么痛苦！多么痛苦！"他绝望地说。

可怜的亚历山大忍不住了，第三天就来了。他到来的时候，娜坚卡正站在花园的栏杆旁，他本来挺高兴，可是他刚要靠岸，她装作没有看见他，转过身子，好像漫无目的地散步那样，在小路上稍稍走了几步，就走回家了。

他见到她跟母亲在一起。在场的还有从城里来的两个人：女邻居玛丽娅·伊万诺夫娜和那个必定在场的伯爵、亚历山大痛苦不堪。整天又得在无聊的闲扯中度过。那两个客人让他讨厌死了！他们在那里评长论短、东拉西扯、嘻嘻哈哈。

"还笑！"亚历山大说，"他们竟能笑得出来，就在……娜坚卡……对我变心的时候！这对于他们是无所谓的！可怜的空虚的人们，对什么都感到高兴！"

娜坚卡到花园里去了；伯爵没有跟着她去。从某个时候起，他和娜坚卡当亚历山大在场的时候似乎相互回避。他有时在花园里或房间里撞见他们单独在一起，可是过后他们便分开，不再在他面前一同出现。对于亚历山大来说，这是个新的可怕的发现，这表明他们是密谋好的。

客人散去了。伯爵也走了。娜坚卡不知道这情况，她没有急忙回屋去。亚历山大不顾礼貌地离开玛丽娅·米海依洛夫娜去到花园。娜坚卡背朝亚历山大站着，一只手臂靠在栏杆上，手托着头，恰似在那个令人无法忘怀的夜晚……她没看见也没听见他的靠近。

当他踮起脚悄悄地走到她的身旁时，他的心在怦怦直跳。他都喘不过气来了。

"娜杰日达·亚历山大罗夫娜！"他很激动，话音几乎听不清楚。

她猛地一颤，似乎有人在她身旁开了一枪，她转过身子，朝他后退了一步。

"请问，那边起的是什么烟呀？"她发窘地说，机灵地指着河的对岸，"是起火了，或是工厂里……某个炉子……"

他不言不语地瞅着她。

"是的，我以为是起火……您干吗这样看着我，您不信？"

她不言语了。

"您，"他摇摇头说，"您也像别的人一样，像大家一样……两个月以前……谁会料到这样？"

"您说什么呀？我不懂您的意思，"她说，并想走开。

"等一等，娜杰日达·亚历山大罗夫娜，我无法再忍受这种折磨了。"

"什么折磨？我确实不知道……"

"别装假了，请告诉我，这是您吗？还是从前的那个您吗？"

"我一直是这样！"她坚决地说。

"怎么！您对我的态度没有变？"

"没有，我觉得对您还是那样亲切，见到您还是那样高兴……"

"还是那样高兴！那干吗从栏杆那儿跑开呀……"

"我跑开？亏您想得出，我站在栏杆旁边，而您却说我跑开。"她勉强地笑了起来。

"娜杰日达·亚历山大罗夫娜，不要滑头嘛！"亚历山大继续说。

"什么滑头？干吗您缠着我呢？"

"这还是您吗？我的上帝！一个半月之前，还是在这儿……"

"我很想知道对岸冒的是什么烟……"

"可怕！可怕！"亚历山大说。

"我对您做了什么啦？您不上我家来——那随您的便……您要跟自己过不去……"娜坚卡说。

"装傻！好像您不知道我为什么不来？"

她瞧着别处，摇摇头。

"那伯爵呢？"他几乎咄咄逼人地说。

"哪个伯爵？"

她装出一副似乎是头一回听说伯爵的神色。

"哪个！您再说一遍，"他直盯着她的眼睛说，"您对他没动心吗？"

"您疯啦！"她回答说，一边退后一步。

"是的，您没说错！"他继续说，"我的理性一天天消退……您怎么可以这样狡猾，这样无情无义地对待一个爱您胜过世上的一切的人呢，他为了您而忘掉一切，一切……他以为他很快就成为永远幸福的人，可是您……"

"我怎么啦？"她又退后一步说。

"您怎么啦？"他回答说，被这种冷酷态度都气疯了"您竟忘了！我来提醒您，在这里，就在这个地方，您上百次地发誓，说要属于我。您说过，这些誓言'苍天可作证！'是的，苍天可作证。在苍天面前，在这些草木面前，您应该感到脸红……它们都是我们幸福的见证，这里的每颗沙子都可诉说我们的爱情。瞧瞧自己的四周吧……您这背叛誓言的女人!!"

她惶恐地望着他。他两眼炯炯发光，双唇发白。

"哦！多么凶呀！"她胆怯地说，"您生什么气呀？我没有拒绝过您嘛，您也还没有跟我妈谈过……您怎么知道……"

"您干出这些行为，我还谈什么……"

"什么行为？我不清楚……"

"什么行为？"他立即就说，"跟伯爵约会，骑马游玩，是什么意思？"

"妈妈一走出房间，我就得躲开他吗？骑马表明……我喜欢骑马……骑着马奔跑是很开心的事……柳西这匹马多么可爱呀！您见过吗……它已经认得我了……"

"您对我态度的改变呢？"他往下说，"为什么伯爵每天从早到晚都待在你家呢？"

"唉，我的上帝！我怎么知道？您真可笑！妈妈要这样。"

"不对！妈妈是要您所要的东西。所有那些礼品、乐谱、画册、鲜花儿是送给谁的？都是送给您妈妈的？"

"是的，妈妈很喜欢花儿。昨天她还向一个园丁买……"

"您跟他悄悄地谈些什么呢？"亚历山大不去注意她说的话，只管往下说，"瞧，您脸色都白了，您自己也觉得有错了吧。毁了一个人的幸福，那么一下子轻易地把一切都忘了、抛掉了：虚伪、负心、撒谎、背叛……是的，背叛……您怎么可以让自己堕落到这种地步？那个又有钱又风流的伯爵欣赏您一眼，您就心软了，便拜倒在这个徒有其表的偶像前面，羞耻心何在！！别让伯爵上这儿来！"他以气喘吁吁的声音说，"听见了吗？跟他断绝一切关系，让他忘掉上你们家的路……我不愿……"

他疯狂地抓住她的一只手。

"妈妈，妈妈！快来呀！"娜坚卡尖声地嚷了起来，挣脱着，挣脱亚历山大之后，便慌忙地跑回屋里。

他坐在凳子上，两手抱住头。

她跑进屋里，脸色刷白，惊慌失措，一下倒在椅子上。

"你怎么啦？你出什么事啦？你喊什么呀？"母亲朝她走过来，惊慌地问。

153

"亚历山大·费多雷奇……身体不舒服！"她勉强说出一句来。

"那为什么吓成这样？"

"他好可怕呀……妈妈，看在上帝分儿上，别让他到我跟前来。"

"你可吓死我了，疯闺女！他身体不舒服，有什么大不了？我知道他胸口疼。那有什么可怕的？那不是肺痨！擦点樟脑油，就会好的。看来他不听，没有擦。"

亚历山大清醒过来了。那阵狂躁已经过去，可他的痛苦却倍增了。那些疑问他没有搞清，可他把娜坚卡吓得够呛，现在当然得不到她的答复，不能这样办事的呀。他就像所有热恋中的人一样。突然又出现一种想法："咳，如果她是无辜的呢？也许她真的没有钟情于伯爵呢？头脑不清的母亲邀他天天来，她有什么法子？他是个混迹于交际界的人，会献殷勤；而娜坚卡是位好姑娘。也许他很想讨她喜欢，可这并不意味着她已经喜欢上他了。也许她喜欢的是花儿、骑马和没有害处的娱乐，而不是伯爵其人呢？即使退一步说，就是有些卖弄风情，难道这就不可原谅？其他一些岁数更大的姑娘，天知道干了些什么呢！"

他休息了一会，心头闪出欢乐的光芒。所有热恋中的人都是如此，时而非常盲目，时而目光过于锐利。并且那么乐意替钟爱的对象往好里说！

"可为什么对我的态度改变了呢？"他忽然问自己，脸色又发白了，"为什么她躲着我，不言不语，仿佛心中有愧？昨天是个平常日子，为什么她打扮得花枝招展？除了他外，又没有旁的客人。为什么她要问芭蕾舞剧是否快上演了？"问的事虽然简单，可他记得伯爵曾顺便答应过，不论怎么困难，总要搞到个包厢，这样他就可同她在一起了。"为什么昨天她离开花园？为什么她不来花

154

园？为什么她问那件事，为什么不问……"

他又显得疑虑重重，又残酷地折磨自己，以至于得出结论，娜坚卡从来没有爱过他。

"上帝呀上帝！"他绝望地说，"活得多么难，多么苦呀！让我平静地死去吧，让我的灵魂安宁吧……"

过了一刻钟他走进屋里，显得颓丧而畏缩。

"再见了，娜杰日达·亚历山大罗夫娜。"他胆怯地说。

"再见。"她连眼皮都不抬，生硬地回答说。

"那让我什么时候来呢？"

"随您的便吧。不过……我们下个星期就要回城了，到时候我们通知您……"

他走了。过去了两个多星期。大家都已从别墅迁回来。贵族人家的客厅里又是灯火通明。一位官员家里也在会客室里点上两盏壁灯，买来半普特① 硬脂蜡烛，摆好两张牌桌，恭候斯捷潘·伊万内奇和伊万·斯捷潘内奇光临，并告诉妻子，他们往后每星期二接待宾客。

亚历山大仍然没有接到柳别茨卡娅家的邀请。他遇见过她们家的一名厨子和一名女仆。那女仆一见到他，便赶紧跑开，显然，她是照小姐的意思行事的。那厨子停下脚步。

"您这是怎么啦，先生，忘了我们啦？"他说，"我们回来已经一个半星期了。"

"也可能是你们……没有收拾好，不接待客人？"

"先生，怎么不接待？全都来过了，只有您没来，太太都觉得

---

① 普特系俄国重量单位，1 普特相当于16.38千克。——译注

奇怪。伯爵大人天天都光临……多么善良的老爷。我前几天替小姐给他送一个本子去，他赏了我十卢布。"

"你这大笨蛋！"亚历山大边说边跑开这个好饶舌的家伙。晚上的时候他路过柳别茨卡娅家的住宅。里面灯光亮亮的。门口停有一辆马车。

"谁的马车？"他问。

"诺温斯基伯爵的。"

第二天、第三天皆是如此。有一回他终于进去了。母亲高兴地招待他，还责怪他不来做客，骂他不用樟脑油擦胸口；娜坚卡神态平静，伯爵对他以礼相待。可话谈不起来。

就这样他来过两三回。他深情地瞅着娜坚卡，但也枉然，她似乎没有注意他的目光，而先前，她可是挺注意的呀！那时候当他同她母亲交谈时，她就站在他对面，站在玛丽娅·米海依洛夫娜后边，向他做鬼脸、淘气，逗他发笑。

他苦闷得受不了。他只希望怎么摆脱这个自愿背上的十字架。他想得到一种解释。"不管是什么样的答复，"他想，"都无所谓，只要把疑团搞个明白。"

他思考了好久，怎么去处理此事，他终于想出了某种招法，就上柳别茨卡娅家来了。

他一切都很顺利。门口没有停着马车。他悄悄地走过厅堂，在会客室门口稍稍停留一下，松一口气。娜坚卡在那里弹奏钢琴。在房间的另一头，柳别茨卡娅坐在沙发上织围巾。娜坚卡听到厅堂里有脚步声，便弹得轻声一些，向前探出脑袋。她满脸笑容，等待着一位客人的到来。客人出现了，她那笑容却顿时消失了，而变成了惊慌。她站了起来，脸色也有些变了，她等待的不是这位客人。

　　亚历山大默默地鞠了一躬，如同幽灵似的向她母亲那边走去。他轻轻地走着，没有了先前的信心，并垂着脑袋。娜坚卡坐下来继续弹琴，有时不安地瞧瞧后边。

　　过了半小时，母亲有事离开了房间。亚历山大走到娜坚卡身旁。她站了来，想走开去。

　　"娜杰日达·亚历山大罗夫娜，"他颓然地说，"等一下，给我五分钟时间吧，不要多。"

　　"我不想听您说什么！"她说，又想走开，"上次您……"

　　"那次是我的不对，现在我向您保证，我不那样说话了，您将听不到一句责备的话。不要拒绝我，也许是最后一次了。解释一下是必要的，您原是让我对母亲提一下向您求婚的事。此后发生了，许多这种……这种……总之，我要重提一下问题。您坐下来，继续弹奏吧，最好不要让您妈妈听见；这也不是头一回了……"

　　她机械地听从了，她的脸稍稍发红，开始奏起和音，她向他投去凝视的目光，不安地等待着。

　　"您跑哪儿去了，亚历山大·费多雷奇？"母亲回到自己座位上问道。

　　"我想跟娜杰日达·亚历山大罗夫娜谈谈……文学。"他回答说。

　　"好，你们谈吧，谈吧。真的，你们好些时候没有谈了。"

　　"请简短而真诚地回答我一个问题，仅仅一个问题，"他开始低声地说，"我们的谈话立即便可结束……您不再爱我了？"

"Quelle idée!^①" 她不好意思地回答说，"您知道，妈妈和我一向重视您的友谊……总是很高兴见到您……"

亚历山大瞧了瞧她，心里想："你就是那个任性但很真诚的孩子？就是那个淘气活泼的丫头？那么快就学会装假了。她那女性本能发展得多快呀！难道可爱的任性就是虚伪狡猾的萌芽……虽然没有采用叔父那套方法，而这位姑娘多么迅速地成了个妇人？全是得力于伯爵的教导，在这样短短的两三个月内？叔叔呀叔叔！在这一点上你说得对极了！"

"请听我说，"他说道，他那声调使她的假面具一下就掉下来了，"我们暂不说您妈妈，请您变成原先那个娜坚卡一下，那时候您是有些爱我的吧……您就直截了当地回答，我必须知道这个，的确必须知道。"

她没有吭声，只是换一下乐谱，专注地细看起乐谱来，并奏起一个很难弹奏的乐句。

"那好，我换一个问法，"亚历山大接着说道，"请说说，是不是有谁——我不叫出名字——简单地说，是不是有谁取代了我在您心中的位置？"

她去掉烛花，又拨弄了半天灯芯，但默不作声。

"回答吧，娜杰日达·亚历山大罗夫娜，一句话便可使我摆脱痛苦，也不要您作不愉快的解释了。"

"唉，我的天哪，别说了！我能对您说什么呢？我没什么好说的！"她边回答，边背过身去。

若是别人，可能就满足于这样的回答了，而且会明白，他不

---

① 法语：什么想法呀！——原注

必再奔忙了。她那张脸上，从她的举止上都显露着无言的、痛苦的厌倦，他应该从这种神态中明白一切才是。然而亚历山大还是不甘心。他像个刽子手似的折磨着犯人，而自己却陷于野蛮和绝望，想要把那杯人生苦酒一饮而尽。

"不！"他说，"今天就结束这种折磨吧；疑惑一个比一个厉害，激动着我的头脑，撕裂着我的心。我苦不堪言。我想我的胸口紧张得受不了……我没法消除我的疑虑，一切疑虑得由您自己解决；不然我永远不得安宁。"

他瞅着她，等待回答。她默不作声。

"可怜可怜我吧！"他又说道，"瞧瞧我吧，我还像自己吗？大家见我都害怕，都认不出我了……大家都怜悯我，只有您一人……"

的确，他眼睛里燃着粗野的光。他消瘦了，脸色苍白，额门上渗出了大汗珠。

她偷偷地瞟了他一眼，目光中闪出某种类似于怜悯的眼色。她甚至握住他的一只手，但立即叹着气放下了，仍然不言不语。

"怎么样？"他问。

"唉，让我安静吧！"她烦恼地说，"您拿这些问题折磨我！"

"我求您啦，看在上帝分儿上！"他说，"说一句话让这一切了结了吧……隐瞒于您何用？我倒有一个愚蠢的愿望，我还要来找您，我要天天来看您，就这样脸色苍白，心灰意懒的……我要让您厌烦个没完。要是不让我登门，我就在窗底下徘徊，在戏院里、在街上，到处等着您，像个幽灵，像个 memento mori①。这一切做

---

① 拉丁语：让人想到死亡的东西。——原注

159

法都很蠢，也许挺可笑，谁都觉得可笑——可是我太痛苦了！您不懂得什么是激情，它会引导您到什么地方！但愿您永远不会懂得……有什么好处呀？一下子说了不是更好吗？"

"您是问我什么来着？"她靠到椅背上说，"我完全闹糊涂了……我的头脑好像在云里雾里……"

她神经质地把手按在脑门上，立即又放了下来。

"我是问，是否有人在您心中取代了我的位置？一个字——是或否——便可解决一切，很容易说嘛！"

她想说什么，可无法说出口，她垂下眼睛，开始用指头敲着一个琴键。显然，她内心正在进行激烈斗争。"唉！"她终于烦恼地说。亚历山大用手绢擦擦额头。

"是或否？"他屏住呼吸又问了一声。

几秒钟过去了。

"是或否？"

"是！"娜坚卡极其低声地说道，随后俯身在钢琴上，好像忘乎所以，开始弹出强烈的和音。

这个"是"像叹息似的难得听清，可它震得亚历山大耳朵发聋。他的心似乎撕裂了，两腿发软了。他一下坐在钢琴旁边的椅子上，一声不吭。

娜坚卡胆怯地扫了他一眼，他茫然地望着她。

"亚历山大·费多雷奇！"母亲从自己房间里忽然喊道，"哪只耳朵里在响？"

他没有作答。

"妈妈在问您呢。"娜坚卡说。

"啊？"

"哪只耳朵里在响？"母亲大声地说，"快回答！"

"两只里都在响！"亚历山大忧郁地说。

"什么呀，左耳朵里在响！我猜伯爵今天会来。"

"伯爵！"亚历山大也随声说道。

"原谅我吧！"娜坚卡奔到他跟前，以祈求的声音说，"我自己也弄不懂自己……这一切都是无意的、不由自主的……我不知道怎么……我不能欺骗您……"

"我履行自己的诺言，娜杰日达·亚历山大罗夫娜，"他回答说，"我一句也不责备您。谢谢您的坦诚……您已做了好多好多……今天……我是很不容易来听这个是字的……而您说出这个字就更不容易了……永别了，您再也不会见到我的，这是对您的坦诚的一种回报……可是伯爵，伯爵！"

他咬紧牙齿，向门口走去。

"唉，"他返回来说，"这会把您引向何处？伯爵是不会娶您的，他是何居心？"

"我不知道！"娜坚卡回答说，悲愁地摇摇头。

"天哪！您真瞎眼了！"亚历山大可怕地喊了一句。

"他不会有坏企图……"她以微弱的声音回答说。

"请保重，娜杰日达·亚历山大罗夫娜！"

他拿起她的一只手吻了吻，脚步不稳地走出了房间。他那副样子挺可怕的。娜坚卡一动不动地站在原地。

"你怎么不弹了，娜坚卡？"几分钟后母亲问道。

娜坚卡恍若从深沉的睡梦中醒过来，叹了口气。

"这就弹，妈妈！"她回答说，心事重重地稍稍侧着头，畏怯地按起琴键。她的手指发抖。想必是由于良心的责备，由于一声

"请保重！"所带来的疑惑，她感到非常之难受。伯爵来了，她也是沉默寡言，闷闷不乐；她的举止显得有些不自然。她借口头疼，老早就回到自己房间去了。这一晚她觉得活在世上好苦呀。

亚历山大下了楼梯，便感到浑身没劲，他坐在最末的梯级上，用手绢遮住眼睛，一下就放声大哭，但没有眼泪。这时候那管院子的经过前室。他停下脚步听了听。

"玛尔法，玛尔法呀！"他走到自己沾满油污的房门前喊了起来，"你过来听一听，有人像野兽似的在乱叫。我想，是不是我们那个女黑奴挣脱了锁链，啊不，那不是女黑奴。"

"不，那不是女黑奴。"玛尔法细细听了一下，重复了一句，"是什么怪物呢？"

"去拿灯笼来，挂在炉子后边。"

玛尔法拿来了灯笼。

"还在嚎叫？"她问。

"在号叫呢！是不是什么小偷爬了进来？"

"谁在那儿？"管院子的问。

没有回答。

"谁在那儿？"玛尔法也重问一声。

还是那种哭号声。他们俩一下跑了进去。亚历山大跑走了。

"唉，是一个老爷，"玛尔法瞧着他的背影说，"你当他是小偷？瞧，说话总得动动脑筋嘛，有小偷在人家门厅里乱叫的吗？"

"看样子是喝醉了！"

"说得更有趣了！"玛尔法回答说："你当大家全像你？不是所有的醉鬼都像你那样乱叫的。"

"那他是为什么，是饿了还怎么的？"管院子的不愉快地说。

"什么呀!"玛尔法瞅着他说,她不知该说什么,"哪能知道呢,他没准丢了钱什么的……"

他们两人忽然蹲下身子,拿着灯笼在各处地上寻找起来。

"丢了钱什么的!"管院子的拿灯笼照着地板,"丢到哪儿呀?

楼梯上干干净净的,又是石头的,丢根针也看得见……丢了!要是丢下东西,就会听得见;碰到石头上也有响声,也会捡起来的!哪儿有丢的东西?哪儿有呀?丢了!不,这种人就想把东西往自己口袋里塞!哪会丢东西!我可知道这帮骗子!说什么丢东西!他丢到哪儿呀?"

他们在地板上又爬了好一阵,寻找人家丢失的钱。

"没有,没有!"管院子的人终于叹口气说,随后吹灭蜡烛,用两个指头掐去灯芯后,把指头往皮袄上蹭了蹭。

第六章

当天晚上十二点钟左右，彼得·伊万内奇一手拿着蜡烛和书，一手提着睡衣的下摆，从书房去卧室睡觉，仆人来禀报，说亚历山大·费多雷奇要见他。

彼得·伊万内奇皱了皱眉头，稍作考虑，便平静地说：

"请他到书房去，我就来。"

"你好，亚历山大，"他回到书房便向侄儿招呼问候，"咱们好久没见面了。白天老等不着你，可忽然深夜光临！干吗这样晚来？你出什么事了？你脸色很不好呀。"

亚历山大没答一句话，便坐到安乐椅上，一副精疲力竭的样子。彼得·伊万内奇好奇地望着他。

亚历山大一声叹息。

"你身体可好？"彼得·伊万内奇关切地问。

"很好，"亚历山大说，声音有些虚弱，"能吃能喝能动，身体应该不错。"

"你别开玩笑，还是问问大夫好。"

"别人也劝过我了，可是不管什么大夫和樟脑油都帮不了忙。

我得的不是机体上的病……"

"你出了什么事了？你输光钱了，还是丢了钱？"彼得·伊万内奇着急地问。

"您怎么也想象不出，除了没钱还会有什么痛苦？"亚历山大尽力笑了笑，回答说。

"有时你的痛苦一文不值，如果是这样，那算是什么痛苦？……"

"是呀，现在我是这个样。您是否知道我真正的痛苦？"

"什么痛苦？你家里一切都平平安安的，我是从你妈妈每月给我寄来的平安信里知道这一点的。公事方面也不会有比从前更糟的事了；下属被提拔为你的顶头上司，这已是倒霉到顶了。你说，你身体好好的，没丢钱、没赌输……这才是最要紧的，其他任何事都容易对付。我想，除开这些的就是胡闹、恋爱……"

"是的，是恋爱。可您知道发生什么情况吗？如果您知道了，大概就不会说得这么轻松了，您会大吃一惊的……"

"说来听听，我很久没有大吃一惊了，"叔父坐下来，说道，"不过，这种事并不难猜，大概，被人骗了……"

亚历山大跳了起来，想说些什么，但什么也没有说，又坐回原处。

"怎么，真是这样？瞧，我原先就说过嘛。可是你说，'不，怎么可能！'"

"难道能预感得到吗？"亚历山大说，"原先是那么……"

"不是预感到，而是要预见到，也就是要更准确地了解情况，并且要慎重行事。"

"您可以这样心平气和地谈论，叔叔，可当时我……"亚历山大说。

"那我要做什么？"

"我却忘了，哪怕全城大火，或天崩地裂——您都无所谓！"

"不敢当！那我的工厂呢？"

"您在开玩笑，我却真的在受苦，我很难受，我确实病了。"

"难道你是因为恋爱而瘦成这样？多丢脸！不，你是病了，目前你就好好养一养身子，不要耽误了！这蠢事已拖了一年半，闹着玩的嘛。要是再往下拖些时间，那我可能真的相信爱情地久天长了。"

"叔叔！"亚历山大说，"饶了我吧，现在我心里痛苦极了……"

"是呀！那怎么办呢？"

亚历山大把自己坐的椅子从桌子旁挪了挪，叔叔就急忙挪开摆在侄儿面前的墨水瓶，presse—papier①等东西。

"半夜三更跑来，"他心里想，"心里又痛苦之极……准定又会打碎什么。"

"我不是来您这儿寻找安慰的，我也不作如此要求。"亚历山大又说了起来，"您是我的叔叔，是我的亲人，我来请求您的帮助……您看我蠢得很，是吗？"

"是呀，但愿你不是这么可怜就好。"

"那么您也可怜我？"

"非常可怜你。难道我是木头？一个善良、聪明、挺有教养的小伙子，却毫无价值地倒下了，因为什么？因为一些不值一提的

---

① 法语：镇纸。——译注

166

小事！"

"您可怜我，请证明一下。"

"拿什么证明？你说你不需要钱……"

"钱，钱！要是我的不幸仅仅是缺钱，那我倒要感谢自己的命运了！"

"不要说这样的话，"彼得·伊万内奇严肃地说，"你年轻，你只去诅咒命运，却不感谢命运！我也曾好多次诅咒命运，我！"

"请耐心地听我说吧……"

"你要在这里待好大一会儿，亚历山大？"叔叔问道。

"是的，我需要您全面的关心。"

"你瞧，我现在想吃晚饭了。我本来想不吃晚饭就睡觉去的，而现在如果得坐上老半天，那咱们就吃晚饭吧，喝瓶酒，边吃边谈，你把事情全讲给我听。"

"您能吃得下晚饭？"亚历山大惊讶地问。

"是呀，很能吃；你难道不吃？"

"我还吃晚饭？如果您明白这是有关生死存亡的事，那您就会吃不下一口了。"

"有关生死存亡……"叔父重复了一下，"是呀，这当然挺重要，不过咱们试试看，或许吃得下。"

他摇了一下铃。

"去问一下，"他对进来的仆人说，"还有什么吃的，要他们拿瓶带绿标签的拉菲特酒来。"

仆人下去了。

"叔叔，您现在这样的心境不适合来听我痛苦的可悲的经历，"亚历山大拿起帽子说，"我还是明天来好……"

167

"不，不，没关系的，"彼得·伊万内奇拉住侄儿的手连忙说，"我老是一种心境。明天说不定又碰上我吃早饭，或更糟的是碰上我忙着办事。最好就现在一下谈完。吃晚饭不会碍事的。我会听得更清楚，理解更深。你知道，饿着肚子不大舒服……"

晚餐端上来了。

"怎么样，亚历山大，来吃吧……"彼得·伊万内奇说。

"我真不想吃，叔叔！"亚历山大不耐烦地说，看到叔叔吃得那么津津有味，不禁耸了耸肩膀。

"至少来喝杯酒嘛，酒挺不错！"

亚历山大摇摇头，表示不想喝。

"那么抽根烟，一边就讲你的吧，我会洗耳恭听的。"彼得·伊万内奇说，一边忙着去吃。

"您认得诺温斯基伯爵吧？"亚历山大沉默了一会儿后问道。

"普拉通伯爵？"

"是的。"

"我们是朋友，怎么啦？"

"祝贺您有这样的朋友——卑鄙小人！"

彼得·伊万内奇忽然停止咀嚼，惊讶地瞧了瞧侄儿。

"真想不到！"他说，"你也认识他？"

"很熟。"

"很久了？"

"三个来月。"

"怎么回事？我认识他五年了，一直认为他是个好人，没听说他有什么不好，人人都夸他，而你一下就这样诋毁他。"

"您早就开始替人说好话了，叔叔？从前常常是……"

"我从前也是替好人说好话的。而你早就开始骂人家，不再称他们为天使了吗？"

"一时我没看透，如今……人啊，人啊！只配眼泪和嘲笑的可怜的人类！① 我承认我全错了，您曾劝我要提防每一个人，可我没听您的……"

"现在我还是这样劝您，提防没什么不好，如果遇到坏蛋，那你不会上当受骗，如果是好人，看错了也不要紧。"

"您指指看，哪儿有好人？"亚历山大轻蔑地说。

"就拿我和你来说，哪儿不好呢？既然提到了伯爵，那他也是好人；这类人还少吗？每个人身上都有不好的地方……但不是什么都不好，不是每个人都不好。"

"每个人，每个人！"亚历山大断然地说。

"那么你呢？"

"我？我至少从人群中带回一颗虽破碎但摆脱了卑鄙的纯洁的心，一颗在那些谎言中、虚伪中、失节中备受折磨的灵魂，它无可指摘，我没有沾染……"

"那好，咱们瞧瞧，伯爵对你做了什么？"

"做了什么？他抢走了我的一切。"

"讲明确点。'一切'这个词可以指随便什么东西，也许你是指钱，他不会干这种事的……"

"那是依我看来世界上最珍贵的东西。"亚历山大说。

"到底是什么呢？"

"是一切——幸福、生命。"

---

① 引自普希金的《统帅》。——原注

“你不是还活着嘛！”

“遗憾——是活着！可是这样活着比死一百次还糟。”

“直说吧，出什么事了？”

“可怕呀！”亚历山大大喊了一声，“天哪！天哪！”

“唉！他是不是夺走了你的那位美妞……她叫什么来着？干这种事他是行家，你很难竞争过他。浪荡子！浪荡子！”彼得·伊万内奇边说边把一块火鸡放到嘴里。

“他要为这种本事付出高昂代价的！”亚历山大脸都气红了，说，“我不会不争不辩地让步的……让死神来决定，我们中间谁可占有娜坚卡。我要干掉这个卑鄙的好色之徒！不让他活着，不让他享受那抢去的珍宝……我要把他从地面上清除掉……”

彼得·伊万内奇笑了起来。

“乡巴佬！”他说，“apropos^①伯爵，亚历山大，他有没有谈起过他从国外搞到一些瓷器的事？春天的时候他订购了一批，我很想去瞧瞧……”

“现在谈的不是瓷器呀，叔叔；您听见我说的话了吗？”亚历山大严厉地打断叔叔的话。

“唔——唔！”叔父边啃着一块骨头，边肯定地哼哼说。

“您要说什么？”

“没有什么，我在听你说呢。”

“您就留心听我说吧，哪怕一生就只这一次，我是有事来的，我要得到安慰，要解决无数个令我不安的十分折磨人的问题……我慌了神了……不知所措，帮帮我吧……”

---

① 法语：顺便提一下。——原注

170

"说吧，我愿为你效劳；你只要说出需要什么……我甚至准备掏腰包……只要不是为了那些不足挂齿的小事……"

"不足挂齿的小事！不，不是不足挂齿的小事，说不准过几个小时我就不在人世了，或者成了杀人凶手……可您却在笑，坦然地吃着您的饭。"

"对不起！我想你自己吃饱了肚子，就觉得别人也不饿！"

"我已有两天两夜不知吃饭是怎么回事了。"

"噢，真的是什么要紧事？"

"请说一句话，帮不帮我一个大忙？"

"帮什么忙？"

"您同意做我的证人吗？"

"肉饼全凉了！"彼得·伊万内奇推开盘子，不满地说。

"您在笑，叔叔？"

"你自己说吧，怎么能正经地去听这种胡说八道，叫人去当决斗的证人。"

"您怎么样？"

"当然不去。"

"那好；会找得到旁人的，有人会同情我的痛苦和屈辱的。只是麻烦您去跟伯爵谈一下，问问什么条件……"

"我不能去，我的舌头不愿向他提这般愚蠢的话题。"

"那就再见吧！"亚历山大拿起帽子说。

"怎么！你就走？不想喝点酒吗……"

亚历山大已走到门口，可心里苦恼极了，便在门边的椅子上坐了下来。

"去找谁呢？谁会同情我……"他轻声地说。

"听着，亚历山大！"彼得·伊万内奇用餐巾擦擦嘴，把椅子挪到侄儿身边，开口说道："我知道，的确该同你认真地谈一谈了。我们就来谈谈吧。你来求助于我，我会帮助你的，只不过不是你所想的那种方式，而且讲好——你要听话。不要叫别人去当证人了，这没有好处。你让芝麻大的事闹得满城风雨，会被人笑话的，或者更糟，会给你带来难堪。没有人会去的，即使你找到个疯子，那也白搭。伯爵是不会去决斗的，我了解他。"

"不会去！他身上没有一丁点儿高尚气度！"亚历山大恶狠狠地说，"我没有想到他卑鄙到这样程度！"

"他不是卑鄙，而只是聪明。"

"那依您看，我很蠢？"

"不……不，你是在恋爱。"彼得·伊万内奇一字一顿地说。

"叔叔，要是您想向我说明决斗就如同偏见一样毫无意义，那么我就先告诉您，这白费劲儿，我很坚决。"

"不。决斗总是愚蠢的，这是早就证明了的。确实还有人在决斗，世上的蠢驴还少吗？他们是不可理喻的。我只想表明一点，你不应该决斗。"

"我感兴趣的是，您怎么说服我。"

"你就听话吧。你说说，你对谁特别生气，对伯爵或是对她……她叫什么……阿纽塔，是吗？"

"我恨他，对她是瞧不起。"亚历山大说。

"先从伯爵说起吧，假定他接受你的挑战，甚至假定你也找到一个傻瓜做证人。这会有什么结果呢？伯爵会像打死一只苍蝇那样打死你，过后大家都会嘲笑你，多好的复仇呀！你当然不希望这样，你是想干掉伯爵。"

"谁打死谁，还未见分晓呢。"亚历山大说。

"一定是他打死你。你本来就根本不会使枪，而且按照规则是由他先开枪的。"

"那就由老天爷决定吧。"

"随你便——老天爷的判决有利于他。听说，在十五步之内，伯爵是弹无虚发的，而你呢，好像是故意打不中的，即使假定老天爷对你特别偏爱，你即使碰巧打死了他——那又有何用？难道你通过这个就能夺回那美妞的爱情？不，她会更加恨你，而且你还会被押去充军……主要是到了第二天你就会绝望得揪自己的头发，而且会立即对自己的意中人冷淡下来……"

亚历山大轻蔑地耸耸肩膀。

"您对这件事谈得这么头头是道，叔叔，"他说，"那您说说看，我在这种情况下该怎么办？"

"没关系！事情已经弄糟了，就让它去吧。"

"让幸福落到他手里，让他神气地去占有……哦，有什么危险能吓得住我？您不了解我的痛苦！您从来没有恋爱过，就想用这种冷冰冰的劝导来阻拦我……您的血管里流的是水，而不是血……"

"别再胡说了，亚历山大！像你的那位玛丽娅或是索菲娅——她到底叫什么来着——这样的姑娘世上有的是！"

"她叫娜杰日达。"

"娜杰日达？那索菲娅是哪个呢？"

"索菲娅……是在乡下的那个。"亚历山大不乐意地说。

"瞧见没有？"叔叔继续说道，"那儿有索菲娅，这儿有娜杰日达，另一处还有玛丽娅。人的心就是一种深井，你探不到底。

173

人的心能爱到老……"

"不，人的心只爱一次。"

"你也拾人牙慧，人云亦云！人的心在力量没有耗尽之前，一直会爱。它有自己的生命过程，就像人体上其他器官一样，有自己的青年时期，也有老年时期。一次恋爱不成功，它只是停息下来，沉默到第二次，第二次又遭到挫折，双方分手了，那爱的能力又潜伏到第三次、第四次，直到最后幸福地遇到了机会，在那里爱情的全部力量得以宣泄，毫无障碍，然后这颗心才渐渐地冷却下来。有些人头一次恋爱就获成功，他们便大声喊道，只能恋爱一次。只要人未老、身体好……"

"叔叔，您老谈论青春年华，所以是指肉体的爱情……"

"我老谈青春年华，因为老年的爱情是一种错误，是反常的。而什么是肉体的爱情呢？这样的爱情是没有的，或者说这不是爱情，正像没有一种理想的爱情一样。爱情是由灵与肉构成的，这两者同等重要，不然爱情就是不完满的，因为我们不是神灵，也不是野兽。你自己说：'血管里流的是水，而不是血'。这样你就可看出，一方面，比如说血管里的血，这是物质的东西，另一方面，比如自尊心、习惯，这是精神的东西；你需要的就是这种爱情！我讲到哪儿了……对啦，说到被充军。除此之外，在发生了这种事情之后，那美妞不会允许你出现在她眼前的，你白伤害了她，也白伤害了自己——你明白了吗？我希望我们已经从一个方面完成了对这个问题的探讨，现在……"

彼得·伊万内奇给自己斟点酒，喝了下去。

"这笨蛋！"他说，"拿来凉的酒。"

亚历山大垂着头，不吭声。

"现在你说说，"叔父双手捂着酒杯，接着说道，"你为什么要把伯爵从地面上抹掉？"

"我已经对您说过为什么！不是他吗？毁了我的幸福？他像一只野兽闯进了……"

"闯进了羊圈！"叔父打断他的话说。

"抢走了一切。"亚历山大接着说。

"他没有抢，而是来拿走了东西。难道他必须查明你那美妞是否有主了？我搞不懂这种蠢事——生情敌的气，说真的，从创造世界以来直至当今，大部分的情人都干这种蠢事！把他从地面上抹掉——还有比这个更荒谬的事吗？为了什么？就因为他讨人喜欢！仿佛他有错，仿佛我们惩罚了他，事情就会发展顺利！而你的那位……她叫什么来着？——叫娜坚卡是吗，她抗拒过他吗？她做过哪些努力去避免那种危险吗？是她自己委身于他，而不再爱你，这没什么可争吵的——事情不可逆转！而固执下去——那就显得自私了！要求妻子忠实，这还有点道理，因为这里含有义务，而家庭的重大福利往往有赖于这个。不过也不能要求她不爱任何人……而只能要求她……那个……再说，是不是你自己双手把她奉送给伯爵的？你为她去争过没有？"

"我正想去争呢，"亚历山大一下蹦了起来，"可是您阻拦我高尚的激情……"

"手拿棍子去争！"叔父打断他的话说，"我们不是在吉尔吉斯草原。在有教养的世界里有另一种武器。应该及时地拿起这种武器，在你的美妞面前跟伯爵进行另一种方式的决斗。"

"什么样的决斗？"他问。

"我马上就告诉你。你以前是怎样行动的？"

175

亚历山大勉强地把事情的整个过程讲了出来，不过他绕了许多弯子，避重就轻，而且显得扭扭捏捏。

"瞧见吗？全都是你自己的过，"彼得·伊万内奇听了之后皱皱眉头说，"干了多少蠢事呀！唉，亚历山大，你来这儿真是糟糕！值得为这种事从大老远跑来吗！你在自己家乡，在湖畔，跟姨妈在一起，这些事你全可以干。咳，怎么可以这样像孩子似的淘气、胡闹……撒野呢？呸！如今谁还干这个？要是你那位——她叫什么来着？——尤丽娅……把这些全告诉伯爵呢？啊不，这不用担心，谢天谢地！她大概非常机灵，他若是问起你们的关系时，她会说……"

"她会说什么？"亚历山大急着问。

"她会说是要弄你玩呢，虽然你是爱上了她，可她不喜欢你，她讨厌你……她们一向是这样干的……"

"您以为她……也这么……说？"亚历山大问，脸色刷白。

"毫无疑问。难道你以为她会讲你们怎样在花园里采摘黄花？多么天真呀！"

"那同伯爵进行什么样的决斗呢？"亚历山大急不可耐地问。

"那你要这样，不要粗暴无礼，不要回避他，不要给他脸色看，相反，他对你客气，你对他就报之以两倍、三倍、十倍的客气，而对那位——她叫什么来着？——娜坚卡？我似乎说对啦？你不要拿指责去激怒她，对她的任性你要宽容，你装作什么也没发觉的样子，你甚至没有一点儿关于变心的推测，好像那根本是不可能的事。不要让他们过分地亲密接触，要巧妙地、似乎无意地打乱他们的单独会面，随时跟他们在一起，甚至跟他们一道骑马，同时在她面前悄悄地向你的情敌挑战，要调动你的整个聪明

176

才智，用机智和计谋构成主要炮垒……然后揭露并击败情敌的弱点，但要装作无意的、意外的、好心的，甚至装出带歉意的样子，逐渐地脱下他那华丽的外衣，年轻人都是穿着这种外衣出现在靓女面前的。要发现他身上最能令她倾倒和迷惑的方面，然后对这些方面加以巧妙的攻击，让它们显得极为平常，表明这个新的英雄……不过如此……只是为了她而披上了一件华丽的外衣……但是这一切要做得冷静、巧妙而且要有耐心——这就是我们时代的真正决斗！你哪里行呀！"

彼得·伊万内奇在这时候干了一杯，立刻又把酒斟上。

"卑鄙的手腕！为了占有一个女人的心，不惜采取狡诈的手段……"亚历山大愤然地说。

"你用棍子，难道就更高明？要些手腕可以抓住一个女人的爱恋之心，而用武力——我看就不行呀。你希望把情敌赶走，这点我理解。你竭力想保住自己心爱的女人，预防一切不测——这也很自然！可是你要置他于死地的原因是他赢得了爱情，这样做可就像小孩了，小孩子在哪儿碰疼了，就要去打那个碰疼他的地方。你怎么想都可以，可伯爵何罪之有？我觉得你一点也不懂心灵的秘密，所以把你的风流韵事搞得不成样子。"

"风流韵事！"亚历山大轻蔑地摇摇头说，"但是靠要手腕得来的爱情难道让人瞧得起吗，牢靠吗？"

"瞧不瞧得起，我不清楚，这各人看法不同，我觉得都无所谓。总的说来我对爱情评价不高，这你是知道的。即使它根本不存在，我也不在乎……至于希望它较牢靠些，这倒是实话。对待人心灵的事不能直来直去。这是一种很怪的乐器。你不知碰了哪根弹簧，它就会乱奏一通。你可用随便什么办法获得爱情，但保持爱情得用智慧。计谋——这是智慧的一个方面，没有什么可瞧不起的。不要侮辱你的情敌，不要用诽谤的手段，这会让你的美姐讨厌的……你只要扯下他身上用来迷惑你心上人眼睛的那些漂亮的衣饰，使他在她面前变成一个普通的常人，而不是什么英雄……我认为，要一些高尚的计谋来保护自己的幸福是情有可原的。军事上就很重视计谋嘛。你是想要结婚的，你可能成为一个好丈夫，假如你跟妻子吵嘴打架，拿棍子去揍情敌，那你就……"

彼得·伊万内奇用手指指脑门。

"你那位瓦连卡提出等一年，她就比你聪明百分之二十。"

"即使我会耍计谋，我能那么去做吗？要这样做，就不能像我这样去爱，有些人有时假装成冷冰冰的样子，故意好几天不露面——结果起作用……可我不行！假装不了，也不会算计。我一见到她，就会气喘吁吁，双膝打战，站都站不直；有时候只求见到她，我甘愿承受一切痛苦……不，不管您怎么说，我还是更醉心于全身心去爱，哪怕要吃苦头，也远胜于那些虚情假意的人，他们只是为了寻开心，使用卑劣手段，把女人当作哈巴狗来玩，然后一脚踹开……"

彼得·伊万内奇耸了耸肩膀。

"那你就受苦去吧，如果你觉得那是甜蜜的话，"他说，"乡下地方啊！亚洲啊！你最好住在东方，那边的女人爱什么人要听命于人，如果不听，就将她们沉入水底。在这里就不是。"他仿佛自言自语地继续说："要想跟女人一起生活得幸福，那就不能像你那样疯狂，而是要有理性——要有许多条件……要善于按周密的计划和方法把一个少女变成一个妇人，还要使她了解并履行自己的使命。要给她划好一种奇异的圈子，划得不要太狭，要让她觉察不到界限，而又不会越出界限，不仅要巧妙地占有她的心——这是什么呀！这是一种不稳定不牢靠的占有物——而且还要支配她的头脑和意志，使她的兴趣和脾性服从于你，让她用你的观点去看事物，用你的头脑去思考……"

"也就是把她变成丈夫的一个玩偶，或者一个唯命是从的奴隶！"亚历山大打断他的话说。

"为什么呢？要安排得好好的，让她不觉得有失女人人格和尊严。要给她在她的天地里的活动自由，可是对她的每种举止言谈都要用你敏锐的头脑去加以监督，她在情感方面的每一瞬间的波动和变化随时随地都会遇到丈夫表面坦然、然而警惕的目光。要建立经常性的监控，却不带任何虐待的色彩……要巧妙地、让她不知不觉地去走你所希望的道路……唉，这需要一种复杂艰难的教育，而这种教育工作需要一个又聪明又有经验的男人去担负——问题就在这儿！"

他颇有意味地咳嗽一声，将杯中的酒一饮而尽。

"到了那时候，"他往下说，"即使妻子不在身旁，丈夫也可以安然入睡，或者她在睡觉，他也可以无牵无挂地待在书房里……"

"啊！这就是夫妻幸福的极好秘诀！"亚历山大说，"用欺骗手法去锁住女人的头脑、心灵和意志——还引以为骄傲，以此来自我安慰……这就算是幸福！她觉察到了怎么办？"

"干吗要骄傲？"叔父说，"这不需要！"

"叔叔，"亚历山大接着说，"当婶婶在睡觉，而您无牵无挂地待在书房里，我猜，这个男人就是……"

"嘘！嘘……别说话了，"叔父摆摆手说，"幸好我妻子睡了，不然……就会……"

这时候书房的门轻轻地打开了一点，可是没有人进来。

"而做妻子的，"一个女人的声音从走廊传来，"不应该显示出她明白丈夫的伟大教导，而应该进行渺小的自我教育，但在饮酒的时候也不应乱说出来……"

阿杜耶夫叔侄俩奔向门口，走廊里只响起一阵急促的脚步声、衣服的窸窣声，过后一切又静了下来。

叔父和侄儿相互对视了一下。

"怎么回事，叔叔？"侄儿沉默了一会儿问。

"怎么回事！没什么！"彼得·伊万内奇皱着眉头说，"我牛吹得不合适。学着点，亚历山大，最好别讨老婆，或者娶个傻婆娘；聪明的女人你对付不了，教育她可难呀！"

他沉思起来，然后用手敲敲自己的脑门。

"怎么也没想到，她知道你深夜里来了，"他郁郁不乐地说，"隔壁房间里有两个男人在秘密谈话，女人是睡不着觉的，她一定会派女仆来，或者亲自来……竟没有预料到！真蠢！全是因为你，还有这该死的拉菲特酒！竟说漏了嘴！一个二十岁的女人给我上了这样一课……"

"你怕了，叔叔！"

"怕什么？一点儿也不！我做错了什么——不应该失去冷静，应该善于摆脱。"

他又沉思起来。

"她吹牛呢，"后来他又说道，"她有什么经验！她不可能有经验，她还年轻！她不过是……心里有点闷！现在她发现了这种魔力圈，她也会耍花招……哎，我了解女人的本性！但让我们等着瞧……"

他骄傲而快乐地微微一笑，额头的皱纹也舒展开了。

"不过该换种方法干，"他补充说，"先前的方法完全不灵了。如今应当……"

他猛然想起了什么，沉默下来，胆怯地瞧瞧房门。

"但这一切都是以后的事了，"他继续说，"现在还是谈你的事，亚历山大。我们谈什么来着？对！你似乎要杀死你的那位……她叫什么呢？"

"我特别看不起她。"亚历山大深深叹口气说。

"你瞧见了吗？你的病已经治好一半了。不过真的是这样吗？看起来你还在生气。再说，你就瞧不起她，瞧不起她吧，对于你目前情况而言这是最明智的。我本来还想说点什么……就不说了吧……"

"啊，说吧，看在上帝分儿上，说吧！"亚历山大说，"我现在没有一点儿理性。我痛苦得很，我要死了……把你那冷静的理智给我吧。把所有能够减轻痛苦、抚慰心灵的话都说出来吧……"

"是的，对你说了，你恐怕又会回到那边去……"

"您怎么想的呀！从那以后……"

"就是从那以后也有人回去的！你能保证你不去？"

"我发誓，如果你要的话。"

"不，你保证吧，这更可靠。"

"我保证。"

"那好，你明白吗？我们断定伯爵没有过错……"

"就算这样吧，那又怎样呢？"

"那么你的那位……她叫什么来着……又错在哪儿呢？"

"娜坚卡错在哪儿？"亚历山大惊讶地反问道，"她竟没有错！"

"没有！你说错在哪儿？你没有理由瞧不起她。"

"没有理由？不，叔叔，这可不行。我们假定，伯爵……还可以这样说……他不了解情况……所以说没有错！而她呢？这样说来是谁有错呢？是我？"

"差不多是这样吧，实际上谁也没有错。你说说，你干吗瞧不起她呢？"

"因为她行为卑鄙。"

"它表现在何处呢？"

"她忘恩负义，辜负我无限的崇高的热情……"

"为什么要感恩呢？难道你是为了她，为了讨好她才去爱的吗？是想为她效劳是吗？如果是为了这个，你最好是去爱你的母亲。"

亚历山大瞅着他，不知说什么好。

"你本不该在她面前起劲地吐露衷情。男人一旦吐尽心曲，女人就会冷了下来……你本应该了解清楚她的性格，依照这一点而采取适当行动，而不是像只哈巴狗躺在她脚边。对于与之有所交往的伙伴，你怎么不搞清楚这一点呢？你当时就应该看透，对她不能再有什么期望。她玩完了跟你的爱情游戏，同样她也要跟伯爵玩这种游戏，也许以后还要跟别的什么人玩……不能再对她有什么要求了，她不会有什么改进的！她没有那样的品性，而你却痴心妄想……"

"可是她为什么去爱别人呢？"亚历山大痛苦地插话说。

"问题就出在这儿嘛，真是聪明的问题！唉，你好天真呀！那你为什么爱上她呢？行了，赶快丢开她吧！"

"难道这取决于我吗？"

"难道她爱上伯爵，就取决于她吗？你自己常说不应该压制情感的冲动，可事情一旦轮到自己头上，就问她为什么去爱上别人！为什么某个男人死了，某个女人疯了？怎么去回答这样的问题呢？爱情到一定时候就要结束的，它不可能天长地久。"

"不，可能的。我自己就感觉得到这种心灵的力量。我会爱一辈子……"

"唉！还是好好地爱你自己吧……可是那个……是会变卦的！都这个样子，我知道！"

"就算她的爱情会结束，"亚历山大说，"可是它为什么这样结束呢……"

"不是都一样吗？反正有人爱你，你就快乐——这就够了！"

"她去委身于别人！"亚历山大说，脸色发白。

"你愿意她偷偷地去爱别人，可仍然让你相信她是在爱你吗？你自个儿说说，她该怎么办，她有没有错？"

"哦，我一定报复她！"亚历山大说。

"你那样不知足，"彼得·伊万内奇继续说道，"那样干很不好！不管女人对你做了什么，变心也好，冷淡也好，或像诗中所说的，要花招也好——那你就去怨天怨地吧，要不趁此机会作一些哲理思考，你可随便去骂世界，骂生活，但永远不要用言语或行动去冒犯女人的人格。对付女人的手段就是宽容大度，而最残酷的手段就是忘掉！不过这只有正人君子做得到。回想一下吧，有一年半光景你是那么快活，逢人就要搂脖子，幸福得不知怎么才好！一年半连续不断的欢乐！随你怎么想——你真是不知感恩！"

"哎，叔叔，对于我来说，世上没有什么比爱情更神圣的了，没有爱情，生活就不像生活了……"

"唉！"彼得·伊万内奇懊恼地插嘴说，"听这种胡说八道真难受。"

"我本想一心疼爱娜坚卡，"亚历山大继续说，"不去羡慕世界上任何其他的幸福；我曾幻想同娜坚卡白头偕老，而结果怎么样呢？我所幻想的这种高尚的激情到哪儿去了？它竟变成了一出充满叹息、吵闹、嫉妒、流言、虚假等愚蠢的、毫无意义的闹剧——天哪！天哪！"

"为什么你老想象一些虚无缥缈的东西？我不是常对你说，你一直想过那种虚幻的生活吗？在你看来，一个人只有做情人、丈夫、父亲这几样事……而其他的事情则可以置之不理。可是一个人除了以上的几样事情、角色之外，他还是公民，有一定的身份和工作，比如作家、地主、士兵、官吏、工厂主什么的……可是在你那儿这一切都被爱情和友谊掩盖了……好一块乐土呀！你在那僻静的乡村读了大量的言情小说，听够了你姨妈讲的故事，然后便带着这些陈腐的观念跑到这儿来。还想出个——高尚的激情！"

"是高尚的嘛！"

"得啦！有什么高尚的激情？"

"怎么？"

"就是这样。所谓的激情，不就是指爱慕、眷恋等这类情感发展到失去理智的程度吗？这里有什么高尚的东西可言呢？我搞不懂。这不过是一种疯狂，而不是人的正常状态。你为什么单看事物的一面？我谈的是关于爱情，你要是也看看另外一面，那你就看到爱情并不是一种坏的东西。想想那些幸福的时刻吧，你已对着我耳朵嗡嗡半天了……"

"唉，别提啦，别提啦！"亚历山大摆摆手说，"您可以这样高谈阔论，因为您相信您所钟爱的女人；我很想瞧瞧，您要是处在

184

我的位置，您会怎么办……"

"怎么办……出去散散心……到工厂去。你明天想去吗？"

"不，我同您从来走不到一起，"亚历山大悲愁地说，"您的人生观安慰不了我，反而使我更厌弃人生。我忧愁得很，心里冷冰冰的。以前是爱情使我摆脱了这种寒冷；爱情失去了，现在心里又是一片悲愁；我感到可怕、烦闷……"

"那就工作吧。"

"说得都对，叔叔，您以及您一类的人可以这么谈论。您天生就是个冷冰冰的人……有一颗不会激动的心……"

"你以为你有一颗坚强的心吗？昨天还高兴得如上九天，可是稍稍有点挫折……就受不了啦。"

"蒸汽，蒸汽！"亚历山大软弱地勉强辩护说，"您的思想、感情和言谈，就像火车在铁轨上行驶一样，平稳、顺畅、舒适。"

"我以为这不坏，比起像你这样出了轨，掉进水沟里而站立不起来要好些。蒸汽！蒸汽！而蒸汽吗，你要明白，是对人有好处的。在这个比喻中含有我们做人的道理，而悲痛得去死连动物也会。比如有些狗就死在自己主人的坟墓上，或者因久别重逢而欢喜得喘不上气来。这又有什么呢？你以为你是一个特殊的高等生物，超凡脱俗的人……"

彼得·伊万内奇瞧了侄儿一眼，忽然把话打住了。

"这是怎么啦？你好像在哭？"他问，他的脸沉了下来，也就是变红了。

亚历山大默不作声。叔父后面这些论证使他乱了阵脚。他无言以对，但他仍受到他的主导情感的支配。他想起已经失去的幸福，想起如今另外一个人……他那双颊上流满了泪珠。

"哎呀呀，真没羞！"彼得·伊万内奇说，"你是个男子汉！看在上帝分儿上，别在我面前哭哭啼啼！"

"叔叔，回想一下您年轻的时候吧，"亚历山大啜泣着说，"难道您能坦然忍受那种命运带给人的最痛苦的侮辱吗？一年半时光里过着那样美满的生活，转眼之间便化为泡影！空虚啊……过去是真心实意，如今却对我要起心眼、不说真话，冷若冰霜！天哪，还有比这更令人痛苦的吗？谈论别人的'失恋'是容易的，可自己去尝尝滋味看……她的变化多么大呀！为了伯爵她多么注意打扮！可是我一到来，她便脸色发白，勉强应酬几句……还撒谎……噢，不……"

此时他更是泪如雨下。

"如果我做些自我安慰，"他继续说，"说我失去她是由于环境的关系，如果她也是被迫无奈……甚至是她死去了，那倒容易忍受些……可是不，不……她是另有新欢！这太可怕了，令人受不了！如今没有办法把她从强盗手中夺回来，您已经解除了我的武装……我该如何是好？教教我吧！我憋气、难受……烦闷，痛心！我会死的……我会开枪自杀……"

他把胳膊肘支在桌上，两手抱着头，号啕大哭起来……

彼得·伊万内奇心慌了。他在房间里踱了两个来回，然后停在亚历山大面前，搔搔脑袋，不知从何说起。

"喝点酒吧，亚历山大，"彼得·伊万内奇尽可能亲切地说，"也许，那样……"

亚历山大滴酒不喝，只是他的肩膀和脑袋神经质地抽搐着；他仍在大声痛哭。彼得·伊万内奇皱皱眉头，挥了挥手，走出了房间。

"我拿亚历山大怎么办呀？"他对妻子说，"他在我书房里放声大哭，我只好出来了。跟他谈了半天，我可累死了。"

"你就这样撂下他？"她问道，"可怜的孩子！让我去吧，我去看看他。"

"你也没办法，他就是那样的性子。整个像他姨妈，她也是那么爱哭。我已经劝了他半天了。"

"光是劝导？"

"我也说服他了，他已认同我的看法。"

"我不怀疑，你很聪明……也很有手段！"她添了一句。

"如果是这样，那就谢天谢地了，看来这些都用得着。"

"看来都用得着，可是他还在哭。"

"那不能怪我，为了安慰他，我已做了一切努力。"

"你做了出什么呢？"

"还少吗？我费了半天的唇舌……说得喉干舌燥……把恋爱的全部道理讲得一清二楚，还问他要不要钱，劝他吃饭、喝酒……"

"可他仍然哭？"

"他在拼命地大哭！后来哭得更凶了。"

"奇怪！让我去试试，你这会儿再想些新招……"

"什么，什么？"

而她像影子似的溜出了房间。

亚历山大依然坐着，用手支着脑袋。有人碰了碰他的肩膀。他抬头一瞧，站在他面前的是一位年轻漂亮的女人，穿着睡衣，戴着一顶 à la Fionise① 睡帽。

_____

① 法语：芬兰式的。——原注

187

"Ma tante!①" 他喊了一声。

她在他身旁坐下来，凝视他一会儿（只有女人有时候才会这样瞧望），然后用手绢给他轻轻擦去眼泪，并亲了亲他的额头，他也吻了一下她的手。他们进行了一次长谈。

过了一小时之后，他若有所思地出来了，面露笑容。经过好多个不眠之夜后，他第一回安然入睡了。她也眼圈儿红红的回到了卧室。彼得·伊万内奇老早就酣睡了。

---

① 法语：婶婶！——原注

第七章

　　前面所描写的那些场面和事情已经过去一年左右了。

　　亚历山大从悲观绝望渐渐地变为心灰意冷。他不再咬牙切齿、吵吵嚷嚷地去诅咒伯爵和娜坚卡了，而是深深地鄙视他们。

　　丽莎韦塔·亚历山德罗夫娜像朋友和姐姐似的给他以亲切的安慰。他乐于接受这样温馨的关照。像他这样性格的人都喜欢把自己的意愿交给别人去安排。他们必须有人照料才行，

　　最终他那种激情消失了，真正的悲伤也过去了，可是他竟舍不得完全抛开它；他硬要保持悲伤的情态，或者更确切地说，他装作一副忧愁的样子，以此来引人注目，并沉湎于其中。

　　他有点儿喜欢扮演受难者的角色，他显得沉静、傲气、忧郁，像是个如他所说的经受了命运打击的人。他常常谈论高尚的痛苦，谈论那受尽打击和践踏的崇高神圣的情感。"是受谁的打击和践踏呢？"他说，"一个会卖弄风情的臭丫头和一个花花公子、卑鄙的色鬼。难道命运要我到世上来，是为了把我身上全部高尚情感都献给这些卑鄙小人作牺牲品吗？"

　　无论男人跟男人、女人跟女人都不会原谅这种虚伪，立刻要

互相剥去对方的伪装。而青年男女之间又有什么不可原谅的呢？

丽莎韦塔·亚历山德罗夫娜体谅地倾听他的哭诉，并尽力安慰他。这件事一点也没有令她反感，也许她在侄儿身上找到与自己的内心大有共鸣的东西，在他的哭诉里她听到了那种并不陌生的痛苦的声音。

她渴望地倾听着他心灵的呻吟，报以轻微的叹息和难以发觉的眼泪。对于侄儿那些半真半假而又甜腻腻的伤感的倾诉，她甚至找到了具有同样意思和色调的安慰词句；然而亚历山大是不想听这些的。

"哎，别跟我说了，ma tante，"他顶嘴说，"我不愿污辱爱情这个神圣的字眼，用它来称呼我跟这个……的关系。"

这时候他装了个瞧不起的面相，想学彼得·伊万内奇的样子问，她叫什么来着？

"不过嘛，"他带着更加蔑视的神色接着说，"对她可以原谅，我比她、比伯爵，比那种可悲的小人高得太多了；难怪她对我一直理解不了。"

他说过这些话之后，那蔑视的神情依然保持了好一会儿。

"叔叔说我应该感谢娜坚卡，"他继续说，"为什么呢？这种爱情有什么意思？庸俗透了，净是老一套。有没有越出一般日常生活范围的表现呢？在这种爱情里看得到一点儿英雄气概和自我牺牲精神吗？不，她所做的一切几乎都是她母亲的意思。她有没有哪怕一次为了我而抛开世俗的规矩和本分呢？——从来没有！这也算爱情!!!作为一位姑娘，她竟不会给这种感情注入诗意！"

"您要求女人的是什么样的爱情呢？"丽莎韦塔·亚历山德罗夫娜问。

"什么样的？"亚历山大问，"我要求她让我在她心中占有首要地位。我心爱的女人，除了对我，就不应该去关注和观赏别的男人；所有男人在她看来都是难以忍受的。唯有我一人最高尚、最漂亮，"他挺挺身子说，"我在所有的人中间是最优秀、最高贵的。凡是不跟我在一起的时刻对于她都是最难堪的时刻。她应该从我的眼里、从我的谈吐里获取快乐，而不知还有别的快乐……"

丽莎韦塔·亚历山德罗夫娜竭力掩住笑容。亚历山大没有发觉。

"为了我，"他继续说，那双眼睛闪闪发亮，"她应该牺牲一切，放弃种种鄙俗的利益打算，应该摆脱母亲和丈夫的专制桎梏，如果需要的话，可以奔赴天南地北，坚强地忍受一切艰难困苦，甚至不怕丢掉性命——这才算爱情！不过这种……"

"那您拿什么去回报这种爱情呢？"婶婶问道。

"我？哦！"亚历山大说，一边仰望天空，"我会把整个一生都献给她，我愿拜倒在她的脚下。瞧着她就是最大的幸福。她的每句话对于我就是法律。我要歌颂她的美丽、我们的爱情和大自然：

> 跟她在一起，我的嘴唇要学会
> 彼特拉克①和爱情的语言……②

难道我没有向娜坚卡证明我是多么爱她吗？"

"那么要是感情不像您所想的那样表露出来，您就完全不相信它了？强烈的感情是藏而不露的……"

---

① 彼特拉克(1304—1374)，意大利诗人。——译注
② 引自普希金:《叶甫盖尼·奥涅金》第1章第49节。引文与原文略有出入。——原注

"您是否想让我相信，ma tante，这样的感情，比如叔叔的感情，是藏而不露的？"

丽莎韦塔·亚历山德罗夫娜顿时脸红了。

她内心不能不同意侄儿的看法，毫无表露的感情是有些可疑的，也许这种感情是不存在的，如果它存在的话，它定会显露出来，除了爱情本身，它的情态也带有难以形容的魅力。

此时她回想了自己整个婚后生活，深深地陷入了沉思。侄儿不大客气的暗示触动了她深藏在心底的秘密，并使她产生这样的问题，她幸福吗？

她没有理由抱怨，世人所追求的幸福的一切外部条件似乎都按既定计划实现了。如今生活富足，甚至可称阔气，未来的生活也有保障，这一切使她不必去为生活琐事而担忧操劳，而大量的穷人却正是为这些而操碎了心。

她的丈夫过去不知疲劳地工作，现在仍然在拼命工作着。而他的工作的主要目的是什么呢？他工作是为了人类共同的目的而履行命运赋予他的使命，或仅仅是为了渺小的动机，获取人世间的荣华富贵，不受贫困生活的折磨？只有天知道。他不喜欢高谈什么崇高的目的，说这是梦呓，而只是简单枯燥地说，应该做事。

丽莎韦塔·亚历山德罗夫娜只能得出一个令人伤心的结论，她也好，对她的爱也好，都不是他的勤奋和努力的唯一目的。在结婚之前，在还不认识自己妻子的时候，他就是这样工作着的。他从来不跟她谈情说爱，也不曾向她求过爱。她若是提到爱情，他或以说说笑话、讲些俏皮话，或假装打盹，随便应付过去。跟她认识之后没多久，他就同她谈婚论嫁，似乎是告诉人，爱情是自然而然的事，不需要多费口舌……

他讨厌任何装腔作势——这可能是好的，可他也不喜欢内心真诚的流露表白，不信别人有这种需要。其实，他用一个眼神、一句话语便可激起她对他的深厚热情，然而他默不作声，他不愿意那样做，即使如此，也未能使他的自尊心得以满足。

她试图激起他的嫉妒心，以为这样一来爱情一定会显露出来……但毫无效果。他刚一发现她垂青于社交界中的一个年轻人，便立即邀请他上自己家里来，并对他给以亲切招待，还热情称赞他的各种优点，也不担心让他跟妻子单独相处。

丽莎韦塔·亚历山德罗夫娜有时欺骗自己，设想这也许是彼得·伊万内奇的一种策略性行动，或许是他的一种秘密手段，使她永远处于疑团之中，以此来保持爱情。但是初次一听到丈夫对爱情的高论，她立即大感失望。

若是他为人粗鲁、没教养、薄情、蠢笨，若是他属于为数极多的那一类丈夫，那么作为妻子的为了他们和自己的幸福，自然就会那样问心无愧地、那样势在必行地、理所当然地、那样欢欢喜喜地去欺骗这些丈夫，他们似乎天生就是要让妻子在自己周围去寻找情人，去爱上与他们截然相反的男人——假如是这样，那就是另一回事了，她也许就会像大多数妇女在这种情况下那样去行事了。然而彼得·伊万内奇是个难得的聪明而有分寸的人。他很精细、敏锐、机灵。他了解内心的一切忧虑，心灵的一切风暴，但也仅仅是了解而已。爱情方面的条条框框是记在他的脑子里，而不是记在心间。从他这方面的见解中可以看到，他所说的似乎都是拾人牙慧的老套子，根本不是个人的切身感受。他对激情的评述是正确的，但不认为自己会受激情的支配，他甚至还对激情进行嘲笑，认为它是错误的，是脱离现实的变态情感，有点儿像疾病，将来会有药可治的。

丽莎韦塔·亚历山德罗夫娜觉得丈夫出类拔萃，聪明过人，她为此而苦恼极了。"假如他不是这般聪明，"她心里想，"那我就有救了……"他尊崇实际的目的——这是很清楚的，所以也要求妻子不要生活于幻想之中。

"我的天哪！"丽莎韦塔·亚历山德罗夫娜心里想，"他结婚的目的难道就仅仅是为了有个女管家，为了让自己的单身汉住宅变得充实些，让家庭更显体面，为了在社会上有更高身价？女管家、老婆——表现在这些词里的意义多庸俗呀！他这样有头脑，难道就不了解在女人的理想目标中定有爱情吗……家庭的义务——这就是她要操心的事，若是没有爱情，难道能把这些事做好吗……连保姆、奶妈都把自己所照料的孩子当成宠儿，更何况做妻子做母亲的！哦，就让我以痛苦为代价去获得感情吧，就让我经受那些与激情密不可分的一切苦难吧，但愿活得充实，但愿感觉得到自己是真正存在着而不是在虚度时光……"

她瞧了瞧豪华讲究的家具、自己女客厅的各种玩具和贵重的摆设——钟情的男人为自己的女人所苦心营造的这整个舒适环境在她看来似乎就是对真正幸福的嘲笑。她在侄儿和丈夫身上看到了两种可怕的极端。一个热烈到疯狂，一个冰冷到无情。

"他们叔侄俩及大多数男人对真正的感情懂得多么少！而我可多么懂得它呀！"她这样想，"可这又有何好处？何必呢？倘若……"

她闭起眼睛待了几分钟，然后睁开眼睛，打量了一下四周，深深地叹了口气，立即就装出平和安详的样子。可怜的女人！谁也不了解这一点，谁也看不到这一点。对于这些看不见、摸不着、没有伤口、没有鲜血、不是遮上破布而是蒙着天鹅绒的无以名状的痛苦，别人却将之归罪于她。然而她呢，却怀着英勇的自我牺牲精神，隐忍着自己的忧愁，同时还要找到足够的力气去安慰别人。

过不多久亚历山大便不再去谈论高尚的痛苦和难以理解的珍贵的爱情。他转到较为普通的话题。他抱怨生活的无聊、心灵的空虚，抱怨折磨人的烦闷。他不断反复说：

我经历过种种苦难，
我不再喜欢想入非非……①

"现在我被一个恶魔给盯上了，ma tante，他到处跟踪我，无论是在夜深，在与友人交谈，在筵宴饮酒之时，或处在深思的时刻！"

就这样过了几个星期。看样子再过两三个星期这个怪人可能会完全平静下来，也许会成为完全正常的，即跟大家一样的普通人。可是并非如此！他那古怪的性格到处寻找机会表现出来。

有一次他带着仇恨全人类的坏情绪跑到婶母这儿来。说起话来尖酸刻薄，冷嘲热讽，矛头直指那些应受尊敬的人。对任何人都毫不留情。连她和彼得·伊万内奇也难以幸免。丽莎韦塔·亚历山德罗夫娜想探明原因。

"您想知道是什么事让我眼下这样不安、气急吗？"② 他轻声而又郑重地说，"请听我道来，您知道我有一位朋友，好几年没见

---

① 引自普希金的诗：《我不再怀有自己的心愿》，引文不大确切。——原注
② 引自格里鲍耶陀夫《智慧的痛苦》第三幕。——原注

了，然而我在心里一直为他保留一席之地。在我刚来这儿的时候，叔叔硬要我给他写了一封不近情理的信。其中含有他所喜爱的思维规则和思想方式，不过我把它撕了，另发去一封信，我那朋友大概不会因为这封信而改变态度的。打这以后我们的通信中断了，我也没有再见到我的朋友。怎么一回事呢？我三天前走在涅瓦大街上的时候，突然看见了他。我愣住了，我浑身发热，不禁眼泪汪汪。我向他伸出双手，高兴得一句话也说不出来，连气都喘不上了。他拉过我的一只手握了握。'你好，阿杜耶夫！'他说话的声音，就像我昨天刚同他分别似的。'你来这儿很久了吗？'他觉得奇怪，我们怎么一直没有相遇，他稍微问我几句干什么事，在哪儿当差。他当然告诉我，他有一个挺可心的职位，对工作、上司、同事……以及对所有的人，对自己的命运都很满意……随后就说他此刻没有工夫，他正忙着去赴宴——您听见没有，ma tante? 他是跟朋友久别重逢呀，可他都不能把宴会搁到一边……"

"但可能是人家在等着他嘛，"婶母说，"礼节不允许……"

"礼节重要，还是友谊重要？ma tante! 连您也这么说呀。这还不算呢，我再往下说给您听吧。他把地址塞到我手上，说第二天晚上等我到他那儿去，接着就走了。我朝着他的背影望了好一会儿，心里老是平静不下来。这是我童年的伴侣，少年的朋友！他倒好！不过我后来想了想，也许他把一切都留到来日晚上，到那时便可促膝长谈，互诉衷肠。我想，'就这样吧，我去'。我到了他的住所。他那里已有十来个朋友在座了。他比前一天较为亲热地向我伸过手来——这是真的，然而他没有说什么话，却立即请我坐下打牌。我说我不打牌，便独自坐在沙发上，我以为他会丢下牌前来陪我坐坐。'你不打牌？'他惊奇地说，'那你干什么呢？'问得真好！我等了一个钟点、两个钟点，他没有到我身边来；我忍不住了。他时而请我抽雪茄，时而请我抽烟斗，怨我不打牌会觉得无聊的，尽力让我不觉得太闷——您以为他用什么法子——他不断转过脸来与我闲谈一两句，老讲自己的牌运好或足不好。我终于没法忍下去了，便走到他身旁，问他这个晚上想不想抽点时间给我？我的心翻腾得厉害，声音也发颤了。这似乎令他感到惊讶。他怪异地瞅了瞅我。他说，'好吧，让我打完这一局'。他刚对我说了这句话，我抓起帽子就要离开，他看见了，拦住我，'这一局快完了，'他说，'马上就吃晚饭'。牌终于打完了。他坐到我身旁，打了一下哈欠，我们的友好交谈就这样开始了。'你要对我说什么呢？'他这样问，说话的声音显得单调平淡、缺乏感情，我没有说什么话，只是带着苦笑瞧着他。此时他似乎突然来了精神，向我接连抛来好几个问题：'你有什么事吗？需要什么吗？我能不能在工作上帮你什么忙……'等一类的话。我摇了摇头对他说，我要跟他谈的不是工作、不是物质利益方面的事，我要的是谈谈心，谈谈童年时代的黄金岁月，谈谈儿时的游戏玩乐、调皮捣蛋……您想象一下吧！他甚至没让我把话讲完。他说：'你还是那么一个幻想家！'——随之似乎认为这些都是小事，不值一谈，立即换了话题，开始像我叔叔一样严肃地询问起我的工作情况、对未来的打算、仕途升迁等等。我真奇怪，我不相信人的心竟会粗俗到这种程度。我想最后一次试一试，待他又要问我的情况时，我便讲起我的遭遇。'你听我说吧，有些人对我干了些什么……'我这样开始说。'怎么？'他突然吃惊地插嘴说，'大概被人家偷了？'他以为我说的是仆人。他像我叔叔一样，不知道世上还有别的痛心事，一个人竟麻木成这样！我说，'是的！人家偷走了我的心……'于是我谈起我的恋爱、痛苦、心灵的空虚……我开头讲得非常认真，我以为我这些痛苦的故事能融化冰层，他会眼泪汪汪……可他突然哈哈大笑起来！我瞧见他手里拿着手绢，在我讲述的时候，他一直忍着，终于忍不住了……我气得停下不说了。

"'得了，得了，'他说，'还是喝点伏特加吧，我们就要吃饭了。来人！拿伏特加来。来喝，来喝，哈哈哈……吃点上好的……烤……哈哈哈……烤牛肉……'

"他想挽住我的手，而我挣脱开了，躲开这个魔鬼……这些人变成什么样了，ma tante！"亚历山大说完话，挥了一下手就离去了。

丽莎韦塔·亚历山德罗夫娜开始为亚历山大感到可惜；可惜他有一颗火热的心，然而它没有得到正确引导。她知道，要是他受到另一种教育，有一种正确的人生观，那他自己就会很幸福，还能使别人幸福，如今他却成了自己盲目无知和心灵痛苦迷惑的牺牲品。他自己把生活搞得痛苦不堪。如何给他的心灵指明一条正确道路呢？哪儿有这种救他的指针呢？她感到只有一只温柔而亲切的手才能照料好这朵花儿。

有一次她已经成功地使侄儿心中的激动不安得以平息，不过那是恋爱方面的事情。她知道如何对待一颗遭受了侮辱的心。她像一个高明的外交家，首先把娜坚卡谴责了一通，说她的行为太不光明正大了，使她在亚历山大的眼里显得庸俗不堪，从而向他证明，她不值得他去爱。她是以这种方法消除了亚历山大心中的强烈痛苦，代之以平静的、虽然不十分公正的鄙视情绪。相反，彼得·伊万内奇却竭力为娜坚卡辩护，这样不仅不能使他得到安慰，反而更增加他的痛苦，使他认为自己应该给最合适的人让位。

然而在友谊方面又是另一回事了。丽莎韦塔·亚历山德罗夫娜明白，在亚历山大的眼里他那位朋友是有过错的，可是在众人眼里他没什么错。那就是把这一点对亚历山大解释清楚就好！她自己不敢去争这份功劳，便去向丈夫求助，她不无根据地认为他有许多否定友谊的理由。

"彼得·伊万内奇！"有一次她亲热地对他说，"我有件事请你帮忙。"

"什么事？"

"你猜猜。"

"说吧，你知道我是不会拒绝你的请求的。大概是彼得高夫别墅的事吧，现在为时还早……"

"不！"丽莎韦塔·亚历山德罗夫娜说。

"什么事呢？你说过你怕我们的几匹马，你要更驯服一点的……"

"不！"

"那么，有关新家具的事……"

她摇摇头。

"随你去了，我不知道，"彼得·伊万内奇说，"你拿张抵押票据去吧，随你怎么花，这是昨天赢来的……"

他想要掏出钱包。

"不，别费心，把钱放回去吧，"丽莎韦塔·亚历山德罗夫娜说，"这件事不要你花一分钱。"

"给钱你不拿！"彼得·伊万内奇边说边藏起钱包，"真搞不明白！那要什么？"

"只要一点点善心……"

"随你要多少。"

"你知道吗，前天亚历山大来看望我……"

"哎呀，我觉得不大妙！"彼得·伊万内奇插嘴说。

"他很不愉快，"丽莎韦塔·亚历山德罗夫娜往下说道，"我担心他老这样会出什么事……"

"他还会出什么事？是不是恋爱上又起变故了？"

"不，是友谊方面的事。"

"友谊方面的事！越来越不好办了！怎么是友谊方面的事呢？这挺有意思，请说说吧。"

"是这么回事。"

于是丽莎韦塔·亚历山德罗夫娜将从侄儿那儿听来的情况一一讲给他听，彼得·伊万内奇使劲耸了耸肩膀。

"你要我做些什么呢？你瞧，他就是那个样！"

"你对他表示一下关心嘛，问问他心境如何……"

"不，这你去问他好。"

"去跟他聊聊……这个怎么谈好呢……要亲切些，不要像你平日说话的样子……不要嘲笑他的感情……"

"你要我也哭鼻子？"

"也不妨碍嘛。"

"这对他有什么好处？"

"好处多着呢……也不光是对他……"丽莎韦塔·亚历山德罗夫娜低声说道。

"什么？"彼得·伊万内奇问。

她默不作声。

"这个亚历山大真够让我操心的，他老骑在我的脖子上！"彼得·伊万内奇指指自己的脖子说。

"他什么事让你这样感到负担哪？"

"怎么什么事？我照看他六年了，有时他大哭大喊，得安慰他，有时得跟他母亲通信。"

"真的好可怜哪！这种事怎么让你摊上呢？多么麻烦呀，一个月收到一次老太太的来信，连看也不看就扔到桌底下去，或者跟侄儿说几句话！怎么呢，这耽误你玩维斯特牌！男人呀，男人！只要有美食佳肴，有名牌好酒，有纸牌可玩——那就全齐了；还管人家的屁事！如果再有摆架子、耍聪明的机会——那就太快活了。"

"就像你们爱撒娇一样，"彼得·伊万内奇说，"各有各的喜好嘛，亲爱的！还要什么呢？"

"要什么！要感情呀！这你从来不谈。"

"还有这样的事！"

"我们聪明得很，我们怎么去管那些芝麻大的小事呢？我们是掌管人们命运的。人们关注的是一个人口袋里的钱和礼服上的勋章，对其他的就可以不理睬了。他们希望大家都这个样！在他们中间要是找到一个多情善感、能爱别人、也能使别人爱他的人……"

"他真行，让那个姑娘给爱上了……她叫什么来着？叫薇罗奇卡是吗？"彼得·伊万内奇说。

"上哪儿找配得上他的人！这确是命运的嘲弄。命运好像故意捉弄人似的，总是把一个温柔多情的男子跟一个冷漠寡情的女子牵在一起！可怜的亚历山大！他那头脑跟不上心灵，所以在一些人眼里他总是有错，而那些人的头脑跑得太超前了，他们办事只凭理智……"

"不过你得承认这是最重要的，不然……"

"我不认为，我决不认为，在工厂里这也许是最重要的，可是您忘了，人还有感觉……"

"有五种感觉！"彼得·伊万内奇说，"我还在小学上常识课时就记住了。"

"真让人气恼！"丽莎韦塔·亚历山德罗夫娜喃喃地说。

"好啦，好啦，不要生气了，你吩咐我做什么，我一切照办，只是你得教我怎么去做！"彼得·伊万内奇说。

"你就对他稍稍开导……"

"训他一顿？好，这我能行。"

"哪能去训他呢！你要非常亲切地对他解释，对当今的朋友不可有过高的要求；告诉他，他的朋友并不是他所认为的那样不对……怎么还用我来教你？你那么聪明，那么工于心计……"丽莎韦塔·亚历山德罗夫娜补充说。

彼得·伊万内奇听到最后一句话，稍皱了皱眉头。

"你们在那里谈了半天知心话谈得还不够吗？"他生气地说，"叽叽喳喳了半天友谊啦爱情啦还没有谈够；现在把我也拉进去……"

"这是最后一次了，"丽莎韦塔·亚历山德罗夫娜说，"我希望以后他会安下心来。"

彼得·伊万内奇怀疑地摇摇头。

"他还有钱吗？"他问，"也许他没钱了，所以他就……"

"你脑瓜里就只有钱！他为了得到朋友的一句亲切的话语，情愿献出全部钱财……"

"有什么好呢，他会出事的！有一回他跟局里的一位同僚谈心，谈着谈着就这样把钱送给了人家……听，有人按门铃，会是他吗？我该怎么办？你再说一遍，训他一顿……还有什么？给钱？"

"怎么训一顿！你兴许会把事弄得更糟。我求你谈点友谊、谈点爱情，要亲切些、更加关心他。"

亚历山大默默地行了礼，默默地吃着饭，吃得很多，在上菜的间隙时把面包捏成一个小圆球，皱着眉头瞅着那些酒瓶和玻璃瓶。吃过饭他就想去拿帽子。

"你去哪儿呀？"彼得·伊万内奇问，"陪我们坐一会儿嘛。"

亚历山大默默地听从了。彼得·伊万内奇正想着怎样较为亲切、巧妙地去谈事情，可一下匆忙地问：

"亚历山大，我听说你的一位朋友对你有些不够义气？"

听到这句意料不到的话时，亚历山大像受了伤似的晃了一下脑袋，向婶母投去满带责备的目光。她也没料到丈夫会这么直奔话题的，先是低着头干活，后来带点责备的神色瞅了瞅丈夫，而他这时候一面忙于消化饭菜，一面又睡意蒙　，由于这两方面的掩护，他没有感受到这些目光的射击。

亚历山大对叔父的提问只报以轻轻的叹息。

"的确，"彼得·伊万内奇继续往下说，"真不够义气！算什么朋友！五年没会面，就冷漠到这个份上！久别重逢竟不去紧紧拥抱朋友，只约朋友晚间去找他，要朋友坐下打牌……请朋友吃一顿……然后，这狡猾的家伙发现朋友脸上露出不满的神色，便询问起他的工作、境况和需要——何等俗气的好奇心！还有——太虚情假意了——居然表示愿意效劳……帮忙……甚至解囊相助！可就是没有真诚地谈谈知心话！可怕呀，可怕！请让我看一看这个坏蛋，星期五带他过来吃饭……他是怎么赌牌的？"

"不知道，"亚历山大生气地说，"您笑吧，叔叔，您是对的，是我错了。信赖别人，寻找同情——找谁呢？向谁倾吐衷肠呀！周围净是卑俗浅薄的东西，可我还保持着年轻人的信念，相信善良、高尚、忠诚……"

彼得·伊万内奇开始有节奏地频频点头。

"彼得·伊万内奇！"丽莎韦塔·亚历山德罗夫娜拽了拽他的衣袖悄悄说，"你睡着了？"

"我睡着了！"彼得·伊万内奇醒过来说，"我都听见了：'高尚、忠诚'，哪儿睡着了？"

"别打扰叔叔了，ma tante！"亚历山大说，"他不睡的话，会消化不良的，天知道会生什么病。人当然是大地的主宰，可又是自己肠胃的奴隶。"

此时他似乎想苦笑一下，可笑得有些酸涩。

"你给我说说，你要自己的朋友怎么样呢？要做出某种牺牲是吗？要他爬墙或要他跳窗？你怎么理解友谊呢，它是什么样的？"彼得·伊万内奇问。

"现在我已经不要求朋友作什么牺牲了——您大可放心。多亏了人们的帮助，我已经毫不看重什么友谊啦、爱情啦……我总是把那些词句记在心里，我觉得它们就是这两种感情最正确的定义，正如我所理解的那样，也是它们所应有的样子，而如今我明白了，这是谎话，是对人的中伤，或者是人心的可怜无知……人是不可能具备这些感情的。去它的吧，这些骗人的鬼话……"

他从口袋里掏出一个皮夹子、从里面取出两张八开的写满字的纸。

"这是什么？"叔父问，"给我看看。"

"不值一看！"亚历山大说，一边想把纸撕了。

"念一下，念一下！"丽莎韦塔·亚历山德罗夫娜请求说。

"这儿是两位当代法国小说家给真正的友谊和爱情作的界定，我曾认同他们的观点，以为我能在生活中遇到这样的人。在他们身上能找到……可哪有的事！"他不屑地挥一下手，开始念道："'爱是不能用那种虚伪、胆怯的友情去构建的，那种友情只存在于我们金碧辉煌的宫殿里，它经不起一小撮金子的诱惑，它害怕词意双关的话语；爱需要的是那种坚强的友谊，这样的友谊是为朋友不惜流血牺牲的，它是在战斗和流血中，在炮声隆隆、狂风怒号中表现出来的。朋友们用硝烟熏黑的嘴唇亲吻，满身血污地拥抱在一起……如果说皮拉得斯受了致命伤，俄瑞斯忒斯[①]刚强地与之诀别，他用匕首照准一刺，让朋友早点结束痛苦，他庄严发誓要为朋友复仇，并将履行誓言，然后擦去眼泪，平静下来……'"

彼得·伊万内奇低声地笑了起来。

"叔叔您在笑谁呀？"亚历山大问。

"我笑那个作者，假如他不是开玩笑，而是他自己真实想法，我也笑你，假如你真的这样理解友谊。"

"难道这只是可笑吗？"丽莎韦塔·亚历山德罗夫娜问。

---

① 皮拉得斯和俄瑞斯忒斯均系希腊神话中的英雄。——译注
荷马史诗《伊里亚特》中他们是一对忠诚的朋友，他们愿为友谊作任何牺牲。——原注

“是的。对不起，这是又可笑又可怜。再说，亚历山大也同意这种看法，让我好笑。他自己现在也认识到，这种友谊是一种谎话，是骗人的。这已是向前跨出的重要一步。”

“说它是谎话，是因为人们不能提高到对友谊有正确的理解……”

“如果人们不能够理解，那它也不可能有真正的……”彼得·伊万内奇说。

“然而有过这样的例子……”

“那是例外，而例外几乎总是不很好的。什么‘满身血污地拥抱在一起，庄严的誓言，匕首一刺！’……”

他又笑了起来。

“喂，念一段关于爱情的吧，”他接着说，“我的困劲都过去了。”

“要是这又能给你机会再笑一阵的话，那就请笑吧！”亚历山大说，随之念了下面一段：

“‘爱意味着自己不属于自己，不再为自己而活，生命转移到另一个人身上，在一个对象身上集中着人的各种感情——希望、恐惧、悲伤、快乐；爱意味着活在无限之中……’”

“鬼知道这是什么玩意儿！”彼得·伊万内奇插话说，“一堆废话！”

“不，这很好！我很喜欢，”丽莎韦塔·亚历山德罗夫娜说，“继续念，亚历山大。”

“‘不知道感情的界限，献身于一个人’，”亚历山大继续念道，“‘只是为了这个人的幸福而活着、思考着，在屈辱中发现尊严，在悲伤中发现快乐，在快乐中发现悲伤，除了爱情之外，沉浸于各种各样的矛盾中。爱意味着活在理想的世界中……'"

彼得·伊万内奇这时候摇摇头。

"'在极其灿烂辉煌的理想的世界中',"亚历山大继续念道，"'到处都是那么灿烂辉煌。在这个世界中天空显得纯净如洗，大自然风光秀丽；生命和时间被分为两个部分——存在和不存在，一年被分为两个时期：春季和冬季；与前者相应的是春天，与后者相应的是冬天，因为无论鲜花多么艳丽，蓝天多么纯净，在没有生命和时间存在的地方，整个华美的景象都黯然失色；整个世界里只看到一个人，这个人身上蕴含着整个宇宙……最后是爱，它意味着暗中关注着意中人的每一道目光，如同一个游牧的阿拉伯人为了湿润被炎热烤得干裂的嘴唇而关注着每一滴露水一样，在看不见意中人时，便心神不宁，思念不已，而见到了却又说不出一句话，只是拼命争着为对方多作奉献………'"

"够了，看地上帝的面上，别念了！"彼得·伊万内奇插嘴说，"受不了！你要撕就撕吧，快点撕！怎么是这样！"

彼得·伊万内奇甚至从椅子上站了起来，在房间里来回踱起步来。

"难道真有这样的时代，那时候人确是这样想、这样做的吗？"他说，"那些描写骑士和牧羊姑娘的故事难道不是讨厌的杜撰吗？怎么那样喜欢去触动和仔细探究人类心灵的这些可怜的琴弦呢？……爱情！把整个这种东西说得神乎其神……"

他耸了耸肩膀。

"叔叔，干吗扯得那么远呀？"亚历山大说，"我亲身体验到这种爱情的力量，并以它为骄傲。我的不幸仅仅在于我没有遇到一个配得上这种爱情而且也具有这种爱情力量的人……"

"爱情的力量！"彼得·伊万内奇重复了一声，"如果你说它是软弱的力量，不也是一样嘛。"

"这不合你的意，彼得·伊万内奇，"丽莎韦塔·亚历山德罗夫娜说，"你不愿相信别人身上存在这样的爱情。"

"那你呢？难道你相信？"彼得·伊万内奇一边问，一边靠近她，"啊，不，你在开玩笑！他还是个小孩子，既不了解自己，也不了解他人，可你真该害臊！假如一个男人这样去爱，你会尊敬他吗？……是这样去爱的吗……"

丽莎韦塔·亚历山德罗夫娜放下手中的活。

"那要怎样恋爱呢？"她悄悄地问，一边握住他的双手，拉到自己跟前。

彼得·伊万内奇从她手里轻轻地抽出自己的双手，偷偷地指了指背朝着他们站在窗边的亚历山大，接着又在房间里走来走去。

"怎么！"他说，"好像你没有听过是怎样恋爱的……"

"恋爱！"她若有所思地重复了一声，慢慢地又干起活来。

静场了约一刻来种。彼得·伊万内奇首先打破了沉默。

"目前你在干什么呢？"他问侄儿。

"嗯……没干什么。"

"那不行。至少看点书吧？"

"是的……"

"看点什么呢？"

"克雷洛夫寓言。"

"是好书。光看这一本？"

"目前就是这一本。天哪！是对人的多好的写照，多么真实！"

"你有些生别人的气，难道是对那丫头的爱情使你变得这样？……她叫什么来着……"

"唉！我已忘掉这件蠢事。前不久我路过那曾使我如此幸福过和痛苦过的地方，本以为回首往事会令我心碎的。"

"怎么样，心碎啦？"

"我见到了那幢别墅、花园、栏杆、可我心里很坦然。"

"本来嘛，我早就说过了。是什么让你对人们这样反感？"

"是什么！是他们心灵的卑鄙和浅薄……我的天哪！你想想，在大自然撒下那些神奇种子的地方，却存在多少卑鄙下流的东西……"

"这关你什么事？你想改造人类还是怎么的？"

"关我什么事？人们在里边滚爬的污泥脏水难道就没有溅到我的身上？您知道我遇到过的事情，打那事情之后，能不憎恨人，能不瞧不起人！"

"你遇到过什么事啦？"

"爱情上受人欺骗、友情上受无礼的冷遇……瞧着就令人恶心，讨厌跟他们来往！他们的思想、言论、行动全都是建立在沙丘上的。今天一窝蜂地追逐一个目的物，急急忙忙，你拥我挤，不惜使用卑劣手段，阿谀奉承，不顾廉耻，更有人要阴谋诡计，可是到了明天，便把昨天的事忘诸脑后，又去追逐另一个目的物了。今天对一样东西赞叹不已，明天便骂不绝口；今天热情如火，明天便冷若冰霜……瞧，生活多么可怕，多么叫人厌恶！人们哪……"

彼得·伊万内奇坐在圈椅上，又要打盹了。

"彼得·伊万内奇！"丽莎韦塔·亚历山德罗夫娜轻轻推了他一下说。

"你太郁闷、太郁闷了！应该做些事嘛，"彼得·伊万内奇揉揉眼睛说，"那你就不会去骂人了，没有必要。你那些朋友有什么不好？都是些正派人嘛。"

"唉！不管拿什么人来说，都像是克雷洛夫寓言中的野兽。"亚历山大说。

"比如霍扎罗夫一家人呢？"

"全家都是畜生！"亚历山大打断他的话说，"有的人当面对您吹吹拍拍、亲亲热热，可背后……我就听见他在议论我。也有的人今天为您的委屈跟您一起痛哭，到明天就跟委屈您的人一起悲号；今天跟您一起嘲笑人家，明天又跟人家一起嘲笑您……坏透了！"

"那么卢宁两口子呢？"

"这两口子可真好。男的活像那头毛驴，夜莺一听它的叫声就要飞向九霄云外。女的好像那善良的狐狸……"

"那索宁他们呢？"

"说不出什么好的来。每当不幸将要过去的时候，索宁总是会给您出好主意，可是当您真有困难的时候，您去求他看……那他准让你吃不到晚饭饿着肚子回家，就像狐狸对待狼那样。记得吗，他想请您推荐给他找个差事干干的时候，他在您面前是怎样又吹又拍的？而现在您就听听他是怎么说您……"

"伏洛奇科夫也让你不喜欢？"

"一个渺小而又凶恶的禽兽……"

"嘿，骂得痛快！"彼得·伊万内奇低声地说。

"我能指望人家给我什么呢？"亚历山大又说了一句。

"给你一切：友谊、爱情、校官头衔、金钱……喂，现在你就拿我们来结束这人物肖像系列吧，你说说，我和我妻子属于哪种兽类？"

亚历山大一言不答，但他脸上却闪过细微的、难以觉察的讥讽神色。他微微一笑。无论是这种神色或笑容，都躲不开彼得·伊万内奇的眼睛。他同妻子交换了一下眼色，妻子垂下了眼睛。

"喂，你自己算是什么兽类呢？"彼得·伊万内奇问。

"我没有对别人做过坏事！"亚历山大自尊地说，"在与人的关系上我做了应做的一切……我有一颗爱心；我为别人敞开自己宽阔的胸怀，可他们干了些什么呢？"

"这是怎么啦，他说得多可笑！"彼得·伊万内奇对妻子说。

"你觉得什么都可笑！"她回答说。

"我并不要求别人多么勇敢、善良、宽宏大量，或富有自我牺牲精神……我只要求得到我应得的东西……"

"你就那么公正？你觉得自己一身清白。等一等，我来揭你一点底……"

丽莎韦塔·亚历山德罗夫娜发觉丈夫说话声调严厉起来，心里有些不安。

"彼得·伊万内奇！"她喃喃地说，"别说了……"

"不，让他听听实话。我一下就说完。请告诉我，亚历山大，你现在一会儿骂你的朋友为坏蛋，一会儿骂他们是傻瓜蛋，你心里有没有感到一种类似于良心谴责的东西？"

"为什么呀，叔叔？"

"因为你几年来在这些野兽那里一直受到亲切的招待。假如说这些人是想从某人那儿得到好处，就如你所说的，他们要诡计、玩阴谋，可在你身上他们没有什么可捞的，是什么促使他们一再

211

邀请你去，对你那么热情呢……你那想法不好呀，亚历山大……"彼得·伊万内奇神情严肃地说，"如果人家知道了你对他们有那么多责难，那就不会再理你了。"

亚历山大满脸通红了。

"我总以为他们待我热情，是由于您介绍的关系，"他回答说，他已没有那么傲气，而是非常温顺了，"再说这是社交关系……"

"那好，我们拿不是社交的关系来说。我已对你说过，只是不知道说服你了没有，你对那个姑娘——她叫什么名字来着？叫萨申卡，是吗——是不公正的。一年半的时间里你把她们家当成自己家，从早到晚整天待在那里，还被你所谓的那个可鄙的丫头爱上过。这似乎是不该被看不起的……"

"那她为什么变了心呢？"

"你是说她爱上了别人？这问题我们已经满意地解决了。难道你以为，如果她继续爱你，你就不会厌倦她？"

"我？永远不会。"

"唉，你是一点也不明白。我们往下说吧。你说你没有朋友，可我总认为你有三位朋友。"

"三位？"亚历山大喊了一声，"曾经有一位，可是他……"

"三位，"彼得·伊万内奇坚决地重复了一下，"我们从交情最老的说起，第一位就是那一位，你们好几年没见面了，别的人遇到你时可能会转过脸去，而他却邀请你去他那里，而你来了之后，一脸的不高兴，他却关心地询问你有什么需要，表示愿意为你效劳，愿意帮助你，我相信他还可能资助你钱——在当今这年代，在这种试金石旁绊倒的可不光是感情呢……不，你介绍我跟他认识吧，我认为他是个正派人，可在你看来却是滑头的人。"

亚历山大垂着头站着。

"那你怎么考虑，谁是你的第二位朋友？"彼得·伊万内奇问。

"谁？"亚历山大困惑地说，"没有人……"

"真没良心！"彼得·伊万内奇打断对方的话说，"你看，丽莎！他脸也不红呢！请问，我是你的什么人啊？"

"您……是亲人呀。"

"好有分量的头衔！不，我认为还要超过。不好呀，亚历山大，这在学校的识字课上被称为可恶的品性呢，而在克雷洛夫寓言里似乎没有谈到。"

"可您总是不让我接近……"亚历山大没有抬起眼睛，胆怯地说。

"是的，在你想要拥抱的时候。"

"您嘲笑我，嘲笑我的感情……"

"那是为了什么，什么原因？"彼得·伊万内奇问。

"您步步照管着我。"

"唉，竟说出这样的话！照管！你给自己雇个这样的家庭教师吧！我干吗这样操劳？我本可以再说几句，可这有点像俗气的责备……"

"叔叔……"亚历山大走到他跟前，伸出双手，说。

"回到原位去，我还没有说完呢！"彼得·伊万内奇冷冷地说，"第三位，也是最好的一位朋友，我希望你自己说出其名字……"

亚历山大又瞧着他，似乎在问："他在哪儿呢？"

彼得·伊万内奇指指妻子，"就是她。"

"彼得·伊万内奇，"丽莎韦塔·亚历山德罗夫娜插话说，"不要卖弄聪明好吗，看在上帝的分儿上，打住吧……"

"不，别打搅我。"

"我会珍惜婶婶的情谊……"亚历山大大含糊不清地嘟哝说。

"不，你不会，如果你会的话，你就不拿眼睛在天花板上找朋友了，你就会指出她了。如果你感觉得到她的情谊，那你出于对她的优秀品格的敬重，也就不会瞧不起人了。她一个人就能抵偿你眼里其他人的缺点。是谁擦干你的眼泪，又听你诉苦？是谁同情你的种种瞎说八道，那又是如何的同情！大概只有母亲才能这么热切地关心你所遭受的一切，也许连母亲也做不到。如果你感觉到这一点，你刚才就不会又讥讽又冷笑了，你就会明白，这里既没有狐狸也没有狼，而是有一位像亲姐姐一样爱护你的女人……"

"唉，ma tante！"亚历山大说，他听到这种责备慌张失措，无地自容，"难道您也以为我对此无所谓，不认为您是光辉的非凡人物吗？天哪，天哪！我发誓……"

"我相信，我相信，亚历山大！"她回答说，"您别听彼得·伊万内奇瞎说一气，他把苍蝇看作大象，喜欢找机会卖弄聪明。别说了，看在上帝的分儿上，彼得·伊万内奇。"

"马上，马上就说完——还有最后几句话！你说你尽了你对别人应尽的一切义务？"

亚历山大一言不答，连眼也不抬。

"那你说说，你爱你母亲吗？"

亚历山大一下来了精神。

"这算什么问题？"他说，"除了母亲我去爱谁呀？我非常爱她，我愿为她奉献生命……"

"那好，你大概也知道，你是她生活的唯一指望，你的各种欢乐和痛苦也就是她的欢乐和痛苦。她如今不是以月份以星期来计算时间，而是以有关你和来自你的信息来计算时间……你说，你多长时间没给她写信了？"

亚历山大全身一震。

"大约三个来……星期。"他含含糊糊地说。

"不对，四个月了！你这种行为该叫什么呢？你算是什么兽类呢？也许由于克雷洛夫寓言里没有这样的兽类，你叫不上来吧。"

"怎么啦？"亚历山大一下慌了，问。

"老太太难过得病了。"

"真的？上帝呀上帝！"

"不是真的，不是真的！"丽莎韦塔·亚历山德罗夫娜说，当即跑到写字台边，拿来一封信递给亚历山大，"她没有病倒，但非常想念你。"

"你太惯他了，丽莎。"彼得·伊万内奇说。

"可你严得过分了。亚历山大遇到了这么些情况，让他一时顾不过来……"

"为了一个丫头忘了娘——多体面的事呀！"

"不要再说了，求求你！"她恳切地说，一边指了指侄儿。

亚历山大念完母亲的来信，用信掩住脸。

"别阻拦叔叔，ma tante，让他狠狠地骂我吧，我该受到更严厉的斥责，我真不像话！"他说，一边显出绝望的脸色。

"好了，你放心吧，亚历山大，"彼得·伊万内奇说，"这样不像话的人多的是。醉心于蠢事，一时忘了母亲——这也很自然，对母亲的爱是一种平静的爱。她在这世界上只有你一个最亲的人，所以她自然会伤心。现在还不必斥责你；我只引用你喜爱的作家

215

的一句话：

> 别忙着去说人家长得丑，
> 还是先给自己照照镜子！①

这样对别人的缺点就会宽容了。这是一条规则，没有它无论自己或别人都没法活。这就是我要说的话。好，我要去睡觉了。"

"叔叔，您生气啦？"亚历山大说，声音充满深深的懊悔。

"你这是哪儿的话？我干吗要破坏自己的情绪？我不愿生气，我只是想扮演一下《猴子和镜子》这篇寓言中熊的角色。怎么，扮演得还不错吧？丽莎，你说呢？"

他走过她身旁时想亲一下她，可她闪开了。

"看来，我已不折不扣地执行了你的命令，"彼得·伊万内奇又说道，"你以为如何？……噢，我忘了一件事……你的心情如何？"他问。

亚历山大默不作答。

"需要钱不？"彼得·伊万内奇又问。

"不需要，叔叔……"

"从来不要钱！"彼得·伊万内奇说，出去随手带上了门。

"叔叔对我会有什么想法呢？"亚历山大沉默了一下问。

"同以前一样，"丽莎韦塔·亚历山德罗夫娜说，"您以为他气冲冲地对你说的这一切都是由衷之言？"

"怎么呢？"

---

① 见克雷洛夫寓言《猴子和镜子》。——译注

216

"唉！不是的。相信吧，他是想摆一摆架子。您瞧，他把这一切干得多么有条不紊？依次排好针对您的论证，先温和些的，然后猛烈起来；开头查问您对人们的那些恶评的缘由，然后就……处处有手法！我猜想，现在他已经忘了。"

"多有头脑呀！对人和人生知道得多么多呀，很会克制自己！"

"是呀，很有头脑，也过于会克制自己了。"丽莎韦塔·亚历山德罗夫娜若有所思地说，"不过……"

"而您，ma tante，您会瞧不起我了吧？但请相信，只是由于我经历了那些震荡，才使我分了神……上帝啊！可怜的妈妈！"

丽莎韦塔·亚历山德罗夫娜向他伸出手。

"亚历山大，我不会瞧不起您那颗心的，"她说，"是感情导致您犯些过错，所以我总是原谅它们的。"

"噢，ma tante! 您是个理想的女人！"

"很普通的女人。"

叔父的责备对亚历山大产生了十分强烈的影响。他跟婶母待在一起时，陷入了痛苦的沉思。看来，她费了那么大劲，又那么巧妙地在他心里建立起来的平静突然又丢下了他。她本以为他会发牢骚、发脾气，而她自己对彼得·伊万内奇也会使劲尖刻地讥讽一番，但这样设想是没理由的，亚历山大竟装聋作哑。他仿佛被泼了一桶冷水。

"您怎么啦？您为什么变成这样子？"婶母问。

"没什么，ma tante，心里有些难过。叔叔使我看透我自己，他讲得好极了！"

"您别听他的，他有时说的不是真话。"

"不，别安慰我了。我现在很厌恶自己。我瞧不起人，憎恨人，而现在我对自己也是这样。可以躲开人家，可怎么躲得开自己呢？一切都是没意义的，所有的富贵利禄，整个的空虚生活，还有人和我自己……"

"唉，这个彼得·伊万内奇！"丽莎韦塔·亚历山德罗夫娜深深叹了口气说，"他总是给人造成烦恼！"

"我唯一能聊以自慰的是，我没有骗过什么人，没有背叛过爱情、友谊……"

"人家不善于赏识您，"婶母说，"但请相信，会有一颗心能赏识您的，这一点我可向您保证。您还这般年轻，把这一切事都忘了吧，好好地工作。您是有才华的，去写作吧……您现在有没有写点什么？"

"没有。"

"那就写嘛。"

"我害怕，ma tante……"

"别听彼得·伊万内奇的，您可以同他谈政治、谈农业，谈什么都行，就是不要谈诗歌。关于这一门他对您永远谈不出什么道理来。公众会赏识您的——您会看到的……那您会写吗？"

"好。"

"很快就动笔吗？"

"尽我所能吧。现在只有这方面还有点希望。"

彼得·伊万内奇睡够之后，来到他们这儿，他穿着整齐，手里拿着帽子。他也劝亚历山大努力干好公务，给杂志的农业栏写些稿子。

"我会努力的，叔叔，"亚历山大答道，"但是我刚答应过婶婶……"

丽莎韦塔·亚历山德罗夫娜对他使了个眼色，要他住嘴，然而彼得·伊万内奇发觉了。

"什么，你答应了什么？"他问。

"带新乐谱来。"她回答说。

"不，瞎说；怎么回事，亚历山大？"

"写点小说或者什么……"

"你还没有抛开文学？"彼得·伊万内奇一边说，一边掸去衣服上的尘土，"丽莎，你又会把他搞糊涂的——不应该！"

"我没有理由抛弃它。"亚历山大说。

"谁强迫你了？"

"我为什么要随随便便地放弃应负的光荣使命呢？生活中只剩下一线光明、一点希望，我去毁了它吗？要是我毁了上天赐予我的东西，那就是毁了自己……"

"请你说说，上天赐予你的是什么？"

"叔叔，这个我不能对您讲。应该自己去领会嘛。除了因为梳子，您头上的头发因为什么而竖起来过呢？"

"没有！"彼得·伊万内奇说。

"您想想看。您有没有过狂暴的激情？有没有想象在沸腾？有没有一些要求体现出来的美妙的幻影？您的心有没有强烈地跳动过？"

"奇怪，奇怪！那又怎么样？"彼得·伊万内奇问。

"要是谁没有过这些感受，那么对他便无法解释，因为一个人要写作的话，那他心里就有个不安的精灵，无论白天或黑夜，无论梦里或醒着，它老在一边催促说：写吧，写吧……"

"可是你不会写作呀？"

"得了，彼得·伊万内奇，你自己不会，干吗去阻拦别人？"丽莎韦塔·亚历山德罗夫娜说。

"对不起，叔叔，如果依我说，你当不了这种事情的评判员。"

"那谁是评判员呢？她？"

彼得·伊万内奇指指妻子。

"她是开玩笑说的，你都信以为真。"他又添了一句。

"我刚来这儿的时候，您自己也劝我写些东西，试试自己的才华……"

"那又怎么样？试了试，没有什么结果；那就放弃呗。"

"难道您从来没有发现我既有切合实际的思想，也有写得成功的诗？"

"怎么没有发现！发现过，你不笨，在一个不笨的人的一大堆文章里怎么会找不到一点恰当的思想呢？不过这不是天才，而是智慧。"

"唉！"丽莎韦塔·亚历山德罗夫娜哼了一声，懊恼地在椅子上转过脸去。

"那种心跳、颤抖、甜蜜的愉悦等等，谁没体验过呢？"

"我觉得你就是第一个没体验过的人！"妻子说。

"瞧你说的！你记得吗？我常常在赞叹……"

"赞叹什么呀？我可不记得。"

"大家对这些东西都有体验，"彼得·伊万内奇朝着侄儿继续说，"谁没有被寂静、漆黑的夜，树林的喧哗、花园、大海等所触动过呢？如果说这只有艺术家才感受得到，那就没有人能理解它们了。而把所有这些感触反映在自己的作品中，这就另当别论了。做到这样是需要天才的，可你似乎没有。天才是掩盖不住的，它闪耀在每句诗，每笔画中……"

"彼得·伊万内奇！你该走了。"丽莎韦塔·亚历山德罗夫娜说。

"马上就走。"

"想炫耀吗？"他接着说，"你是有东西可炫耀的。编辑夸奖你，说你那些论农业的文章写得棒极了，很有见地——他说一切都表明作者是有学问的，而不是一个匠人。我高兴死了：'啊！我认为阿杜耶夫一家人都不是没有头脑的！'你瞧，我也是很爱面子的呀！你可以在工作中显示出优越的才能，又可以获得作家的名声……"

"多好的名声呀，论粪肥的作家。"

"各有各的行当，有的东西注定在天空中飞翔，而另一种东西注定在粪堆里翻来翻去，从那里获取宝贝。我不明白为什么瞧不起那卑微的使命？它也有自己的诗意。比如你可以求得功名，通过劳动去挣钱，娶一个富家女子为妻，像大多数人那样……我不明白，还要什么呢？职责尽到了，正直勤劳地度过一生——这就是幸福嘛！我的看法就是如此。论官衔我是五品文官，论行业我是工厂主；你就是给我换个第一诗人的称号，那我也不干！"

"听我说，彼得·伊万内奇，你的确要迟到了！"丽莎韦塔·亚历山德罗夫娜插话说，"快十点钟了。"

第八章

"真的，该走了。好，再见。天知道，为什么大家都以为自己是不平凡的人物，"彼得·伊万内奇离开时唠叨说，"而且……"

亚历山大离开叔父家回到自己的住处，坐在圈椅上沉思起来。

怎么处在自己这样年纪便去憎恨别人、瞧不起别人，对别人评头品足，认为人家渺小、浅陋、软弱，对所有的人，包括每一个熟人都横挑鼻子竖挑眼，唯独忘了剖析自己！何等盲目呀！叔父把他当作小学生给他上了一课，对他进行了条分缕析，而且还是当着一个女人的面，就是要让他反省一下自己！叔父这一晚在妻子眼里更显风光了！这倒没什么，理应如此嘛。可是这次又是叔父胜过了他。方方面面叔父对他都占有无可争辩的优势。

他心里想，要是一个铁石心肠、丧失热情的人单凭自己的一点经验，便可随随便便地打得他落花流水，那他所具有的青春活力、炽烈的头脑和感情的优越性何在呢？何时才可争个势均力敌，何时他才能处于优势？他似乎既有才华，又有丰富的精神力量……可是相比之下，叔父则是巨人。他辩论起来多么有信心，多么轻易地排除各种相反意见，达到既定的目的，他开开玩笑，打打哈欠，嘲笑感情、嘲笑友谊和爱情的真心表白，总之，上年纪的人惯于羡慕年轻人的一切东西，他都要嘲笑。

亚历山大在脑子里思索着这一切，不禁羞得脸红。他发誓要严于自律，一有机会就要驳倒叔父，向他证明，任何经验世故都代替不了天赋，不论彼得·伊万内奇在那里怎样摇唇鼓舌，可从此时此刻起，他那一整套冷酷的预言一句也兑现不了。亚历山大自己会找到自己的道路，并且毫不犹豫地以坚定稳健的步伐向前迈进。他现在已不是三年前的他了。他看透了内心深处，认清了情欲的游戏，探明了人生的奥秘，当然不是没有痛苦，但他把自己锻炼成能永远抵抗痛苦。他认清了未来，他振奋鼓舞——他不是小孩了，而是个男子汉，要勇往直前！叔父将看到他照样也在他这个富有经验的行家面前扮演一个可怜学生的角色；叔父会惊奇地发现，除了那种他所选择的并可能出于忌妒而强使侄儿遵循的升官发财之路外，还有另一种生活，另一种功勋，另一种幸福。再好好地努力一下——斗争便可结束！

亚历山大振奋起精神了。他又开始创造一个比先前更高明一些的独特世界。婶母支持他的这种意愿，不过是偷偷地，待彼得·伊万内奇睡觉或者到工厂、到英国俱乐部去的时候。

她细细询问亚历山大的工作情况。这一点令他何等高兴！他向她讲了自己的写作计划，有时以讨教形式求得她的称赞。

她常常同他争论，但更经常的是认同。

亚历山大现在迷恋写作，犹如抓住最后的希望，"除此之外，"他对婶母说，"反正已一无所有了，光秃秃的荒原，没有水、没有草木，黑暗、荒凉，这种情景下会有什么生活？不如躺进棺材！"所以他不知疲倦地工作着。

有时他想起了已经消逝的爱情，他心潮澎湃，一提起笔来，便写出感人至深的哀诗。有时一股恼恨涌上心头，从心底掀起不久前汹涌着的对人的憎恶和鄙视之情，一瞧，几首铿锵有力的诗篇诞生了。同时他还在构思和写作小说。他为这部小说花费了不少心血、情感、大量的劳动和近半年的时间。小说终于写成了，随之经过一再修改润色并誊写清楚了。婶母对之叹赏不已。

　　这部小说的故事已不是发生在美国，而是发生在一个叫唐波夫的村庄里。出场人物都是些平常的人，诽谤者、说谎者、各色各样穿燕尾服的坏蛋、穿着紧身衣戴着帽子的水性杨花的女人。一切都写得很得体、很恰当。

　　"我想，ma tante，这可以给叔叔看一下吗？"

　　"是的，当然可以，"她回答说，"不过……不经他过目直接拿去付印不是更好吗？他一向反对这种事情，他会说些气人的话……您知道，这在他看来是一种孩子气的行为。"

　　"不，还是给他看好！"亚历山大回答说，"经过您的评判和自己的思考，我不怕任何人了，同时也让他看到……"

　　小说拿给叔父看了。彼得·伊万内奇见到稿子后，稍稍皱了下眉头，又摇了摇头。

　　"这是你们两个人合写的？"他问，"写得真不少。字又写得那么小，真喜欢写作呀！"

　　"你等等再摇头，"妻子回答说，"先听听吧。给我们念念，亚历山大。不过你要仔细听，别打瞌睡，然后谈谈自己的看法。缺点随处可以找到，如果你成心要找的话。你要宽容一些。"

　　"不，为什么？只要公正就行。"亚历山大添说了一句。

　　"好吧，我就听听，"彼得·伊万内奇叹口气说，"不过我有条件：一，不要在饭后立刻就念，不然我保证不了，自己不打瞌睡。亚历山大，你不要以为这是由于你的作品的关系；饭后不论念什么让我听，我总是会想睡觉。二，如果有写得出色的地方，我会谈谈自己的看法，要是没有的话，我便默不作声，你们就随便好了。"

开始念了。彼得·伊万内奇没打过一回瞌睡，他听着，眼睛老盯着亚历山大，甚至很少眨眼，有两回赞许地点点头。

"你瞧！"妻子低声地说，"我跟你说过。"

他也朝她点点头。

连着念了两个晚上。第一晚念完之后，彼得·伊万内奇让妻子大为惊奇地讲述了故事往下发展的全部情节。

"你怎么知道的？"她问。

"有什么奇怪！主题思想已不新鲜，人家写过千百次了。本来没必要往下念了，不过还是让我们来看看他是怎么让主题发展下去的。"

第二天晚上，当亚历山大念到最后一页时，彼得·伊万内奇按一下铃。进来一个仆人。

"备好衣服，"他说，"对不起，亚历山大，我打断你的朗读，我得赶紧去，上俱乐部打牌要迟到了。"

亚历山大念完了。彼得·伊万内奇急忙地走了。

"好，再见吧！"他对妻子和亚历山大说，"我不回来了。"

"等一下！等一下！"妻子喊了起来，"对这部小说怎么你什么也没说呀？"

"依照约定，不必去说。"他边回答边想出去。

"这人真倔！"她说，"他很倔，我知道他！你别介意，亚历山大。"

"这是不怀好意！"亚历山大心里想，"他有意诋毁我，然后把我拉进他的圈子。他毕竟是个聪明的官员、工厂老板，也就如此而已，可我是诗人……"

"这样很不好，彼得·伊万内奇！"妻子几乎汪着泪水说，"你就随便说说吧。我看见你点头表示赞许，可见你也喜欢嘛。只是因为你脾气倔而不愿承认罢了。就不能承认我们都喜欢这部小说！对待这种事我们是聪明的。你就承认小说写得很好嘛。"

"我点头是因为从这部小说可看出亚历山大挺聪明，可他去写小说，就干得不聪明了。"

"不过，叔叔，这种评判……"

"听我说，反正你不相信我的话，也没什么好争论的。我们最好挑个裁判。我还要做到从此永远结束我们之间这方面的争论。我冒称是这部小说的作者，把它寄给我的一位当杂志编辑的朋友，看看他是怎么说的。你认识他，大概会相信他的评判。他这人很有经验。"

"好，我们瞧着吧。"

彼得·伊万内奇坐到桌子旁，匆忙地写了几行字，然后把信交给了亚历山大。

"我老了老了却搞起写作来了，"他写道，"有什么办法呢，想成名成家嘛，就干起这一行——我真的疯了！我已写就一部小说，附函寄上。请予审阅，倘若适用，请在贵刊发表，当然须有稿酬。您知道我不喜欢没报酬的工作。您会感到惊奇，会不敢相信，而我同意您署上我的名字，以此说明我没有撒谎。"

亚历山大满以为小说会获好评，所以在静待佳音。他甚至很高兴叔父在便函中提到了稿酬。

"真是聪明得很呀，"他想，"妈妈抱怨粮食太便宜，也许不会很快就寄钱来，这一下正好可能拿到一两千。"

然而三个来星期过去了，仍然杳无音信。终于有一天早晨，彼得·伊万内奇收到一个大包和一封信。

"啊，退回来了！"他说，同时狡猾地瞟了妻子一眼。

他不把信拆开，也不给妻子看，尽管她一再要求。当天晚上去俱乐部之前，他亲自去到侄儿那里。

门没有闩上，他走了进来。叶夫塞直挺挺地躺在前室的地板上酣睡着。灯芯都燃尽了，垂到烛台外边。他瞧了瞧另一房间，里面黑洞洞的。

"真是乡巴佬！"彼得·伊万内奇埋怨地说。

他推醒叶夫塞，对他指指房门，指指蜡烛，用手杖吓唬他。第三个房间里的桌子旁坐着亚历山大，他双手搁在桌子上，脑袋枕在手上，也睡着了。他的面前放着一张纸。彼得·伊万内奇一瞧，上面写着一首诗。

他拿起稿纸，念道：

> 美好的春天已经逝去，
> 爱的迷人瞬间也永远消失，
> 爱在胸中如死一般睡去，
> 血液里也没有了爱的火焰！
> 在它孤寂的祭坛上，
> 我早把别的神像树立，
> 我向它祈祷……可是……

227

"他自己也睡去了！祈祷吧，亲爱的，别犯懒！"彼得·伊万内奇大声地说，"写这么几句诗就让你自己累成这样！干吗还要别人来评说？自己就说明问题了。"

"啊！"亚历山大伸伸懒腰说，"您老是瞧不上我的作品！叔叔，您坦白地说，是什么促使您如此顽固地压迫一个天才，当您已不得不承认的时候……"

"是妒忌，亚历山大。你自己想想看，你获得了名声、荣誉，也许还会名垂千古，而我仍将是个愚昧无知的人，不得不满足于有益的劳动者这样的名称。要知道我也是阿杜耶夫呀！随你怎么想，心里不好受！我算什么呢？默默无闻地过完这一辈子，只是尽了自己的一点本分，还为此而感到了不起，自鸣得意。这种命运不是挺可怜的吗？当我死去，也就是当我什么都知觉不到的时候，歌手们预言性的琴弦 ① 不会来弹唱我的生平，遥远世纪的子孙后代和人世间将听不到我的名字，他们不知道世上曾生活过一个五品文官彼得·伊万内奇·阿杜耶夫，那我在棺材里将无以自慰，如果我和棺材能安然保存到后世的话。你就大不相同了，你伸开巨大的翅膀，翱翔于白云蓝天，而我勉强聊以自慰的是，在人类劳动的巨大成果里有一滴我酿造的蜜 ②，正如你所喜爱的作家说的那样。"

"别提他了，看在上帝的分儿上，他算什么喜爱的作家？只会嘲弄人。"

"嘿，嘲弄人！是不是从你在克雷洛夫寓言里看到自己的写照

---

① 参见普希金的长诗《鲁斯兰和柳德米拉》中的第二三支歌:《哦，田野、田野谁使你撒满尸骨？》——原注
② 参见克雷洛夫的寓言《鹰和蜜蜂》。——原注

之后，就不喜欢他了？A propos，知道吗，你未来的荣誉，你的不朽的名声都装在我的口袋里？可我倒希望里边装的是你的钱，这玩意儿更可靠。"

"什么荣誉？"

"对我那封信的回音。"

"唉！快点给我，看在上帝分儿上。他写的什么？"

"我没看，你自己念吧，大声一点。"

"您倒沉得住气？"

"同我有什么相干？"

"怎么没相干！我是您的亲侄子呀，您怎么没兴趣探个究竟？冷漠透啦！这是自私，叔叔！"

"也许是吧，我不想否认。不过我知道里边写的是什么。拿去，念吧！"

亚历山大大声地念了起来，彼得·伊万内奇用手杖不时地敲敲靴子。信里这样写道：

"'玩的什么把戏呀，我最敬爱的彼得·伊万内奇？您写起小说！谁会相信？您想欺骗我这个老经验！假如真的如此（但愿不是这样！），假如您让自己的笔一时脱开那些真正值钱的字句（每一行岂止值十个卢布！），不去算那些一大笔一大笔的账，而是去制造这部摆在我眼前的小说，那么恕我直言，贵工厂出产的易碎的瓷器制品也比这件作品坚实得多……'"

亚历山大的声音一下降了下去。

"'但我不想对您作这样不愉快地猜疑'。"他羞怯地轻声往下念。

"我听不见，亚历山大，大声些念！"彼得·伊万内奇说。

亚历山大继续轻声念道：

"'您很关心这部小说作者，大概您很想知道我的意见。我的意见是这样的，作者一定是个年轻人，他不笨，但不知为什么有些愤世嫉俗。他写作时带有多么愤世嫉俗的情绪！他一定很悲观失望。天哪！这种人何时才会消失呢？遗憾的是，由于人生观不对头，我们有许多很有天赋的人毁在空虚无益的幻想里，毁在对他们不配享有的东西的徒然渴望中。'"

亚历山大停住了，换了口气。彼得·伊万内奇抽起雪茄，吐出一个烟圈。他的脸色如平常一样，显得极为平静。亚历山大以轻得几乎听不见的声音继续念道：

"'自尊心、幻想、爱情意向的过早发展、智力的停滞，以及必然的后果——懒散——凡此种种皆是这种不幸的原因。科学、劳动、实际工作——这些才能使我们游手好闲的病态的年轻人清醒过来。'"

"这件事本来三言两语便可说清的，"彼得·伊万内奇瞧了瞧钟，说，"可他在给朋友的信里竟写了一大篇学位论文！一个学究，不是吗？再往下念吗，亚历山大？算啦，挺没意思的。我倒要跟你说几句话……"

"不，叔叔，我要喝干这杯苦酒，让我念完吧。"

"好，那就念吧。"

"'这种可悲的精神倾向'，"亚历山大念道，"'在您寄来的这部小说的字字句句里都有所表现。请告诉您的 protégé① 一个作家首先要实事求是地写作，不要受个人的喜好和偏爱所左右。他应

---

① 法语：被保护人。——原注

该以平静而明澈的目光去观察生活和人，不然的话表现出来的只是同别人一无关系的自我。这部小说中严重存在着这一缺点。第二，也是主要的条件——出于对作者的年纪太轻以及他的极度自尊心的怜惜，这一点就不对作者说了吧——就是要有天赋，可他身上没有这个踪影。不过，语言倒是规范的，纯洁的；作者甚至还具有自己的笔法……'"亚历山大好不容易把信念完了。

"早就该这样下评语了嘛！"彼得·伊万内奇说，"否则谁知道他啰唆的是什么？其他的事，没有他我和你也评判得了。"

亚历山大失望极了。他如同一个被意外一击而吓昏的人一样默不作声，以模糊不清的目光直盯着墙壁。彼得·伊万内奇从侄儿手上拿过信。念了附在下面的"又及"一段："如果您一定要把这篇小说发表在我们的杂志上，那我可以在读者较少的夏季里给予发表，不过就不能考虑稿酬了。"

"喂，亚历山大，你觉得怎么样？"彼得·伊万内奇问。

"比原先料想的要平静些，"亚历山大勉强说，"我觉得就像个什么都被人欺骗的人。"

"不，像个欺骗了自己又想欺骗别人的人……"

亚历山大没有听清这句反驳的话。

"难道这也是幻想……这也行不通……"他低声叨叨着，"令人痛心的失败！有什么呀，对受人欺骗的事不是习以为常了吗？可我不明白，为什么要赐给我这些不可遏制的创作冲动呢……"

"这就是问题所在！赐给了你冲动，却显然忘了给你创作力。"彼得·伊万内奇说，"我就这样说过的！"

亚历山大报以一声叹息，并陷于沉思。后来他猛地跑去打开所有的抽屉，取出几个笔记本、几页纸张以及一些小纸片，狠狠心都扔进了壁炉里付之一炬。

"这一份也别忘了！"彼得·伊万内奇一边说，一边把那张放在桌子上的写了几行诗的稿纸也挪给他。

"这一张也扔进去！"亚历山大绝望地说，把这张诗稿也扔进了壁炉。

"还有什么没有？好好地找一找，"彼得·伊万内奇环视着四周，一边问道，"这一次做了件聪明事。去看一下，柜子上面那一捆是什么？"

"也扔到炉子里去吧！"亚历山大拿来那捆东西说，"这是一些关于农业的论文。"

"那别烧，别烧！交给我好了！"彼得·伊万内奇一边伸过手来拿，一边说，"这些东西有用。"

但是亚历山大没有听。

"不！"他愤愤然说，"既然我在文学方面的崇高创作完蛋了，那我也不想费劲去干别的什么，在这一点上命运拗不过我！"

于是这一捆文稿也飞进了壁炉。

"不该这样呀！"彼得·伊万内奇说道，同时以手杖去翻翻桌底下的纸篓，看看还有没有什么该付之一炬的。

"我们怎么处理那部小说呢，亚历山大？它还搁在我那儿呢。"

"您不是要糊墙壁吗？"

"不，现在不用啦。要不要派人去取？叶夫塞！又睡着了，当心，有人会从你鼻子底下偷走我的大衣的！快点跑到我家去，向瓦西里要那个放在书房写字台上的厚本子，把它拿到这儿来。"

亚历山大坐在那里，支着一只手，瞧着壁炉。那本子拿来了。亚历山大瞧了瞧半年劳动的成果，沉思起来。彼得·伊万内奇觉

232

察到了这一点。

"好了，把事情了结啦，亚历山大，"他说，"然后咱们谈谈别的。"

"把这东西也扔到那儿去！"亚历山大喊了一声，把本子也扔进了炉子。

叔侄两人瞧着本子被烧着了，彼得·伊万内奇显得洋洋得意，而亚历山大则伤心得几乎掉泪。看，最上面的一页开始颤动，并竖了起来，好像有一只无形的手在翻它；纸边在卷起来了，变黑了，随之扭曲，突然猛燃一下；接着第二页、第三页也猛燃起来，突然又有几页竖了起来，一起烧着了，可是它们下面的一页还是白的，过了两秒钟纸边也开始发黑了。

然而亚历山大仍看得清上面的字：第三章。他想起这一章的内容，他感到可惜。他从圈椅上站了起来，抓起一把火钳去抢救自己作品的未烧掉部分。"也许还……"有一种希望对他悄悄地说。

"等一下，还是我来用手杖好，"彼得·伊万内奇说，"不然你会被火钳烫坏的。"

他把那本子往壁炉深处的炭火上拨了拨。亚历山大在犹豫中停住了。这本子是挺厚的，没有一下子屈从于火势。从它的下面先是冒起一股浓烟，火苗偶尔蹿上来，舐着本子的边缘，留下黑黑的斑痕，又避了开去。还可以抢救得出来。亚历山大已经伸出手，可就在这一刹那火焰照亮了圈椅、桌子和彼得·伊万内奇的脸；整个本子暴燃起来，一会儿就灭下去，留下一堆黑灰，上面有些地方还闪着火苗。亚历山大扔下了火钳。

"全完了！"他说。

"完了！"彼得·伊万内奇重复了一下。

"唉！"亚历山大低声地说，"我解放了！"

"我是又一次帮你清理房间了。"彼得·伊万内奇说，"希望这一次……"

"一去不复返了，叔叔。"

"但愿如此！"叔父把双手搭在他肩上，说，"喂，亚历山大，我劝你别延迟，立即写信给伊万·伊万内奇，让你给农业栏撰写些东西。在干了种种蠢事之后，你要抓紧时间，现在要写出非常有见地的东西，他老是问：'您侄儿在忙些什么……'"

亚历山大忧伤地摇摇头。

"我不能。"他说，"不，我不能，全完了。"

"那如今你要干什么？"

"什么？"他也这样问一声，并沉思起来，"如今暂时什么也不干。"

"只有在乡下的人才可以什么都不干，可是在这儿……你干吗到这里来呢？莫名其妙……好了，暂时就不谈这个了。我对你有一事相求。"

亚历山大慢慢抬起头来，表示疑问地瞟了一下叔叔。

"你不是也认识我那位合伙人苏尔科夫吗？"彼得·伊万内奇把圈椅挪近亚历山大时说。

亚历山大点点头。

"是呀，你有时在我家同他一起吃饭，不过你有没有看清他是哪一号人？他人很和善，但空得很。他最主要的弱点是好色。可叹的是，如你所看到的，他长相不赖，面色红润，稍有些胖，个子高高的，头发总是烫得卷卷的，香水喷得浓浓的，衣着时髦，他以为这样就能让个个女人为他发疯——真是个好色鬼！见他的鬼吧，我可没看出他有这方面的魅力。糟糕的是，刚一有风流事，他就会挥霍一气。他忙着送这送那，奉承巴结；自己还大摆阔气，换上新的马车、马匹……简直闹得倾家荡产！还追逐过我的太太。我有时候没有想起派人去买戏票，苏尔科夫定会把票送来。凡是要更换马匹呀，购买稀罕物品呀，推开人群给你腾道呀，去看别墅呀，无论派他去干什么——他都能干得非常出色。他确实是个很有用的人，这样的人你有钱也雇不到。真可惜！我故意不干涉他，可我太太觉得他很讨厌，我只得赶走他。当他开始这样挥霍，那些股息已不够他花了，他便向我要钱，不给他的话，他就要退股。他说，'您的工厂对我有什么好处？我手头老没闲钱可花！'要是娶个什么女人倒也好些……可是不，他总是在交际场里寻花问柳。他说，'我需要高雅的恋情，没有爱情我没法活！'不是头驴吗？快四十的人啦，还说没有爱情没法活！"

亚历山大回想起自己的事，郁郁地一笑。

"他净是瞎说一气。"彼得·伊万内奇接着说，"我后来才弄明白他在忙些什么。他只是在猛吹牛，好让人家去议论他，传说他跟某个女人有私情，看见他坐在某个女人的包厢里，或很晚很晚还跟女人双双地坐在别墅的露台上，或者乘车、骑马在僻静地方兜风。结果这些所谓的高雅的恋情(真见鬼!)比那些不高雅的偷情花费可大得多。这傻瓜就这么折腾苦了!"

"你说这一切到底是为什么呢，叔叔？"亚历山大问，"我不知道我在这方面能做什么。"

"你就会知道的。年轻的寡妇尤丽娅·帕夫洛夫娜·塔法耶娃不久前从国外回来。她长得不错。我和苏尔科夫同她的丈夫是朋友。塔法耶夫死在了异国他乡。喂，猜到了吗？"

"猜到了，苏尔科夫爱上了那个寡妇。"

"是呀，全发昏了！还有呢？"

"还有……我不清楚……"

"瞧你！那就听着。苏尔科夫跟我说过两回，说他不久需要一笔钱用。我立即猜到是什么意思，只是我猜不准风打哪边吹来。我常盘问他要钱干什么用？他犹犹豫豫，终于说出他要装修铸造街上的一幢房子。我思谋铸造街那儿是怎么回事——我想起来了，塔法耶娃就住在他选中的那栋房子的正对面。连订金他都付了，灾难就要来临了，要是……你不帮一把的话。现在你明白了吗？"

亚历山大稍稍抬起头，朝墙壁、天花板扫了一眼，然后眨了两下眼睛，便瞧着叔父，但没有作声。

彼得·伊万内奇笑容可掬地望着他。他极其喜欢看到别人那副绞尽脑汁而猜不中的样子，还要让人感觉到这一点。

"你这是怎么啦，亚历山大？你还写小说呢！"他说。

"啊，我猜到了，叔叔！"

"那就谢天谢地！"

"苏尔科夫要借钱；您手头没钱，您想让我……"他没有说完。

彼得·伊万内奇笑了起来。亚历山大没把话说完，并困惑地望着叔父。

"不对，不是那回事！"彼得·伊万内奇说，"难道我什么时候缺过钱？试试看，随便什么时候向我借钱都行，你就会明白的！是这么回事，塔法耶娃让他向我提起我同她丈夫曾有交情，我去拜访她了，她请我常去看望她；我答应了，并说将带你去，现在你大概明白了吧？"

"带我去？"亚历山大睁大眼睛瞪着叔父，重复了一声，"是的，当然……现在明白了……"他急忙补充说，但说到末了一个字又讷讷起来。

"你明白了什么？"彼得·伊万内奇说。

"我什么也不明白，叔叔，哪怕打死我，我也这样说！对不起……也许她住的房子很舒适……您要让我去散散心……因为我挺闷的……"

"妙极了！就为这个我要带着你走东家串西家！除此之外。只差我在夜里给你嘴上盖手绢挡苍蝇了！不，根本不是这样。让你做的事是，让塔法耶娃爱上你。"

亚历山大一下扬起眉毛，瞪了叔父一眼。

"您在开玩笑，叔叔？这太荒谬了！"他说。

"真正荒谬的事你干得挺认真，普通平常的事你反觉得荒谬。那有什么荒谬呢？你想想看，爱情本身多么荒谬，玩弄感情、满足虚荣心……跟你能讲什么呢，你仍然相信爱情是必然要经历的大事，相信心灵的共鸣！"

"对不起，现在我什么也不相信了，但难道可以随便爱和被爱吗？"

"可以的，但不是对你说的。别怕，我不会让你去干这样不好对付的事。你只要做好一件事就得。去向塔法耶娃献殷勤，要注意，不要让苏尔科夫跟她单独在一起……简单地说，要气得他发疯。要同他捣乱，他说一句话，你就说两句，他一发表意见，你就批驳。不断地搞得他莫名其妙，处处让他站不住脚……"

"为什么？"

"你还是不明白！亲爱的，是这样，起初他会嫉妒、气恼得发

237

疯，然后会冷下来。他很快会一步一步地这样变化的。他的自尊心特别强。到时候那房子他就不要了，他的股份也会保全，工厂的业务便可正常运转……明白吗？我这是第五回跟他玩这种把戏了，从前我较年轻，又是单身汉，我可以亲自出马，现在我得派一个朋友去。"

"可是我跟她不认识。"亚历山大说。

"所以我要在星期三带你到她那儿去。每逢星期三就有一些老朋友在她家里聚会。"

"如果她对苏尔科夫有些情意，那么您知道吗，我去乱献殷勤就不止惹怒他一个人。"

"得了吧！一个正派女人看透了一个傻瓜之后，就不会再跟他周旋，特别是当着知情人的面，自尊心不许她这样。何况身旁另有一位更聪明更漂亮的男人，她会觉得惭愧，会更快地抛开他。所以我才选中了你。"

亚历山大鞠了一躬。

"苏尔科夫并不可怕，"叔父接着说，"不过塔法耶娃的客人不多，所以在她那小圈子里他便享有聪明交际家的名声。外表对女人是挺起作用的。他很会巴结逢迎，大家也让着他。她也许跟他卖弄些风情，他就有些……聪明的娘儿们喜欢男人为她们做蠢事，尤其是那些挺花代价的蠢事。不过她们所钟情的往往不是那些干蠢事的男人，而是另有人选……许多人不懂这一点，苏尔科夫就是如此，所以你去让他开开窍。"

"不过苏尔科夫大概不只是星期三在那儿，星期三我去跟他捣乱，而其他日子怎么办？"

"什么都得教你！你去奉承她，装出点爱慕的样子，那么下一回她就不是邀你星期三去，可能邀你星期四或星期五去，你就倍加殷勤，然后我稍稍让她有点思想准备，并暗示她你似乎真的有些那个……她呀……据我发现……是非常敏感的……也许有些神经衰弱……我想她也不会拒绝对她的好感……不会拒绝真情流露……"

"这怎么可以？"亚历山大若有所思地说，"假如我又堕入情网，那怎么办？否则也装不好……也不会办成功的。"

"相反，就是要这样才行。假如你堕入情网，那你就不可能装模作样了，她马上会发现的，就会把你们俩当傻瓜玩了。而现在……你只给我把苏尔科夫一人气疯就行，我对他了如指掌。他一看到自己不能得逞，就不会去白花钱的，我所要的就是这个……听我说，亚历山大，这对我来说非常重要，如果你能做到这一点，你记得厂里那两只你喜欢的花瓶吗？它们就归你，只是台座得你自己买。"

"得了吧，叔叔，难道您以为我……"

"干吗你要去白忙一气，浪费时间？这样多好！没关系的！那花瓶好漂亮呀。在当今这年头，没有一点报酬，什么事谁也不去干的。要是我替你干了什么事，你若送我礼物，我就收。"

"奇怪的委托！"亚历山大犹豫不决地说。

"希望你不要拒绝替我办这件事。我也尽我所能为你办事，如果你需要钱，就来找我吧……说定了，星期三！这件事需要个把月时间，多则两个月。到时候我会对你打招呼的，待到不需要了，就撒手。"

"好吧，叔叔，我去干。不过奇怪的是……我不敢保证定会成功……倘若我自己又堕入情网，那就……要不然……"

"你不堕入情网，那就太好了，否则整个事情就会搞糟的。我对成功很有把握，再见！"

他走了，亚历山大还在壁炉前坐了好一会儿，恋恋不舍地望着那堆纸灰。

彼得·伊万内奇回家之后，妻子问道："亚历山大怎么样，他的小说呢，他还要写作吗？"

"不，我把他的毛病彻底治好了。"

阿杜耶夫把那封与小说一起收到的信的内容对她说了一下，并且把他们烧毁全部文稿的情况也说了说。

"你没有恻隐之心呀，彼得·伊万内奇！"丽莎韦塔·亚历山德罗夫娜说，"你不管干什么，总是不会把事情干得妥妥当当的。"

"你干得好，就是硬让他去糟蹋纸张！难道他有天赋吗？"

"没有。"

彼得·伊万内奇惊奇地瞧了瞧她。

"那么你为什么要这样？"

"你还是不明白，猜不到吗？"

他默不作声，不禁回想起自己跟亚历山大一起演的那场戏。

"有什么不明白的？这很清楚嘛！"他说，一边睁大眼睛望着她。

"是为什么，你说说？"

"为什么……为什么……你想给他一个教训……只不过用另一种方式，比较温和，有自己的手法……"

"弄不明白，还算是聪明人呢！为什么这一阵子他显得很开心，身体也好，觉得很幸福？就是因为他心中有了希望。我就是支持了这种希望。咦，现在清楚了吧？"

"如此说来你一直同他耍花招？"

"我想这没什么不可以的嘛。而你干了什么呢？你一点也不怜悯他，夺去了他最后的希望。"

"得了吧！什么最后的希望，前头蠢事还多着呢。"

"他目前在干些什么？又在垂头丧气？"

"不，不会的——不至于那样。我给了他工作。"

"什么？又是翻译什么关于土豆的文章？难道这能吸引一个年轻人，尤其是一个热情奔放的年轻人吗？你只要他头脑不闲着就可以。"

"不，亲爱的，不是有关土豆的事，而是工厂里的事儿。"

第九章

　　星期三到了。尤丽娅·帕夫洛夫娜的客厅里云集着十二至十五位宾客。四位年轻的太太。女主人在国外结识的两位大胡子的外国朋友，还有一位军官，围成了一个小圈圈。

　　没有与他们待在一起而单独坐在一把圆椅上的是一个老头，看样子是退伍军人，鼻子下边有两绺灰白胡子，扣襻上有好多条勋章带。他在跟一个上了年纪的人在谈论当前的承包问题。

　　另一房间里有一位老太太和两位男士在玩牌。钢琴前坐着一位非常年轻的姑娘，另外一位姑娘正在跟一个大学生闲聊。

　　阿杜耶夫叔侄俩光临了。很少有人能像彼得·伊万内奇那样自然而威严地步入客厅。亚历山大有点犹豫不决地跟在他后面。

　　他们两人之间的差异很大。一个高出整整一头，体格匀称，人稍显富态，身体壮健，眼神和举止颇显自信。然而无论从一个眼光、动作或一句言谈里都猜不出彼得·伊万内奇的想法或性情——因为这一切都被他那高雅的风度和自我控制的技巧所掩盖了。看来，他采取的姿势、投出的目光都是经过一番考虑的。苍白而缺乏热情的脸色表明，此人情感的细微波动是受到理智专横支配的，他的心是否强烈跳动也是由头脑来决定的。

恰恰相反，亚历山大那多变的脸部表情、懒散的举止、迟缓和不稳的动作，以及那立即显露他内心的不安和头脑里的思想波动的暗淡无光的眼神，这一切都表明他是个性格柔弱的人。他中等个子，人显得消瘦而苍白——不像彼得·伊万内奇那样一切来自天生，而是由于不断的内心不安所造成的。头发和鬓毛也不像叔父那样浓密地长在头上和两颊上，而是在两鬓和后脑勺上披着又长又细、但异常柔软光滑、泛着光泽的浅色柔毛。

叔父把侄儿介绍给在座的人。

"我的朋友苏尔科夫没来？"彼得·伊万内奇问，惊奇地环顾四周，"他把您忘了。"

"哦，不！我非常感谢他，"女主人回答说，"他常来看我。您知道，除了先夫的朋友，我几乎不接待什么人。"

"他在哪儿呢？"

"他马上就来。您想想，别人都说没有办法搞到明天的戏票，而他却答应我和堂妹一定要为我们弄到一个包厢……现在他正办这件事去了。"

"他定会弄到，我敢为他担保，他干这种事可神通广大。无论朋友、面子都不顶用的时候，他总是有办法给我搞到戏票。他从哪儿弄到，花了多少钱——这是他的秘密。"

苏尔科夫来了。他的打扮很新颖，从他衣服的每一道皱褶、每一个小饰物上都可明显看出他想成为社交名流的愿望，他很想超过所有的时髦人士，超越最时兴的样式。比如，如果当前流行敞襟的燕尾服，那他的燕尾服就会像鸟儿展翅一样敞开双襟；如果流行穿翻领衣服，那他就会给自己定做这种翻领，他穿上这套燕尾服，活像一个被人从背后抓住而又挣脱逃跑的小偷。他亲自吩咐裁缝如何缝制。这一回他来塔法耶娃家时，他那围巾是用别针别在衬衫上的，那别针大得过分了，犹如一根棍子。

"怎么样，搞到了吗？"大家都这样问道。

苏尔科夫刚要回答，然而一看到阿杜耶夫及其侄儿，顿时便停下不说，惊讶地瞧着他们。

"他有些料到了！"彼得·伊万内奇悄声地对侄儿说，"哎！他带着手杖，这是什么意思？"

"这是怎么回事？"他指指手杖问苏尔科夫。

"前两天从马车上下来……跌了一跤，腿有点儿瘸了。"苏尔科夫边咳嗽边说。

"瞎说！"彼得·伊万内奇低声地对亚历山大说，"你看一下那手杖上端的镶头，瞧见那个金狮子头吗？前天他还向我吹牛，说是花六百卢布从巴尔比买来的，现在拿来显摆了；你瞧，这就是他惯用的伎俩。你跟他斗，把他从这个阵地打跑。"

彼得·伊万内奇指指窗口对面的房子。

"记住，花瓶就归你，振作起来。"他又添了一句。

"明天的戏票您有了吗？"苏尔科夫神气活现地走到塔法耶娃跟前问道。

"没有。"

"请允许我给您献上！"他接着说，引用了《智慧的痛苦》中扎戈列茨基的答话。

那军官笑了，胡子微微地颤动。彼得·伊万内奇瞟了侄儿一眼，尤丽娅·帕夫洛夫娜脸都红了。她邀请彼得·伊万内奇上她的包厢去。

"非常感谢，"他回答说，"可我明天要陪我太太一同看戏；请允许我推荐这位年轻人代表我……"

他指了指亚历山大。

"我也要邀请他；我们只有三个人，我和我堂妹，还有……"

"他在您身边代表我，"彼得·伊万内奇说，"必要的时候还可以代替那个浪荡子。"

他指了指苏尔科夫，悄悄地对她说了些什么。这时候她两次偷偷地瞧了瞧亚历山大，并微微一笑。

"谢谢了，"苏尔科夫回答说，"若是在早先还没有票的时候就提出换人的建议那就好啦，我就可看看人家是怎样取代我的。"

"啊！我非常感谢您的热心，"女主人机灵地对苏尔科夫说，"我没有邀请您上我的包厢，是因为您已有池座的票了。您大概更愿意坐在舞台的正前面……尤其是看芭蕾……"

"不，不，您在耍手段，您不要这样打算，您身旁的位置决不可换给别人的！"

"可我已经答应别人了……"

"怎么？答应谁了？"

"列涅先生。"

她指了指一位长着大胡子的外国人。

"Qui,madame m'a fait cet honneur……"[①] 那个外国人赶紧低声地说。

苏尔科夫张大嘴巴瞧了瞧他，然后又瞧了瞧塔法耶娃。

"我跟他对换一下，我把池座让给他。"他说。

---

① 法语：是的，夫人给了我这份荣誉。——原注

"那您试试吧。"

那大胡子坚决不同意。

"太谢谢您了！"苏尔科夫对彼得·伊万内奇说，又朝亚历山大瞟了一眼，"我谢谢您这番好意。"

"不用谢。你要不要上我的包厢来？只有我同我太太两个人，你也好久没与她见面了，你可以献献殷勤嘛。"

苏尔科夫气恼地转过身去。彼得·伊万内奇悄悄地离开了。尤丽娅让亚历山大坐在自己身旁，与他聊了整整一小时。苏尔科夫好几次插进嘴来，可总插得不大合适。他谈起芭蕾，人家回答时该说"不"的却说"是"，该说"是"的却说"不"，显然，他们没有听他说话。后来他突然把话题跳到牡蛎上了，他说自己早上吃了一百八十个，可人家却不屑一顾。他又说了几句客套话，也不见有什么效果，他便抓起帽子，在尤丽娅旁边转来转去，让她明白，他很不满意，打算走人。可她也不予理睬。

"我要走了！"他终于富有表情地说，"再见！"

从这些话里可听出他的难以掩饰的懊恼。

"真的要走了！"她平静地回答说，"明天您让我在我包厢里见您一下，哪怕一分钟也行。"

"多么滑头！一分钟，您也知道我不愿拿您身旁的位置去换天堂里的位置。"

"要是指剧院里的位置，我信！"

他已经不想走了。由于尤丽娅在他临走时说了亲切的话，他的气已经消了。可大家明白，他已告辞过，所以不得不走，他离去时还几次回头张望，如一头本来想跟着主人却被赶了回去的狗。

尤丽娅·帕夫洛夫娜大约二十三四岁。彼得·伊万内奇猜对了，她的确神经很脆弱，但这并不妨碍她是个聪明、漂亮、优雅的女人。不过她很胆怯、好幻想，多愁善感，像大部分神经质的女人那样。她的面容温顺而细腻，目光柔和，总是心事重重的样子，还常常显得郁郁然——没什么原因，倘若要说，是由于神经的缘故吧。

她对世界和人生不十分乐观，她常在思索自己生存的意义问题，觉得自己活着是多余的。然而，倘若有人在她面前偶尔谈到坟墓、死亡，她的脸色就会发白。生活的光明面从她的视线里消失了。在花园或小树林里散步时她总是选择幽暗浓密的林阴道，对悦目的景色则漠然视之。她上剧院总是去看悲剧，很少去看喜剧，对轻松的闹剧则从不观赏。偶尔听到快乐的歌声，她便捂起耳朵。听到笑话也从来不笑。

有时候她脸上显出一副倦容，那可不是痛苦的、病态的，而仿佛是愉快的倦容。显然，她内心正在同某种迷人的幻想做斗争，因此她疲倦极了。经过这番斗争之后，她沉默了好一阵子，显得闷闷不乐，后来突然间不知怎的变得高兴异常，然而这并没有背离她的性格，使她高兴的事不一定会使旁人高兴。全是神经质的缘故！听听那些太太们说的话吧，她们什么不说呢！命运、好感、没来由的爱慕、神秘莫解的忧伤、模糊的愿望——这些词从她们嘴里一个一个地吐了出来，而最后仍然是以叹息、说声"神经质"、喝一小瓶酒作为结束。

"您真会猜透我的心意！"塔法耶娃告别时对亚历山大说，"不论哪个男人，甚至连我丈夫，都了解不透我的性格。"

问题在于亚历山大本人几乎也是这个样。所以他感到挺自在的。

"再见。"

她向他伸过一只手。

"我希望您往后没有叔叔带着也会上我这里来吧?"她添了一句。

冬天来了。亚历山大通常每个星期五来叔叔家吃顿饭。可是已经过去四个星期五了,他都没有露面,其他日子他也没有来。丽莎韦塔·亚历山德罗夫娜生气了;彼得·伊万内奇也埋怨说,他害得他们吃饭常常白等半小时。

不过亚历山大也不是无所事事,他是在执行叔父交给他的任务。苏尔科夫早已不去塔法耶娃家了,他到处宣称他们之间的一切都已结束,他已经跟她断绝关系了。有一天晚上(是在星期四)亚历山大回到住所。发现桌子上放着两个花瓶,还有一张叔父写的字条。彼得·伊万内奇对他的热心帮助表示感谢,并请他第二天按惯例前去共进午餐。亚历山大有点犹豫,似乎觉得这个邀请会打乱他的计划。然而第二天,他在饭前一小时就到彼得·伊万内奇那里去了。

"你怎么回事?压根儿见不到你的人影了?把我们忘了?"叔父和婶母连声责问他。

"好呀!你帮了大忙了,"彼得·伊万内奇接着说道,"超过我的预料!可你却谦虚地说:'我不行,我不会!'——不会!我早想跟你碰个头,可怎么也抓不着你。喂,非常感谢!花瓶收到了?没有损坏吧?"

"收到了。可我要退还给您。"

"为什么?不,不,花瓶照理应该归你。"

"不!"亚历山大坚决地说,"我不收这礼物。"

"好吧，随你便！那对花瓶我太太喜欢，让她拿吧。"

"我不知道，亚历山大，"丽莎韦塔·亚历山德罗夫娜逗趣地笑笑说，"您对这种事这么在行……没跟我提过一句……"

"这是叔叔的主意，"亚历山大有些害臊地回答说，"我在这方面什么也不懂，是他教我的……"

"是的，是的，你瞧他说的，他自己不会。可事情干得挺漂亮……非常非常感谢！我的那个傻蛋苏尔科夫险些儿气疯了。真让我笑得要命。大约两星期前，他神情沮丧地跑来找我，我立刻明白他来的目的，不过我不露声色，照常在那里写字，装作什么也不知道。我说：'噢，是你呀，有什么好消息吗？'他微微一笑，想装出泰然的样子……实际上眼睛里几乎泪汪汪的。他说：'没什么好消息，我来是要告诉您坏消息。'我装作惊讶地瞧了瞧他。我问：'怎么回事？'他说：'都是您那个侄儿搞的鬼！'我问：'究竟怎么啦？你吓死我了，快说呀！'此时他的坦然神态一下消失了，他开始吵吵嚷嚷，大发脾气。我把圈椅挪得离他远一点，因为他说得唾沫横飞。他说：'你一边抱怨他不努力做事，可是您又教他去干无聊的事。''我？''是的，是您。是谁介绍他跟尤丽娅认识的？我要告诉您，他从认识这女人的第二天起就开始叫她的小名。'我说：'那有什么不好？'他说：'很不好，他现在一天到晚都在她那儿泡……'"

亚历山大顿时脸红了。

"你瞧，他恼恨得胡说八道，我这样想，"彼得·伊万内奇不时地瞧瞧侄儿，继续说，"亚历山大会一天到晚泡在那儿！我可没有要求他这样，是不是？"

彼得·伊万内奇用冷静的目光盯看着侄儿，这种目光让亚历山大觉得简直像火一样烫人。

"是的……我有时候……到那儿看看……"亚历山大嘟哝说。

"有时候——这就不同了，"叔父接着说，"我是这样要求的，但不是要求每天去。我知道他在瞎说。天天在她那里干什么呢？你会觉得无聊的！"

"不！她是一位非常聪慧的女性……有很好的教养……喜爱音乐……"亚历山大含含糊糊、若断若续地说，一边揉了揉眼睛，虽然它没有发痒，又抚摩一下左鬓角，然后掏出手绢，擦擦嘴唇。

丽莎韦塔·亚历山德罗夫娜偷偷地凝望一下他，转身朝着窗口，微笑起来。

"啊！如果你不觉得无聊，那就更好了，"彼得·伊万内奇说，"我老担心自己给你造成麻烦。所以我对苏尔科夫说：'亲爱的，谢谢你对我侄儿的关心，太感谢了……不过你有没有言过其实呢？事情并不那么糟嘛……''怎么不糟！'他嚷了起来，说：'年轻人应当努力工作，可是他却无所事事……'我说，'这也算不上糟糕，而且跟你有什么相干？'他说，'怎么跟我没相干？他老施诡计跟我作对……'我开始逗他：'原来糟在这儿！'他说：'他跟尤丽娅鬼知道说了我什么坏话……她现在对我的态度完全变了。我要教训一下这个黄口小儿 (对不起，我用他所用的词)。他哪里是在跟我竞争？他只是在诽谤造谣嘛；我希望您开导开导他……'我说：'我去剋他，一定剋他，不过，得了，这是真的吗？他什么地方得罪了你呢？'你给她送花了，是不是……"彼得·伊万内奇又停顿一下，仿佛等待回答。亚历山大默不作声。彼得·伊万内奇接着说道："他说：'怎么不是真的？为什么他天天都给她送花？现在是冬天……这得花多少钱？我知道这些花表示什么。'我心中

250

私下想，毕竟是自己人嘛。不，我知道亲属关系不是空洞的呀，你对别的人会这么尽力吗？'不过真的是每天都去？'我说，'等着吧，我会问他的，你也许在瞎说。'他准是撒谎！是吧？你不可能……"

亚历山大真想钻到地缝里去。而彼得·伊万内奇毫不留情地直盯着他的眼睛，等着回答。

"有时候……我确实……拿着花去……"亚历山大垂着眼睛说。

"噢，也只是有时候。不是每天送，那样实在太费钱了。不过你得告诉我，你总共花了多少钱。我不要让你为我破费；你为我忙来忙去已经够意思啦。你给我一份账单。哼，苏尔科夫在那里气急了好一阵子了。他说：'他们总是在那些人少的地方双双对对地散步或坐马车兜风'。"

亚历山大听到这些话心里有些讨厌，他从椅子底下伸直双腿，突然又收缩回来。

"我怀疑地摇摇头，"叔父继续说，"我说：'他会天天去散步！'他说：'那您去问问人嘛……'我说：'我还是问问他本人，'……难道他不是胡扯吗？"

"我有几回……确实……同她一起散步来着……"

"那不是每天嘛；我没有要求你天天去；我知道他在瞎说。我就对他说：'这有什么大不了的？她现在守寡，身边没有亲近的男人。亚历山大温文尔雅，不像你一身浪荡子气。所以她看中了他，她总不能老单身一人吧。'他一点也不想听。他说：'不，您骗不了我！我都知道。在剧院里他跟她老待在一起。我呢搞到个包厢，天知道我为这个费了多大力气，而他却不客气地屁股一坐。'我这时候忍不住了，哈哈大笑起来。我心里想：'活该，你这傻蛋！'亚历山大真行！这才像我的侄儿！不过你这样为我奔忙，我真不好意思。"

亚历山大犹如在受拷问。一颗颗大汗珠从额头滴了下来。他勉强听见叔父在说些什么，他不敢瞧叔父和婶母一眼。

丽莎韦塔·亚历山德罗夫娜很怜悯他。她朝丈夫摇摇头，责备他不该这样折磨侄儿。可是彼得·伊万内奇没有打住。

"苏尔科夫由于嫉妒，想让我相信，似乎你已经热烈地爱上塔法耶娃。"他继续说道，"我对他说：'不，对不起，这不是真的。他经历了一些事情之后，已不再谈情说爱了。他对女人可看透了，他很瞧不起她们……' 不对吗？"

亚历山大连眼睛也不抬地点了点头。

丽莎韦塔·亚历山德罗夫娜很替他难过。

"彼得·伊万内奇！"她说，想把话头转开。

"什么事啊？"

"刚才卢基扬诺夫家的仆人捎来一封信。"

"我知道，好。我说到哪儿了？"

"彼得·伊万内奇，你又把烟灰掸到我的花里去了。瞧，这是怎么回事？"

"没什么，亲爱的，据说烟灰有助于植物生长……我是想说……"

"彼得·伊万内奇，该吃饭了吧？"

"好，吩咐开饭！你正好提起吃饭的事。亚历山大，苏尔科夫说你几乎天天都在她家吃饭，他说就由于这原因你现在每个星期五都不来我家了，好像你们两人整天在一起厮混……鬼知道他撒的什么谎，讨厌死了。我终于把他轰走了。明摆着的是他在撒谎。今天是星期五，你不是在我这儿嘛！"

亚历山大跷起二郎腿，头侧向左肩。

"我非常非常感谢你。这是亲戚朋友给予的极大帮助！"彼得·伊万内奇最后说道，"苏尔科夫明白自己没什么可捞了，便溜走了。他说：'她以为我会对她情思绵绵——她想错了！'他又说：'我还曾经想装修她家对面的那个房子，可谁能知道我的心意呢。她也许做梦也没想到是为她所安排的幸福。如果她能让我迷上她，我也不反对娶她。现在一切都结束了。您劝我劝得对，彼得·伊万内奇。我保住了钱财和时间！'如今这小子学起拜伦的样子，愁眉苦脸，也不要钱了。'我也跟他说：'一切都结束了！'托你办的事情已经完成了，亚历山大你干得妙极了！现在我可永远高枕无忧了。你不用再奔忙了。如今你可以不要再看她，我想象得出她那儿多么无聊……请原谅我……我无论如何会酬谢你的。需要钱的时候，就来找我。丽莎！吩咐给我们拿好酒来，我们为事情的成功饮它一杯吧。"

彼得·伊万内奇走出了房间。丽莎韦塔·亚历山德罗夫娜偷偷地瞧了亚历山大两回，看到他不说一句话，便也出去吩咐仆人了。

亚历山大似乎昏头昏脑地坐着，老是瞧着自己的膝盖。他终于抬起头，环顾一下周围，一个人也不在了。他喘了喘气，看了看钟——四点了。他急忙抓起帽子，朝叔父去的那边挥一下手，一边朝四面张望，一边踮着脚悄悄地走到前厅，把大衣拿在手里，慌张地跑下楼梯，就奔往塔法耶娃家去了。

苏尔科夫没有撒谎，亚历山大确实爱上尤丽娅了。他最初发觉这次爱情的萌生时，心里怪害怕的，仿佛得了什么传染病似的。

他受到害怕和羞愧的折磨，害怕的是他又陷入了男欢女爱的各种怪念头中，羞愧的是无以面对别人，特别是无以面对叔父。他愿付出高昂的代价，但求瞒过叔父。曾几何时，就在三个月前，他曾经高傲而坚决地宣布与爱情决裂，甚至给这种不安定的感情写下诗体的墓志铭（连叔父也读过它），最后还公然表示蔑视女人——可弹指间又拜倒在女人的石榴裙下！这又一次证明他的幼稚和轻浮。天哪！到什么年月他才能摆脱叔父的难以突破的影响呢？难道他的生活永远不会出现特别的意外的转折，而要永远遵循彼得·伊万内奇的预言发展下去吗？

这种想法使他绝望极了。他倒乐于逃脱这次新的爱情。可怎么逃脱呢？对娜坚卡的爱和对尤丽娅的爱是何等的不同！初恋无非就是渴求中的心灵犯下的不幸和错误，在那种年纪心灵根本不懂得选择，遇上什么就是什么。而尤丽娅呢！她已不是一个既不了解他也不了解自己、又不懂爱情的任性的小姑娘了。她是一位十分成熟的女性，虽然身体瘦弱，可追求起爱情，她的精神足着呢，她就是整个爱情的化身！她认为爱情就是生活和幸福唯一的条件。爱难道是无关紧要的事吗？爱也是一种天赋，尤丽娅就是这方面的天才。这就是他梦寐以求的爱情，一种自觉的、理性的，同时也是强烈的、不顾一切的爱情。

"我不会像牲口那样高兴得喘不上气来的，"他自言自语说，"而我的身上正完成着一种更重要更崇高的过程，我意识到自己的幸福，仔细地思考它，它是较为完满的，虽然也较为平静……尤丽娅沉醉于自己的感情，可显得多么高雅、真诚，毫不做作！她似乎在等待一个深深懂得爱情的人——现在这个人出现了。他像一个合法的统治者，骄傲地掌握了继承来的财富，还受到人们低首下心的颂扬。多么快乐，多么幸福，"亚历山大从叔父家出来上她家去的时候想道，"要知道世界上有那么一个人，她无论在哪儿，无论干什么，总是在记挂着我，把一切心思、工作、行为都集中到一点，集中到一个念头上——思念所爱的人！她仿佛就是与我身心相似的人。无论她耳闻了什么，目睹了什么，无论经历了什么，感受了什么——一切都符合与她相似的人的印象。这种印象是两个人所共同感受的，两个人相互了解对方，然后受到这样共同感受的印象便不可磨灭地铭刻在心灵里。一方的感受如果不能为另一方所认同或接受，那么一方就会抛弃这些感受。一方爱的就是另一方所爱的，一方恨的也就是另一方所恨的。他们有着一样的想法、一样的感觉；他们有着共同的心眼、共同的听觉，共同的头脑，共同的心灵……"

"老爷，去铸造街的什么地方？"马车夫问。

尤丽娅爱亚历山大，比亚历山大对她的爱更为强烈。她甚至没有想到自己有这么强的爱情力量，也没有加以深思过。她是第一次恋爱——这倒没什么——人总不能直接从第二次开始恋爱吧；但不幸的是她的心灵发展得太过分了，受了各种小说的那么深的影响，这样的心灵不是为初恋准备的，而是为那种罗曼蒂克的爱情准备的，而这样的爱情只存在于某些小说中，而现实中是不存在的，所以它的结局总是不幸的，因为实际上它是不可能的。再说，尤丽娅的头脑在阅读一些小说时并没有去找健康的养料，它落在了心灵的后面。她怎么也想象不出一种不带狂烈激情、不带过分柔情的平静质朴的爱情。如果一个男人在适当的场合下不拜倒在她的石榴裙下，如果那男人没有真心实意地向她发誓，如果他不以自己的拥抱把她烧成灰烬，或者他除了爱情还敢去从事其他事情，而不是仅仅在她的眼泪和亲吻中一滴滴地品尝人生的美酒，那么她就会立刻将他抛掉的。

由此产生了一种幻想，它为她营造了一个特殊的世界。现实世界有一点儿什么事不合她的心意，那她心里便感到气恼，她就为此痛苦不堪。这女人的体质本来就很弱，时常要受到震动，有时还是极为强烈的震动。经常感到焦急不安，使她的神经大受刺激，终于导致神经的严重失常。正因为这样，许多女人便出现了这种沉思默想，无来由地忧愁，对人生抱着阴暗的看法；正因为这样，按确定不移的规律而奇妙地产生和进行着的人类生存的严整秩序在他们看来却是沉重的锁链，总之，正因为这样，现实把她们吓怕了，促使她们去建立一个虚幻的世界。

是谁过早而又那么错误地拼命去改造尤丽娅的心灵，而置她的头脑于不顾呢……是谁呢？那三位正统的教师，受她父母的聘请，担负起培育这位少女的才智的责任，要向她揭示万物的作用和原因，撕下掩住往事的幕布，指明我们上下左右以及我们自身的情况——这是非常艰难的任务。为此招聘三个国籍的人来担负此项重任。父母本人放弃了教育责任，以为自己已经尽了应尽的义务，依靠好心朋友的推荐，雇用法国人普列来教法国文学及其他学科；又雇了德国人施密特，因为按传统都要学一点德文，但并不一定要求精通；此外还雇了一位俄国教师伊万·伊万内奇。

"他们全都蓬头散发，"母亲说，"穿着老是那么差劲，比仆人还不如，有时候他们身上还散发着酒气……"

"没有俄国老师怎么行？不行！"父亲坚决地说，"你放心，我会挑一个干净些的。"

法国人来教课了。父亲和母亲都很讨好他，把他当作客人，并对他毕恭毕敬，因为他是尊贵的法国人。

他教尤丽娅是挺轻松的。由于曾有家庭女教师教过她，所以她能说法语，读写也很少错误。普列先生只教她做作文，他给她出各种各样的题目，或描写日出，或谈论爱情和友谊，或给父母写贺信，或倾诉与女友的离愁别恨。

而尤丽娅从窗子里望到的只是夕阳落到商人吉林的房子后面；她从来没有跟女友们离别过，至于友谊和爱情吗……有关这些情感的想法在她的头脑中还是初次闪现。对于它们应该待以后好好体会。

普列先生把所有这些题目都出遍了，最后决定拿那本珍藏的薄本子作教材，那书的扉页上印着粗大的字体：《Cours de littĕrature franqaise》①。我们中间谁不记得这本小书呢？经过两个月尤丽娅就把法国文学，也就是把这本薄薄的书记熟了，而过了三个月又把它忘了；可是留下了极其有害的影响。她知道了有个伏尔泰，可她有时把《殉难者》②硬说成是他写的，而把《Dictionnaine philosophique》③反说成是夏多布里昂编的。她把蒙田④称作蒙塔，有时把他与雨果相提并论。谈到莫里哀时，说他是为剧院编剧的，她从拉辛的剧作中背会了著名的台词：A peine nous sortions des portes de Trezenes⑤。

她很喜欢神话中伏尔甘、玛尔斯和维纳斯⑥之间演出的喜剧。

---

① 法语：《法国文学教程》。——原注
② 系法国作家夏多勃里昂（1768-1848）的小说。——译注
③ 法语：《哲学辞典》。（系伏尔泰所编）——原注
④ 蒙田（1533-1592），又译蒙泰涅，法国作家。——译注
⑤ 法语：我们刚从特莱塞大门里面出来（摘自拉辛的悲剧《费德尔》）。——原注
⑥ 三者为罗马神话中的火神、战神、美和爱的女神。——原往

她本来很袒护伏尔甘，可待她知道了他是个瘸子，动作笨拙，而且是个打铁的之后，她便转到玛尔斯一边了。她喜欢塞墨勒 ① 和朱庇特 ② 的故事，喜欢阿波罗 ③ 被放逐以及他在大地上调皮捣蛋的故事，把所有这些故事都按它们被描写的那样接受下来，而没有猜想一下这些神话中所含的任何其他意义。这位法国老师自己是否猜想过，也只有天知道！听到她提出有关古代人的宗教问题，他便皱皱眉头，傲慢地回答她说："Des bêtises!Mais cette bête de Vulcain devait avoir une drôle de mine…écoutez," ④ 过后他又稍稍眯缝一下眼睛，拍了拍她的手，补说了一句："que feriezvous á la place de Venus?" ⑤ 她什么也没回答，然而生平第一回不知所以地羞红了脸。

法国老师终于改进了对尤丽娅的教育，他不仅在理论上，而且在实际上让她了解法国文学的新流派。他向她介绍了当时非常轰动的 Le manuscrit vert、Les sept péchés capitaux、L'âne mort⑥ 以及一系列充斥着当时法国和欧洲的书籍。

可怜的姑娘怀着强烈的求知欲扑进这个广阔无边的海洋。冉能们、巴尔扎克们、德鲁依诺们在她看来都是了不起的英雄，都是一批伟大的男子汉！与他们的奇妙无比的描写相比，那伏尔甘的神话故事算什么呢？维纳斯在这些新的主人公面前简直太纯真了！她如饥似渴地阅读着新流派的作品，也许现在还在读。

---

① 希腊神话中的大地女神，跟宙斯生酒神狄俄尼索斯。——译注
② 罗马神话中的主神，即希腊神话中的主神宙斯。——译注
③ 希腊神话中的太阳神，主管光明、音乐、诗歌等。——译注
④ 法语：愚蠢！不过伏尔甘这个傻瓜脸上可能是有愚蠢的表情的。——原注
⑤ 法语：您要是成了维纳斯，您会怎么做？——原注
⑥ 法文书名：《绿色的手稿》(德鲁依诺著)、《七大罪恶》(欧仁·苏著)、《死驴》(懦勒·冉能著)。——原注

258

法国老师的教学得到很大的进展，而那个老实稳重的德国老师连语法都没有教完，他异常认真地编制变格变位的表格，想出各种奇妙的方法帮助学生记牢变格的词尾；他仔细讲解小品词 ZU 有时要放在句尾等等。

　　待到要求他教授文学，这个可怜的人吓得不得了。人家拿来法国老师的本子让他参考，他便摇摇头说，教德文不能按这个去教，不过有一种阿勒编的文学读本，选了好多作家及其作品。而他对此又推托不了。家长老要求他像普列先生那样去教尤丽娅，让他熟识各种各样的作品。

　　这个德国人终于答应了要求，他回家后绞尽了脑汁，打开了一个柜子，更确切说，拆开了一个柜子，完全拿下一扇柜门，让它靠在墙边，因为这柜子早已没有了合页、没有了锁。他从柜里取出一双旧靴子、半块糖、一瓶鼻烟、一瓶伏特加酒和一块黑面包皮，随后又取出一个已弄坏了的咖啡磨，还有刮脸用具以及一小块肥皂、放在香膏盒里的小刷子，几条旧背带、磨铅笔刀的磨石以及几件类似的破烂东西。最后才看到书，一本、两本、三本、四本，总共是五本，藏书全在这里了。他把这些书拍了一阵，尘土云烟般地升腾起来，浓密地遮住了这位教师的头。

　　第一本书是盖斯纳①的《田园诗集》，"Gut!"②这德国人说了一声，并高兴地念了一段关于破罐子的诗。他又打开了第二本书：《一八〇四年哥特日历》。他翻了翻，书里有欧洲各国朝代、各种城堡、瀑布等的图片。德国人说了声"Sehr gut!"③第三本是《圣

---

① 萨洛蒙·盖斯纳 (1730-1788)，瑞士的德语诗人。——译注
② 德语：好！——原注
③ 德语：很好！——原注

经》，他将它搁到一边，虔诚地嘟哝说："Nein!"① 第四本是《水手之夜》，他摇摇头，嗫嚅地说："Nein!"最后一本是韦塞②的作品——这德国人得意地笑了，"Da habe ich's。"③他说。当人家对他说，还有席勒、歌德等等作家，他摇摇头，一再固执地说："Nein!"

德国老师刚给她讲解韦塞作品的头一页，尤丽娅便打了一个哈欠，后来干脆就不听了。所以她从德国老师那儿留下的记忆仅仅是小品词有时要放在句子末尾。

那么俄国老师呢？这个人工作比那德国人认真多了。他几乎含着眼泪教尤丽娅懂得，名词或动词是一种词类，而前置词又是一种词类，最后终于使她相信了他的话，并能背得出各个词类的定义。她甚至能一下报出所有的前置词、连接词、副词的数目。老师向她神气地提问："哪些词是表示恐惧或惊讶的感叹词呢？"她可以马上一口气说出"哎、哟、嘿、噢、哦、啊、呶、咳！"老师高兴极了。

她知道了句法中的一些规则，可从来不会实际应用，一辈子总是犯语法方面的错误。

从历史课上她知道从前有个马其顿国王叫亚历山大，他南征北战，英勇无敌……当然，人又长得英俊漂亮……至于他在历史上有什么意义，他那时代有什么意义，关于这方面无论她或是她的老师都没有想过，包括凯丹诺夫④对这方面也未加细述。

当家长要求这位老师教授文学，他便找出一堆陈年的旧书。

---

① 德语：不！——原注
② 韦塞(1726-1804)，德国儿童读物作家。——译注
③ 德语：我有这本书。——原注
④ 伊·克·凯丹诺夫是当时历史教科书的编著者，观点保守。——原注

这里有康捷米尔①、苏马罗科夫②，还有罗蒙诺索夫③、杰尔查文④、奥捷罗夫⑤。大家看到这些书都感到惊讶！他们小心地打开一本书，闻了闻后就扔到一边去了，他们需要较新一些的书。老师带来了卡拉姆津⑥的作品。而读过了法国新流派的文学作品，谁还愿去读卡拉姆津的作品呢！尤丽娅读了《可怜的丽莎》⑦以及几页《游记》⑧，就还给老师了。

这个可怜的女生拥有大量的课余时间，但没有一点高尚健康的思想食粮！智慧开始沉睡，而心儿却惶惶不安，这时候突然出现她那爱献殷勤的表哥，顺便为她捎来几章《奥涅金》《高加索的俘虏》等书。这丫头尝到了俄罗斯诗歌的甜头。《奥涅金》已经被背下来了，它一直没离开过尤丽娅的床头。她表兄犹如其他几位老师一样，不会给她讲解这部作品的意义及优点。她拿塔季雅娜来做自己的榜样，头脑里向自己的意中人重复着塔季雅娜致奥涅金信中那些火热的词句，她的心怦怦直跳，苦闷得很。她忽而寻思着奥涅金，忽而幻想着新流派作家笔下某位主人公——苍白、忧伤、失望……

一位意大利人和另一位法国人完成了对她的教育，使她的言谈举止获得优雅的风度，也就是教会她跳舞、唱歌、弹奏，最好在出嫁之前弹弹钢琴，可是没有教她去理解音乐的意义。她那时

---

① 康捷米尔(1708-1744)，俄国讽刺作家。——译注
② 苏马罗科夫(1717-1777)，俄国古典主义作家。——译注
③ 罗蒙诺索夫(1711-1765)，俄国诗人、科学家。——译注
④ 杰尔查文(1743-1816)，俄国诗人。——译注
⑤ 奥捷罗夫(1769-1816)，俄国作家、剧作家。——译注
⑥ 卡拉姆津(1766-1826)，俄国作家、历史学家。——译注
⑦ 系卡拉姆津的言情小说。——原注
⑧ 指卡拉姆津的《俄国旅行家信札》。——原注

芳龄十八，可已经经常带着心事重重的目光、苍白的脸色，并带着细腰纤足出现在社交界的沙龙里了。

她被塔法耶夫给瞄上了。此人具备求婚者的各种条件，就是说地位显赫，家产殷实，脖子上挂有十字勋章，总之，是一个仕途顺利、财运亨通的人。不能说他只是一个普通善良的人，不，他不会让人家欺侮自己，对俄国的现状、农业和工业情况的缺点都有极恰当的评论，在他那个圈子里被认为是个精明干练的人。

这个脸色苍白、性格沉静的姑娘虽然跟他那实实在在的性格形成了奇特的对照，却给了他强烈的印象。在某个晚会上，当他正退出牌局而一下瞧见了在他面前飘过的一个身轻如燕的倩影时，便陷入了异乎寻常的沉思。她那慵懒的目光落到了他身上，那自然是无意的，可这位交际场上谈锋甚健的人却在这个怯生生的小姐面前窘住了，几次想跟她交谈儿句，可是没法开口，这使他有些难堪，他决定请几个大娘大婶出面，展开积极的活动。

打听陪嫁情况的结果是令人满意的。"好呀，我们算是天生的一对！"他私下考虑说，"我才四十五岁，她十八，有我们这些家产，也够我们舒舒服服过一辈子了。外表吗？她还算漂亮，而我也可称是个……仪表堂堂的男子。听说她受过教育，那有什么？我从前也学过，记得学过拉丁文和罗马史。我现在还记得，当时有个执政官——他叫什么来着……咳，让他见鬼去吧！我记得还念过关于宗教改革运动……还有这些诗：Beatus ille……① 下面呢?puer, pueri, puero……② 不，不是那个，鬼知道——全都忘光了。本来，教你的目的就是要让你忘记嘛。哎，哪怕宰了我，我

---

① 拉丁语：那种人是愉快的……——原注
② 拉丁语：少年（这个词的三种变格形式）。——原注

也要说，所有这些当官的和聪明的人，无论这个人那个人，没有一个人说得出当时是哪个执政官，哪一年举行过奥林匹克运动会，可是都要这样去教……因为制度是这样嘛！目的只是要让人看到是念过书的人嘛。怎么能不忘记呢，因为在社交界后来从没有人谈到这些东西，如果有人去谈这些，我想准会被人赶出去！是啊，我们挺般配。"

就这样，当尤丽娅走出童年，第一步便遇上了最可悲的现实——一个碌碌无为的丈夫。与她心目中所想象的和诗人所描绘的那些英雄一比，他差得太远了！

她把这种没有爱情的婚姻生活称之为无聊的梦，她就是在这个梦境里度过了五个春秋，突然遇上了自由和爱情。她笑了，向它们伸开热烈的怀抱，并沉醉于自己狂热的爱情，就像一个沉醉于纵马奔驰的骑手那样，骑着骏马飞奔，忘掉了周围的世界。呼吸屏住了，景物向后跑去，清新空气扑面而来，胸中洋溢着满足感……或者像一个驾着一叶扁舟，无牵无挂地随波漂流的人，阳光温暖着他，翠绿的两岸闪现在她眼前，顽皮的水浪爱抚着船尾，一边甜蜜地嘀咕着，向前奔流，以源源不断的水流现出一条道来，吸引一切向前、向前……她陶醉了，这时候她顾不上去观察和思考路程将如何告终，马儿会不会冲入深渊，波浪会不会带船撞向岩石……思虑被风吹走了，眼睛闭上了，魅力是难以抗拒的……她不是去抗拒这种魅力，而老是陶醉着、陶醉着……她生平最富诗意的短暂时刻终于到来了，她喜爱心灵的这种时而甜蜜时而痛苦的忧虑，自动去寻求激动，想象着痛苦和幸福。她沉湎于自己的爱情，犹如有人上了毒瘾似的，贪婪地喝着爱情的毒液。

尤丽娅等待情人等得焦躁不安。她倚立窗旁，随着一分钟一分钟过去，她越来越急不可耐了。她摘了一朵月季花，气恼地把花瓣扔在了地上，心儿仿佛停止了跳动，这是大受折磨的时刻。她心里老在自问自答：他来呢，还是不来？她的全部思考力都集中用来解答这个难题。如果得出肯定的答案，她便满面春风，如果不是的话，她就变得脸色刷白。

当亚历山大快到门口的时候，她脸色苍白，疲惫不堪地倒在圈椅里，她的神经绷得太厉害了。待到他走进门来……简直无法描绘她用以欢迎他的那副眼神，也无法形容她脸上顷刻间流露出来的那种欢喜，似乎他们已阔别了一年，其实他们前天还见过面。她默默地指了指挂钟；他刚结结巴巴地辩白了几下，她没怎么听清便相信了，立即原谅了他，忘了刚才焦急盼等的痛苦，把手伸给他，两人坐到沙发上，久久地谈着话，久久地沉默不语，久久地相互对视。要是没有仆人来提醒，他们定会忘了吃饭。

多少欢乐啊！亚历山大未曾幻想过如此痛快真挚的互诉衷情。夏天里两个人常去城外郊游，如果大家被音乐、焰火吸引住了，那他们便老远地躲进树林里，在那边手挽手地漫步。冬天里亚历山大前来吃饭，饭后他们一起坐在壁炉旁，直待到深夜。有时叫人备好雪橇，在昏暗的马路上奔驰一阵，赶回来又守着茶炊没完没了地闲聊。周围的每一个现象，思想情感顷刻间的变化，两人都一起去感受、去交流。

亚历山大像怕火似的怕见叔父。他有时去看望丽莎韦塔·亚历山德罗夫娜，可她始终未能使他吐露实情。他总是惶惶不安，生怕碰上叔父，又要被他取笑教训一通，所以他总是缩短拜访的时间。

他是否幸福？如果指的是别人，那么在这种情况下可以说是也可以说否，若是指他，那就是否；他的爱情一开始就是痛苦。有时他忘了往事，他便相信幸福是可能的，相信尤丽娅和她的爱情。而在其他时间里，他在最真挚地表露衷情的时候会突然感到困惑不安，害怕去听她的热烈、兴奋的话语。他觉得眼看她就会变心，或者一种意外的命运的打击在顷刻间就会毁掉这种辉煌的幸福世界。他在享受欢乐的时光之际，便知道要为此付出痛苦的代价，忧郁又找到他身上来了。

然而冬天过去了，夏天已经到来，而爱情并未终了。尤丽娅对他越来越情意绵绵。既没有移情别恋，也没有命运的打击，完全是另一道风景。他的目光豁亮了。他渐渐认为持久的恋情是可能的。"不过这次爱情已不是那么火热……"有一次他瞧着尤丽娅心里想，"然而它是牢固的，也许是永恒的！是的，必定如此。哦，命运，我终于了解你！为了我往日受的痛苦，你要给我一些补偿，在我长期漂泊之后，你要把我引进宁静的港湾。这儿就是幸福的处所……尤丽娅！"他大声地喊了起来。

她颤了一下。

"您怎么啦？"她问。

"没什么！就是……"

"不！说说看，您有什么想法？"

亚历山大硬是不想说。她坚持要他说。

"我以为咱们的幸福还缺点儿什么……"

"缺点儿什么？"她不安地问。

"噢，没什么！我出现了一种怪想法。"

尤丽娅困惑不安了。

"唉！别折磨我了，快说吧！"她说。

亚历山大犹豫了一下，仿佛自言自语地低声说道：

"要取得这样一种权利，时刻不离开她，不用离开这儿回去……随时随地同她在一起。要在众人眼里成为她的合法占有者……她可以不用脸色羞红或发白，大声地唤我是她的……就这样度过一生！并永远以此为骄傲……"

他一字字地说着说着，声音渐渐地激昂起来，他终于说到了结婚这个词。尤丽娅哆嗦了一下，随即哭了起来。她怀着一种无法表达的感激和柔情把手递给他，于是他们俩又快活了，立即又聊了起来。他们决定由亚历山大去同婶母商量商量，请她帮助促成这件好事。

他们高兴得不知做什么好。黄昏美极了。他们去到郊外的一处僻静的地方，好不容易找到一个小丘，在那儿坐了整整一个黄昏，观赏着落日的景象，幻想着未来的生活。他们想要缩小交往的范围，不搞无意义的应酬。

后来他们回到家里，开始谈起未来的家庭生活秩序、房间的安排等等。他们谈到怎样布置房间的事。亚历山大建议把她的梳妆室改做他的书房，让它挨着卧室。

"您要在书房里放什么样的家具？"她问。

"我很想要一套胡桃木的家具，配上蓝丝绒的罩子。"

"这挺美观，又不容易脏。男人的书房里一定要选用深色的家具，浅色的会很快让烟熏脏的。这儿，在您未来的书房通往卧室的小过道里我要摆上几盆花——这会很好看的，不是吗？那边我放一张圈椅，这样我就可坐在椅子里看书或干活、还可看见在书房里的您。"

"不久之后我就用不着同你这样告别了。"亚历山大在临别

266

时说。

她用一只手按住他的嘴。

第二天亚历山大前去拜访丽莎韦塔·亚历山德罗夫娜，向她坦言了她实际上早已知道的事情，请她出点主意，帮点忙。彼得·伊万内奇不在家。

"那好啊！"她听了他的自白后说，"您如今不是小孩子了，您会判断自己的感情，会处理自己的事情了。不过不要匆忙从事，要好好地了解一下她。"

"唉，ma tante，要是您认得她该多好！她的优点可多啦！"

"举些例子看？"

"她非常爱我。"

"这一点当然很重要，不过做夫妻需要的不光是这一点。"

于是她讲了一些关于过夫妻生活的普通道理，讲做妻子的应该怎样，做丈夫的应该怎样。

"不过您就等一等吧，如今秋天就要到了，"她补充说，"大家都要回到城里。到时候我就去拜访您的未婚妻；我同她认识了，我会热情帮忙的。您不要把她放在一边，我相信您会成为最幸福的丈夫。"

她心里很高兴。

女人们非常喜欢给男人们做媒。有时候她们虽然看到某件婚姻不大合适，不应该结合，可仍然想方设法助其成功。她们只想促成婚事，而不管男女双方的各自想法。天知道她们为何如此起劲。

亚历山大请求婶母，在事情办成之前，对彼得·伊万内奇什么也不要告诉。

夏天一闪而过，无聊的秋天也好容易地过去了。又一个冬天已经到来。亚历山大同尤丽娅依然经常约会。

她对他们可以在一起度过的多少天、多少小时、多少分钟仿佛都做了精密的计算。她寻找各种会面的机会。

"您明一早就去上班吗？"她有时问道。

"十一点钟。"

"那您十点来我这儿，咱们一块儿吃早餐。干脆不去不行吗？好像那儿缺了您就……"

"那怎么行？国家呢……职责呢……"亚历山大说。

"说得真漂亮！您就告诉他们您正在谈情说爱。难道您的上司从来没恋爱过？如果他也有一颗心，他会谅解的，或者您把工作拿到这儿来做，这儿谁妨碍您办公呀？"

她有时不放他去剧院，几乎从来不让他去看望朋友。当丽莎韦塔·亚历山德罗夫娜来访问她的时候，尤丽娅看到亚历山大的婶母竟是这样年轻漂亮，吃惊得半天都回不过神来。她原来想象他的婶母是位很平常的女人，一大把年纪，长相又不好，像多数的大娘大婶们那样，可是这位婶母却是年方二十六七的少妇，同时还是个美人儿呢！尤丽娅跟亚历山大吵了一次嘴，此后很少放他上叔父家去。

然而与亚历山大的专横相比，她的醋意和专横又算得什么呢？他已确信她很迷恋于他，他看出她本性善良，是不会变心的，也不会变冷淡的，可他还是嫉妒，而这是什么样的嫉妒呀！这不是由于强烈的爱情而引起的嫉妒，不是由于内心的剧烈痛苦而哭哭啼啼、唉声叹气、愤愤不平，不是害怕失去幸福而心烦意乱，而是一种冷漠无情、满怀恶意的嫉妒。他由于爱而折磨这个可怜的女人，而别人即使出于仇恨也不会如此虐待对方。比如说吧，如果他觉得晚间在客人们面前她不够柔情似水地对他频送秋波，那他就会像头野兽一样向四周打量，要是这时候尤丽娅身边有一个年轻男人，或者不是年轻的男人而往往只是女人，有时甚至只是一件东西，这一下就糟了。侮辱、讥讽、恶毒的猜疑和指责就会像冰雹似的落在她头上。她当场就得进行辩白，委曲求全，百般忍让，绝对屈从，不跟那人说话、不待在那里，不向那边走去，忍受一些狡猾宾客的讥笑和窃窃私语，脸上时而红，时而白，简直丢尽脸面。

要是有人邀请她到什么地方去，她在答复之前，先要向他投去请示的目光，他只要稍皱眉头，她就会脸色刷白，浑身发颤，立刻就谢绝人家。有时候他允许了，她就梳妆打扮，准备上马车，可他突然怪脾气一上来，严厉地说声 veto!① 她便脱去外衣，吩咐把马车卸了。后来他可能会请求她原谅，请她前去做客，可哪有时间重新化梳妆，重套马车？就只好留在家里了。他嫉妒的不只是那些美男子、聪明人或天才，甚至也嫉妒那些丑陋的人、那些相貌令他不喜欢的人。

有一天来了一个从她家乡来的客人。这个客人已上了年纪，长相也不好看，他老是谈收成，谈自己参政院里的事，亚历山大听得很无聊，就跑到隔壁房间去。这本来没什么可嫉妒的。最后客人终于起身告辞了。

"我听说您每星期三都在家接待宾客，"客人说，"能否让我也来参加您的朋友聚会呢？"

---

① 拉丁语：不许！——原注

尤丽娅微微一笑，正要说："请光临吧！"——突然从隔壁房间里传来一声大喊："不行！"

"不行！"尤丽娅颤了一下，急忙大声地对客人重复了一句。

而尤丽娅对这一切都忍了。她闭门谢客，哪儿也不去，只同亚历山大厮守在一起。

他们一直这样陶醉于幸福之中。把各种已知的快乐都享受一番之后，她又开始想出一些新花样，使这个本来已非常快乐的世界变得更加异彩纷呈。尤丽娅显示出多么出色的创新才华啊！可就连这份才华也耗尽了，那就来一个旧戏新演。再玩不出什么新花样了。

没有一处郊外的地方他们不曾游玩过，没有一出戏他们不曾一起观赏过，没有一本书他们不曾阅读过讨论过。他们都摸透对方的感情、思想、优点和缺点，已没有什么去妨碍他们执行既定的计划。

真挚的谈心越来越少了。他们有时候一连几个小时地坐在那里，一句话也不说。可尤丽娅即使沉默着也觉得幸福。

她有时向亚历山大问个事，她听到"是"或"不是"，就觉得满意了。如果得不到这样的回答，便盯着他看；他若是朝她一笑，她又觉得幸福得很。要是他不笑，也不回答什么，她便开始注视他的每一举动，每一眼神，心里暗暗猜度，结果便责怪不已。

他们已不再去谈论未来，因为亚历山大在这方面感到一种窘惑，一种连自己也解释不清的不舒服，所以他尽量转换话头。他开始大伤脑筋，他以爱情组成的生活魔圈有的地方已经破裂了，远远展现在眼前的时而是朋友们的脸孔和各种饮酒行乐的情景，时而是那些美女如云的豪华舞会，时而是永远忙碌、务实能干的叔父，时而是那些被丢在一旁的工作……

有一天晚上他待在尤丽娅家里的时候就处于这样的心境。外面刮着暴风雪，大雪拍打着窗子，一片片雪花粘在玻璃上。风儿冲进壁炉，哀号着悲戚的歌。房间里响着座钟钟摆单调的嘀嗒声，有时还有尤丽娅的叹息声。

亚历山大感到无聊了，他朝房间扫了一眼，然后看了看钟，才十点，还得坐上两个来钟点，他打了下哈欠。他的目光停留在尤丽娅身上。

她背靠着壁炉站着，苍白的脸斜侧着，眼睛注视着亚历山大，但没有带着疑心和审问的神情，而是满脸的温柔、爱恋和幸福。她显然是在与一种隐秘的感触和甜蜜的幻想抗争，所以显得一身疲惫。

神经是如此强烈地运作着，就连快乐的激动也会使她陷于病态的困倦，痛苦和快乐在她身上是密不可分的。

亚历山大对她报以冷淡而厌烦的目光。他走到窗前，用手指轻轻敲着玻璃、观望着窗外的街道。

街上传来嘈杂的人声、马车声。无数窗口里都亮着灯火，闪着人影。他觉得在那些灯火通明的地方聚集着快乐的人们；那里也许正在热烈地谈天说地，互相交流思想和感受，那里的人们生活得好热闹好快活。而在那灯光昏暗的窗子里也许有一个高尚而勤劳的人在那里孜孜不倦地工作。亚历山大想到自己已过了近两年愚蠢空虚的生活（就是说一生中已有两年是白费了），老是在谈情说爱？此时此刻他埋怨起爱情来了。

"这算什么爱情呀！"他心里想，"死气沉沉，毫无活力。这个女人完全屈从于感情，像个牺牲品似的，不争不抗，任人摆布，是个软弱的、缺乏个性的女人。随便遇到一个人，她就会献上自己的爱。如果没有遇上我，她照样会爱上苏尔科夫的，她也已经开始爱他了，可不是！无论她怎么辩解，我心里明白得很！如果来了一个比我更高明更可心的人，她就会委身于他……简直没有道德！这算什么爱情！哪里有多情的人所宣扬的心心相印呢？我们的性格不合，两人似乎可以永结百年之好，其实哪能呢！鬼知道是怎么回事，搞不明白！”他气恼地嘟哝着。

“您在那边干什么？想什么？”尤丽娅问。

“嗯……”他打着哈欠支吾了一声，坐到沙发上离她较远的位置，一只手抱住绣花的靠垫的一角。

“坐到这儿来，靠近些。”

他没有坐过来，并一言不答。

“您怎么啦？”她靠近他说，“您今天真让人受不了。”

“我不知道……”他颓丧地说，“我有点儿……我好像……”

他不知道怎样回答她和自己。他自己也还说不清他自己是怎么回事。

她坐到他的身旁，开始谈起未来，渐渐地兴奋起来。她描绘着一幅家庭生活的幸福图，不时地说几句笑话，最后异常温柔地说：“您就做我丈夫吧！您瞧，”她指指四周说，“这一切很快都属于您的了。您在这个家里将是主宰，就像是我心里的主宰一样。我现在是独立自由的，想做什么便可做什么，想去哪儿就去哪儿，可到了那时候，没有您的命令，这里的任何东西都不得动一下；我自己也将受您的意志的束缚；不过这是多么美好的锁链！快点把我锁起来吧，还等到什么时候……我一生就盼着这样的人，这样的爱……就要梦想成真了……幸福近在眼前……我几乎不相信……您可知道，我觉得这像是一场梦。这是不是对我过去所受的一切痛苦的一种补偿呢……"

亚历山大听着这些话，心里非常难受。

"如果我不爱您了呢？"他冷不防地问，尽力让声音带有玩笑的语调。

"那我就拧掉您的耳朵！"她抓住他的一只耳朵说，然后叹了口气，由于这种玩笑的暗示而沉思起来。他也默默不语。

"您到底怎么啦？"她突然机灵地问，"您不言不语，又不大听我说话，眼睛往别处瞧……"

这时候她又向他靠过来，把一只手搭在他的肩膀上，轻声细语地谈起同一话题，不过已谈得不那么肯定了。她回忆起他们初次亲近、开始恋爱的情景，回忆起爱情的最初征兆、最初欢欣。她快乐得几乎喘不过气来。她的苍白的面颊上泛起两团红晕。红晕越来越红了，眼睛闪闪发光，随后露出困倦的神色，半闭了起来，胸部强烈地起伏着。她的话音很轻，一只手抚摩着亚历山大的头发，接着瞪了他一眼。他让头轻轻脱开她的手，从口袋里掏出一把梳子，仔细地梳理着被她弄乱了的头发。她站起身来，凝视了他一会。

"您怎么啦，亚历山大？"她不安地问。

"她又来缠人了！我怎么知道？"他心里这样想，但嘴上没说。

"您厌烦了？"她一下脱口说，从她的声音里可听出质问和怀疑的语气。

"厌烦！"他心里想，"这个词可找对了！没错！这真是让人痛苦得要死的厌烦！这条虫子爬进我的心窝、啃咬它已一个月了……哦，我的天哪，我该怎么办？她老谈爱情、谈婚姻生活。

273

怎么让她明白过来呢？"

她在钢琴前坐了下来，弹了几首他所喜爱的曲子。他没有听，老在想着自己的心事。

尤丽娅垂下了双手。她叹了口气，围上了披肩，猛地在沙发的另一角坐下来，用忧愁的目光审视着亚历山大。

他拿起了帽子。

"您去哪儿？"她惊讶地问。

"回去。"

"还不到十一点钟呢。"

"我得给妈妈写封信，我好久没有给她写信了。"

"怎么好久呀，您前天就写过。"

他不说话了，因为没话好说。他的确写过信，当时是随便跟她说过这件事，可他忘记了，而爱情却不会忘记任何一个细节。在她的眼里，凡是同她所爱的人有关的事情都是重要的事情。在恋人的头脑里，各种观察、细致的想象、回忆，对恋人周围的事、他圈子中所发生的事，以及对他有影响的各种事情等等的猜测都复杂地交织在一起。在恋爱中，只要一句话，一个暗示 (哪里还需要暗示 !)……一个眼色、嘴唇稍微的一动，都会引起猜测，然后随着个人的想法要么痛苦，要么快乐。恋人们的逻辑有时是错误的，有时却惊人的正确，它会迅速建起一座猜疑的大厦，但爱情的力量会更快地将它彻底摧毁，往往只需一个笑脸，几滴眼泪，多则三言两语——就可使疑团悄然消失。然而这类监督是决不会放松，也不会受骗的。恋人会忽而想到别人连做梦也梦不到的事，忽而却看不到他鼻子底下发生的事，忽而目光锐利，明察秋毫，忽而目光短浅，几近盲目。

尤丽娅像猫似的从沙发上跳了起来，抓住了他的一只手。

"这是什么意思？您要去哪儿？"她问。

"没什么，真的，没什么；我只是想去睡觉，我夜里睡得很少，就这么回事。"

"睡得很少！今天早上您自己刚说过您睡了九个小时，甚至因此感到头痛的……"

又是一次不愉快。

"噢，是头痛……"他有点不好意思地说，"所以我要走。"

"午饭后您说过，头不痛了。"

"我的天哪，您的记性太好了！这让人受不了！我就是想回去。"

"难道您在这儿不愉快？在您住所那边又怎么样？"

她注视着他的眼睛，怀疑地摇摇头。他随便安慰她一下就走了。

"如果我今天不上尤丽娅家去，会怎么样？"亚历山大第二日早上醒来后这样问自己。

他在房间里来回踱了三次。"真的，我不去了！"他坚决地添了一句。

"叶夫塞！帮我穿衣服。"随后他就在城里闲逛了。

"独自一人逛逛多快活、多惬意！"他心里想，"要去哪儿就去哪儿，停下来看看招牌，瞧瞧商店的橱窗，这儿走走，那儿逛逛……多好，非常之好！自由就是莫大的幸福！是的！这么说吧，自由在广泛而崇高的意义上来说就是独自一人闲逛！"

他拄着手杖在人行道上不慌不忙地走着，高高兴兴地同熟人们打打招呼。他经过海滨街时看到一座房子的窗口现出一个熟识的脸孔。这位熟人招手请他进去坐坐，他打量了一下。噢，这是久梅！他进去了，吃过午饭，又一直待到傍晚，晚上去了剧院，从剧院出来后去吃了晚饭。他尽力不去想住所里的事，他知道那里有什么在等着他。

确实，他回到住所后，看到桌子上放了半打便条，过道里还坐着一个打瞌睡的仆人。这个仆人不见到他，主人就不准他回去。便条上都是些责备、质问和泪痕。第二天得去辩解一通。他就推说公事太多，勉强和解了。

过了三四天，双方又闹了别扭，然后再三再四地这样闹不愉快。尤丽娅人变瘦了，哪儿也不去，谁也不接待，而且默默不语，因为亚历山大听到责备就会发火。

过了两星期左右，亚历山大同几个朋友相约，要选个日子尽情地玩一玩，可就在那天早上他收到尤丽娅写来的一封便函，请他与她相伴一整天，并请他早点儿去。她在便函上写道：她病了，心里愁闷，神经也发疼等等。他大为恼火，不过还是去了她家，说他不能留下来陪她，因为他还有好多事情。

"可不，当然是忙；在久梅家吃饭、上剧院、登山游玩——都是重要的事……"她懒洋洋地说。

"这是什么意思？"他气恼地说，"您好像在监视我？这我受不了。"

他站起来就要走。

"等一等，您听着！"她说，"咱们谈谈。"

"我没工夫。"

"只用一会儿，坐下吧。"

他不乐意地坐到椅子边上。

她叉着双手，神色不安地细细打量他，似乎使劲从他脸上预先看出对她要说的话的回答。

他不耐烦了，在座位上坐不住了。

"快点说！我没工夫！"他生硬地说。

她叹了口气。

"您已经不爱我了？"她稍微摇摇头说。

"老调调！"他一边说，一边用袖子拭拭帽子。

"这句话您很讨厌，是吧！"她顶了一句。

他站了起来，在房间里急速地来回踱步。过了一会儿，响起了她的呜咽声。

"简直让人受不了！"他站到她面前，几乎怒气冲冲地说，"您把我折磨得还不够……"

"是我折磨您！"她大喊一声，痛哭得更凶了。

"真受不了！"亚历山大说，准备要走了。

"好吧，我不了，我不了！"她急忙地说，一边擦着眼泪，"您看，我不哭了，只求您不要走，坐下吧。"

她强装笑脸，脸上流满泪珠。亚历山大产生了怜悯之心。他坐下来，晃动一条腿。他在心里暗自提出一个又一个问题，得出的结论是，他心冷了，不爱尤丽娅了。是什么原因？天知道呢！而她对他的爱一天比一天强烈。是不是由于这个原因？我的天哪！多么不合常理！幸福的条件全具备了。没有什么东西妨碍他们，甚至也没有旁的恋情插进来，可他的心变冷了！啊，生活呀！但怎么去安慰尤丽娅呢？做自我牺牲吗？勉强跟她一起去过那漫长而无聊的日子？假装，他不会，而不假装呢，就要时时刻刻看着她的眼泪，听着她的责备，让她和自己都受折磨……要是跟她谈谈叔父那套关于变心和冷淡的论点——那就请试试吧。她什么也

277

不会明白，就会哭，到时候如何是好？

尤丽娅见他不言不语，便抓住他的手，逼视着他的眼睛。他慢慢地转过脸去，轻轻地抽出自己的手。他不仅感觉不到她的引诱力，而且一接触到她，身上便掠过一阵不舒服的冷战。她对他倍加亲热。他没有做出相应的表示，反而变得更加冷淡、阴沉。她猛然从他那儿抽回了手，顿时满脸通红。她身上那种女人的傲气，被侮辱了的自尊心、羞耻心都醒了过来。她昂起头挺直腰，气愤得脸红耳赤。

"离开我！"她生硬地说。

他立刻抬腿就走，没有任何反对的表示。可等到他的脚步声快听不清的时候，她又奔去追他。

"亚历山大·费多雷奇！亚历山大·费多雷奇！"她大喊起来。

他转身回来。

"您要去哪儿？"

"不是您叫我走嘛。"

"您就乐得跑掉了。留下吧！"

"我没时间。"

她抓住他的手，又是热情缠绵的话语，苦苦的哀求，一脸的泪花。而他呢，无论眼神、话语、动作上都没有表示一点点的同情——就像个木头人似的站在那里，两脚时不时地替换着。他的冷淡使她恼怒极了。威吓和责备纷纷而来。谁认得出她是个温顺柔弱的女人？她的一头鬘发都散乱了，眼睛闪着狂热的光，两颊绯红，脸上现出一副怪相。"她好难看呀！"亚历山大望着她那副怪样子，心里想。

"我要报复您，"她说，"您以为可以随便玩弄一个女人吗？您假装奉承讨好我，骗取我的心，完全控住了我的感情，待到我已无法抛开您的时候，您却将我一甩了之……不！我不会放过您，我要到处让您不得安宁。您无论去哪里都躲不开我，您去乡下，我跟您去乡下，您去国外，我也去国外，无论何时何地，我都跟着您。我不会轻易放弃我的幸福。我的生活将会怎么样，我无所谓了……我已没什么可再失去的了；可我也让您活不自在，我要报复，报复；我一定有了情敌！您不会无缘无故地这样甩了我的……我会把她找出来，您瞧着我怎么干，您不会有好日子过的！假如我现在听说您死了，我会欢天喜地……我真想亲手宰了您！"她狂野地嚷嚷着。

"这何其愚蠢！何其荒谬！"亚历山大耸耸肩膀，心里想。

她看到亚历山大对于威胁恐吓满不在乎，顿时改用平和悲伤的口吻、然后默默地瞧着他。

"可怜可怜我吧！"她开始说道，"不要抛弃我；现在失去您让我怎么办！这样分手我真受不了。我会死的！您想想看，女人的爱与男人的不同，它更温柔更强烈。对于女人来说爱就是一切，尤其对于我。别的女人喜欢打情骂俏，喜欢社交、热闹、浮华；我不习惯于这些东西，我是另一种性格。我爱清静、独处、书本、音乐，但在这世界上您是我的至爱……"

亚历山大显得很不耐烦。

"那好吧！您不爱我了，"她激动地接着说，"但您得履行您的诺言，跟我结婚，只要跟我一起生活……您会是自由的，您想干什么就干什么，甚至您想爱谁就爱谁，只要我有时能看到您……哦，看在上帝的分儿上，可怜可怜我吧……"

她不禁痛哭起来，无法继续说下去了。她激动得筋疲力尽，倒在沙发上，闭起眼睛，咬紧牙齿，嘴抽搐地撇歪了。她的歇斯底里发做了。过了一个来小时她才清醒过来，并镇静下来。身边有一女仆在忙着侍候。她环顾了一下四周。"人在哪儿……"她问。

"他走了！"

"走了！"她懊丧地重复了一声，她不言不语，一动不动地坐了好一阵。

第二天，便信一封接一封地飞向亚历山大，他既不露面，也不给回音。第三天第四天依然如此。尤丽娅给彼得·伊万内奇写信说，有要事请他前来商榷。尤丽娅不喜欢他的妻子，因为她年轻漂亮，又是亚历山大的婶母。

彼得·伊万内奇看到她确实病得不轻，差点儿要呜呼哀哉了。他在她那儿待两小时左右，随后便去找亚历山大。

"好一个伪君子，真有你的！"他说。

"怎么回事？"亚历山大问。

"瞧你的样，好像事情与你无关！说是不会赢得女人的爱情，却把人家搞得神魂颠倒。"

"我不明白您的意思，叔叔……"

"有什么不明白的？你明白得很！我已去过塔法耶娃家，她全都对我说了。"

"怎么！"亚历山大十分难为情地嘟哝说，"她全说了！"

"全说了。她多么爱你呀！你这走运的小子！你总是抱怨，说找不到狂烈的爱情，现在你已经找到了，该高兴了！她为你发狂，为你吃醋、哭鼻子、疯闹……不过你们为什么把我牵扯到你们的事情里去呢？你让婆娘们的事缠到我身上来了。不但如此，我陪着她说话，白费了一个早晨。我原以为是谈业务方面的事，是否想把田产抵押给信托局……她曾经讲起过……可结果是什么事呀！"

"您为什么去她那儿呢？"

"是她请我去的，她埋怨你呢，说真的，你这样轻率，怎么不害臊？四天不去看她一眼——这是闹着玩的吗？她好可怜，快要死了！赶紧去看看吧……"

"您对她说了些什么？"

"一般地谈谈，我说你也爱她爱得发疯，你老早以来都在寻找一颗温柔的心，你非常喜欢真诚的吐露，没有爱情你也活不下去。我还说，她用不着担心，你会回来的，我劝她不要把你管得太死，有时候也得让你出去散散心……我说，不然的话，你们会互相厌烦的……总之都是说些在这些场合下一般要说的话。她变得高兴了，她说你们快要结婚了，又说我老婆也插手过这件事。可是你们没对我提过一个字——真是的！得了，愿上帝保佑吧！这个婆娘还有点钱财，够两个人过日子没问题。我对她说，你一定会履行自己的诺言的……这一回我已经尽力帮助你了，亚历山大，以此答谢你曾经给予我的帮助……我让她相信，你爱得是如此热烈、如此温柔①……"

"您干了些什么呀，叔叔！"亚历山大说，脸色都变了，"我不再爱她了……我不想结婚……我对她已经冷若冰霜……我宁肯跳河……也不愿……"

"哎呀呀！"彼得·伊万内奇故作惊讶地说，"这是你说的话

———————
① 引自普希金：《我爱过你》。——原注

281

吗？你不是说过——还记得吗——你瞧不起人的本性，尤其是女人的本性；世界上没有一个人配得上你……你还说过什么来着？瞧我这该死的记性……"

"看在上帝分儿上，别再说了，叔叔，这番责备已经够了，何必还来一通教训？您以为我真不明白……哦，人哪，人哪！"

他突然哈哈大笑起来，叔父也跟着他大笑。

"这一下就好啦！"彼得·伊万内奇说，"我说过，终归有一天你会笑你自己的，你瞧现在……"

两人又哈哈大笑起来。

"好，你说说，"彼得·伊万内奇继续说，"你现在对这个女人怎么看……她叫什么来着？……叫帕申卡，是吗，有颗小疣子的？"

"叔叔，这太损人了！"

"不，我这样说只是想知道你是否还看不起她？"

"别说这个了，看在上帝分儿上，现在最好帮我摆脱可怕的处境吧。您是这样聪明，这样明白事理……"

"啊，现在竟恭维起我来了！不，你去结婚吧。"

"绝对不行，叔叔！我求您了，帮帮我……"

"问题就在这里，亚历山大，好在我早就料到你搞的那些勾当……"

"怎么，早就料到！"

"是的，你谈恋爱的事从一开始我就知道了。"

"大概是 ma tante 告诉您的吧。"

"才不是呢！是我告诉她的。这有什么奇怪？什么事都在你脸上写着呢。好，不要犯愁，我已经帮了你的忙了。"

"怎么？什么时候？"

"今天早上。你尽可放心，塔法耶娃不会再打扰你了……"

"您是怎么干的？您对她说了什么？"

"说来话长，亚历山大！太没意思了。"

"可是您也许跟她天知道说了些什么。她会恨我，瞧不起我……"

"那不是一样吗？我使她平静下来，这就够了；我说你不会谈恋爱，不值得为你操心……"

"她怎么样呀？"

"她现在甚至很高兴你把她甩了呢。"

"怎么，她高兴！"亚历山大郁郁不乐地说。

"是的，她高兴。"

"您没发现她有些惋惜、有些忧愁吗？她觉得无所谓？这真不像话！"

他不安地在房间里踱来踱去。

"她很高兴，她很平静！"他反复说，"真奇怪！我马上去找她。"

"人就是这样！"彼得·伊万内奇说，"爱情也就是这么回事；你靠它去生活，那是很妙的。你不是怕她派人来叫你吗？你不是请求帮助吗？可现在你却担心她同你分手后会不会闷死。"

"她很高兴，很满意！"亚历山大说，一边在踱来踱去，也没有去听叔父在说什么，"啊！这么说她不爱我！既不忧伤，也不流泪。不，我得去看看她。"

彼得·伊万内奇耸耸肩膀。

"随您怎么想，我不能就这样不管，叔叔！"亚历山大添了一句，一边拿起帽子。

"你这样又去找她，那你就摆脱不开了，以后你可别来烦我，我不再管了；我现在之所以过问，仅仅因为是我使你陷进这种境地的。喂，行了，干吗还要垂头丧气呢？"

"真没脸活在世上……"亚历山大叹息说。

"不做工作也是丢脸的，"叔父补了一句，"得了！今天上我家来，吃饭的时候笑谈一会儿你的罗曼史，然后咱们坐车去工厂。"

"我多么渺小浅薄！"亚历山大沉思地说，"我没有良心！我很可鄙，精神贫乏！"

"都是恋爱的错！"彼得·伊万内奇插嘴说，"多糟糕的蠢事，这就让苏尔科夫之流去干好了。你是个能干的后生，可以干些更重要的事。追女人你也追够了。"

"可您也很爱您的夫人，不是吗……"

"当然是呀。我同她相处非常习惯了，而这个并不妨碍我干自己的事。好，再见，你来吧。"

亚历山大坐在那里，一脸的困惑、一脸的愁闷，叶夫塞一只手伸在靴子里，悄悄地走到他跟前。

"请瞧瞧，少爷，"他讨好地说，"多棒的鞋油呀，擦出来像镜子般光亮，价钱只有二十五戈比。"

亚历山大清醒过来，机械地瞧了瞧靴子，然后瞧了瞧叶夫塞。

"滚开！"他说，"你这傻瓜！"

"那就打发我回乡下去……"叶夫塞又开口说道。

"滚，我对你说，滚！"亚历山大几乎带哭声地喊了起来，"你真把我折磨苦了，你用你的靴子送我进坟墓……你……这个野蛮人！"

叶夫塞赶紧跑到前室去了。

第十章

"亚历山大怎么不来看我们了？我有三个来月没见到他了，"有一次彼得·伊万内奇从外面回来的时候，向妻子问道。

"我已不指望什么时候见到他了，"她回答说。

"他到底怎么啦？又恋爱啦，是吗？"

"不知道。"

"他身体好吗？"

"身体很好。"

"请您给他写封信，我需要跟他谈一谈。他们单位里又有些人事变动，我想他还不知道。我搞不懂他为什么满不在乎。"

"我为请他来已经写过十来次信了。他老推说没有时间，其实他是跟某些古怪的人去下棋、去钓鱼。你最好亲自去一趟，你就会搞清楚他是怎么回事。"

"不，我不想去，差个仆人去吧。"

"亚历山大不会来的。"

"试一试吧。"

他们差个仆人前去。仆人很快就回来了。

"怎么样呀，他在家吗？"彼得·伊万内奇问。

"在家。他吩咐问候老爷太太。"

"他在干什么？"

"他躺在沙发上。"

"怎么，这个时候还躺着？"

"听说他总是躺着。"

"他干什么，睡觉？"

"不是的。我起先也以为他在睡觉，可他那双眼睛是睁着的，老瞪着天花板。"

彼得·伊万内奇耸耸肩膀。

"他来吗？"他问。

"不，不来。他说：'替我问候一下，禀告叔叔，请他原谅，我身体不大好'；太太，他也吩咐向您问候。"

"他到底出什么事了？这真是奇怪！怎么成这样呢！叫他们不要卸车。没办法，只得去一趟。不过这真的是最后一次了。"

彼得·伊万内奇也碰见亚历山大坐在沙发上。叔父进来时他欠了欠身子，又坐下了。

"你身体不舒服？"彼得-伊万内奇问。

"是的……"亚历山大打着哈欠回答说。

"你在干什么呢？"

"没干什么。"

"你能闲待着？"

"能。"

"亚历山大，我今天听说你们那儿的伊万诺夫要退了。"

"是的，要退了。"

"谁接替他的位置呢？"

"听说是伊琴科。"

"那你怎么样？"

"我？没怎么样。"

"怎么个没怎么样，为什么不由你接班呢？"

"没有让我去嘛。有什么办法，大概我不合适呗。"

"得了吧，亚历山大，你得奔走奔走。你最好去找找司长。"

"不。"亚历山大摇摇头说。

"看来你觉得无所谓吧？"

"无所谓。"

"要知道你是第三次没被提职了。"

"无所谓，随它去吧！"

"待到你过去的下级要对你发号施令，或者他进来的时候，你得起立、敬礼，那时候瞧你怎么说呢。"

"有什么关系，我起立、敬礼好了。"

"那自尊心呢？"

"我没有自尊心了。"

"那么你总有些生活兴趣吧？"

"没有任何兴趣。从前有过，可都成为过去了。"

"不会的，一些兴趣没了，另一些兴趣就代之而起。为什么你的兴趣都过去了，而别人的都没过去呢？你还不到三十岁，日子还长着呢……"

亚历山大耸耸肩膀。

彼得·伊万内奇已不愿意这样谈下去。他把这一切叫作胡闹。可他知道回家之后躲不开妻子的盘问，所以不大情愿地继续说

287

道："你最好去干些什么散散心，去跟人交往交往，看看书也好。"

"我不想，叔叔。"

"人家已开始议论你了，说你……那个……谈恋爱谈得精神失常，天知道你干些什么，跟某些古里古怪的家伙厮混……我就为这种事找你来的。"

"他们想说什么就让他们说去吧。"

"听我说，亚历山大，不开玩笑了。问候不问候，交往不交往，这些都是小事，问题不在这儿。不过你记住，跟任何人一样，你得干些事业。你有时候考虑不考虑这件事？"

"怎么不考虑呢，我已经做了。"

"怎么回事呢？"

"我给自己划了个活动范围，我不愿意越过这道界限。在这里我是主人，这就是我的事业。"

"这是懒惰。"

"也许是吧。"

"只要你还有力气，能够做些事情，你就没有权利斜躺着不动。你的工作做了吗？"

"我做着呢。谁都不能指责我无所事事，早上我去上班，而工作之外的劳动——这不必要，纯属多余的负担。我干吗要忙忙碌碌？"

"大家忙碌都是有目的的，有人认为竭尽全力工作是自己的职责，有人是为了金钱，有人是为了名誉……你怎么能例外？"

"名誉、金钱！特别是金钱！要金钱干吗呢？反正我挣的钱已经够我吃够我穿的了。"

"你现在穿得还很差，"叔父说，"似乎你只有这点需要？"

"只有这点。"

"精神上思想上的高级享受呢，艺术呢……"彼得·伊万内奇模仿亚历山大的声调说道，"你可以进取，你有更高的使命；你的天职召唤你去从事高尚的劳动……还有努力上进的志向——你忘了？"

"去它的吧！去它的吧！"亚历山大不安地说，"叔叔，您说话好奇怪呀！您从前可不是这么说话的。是不是为了我？你会白费劲的！我曾想上进——您记得吗？可有什么结果！"

"记得您想突然一下子当部长，后来又想当作家。可待你一旦看到当大官得走过漫长艰难的道路，当作家需要天才，所以便望而却步。好多像你一类的青年带着老高的眼光奔这儿来，可对自己眼前的事情则视而不见。要他写份公文材料——都拿不起来……我不是说你，你已证明你很有工作能力，将来会有出息。可要等待很长时间，是够烦人的。我们希望一下成功；办不到，便垂头丧气。"

"我正不想努力上进了。我想就待在现在这位置上，难道我没有权力给自己选择工作？工作是不是让我屈才，那有什么关系。如果我是努力认真地工作，那我就是在履行职责。就让人家指责我没有能力往高处奔。我一点也不觉得难受，如果这是真的。您自己就说过，卑微的命运中也蕴有诗意，可现在您却责备我选择了最卑微的命运。谁能阻止我下降几级而站到我所喜欢的级别上？我不想升官晋级——听见没有，我不想……"

"听见了！我又不是聋子，不过这些话都是毫无意义的诡辩。"

"不要这么说嘛。我已经给自己找到位置了，我就要在这个位置上待一辈子。我已找到一些淳朴老实的人，尽管他们并不十分聪明，我跟他们一块下棋、钓鱼——其乐无穷！就让我为这个而受惩罚吧（依您的说法），就让我失去奖赏、金钱、名誉、地位——一切您所热心追求的东西吧。我永远不要……"

"亚历山大，你想装作对什么都满不在乎，无动于衷，可是你的话语里却翻腾着懊丧情绪；你好像不是以言语来说话，而是以眼泪来哭诉。你心里好苦呀，你不知道向谁宣泄好，因为错的只是你自己。"

"就让它这样吧！"亚历山大说。

"你想要什么呢？一个人总该是有所要求的吧？"

"我要求人家不要妨碍我待在我的温馨的环境里，我用不着去奔忙，我要平静地生活。"

"难道这算是生活？"

"在我看来，您所过的那种日子才不算生活，所以我做对了。"

"你可能要按自己的想法去改造生活，我想象那是很美好的。我想，在你那个天地里、一对对的情侣们和朋友们都在玫瑰花丛中散步……"

亚历山大一声不吭。

彼得·伊万内奇默默地望着他，他又瘦了，眼睛陷了进去。脸颊和额头未老先衰地出现了皱纹。

叔父颇为吃惊。他不大相信精神上的痛苦，然而他担心在这种颓丧情绪下是否隐藏着肉体疾病的病根，他心里想："这小伙子可能要疯了，得让他母亲知道，应该去封信才是！她很快会赶来的。"

"亚历山大，我看你是灰心丧气了。"他说。

"怎样才能使他的心思转回来，"他思索着，"回到他所喜爱的念头上来。等一下，我装作……"

"听我说，亚历山大，"他说，"你太消沉了。摆脱这种消极情绪吧。这样不好呀！为了什么呢？我有时对爱情、友谊随便发些议论，你大概过于放在心上了。要知道这些话我是开玩笑地说的，主要是为了抑制一下你的过度兴奋，这种情绪在我们这个时代不大适宜，尤其是在这里，在彼得堡，这里的一切都是均衡适度的，无论是女人的时装、男女的爱情、事业或娱乐，样样都是经过衡量、探究、评估的……什么都有个界限……为什么你一个人在表面上偏要不按照这个一般的习惯呢？难道你真的以为我是个没有感情的人，以为我不承认爱情吗？爱情是一种极美好的感情，没有什么比两颗心的结合更神圣的了，友谊也是，比如……我心里也深信，感情应该是永世不渝的……"

亚历山大笑了起来。

"你笑什么？"彼得·伊万内奇问。

"奇怪，您说得好奇怪，叔叔。要不要来根雪茄？让我们抽抽烟。您继续往下说，我洗耳恭听。"

"你怎么啦？"

"没什么。您想挖苦我！您曾经说过我人不笨！您想把我当皮球似的拿来玩——这令我难过！我不会一辈子都是个小青年。我也有一些人生阅历，总是有些用的吧。您多会夸夸其谈！好像我不长眼睛？您只要耍起把戏，我就来观赏。"

"我真是多管闲事了，"彼得·伊万内奇心想，"还是打发他去见我老婆吧。"

"上我家去吧，"他说，"我夫人很想见你。"

"我不去，叔叔。"

"你把她忘在脑后，你这样做好吗？"

"也许很不好，不过看在上帝分儿上，原谅我吧，目前不要等我。我再过一些时间去。"

"那就听便吧。"彼得·伊万内奇说。他挥一挥手，便打道回府了。

他对妻子说，他不再理睬亚历山大了，让这小子想干什么就干什么去吧，而他，彼得·伊万内奇，已经做了自己能做的一切，现在就不再去管了。

亚历山大避开尤丽娅之后，便投身于热闹而欢乐的生活里。他常常吟诵我们一位著名诗人的诗句：

> 我们去到那充满欢乐的地方吧，
> 那里喧响着寻欢作乐的风暴，
> 那里的人不是在生活，而是在消耗生命和青春！
> 在开心的玩耍中，在欢乐的宴席旁，
> 人们一时沉醉于虚假的幸福，
> 我习惯于无谓的幻想，
> 美酒让我去顺应命运。
> 我压制着心头的烦恼，
> 我不让思想展翅飞翔；
> 我也不让眼睛
> 去眺望苍穹中寂静的光辉。
> ……

他交了一帮朋友，跟他们交往自然离不开酒杯。朋友们在冒泡的酒里观赏自己的面容，然后又朝着锃亮锃亮的皮靴去瞧自己的脸孔。"滚开吧，痛苦！"他们欢欣地高呼，"滚开吧，烦恼！我们要把生命和青春耗费个尽，消灭个光，将它们化为灰烬，全部喝干！乌拉！"酒杯和酒瓶丁零当啷地摔在地板上。

逍遥自在、热闹的交往、无忧无虑的生活曾一度使他忘记了尤丽娅，忘记了愁闷。可天天是老一套，老是上饭馆用餐，老是看到那些嵌着浑浊眼睛的脸孔；天天老是听着那些同伴醉酒后的胡言乱语，此外，还加上经常肠胃闹病，不行，这种生活不合他的脾性。亚历山大体质不佳，生性又多愁善感，受不了这种吃喝玩乐的生活。

他逃避那些开心的玩耍、欢乐的宴席，一人躲在自己的房间里，形影相吊，身边仅有一些被遗忘了的书本。书本常从手中掉落下来，笔头不听灵感的指使。席勒、歌德、拜伦向他展现了人类的阴暗面——他见不到光明的一面，他没有心思去观察这一面。

曾经有个时候他待在这房间里觉得多么地幸福！他不是形只影单，他的身旁有一个美妙的幻影，白天在他辛勤工作时护着他，夜里又守卫在他的床头。那时候他生活中怀有幻想、未来被罩着一层雾气，但这不是预示着阴雨的浓雾，而是遮掩着灿烂朝霞的晨雾。在这种雾的后边隐藏着什么呢，大概是幸福吧……可如今呢？不仅他的房间，甚至整个世界在他看来都是一片虚空，他心里感到愁闷……

他细细观察人生，询问心灵和头脑，他惊恐地发现，无论何处都没有留下一点幻想，一点美好的希望，一切都过去了；雾气消散了，展现在他眼前的是荒原般赤裸裸的现实。天哪！多么辽阔无垠的荒野！多么乏味、凄凉的景象！过去死亡了，未来消灭了，幸福失去了。一切皆是虚幻，可是还得活着！

他需要什么，自己也不清楚；而他不要的东西可多得很！

他的头脑仿佛处在云雾里。他没有睡去，但神志昏昏然。沉重的思虑在他脑中无穷无尽地伸展开来。他想：

"什么东西能吸引他呢？迷人的希望、无忧无虑的心态都已失去了！前面有什么，他全都清楚。名誉、追求光荣的志向？他对这些东西不感兴趣了。为了某些目标，如鱼撞冰似的拼搏二三十年是否值得？这能否使他的心得到温暖？有几个人一边向你深深鞠躬，一边可能在想：'见你的鬼去吧！'你的心里会高兴吗？"

爱情？哪还有这种东西！他对这玩意儿可有体会了，已经不能再去恋爱了。那过分热心的记性像是开玩笑似的让他想起了娜坚卡——但不是那个天真淳朴的娜坚卡（这个她他永远记不起来了），而是那个移情别恋的娜坚卡，还想起了当时的种种情景，树林，小径，花丛，想起了这一切中间的这个坏心眼的女孩，还有他所熟悉的笑容，愉悦和羞涩的红晕……而这一切都是为别人，不是为他而存在的……他边呻吟边捂着心口。

"友谊，"他心里想，"又是一件蠢事！一切都体验过了，没有什么新鲜的东西，旧事不会重演、你就活着吧！"

他谁都不信，什么都不信了，也不会沉醉于享乐之中；他行乐时就像一个没有食欲的人在食用美味佳肴，感觉不到好滋味，他知道随之而来便是无聊，什么也填补不了他心灵的空虚。再去玩弄感情的游戏，它又会欺骗你，只会搅得你心烦意乱，给旧疮疤上再添几处新创伤。瞧着那些陷入情网、得意忘形的情人们，他讥讽地笑了，心里想："慢着，清醒一下吧；初期的欢乐之后就会开始吃醋，一会儿和解，一会儿鼻涕眼泪。待在一起，相互厌烦得要死；分手吧，两人又要哭鼻子。再凑在一起，那就更糟了，发了疯的人们呀！相互吵嘴打架，争风吃醋，然后暂时和解，为的是以后吵得更起劲、这就是他们的爱情和忠诚！嘴上唾沫横飞，有时眼里噙着绝望的泪水，可都说这些就是幸福！至于你们的友谊……扔一块骨头，都变成狗了！"[①]

　　他不敢去期望，因为他知道往往在获得所期望的东西那一时刻，命运便从你手中夺走幸福，而给了你完全另外的东西、你根本所不需要的东西，也就是一些破烂儿。即使最后给了你所希望的东西，那就要先对你大加折磨，搞得你筋疲力尽，并当面羞辱你，然后像扔块东西给狗吃一样，先让它爬到美味食品前面，让它观瞧一会，闻一会，在尘土里打几个滚，用后腿竖立起来，然后才喊：抓去吃吧！

　　人生中幸福和不幸周期性地来临令他惶恐。欢乐他预见不到，而痛苦必定在前面等候，你逃不过它，大家都服从于共同的规律；依他看来，每个人的幸福和不幸都各占一半。他的幸福已经结束了，那是什么样的幸福呀？那是一种幻象、错觉。唯有痛苦是实在的，它还在前边等着呢。那儿有疾病、衰老、各种损失，也许还有贫困……所有这些命运的打击，正如乡下的姨母所说的那样，都在守候着他呢；会有什么样的快乐？崇高的诗人使命已经变了；他被压上沉重的担子，人们对此称之为职责！剩下的就是那些可鄙的利益——金钱、舒适、官职……去它们的吧！哦，仔细观察人生，搞清它是什么样，可是搞不清它为什么如此，这是何等可悲呀！

---

① 　参见克雷洛夫寓言《狗的友谊》，引文稍有变动。——原注

他忧闷极了，看不到脱离这些疑惑漩涡的出路。生活的经历只是白白地糟蹋了他，而没有给他的生命增添健康的东西，没有净化生活中的空气，也没有给予光明。他不知道怎么办，在沙发上翻来覆去，脑子里逐个地回想着那些熟人，结果变得越发愁闷起来。有的人工作得非常出色，享有好官员的荣誉和名声，有的人安了家，看淡世俗的荣华，宁愿去过太平的日子，不嫉妒任何人，不抱任何奢望；还有的人……干吗再说下去呢？大家对生活似乎都有了安排，安定下来，并沿着自己预定的明确的道路前进。"唯独我一人……我算何许人呢？"

他开始审问自己，他能否成为一个官员，能否成为一个骑兵连连长？能否满足于家庭生活？他明白，上边无论哪一种情况都是不可能令他满意的。他心里老有一个小魔鬼在活动，老是对他嘀嘀咕咕，说这种事对于他无足轻重，他应该高飞……而飞往何处，如何去飞——他却无法决定。去搞写作他那是错了。那怎么办？从何着手？他一再问自己，可又不知道如何回答。苦恼把它折磨得厉害。他想，算了，就去当个行政官员或者当个骑兵连连长吧……可是不行了，时机已经过去，必须从头学起。

绝望令他泪流不止——这是苦恼、嫉妒和厌恶一切的眼泪，是极其痛苦的眼泪。他痛心地后悔当年没有听母亲的劝阻，而离开了那僻静的乡村。

"母亲的心里早已预感到我日后所遭受的苦痛，"他心里想，"在家乡，这些不安分的激情可能会沉睡不醒，在那里可能不会出现这种复杂生活的狂热风波。再说，在那里人类的一切情感和欲望，如自尊心、傲气、虚荣心什么的，也会降临在我身上——在我们县城的小小范围里，这一切都可能在较低程度上触动我的心——这一切会使我心满意足的。县城里的头面人物嘛！可不！一切都是相对的呀。我们所有的人的内心或多或少都燃烧着一种天火，它那神圣的火花也会悄悄地在我心中燃烧，而在闲散的生活中也可能很快地熄灭，不过在对妻子儿女的依恋中可能会复燃起来。那样生活就不会受到毒害。我就会骄傲地完成自己的使命，这样的人生道路是平安的，我觉得它简单而易于理解，这样的人生我有能力应付，与它抗争我承受得了……而爱情呢？它会像鲜艳的花朵那样开放，它会充实我的一生。索菲娅会在平静的生活中一直爱着我。我不会对任何东西失去信心，我采到的全是玫瑰花，而不会被刺扎手，我甚至没有体验嫉妒，因为没有竞争嘛！为什么我是那么强烈而盲目地向往那渺茫的远方呢，向往跟命运作并非势均力敌的、不知后果的斗争呢？我那时候把生活和人们看得多么美好呀！我现在可能还是这样去看待，真是什么都不懂。我那时候对人生期待得太多了，如果不对它加以仔细的观察，那我至今还会对它有所期待。我在自己心灵里发现了多少珍宝呀，它们如今安在？我拿它们去与世人交换，我献出真挚的心，最珍贵的激情——可得到的是什么呢？是痛苦失望。我明白了，全是欺骗，全是不可靠的，既不能信赖自己，也不能信赖别人，我对别人对自己都感到担心……由于这种分析，我不能认真地对待那些生活琐事，也不能像叔叔和其他许多人一样以它们为满足……所以有了今日……”

如今他只希望一样，忘却过去，得到心灵的平静和安宁。他对人生的态度越来越冷淡了，以朦胧的目光去看待一切。在人群中、喧闹中他觉得无聊得很，他躲避开去，可无聊还是追随着他。

他感到惊奇的是，人们怎么能够那样高高兴兴，不断地去干

297

工作，天天都有新的兴趣。他又觉得奇怪，大家都不像他一样糊里糊涂，哭哭啼啼，不谈天气，不诉烦恼，不讲苦痛，即使要说，那也只是谈点脚上或其他地方的病痛，谈点风湿症或痔疮什么的。他们操心的只是肉体，根本没想到灵魂！"空虚无聊的人哪，牲口！"他心里想。有时候他会陷入深深的沉思。"这些无聊的人竟那么多，"他有些不安地自言自语说，"可我只是一个人，难道……他们全都……空虚……不正确……而我呢……"

此时他觉得，大概是他一人错了，因此他变得更加苦恼了。

他不再同老朋友们见面了，与新认识的人的接近使他觉得冷冰冰的。跟叔父那次谈话以后，他更深深地沉没在冷漠的梦乡里，他的灵魂完全陷于沉睡。他变得又呆板又冷淡，整天游手好闲，凡是让人想起这个现实世界的事，他都要躲得远远的。

"不论怎么生活，只要把日子混过去就行！"他说，"每个人都随自己的意愿去理解生活；待到死去的时候……"

他找那些肝火旺、怨气大、心肠冷酷的人聊天，倾听他们对命运的恶毒嘲笑；或者同那些在智力和教养上都不及他的人一起打发时光，同他最经常在一起的是科斯佳科夫老头，也就是扎耶兹扎洛夫想介绍给彼得·伊万内奇认识的那个人。

科斯佳科夫住在佩斯基，他头戴油亮的便帽，身穿长罩衫，腰里系着手绢，在所住的那条街上逛来逛去。他家里有一位厨娘。每天晚上他们两个都在一起玩牌。如果发生火灾，第一个到场的是他，最后一个离开的也是他。路过正在给死者举行葬仪的教堂时，他会从人群中挤过去瞻仰死者的遗容，然后陪送到坟地。总之，他非常喜欢各种礼仪，无论是喜事或丧事的礼仪；他也喜欢在各种非常事件里出现，比如打架斗殴、不幸的死亡事故、房顶倒塌什么的：他也特别喜欢阅读报纸上这类事件的报道。除此之外，他还阅读医书，他说是"为了了解人身上的构造"。冬天亚历山大跟他下棋，夏天则同他去郊外钓鱼。这老家伙谈锋甚健，无所不知。他们来到田野，他就谈庄稼、谈耕作；走到河边，就谈鱼虾、谈航运；走在街上，就谈房屋、建筑、材料、收入……没有任何抽象的议论。在有钱的时候他认为人生好得很、没有钱的时候就认为糟得很。这种人对于亚历山大来说是没有危险的，也不会唤起精神上的不安。

就像修道士们竭力克制肉欲一样，亚历山大竭力去克制自己精神方面的要求。上班的时候他沉默寡言，遇到熟人时谈不到三言两语，便借故有事而避开去。然而他跟自己的朋友科斯佳科夫却天天见面。有时候这老头整天待在他这儿，有时候请亚历山大去他那儿喝白菜汤。他已经教会亚历山大做露酒、煮鱼肉杂拌汤、炖肉什么的。有时他们一起前去郊外的乡村，去到田野上。科斯佳科夫到处都有很多的熟人。他跟庄稼汉们聊聊他们的生活，跟娘儿们说说笑话逗逗乐，诚如扎耶兹扎洛夫所介绍的，他确实是个诙谐的人。亚历山大任他爱说什么就说什么，而自己多半是不大言语的。

他已感觉到，他所厌弃的那个世界的一些俗念已不常来打扰他了，也不怎么在他脑子里打转转了，没有发现在周围有什么反应和阻力、没有引起议论，这些俗念没有滋生起来便消失了。心灵荒凉而空虚，犹如荒芜的花园一样。他距离完全麻木已不远了。再过几个月——那就全完了！但又有事情发生了。

有一回亚历山大和科斯佳科夫一同去钓鱼。科斯佳科夫穿着一件短上衣，戴着一顶皮帽，他在岸边安放好几根长短不一的钓竿，线上安有浮标和小铃铛，鱼钩沉到水的深处，他一边用短烟斗抽着烟，眼睛一眨不眨地注视着这一排钓竿，也兼看着亚历山大的钓竿，因为亚历山大倚着树站在那儿，眼睛望着别处。他们就这样默默地站了好一会儿。

"瞧您那钓竿，有鱼上钩了，亚历山大·费多雷奇！"科斯佳科夫忽然低声地说。

亚历山大瞧瞧水面，又转开脸去。

"那是一点水花，你以为是鱼上钩。"他说。

"瞧呀，瞧呀！"科斯佳科夫喊了起来，"上钩了，确实上钩了！哎，哎！拉呀！拉呀！钩住！"浮标扎进水里，钓线立即亦跟着下去，钓竿也被从草丛里拖了出来。亚历山大抓住钓竿，随之拉住钓线。

"轻声点儿，动作轻点儿，别这样拉……您这是怎么啦？"科斯佳科夫喊着说，同时赶紧抓住钓线，"天哪，好重呀！别硬拽，轻点拉，轻点拉，不然钓线会断的。就这样拉，往右、往左，拉到这儿，拉到岸上！松一点！再松；现在拉吧，拉吧，可不能猛拉；就这样拉，就这样拉。"

水面上顿时出现了一条大梭鱼。它急忙缩成一团，银色的鱼鳞闪闪发亮，尾巴向左右拍打着，溅了他们两人一身水。科斯佳科夫惊得脸色发白。

"好大的一条梭鱼呀！"他有些惊慌地喊了起来。他向河水俯下身去，倒在地上，碰倒了钓竿，用双手去捉那在水面上打滚的梭鱼。"喂，往岸上拉，往岸上拉，再继续往这边拉！不管它怎么打滚，还是被我们钓到了。瞧，它要溜，像鬼似的！嘿，多棒的梭鱼！"

"嘿!"有人在后边也同样喊了一声。

亚历山大转过脸一看。离他们两步远的地方站着一个老头,同他挽着手站着的是一位漂亮的姑娘,个子高高的,没有戴帽子,手里撑着阳伞。她的双眉微皱着。她稍稍向前俯点身子,蛮有兴趣地注视着科斯佳科夫的每个动作。她甚至没有注意到亚历山大。

这个意外的景象使亚历山大发窘了。他手中的钓竿掉了下来,梭鱼扑通一声落进水里,姿势优雅地摇了摇尾巴,迅速地往深水里游去,把钓线也带走了。这一切都是在一瞬间发生的。

"亚历山大·费多雷奇,您这是怎么啦?"科斯佳科夫疯了似的喊了起来,伸手去抓钓线。他猛地一拉,只拉上钓线的头,但没有了钓钩,也没有了梭鱼。

他脸色刷地发白了,转身对着亚历山大,让他看那钓线的头,怒气冲冲而又默默地望了他一会儿,然后啐了一口。

"我永远不跟您一起钓鱼了,不然我就下地狱!"他嘟哝了一句后便回到自己的钓竿旁。

这时候那姑娘发现亚历山大在观望她,她一下羞红了脸,便往后退去。那老人看来是她的父亲,向亚历山大行了个礼,亚历山大抑郁地向他还了礼,抛下钓竿,在离开十来步远的树下的一张长凳上坐了下来。

"连这个地方也没安宁了!"他心里想,"这里也出现了俄狄浦斯和其安提戈涅①。又出现一个女人!哪儿也躲不开。我的天哪!天下有这么多的女人!"

"唉,您这个钓鱼的!"科斯佳科夫把自己的几根钓竿摆放好,

---

① 希腊神话中的一个国王和其女儿。——译注

一边时不时恼恨地瞧瞧亚历山大说，"您哪是来钓鱼呀！您还是坐在自家沙发上捉老鼠吧，干吗来钓鱼呢！鱼从您手里都溜掉了，哪儿还钓得到鱼呀？鱼差点儿进到嘴里了，只是还没有煮！奇怪的是，鱼倒没有从您盘子里溜掉！"

"有上钩的吗？"那老头问。

"唉，您瞧瞧，"科斯佳科夫回答说，"我放了六根钓竿，哪怕有一条不能吃的小棘鲈来碰一下钩也好呀，就是一条也没有。可他那边呢，钩子放到河底，只安有一个漂子，倒有十来俄磅^①的梭鱼来上钩，可人家打瞌睡偏让它溜掉了。俗话说：是猎人，野兽就找上门！可不是吗，鱼要是从我手里溜掉，那我就跳进水里抓它回来；如今梭鱼自己要往我们牙齿里钻，而我们却在睡大觉……还自称是钓鱼人呢！这算什么钓鱼人呀！哪有这样的钓鱼人？不，真正的钓鱼人，哪怕炮弹落在身旁，连眼也不眨一下。那才算是钓鱼人呢！您哪里钓得了鱼！"

这时候那位姑娘已经看清楚了，亚历山大跟科斯佳科夫完全是不同类别的人。亚历山大连衣着也跟科斯佳科夫的不一样，还有体态、年岁、风度以及其他各方面都大有差别。她从他身上很快发现有教养的迹象，从他脸上看出他的心思，甚至连那忧郁的神色也逃不过她的眼睛。

"可他干吗跑开呢！"她心里想，"看起来好奇怪，我不会是一个令人见了就要躲开的人吧……"

她傲然地挺直身子，垂下眼睑，随之抬了起来，对亚历山大冷冷地扫了一眼。

---

① 1 俄磅约等于 409.51 克。——译注

她感到挺恼火的。她拉着父亲神气活现地走过亚历山大的身旁。老头又向亚历山大点点头，而女儿对他则不屑一顾。

"让他也明白，人家对他根本不感兴趣！"她一边想着，一边偷瞧一眼，看亚历山大是否在瞅她。

亚历山大虽然没有瞅她一眼，可是也不由得摆出更加优雅的姿态。

"真是的！他竟不瞧一眼！"姑娘想，"多么没礼貌！"

科斯佳科夫第二天又来拉亚历山大去钓鱼，这样一来，用他自己的咒语来说，他得下地狱才是。

两天时间里没有什么来破坏他们的隐居生活。亚历山大起先常四下张望，似乎心里有些害怕；但没有看到什么人，又定下心来。第二天他拉上了一条大鲈鱼。科斯佳科夫跟他和解了一半。

"可这到底不是梭鱼！"他叹息说，"手气倒有，只是不会利用；这种事是不会有第二次的。我还是什么也没钓到！钓竿有六根——可什么也没钓上来。"

"您就敲敲钟嘛！"一个过路的农夫停下来看他们钓鱼，在一旁接过话说，"没准鱼听到钟声也会前来……做祈祷。"

科斯佳科夫恶狠狠地瞪了他一眼。

"闭嘴吧你，没教养的人！"他说，"庄稼佬！"

庄稼汉离去了。

"笨蛋！"科斯佳科夫朝着他背影喊道，"畜生就是畜生。跟自己的伙伴开玩笑去吧，该下地狱的！畜生，我说你呢，庄稼佬！"

在猎人运气不佳的时候，千万别去惹他！

到了第三天，他们在凝神地注视着水面，默默地垂钓的时候，背后传来一阵窸窣声，亚历山大回头瞧了瞧，不禁浑身一颤，简直像被蚊子叮了一口似的。那位老头和他女儿又来到这里。

亚历山大斜着眼望一下他们，稍稍向老头答礼，不过他似乎是盼望这样的访问的。平常他来钓鱼衣着非常随便，可他今天穿上新衣服，脖子上讲究地围上天蓝色的围巾，头发也梳过了，甚至还稍稍卷过，很像个风雅飘逸的渔人。他合乎礼节要求地等候了一些时间，便走开去，坐到一棵树下。

"Cela passe toate permission!"[①] 那位安提戈涅心想，气得脸红了。

"对不起！"那位俄狄浦斯对亚历山大说，"我们也许打扰您了吧……"

"不！"亚历山大回答说，"我是累了。"

"有鱼上钩吗？"老头问科斯佳科夫。

"有人在旁边说话，哪会有鱼来上钩呢，"科斯佳科夫气冲冲地说，"刚才有一个家伙经过这儿，就在旁边讲废话——从那一会儿起就没有鱼来上钩了。看来，您就在这一带附近住吧？"他问这位俄狄浦斯。

"那边就是我们的别墅，带凉台的那幢。"那老头回答说。

"请问房租很贵吧？"

"一个夏季五百卢布。"

"看来那别墅不错，装修得也好，院子里还有好多房子。房东大概得花上三万卢布吧。"

"是的，大约要这个数。"

"是呀。这位是您家千金？"

---

① 法语：这太过分了！——原注

"是我女儿。"

"好呀。多体面的小姐呀！你们出来散步？"

"是的，我们在散步。在别墅里住着，得出来散散步。"

"对，对，当然要散散步，现在正是好时光，不像上个星期那样，那种鬼天气，哎呀呀！真是要命！大概秋播都受影响了。"

"上帝保佑，天气会变好的。"

"上帝保佑吧！"

"那么您今天还没有钓到鱼？"

"我这里什么也没有，而他那儿您瞧瞧去吧。"

他指指那条鲈鱼。

"告诉您吧，"他接着说，"这很稀奇，他的运气可好了！可惜他对这个不大用心，要不然有他这样好运气，我们决不会空手而归的，竟让这么一条大梭鱼溜走了！"

他叹了一口气。

安提戈涅开始较感兴趣地倾听着，可科斯佳科夫却沉默起来。

那老头和女儿来得越来越勤了。亚历山大也注意起他们来。他有时也同老头谈上两句，可是同他的女儿还是一句也不说。她起初感到恼火，后来心里觉得不是滋味，最后觉得愁闷死了。要是亚历山大跟她谈上几句，或者哪怕对她给以一般的注意，她可能对他就不会在意了，可如今完全是另一种情况。人的心似乎是单靠一些矛盾而活着的，若是没有了矛盾，那胸膛里好像也就没有了那颗心了。

安提戈涅本来曾想好了一个可怕的报复计划，可后来慢慢就放弃了。

有一回老头带着女儿走到我们这两位朋友身旁，亚历山大稍

305

等了片刻，便把钓竿搁在灌木上，按平常惯例，自己坐到老地方，不自觉地时而瞧瞧那位父亲，时而瞧瞧他的女儿。

他们站在他的旁边。在那位父亲身上他没有发现有什么特别之处。白短衫，黄裤子，一种衬着绿绒布的普通宽边帽。可是女儿呢！她多么优雅地倚在老头的胳膊上！风不时地吹来，时而吹开她脸上的一绺儿鬓发，仿佛有意让亚历山大欣赏她那优美的侧影和白净的脖子，时而稍稍吹起那绸披肩，显出她那匀称的身段，时而吹动她的衣裙，露出纤巧的腿部。她望着水面，心里若有所思。

亚历山大久久地不能从她身上移开自己的目光，他感到身上掠过热病似的战颤。他转过脸，以便避开诱惑，并拿起一根小树枝抽打着花儿。

"唉！我明白这是怎么回事！"他心里想，"随它去吧，它会过去的！那爱情又来了，真愚蠢！叔父说的是对的。然而一种动物式的情欲吸引不了我，不，我不会堕落到这种境地。"

"我可以钓一会鱼吗？"那姑娘怯生生地问科斯佳科夫。

"可以呀，小姐，为什么不可以？"科斯佳科夫回答说，同时把亚历山大的钓竿递给她。

"这一下您又多个伙伴了！"父亲对科斯佳科夫说，他让女儿留下来，自己沿着河岸闲逛去了。

"留心点儿，丽莎，钓几条鱼供晚餐用。"他补说了一句。

沉默延续了几分钟。

"为什么您的那位朋友这么闷闷不乐？"丽莎悄悄地问科斯佳科夫。

"他第三次没有晋升了，小姐。"

306

"什么？"她稍稍皱起眉头，问道。

"听说第三次没给提职了。"

她摇了摇头。

"不，不可能！"她心里想，"不是那样的！"

"您不相信我，小姐？我要是瞎说就会下地狱！您记得吧，那梭鱼就是由于这个事而给放走的。"

"不是那样，不是那样，"她已很有把握地想，"我知道他因为什么而放走梭鱼的。"

"哎，哎，"她突然喊了起来，"您瞧，动了，动了。"

她猛然一拉，什么也没有钓到。

"鱼挣脱了！"科斯佳科夫瞧着钓竿说，"瞧，小虫也给咬走了，准是条大鲈鱼。您不会钓，小姐，您没有让它好好上钩。"

"难道这也得学才会？"

"什么都得这样的。"亚历山大不由自主地说。

她一下脸红了，急忙转过身去，也同样让钓竿掉到水里，不过亚历山大已往别处瞧了。

"怎么才能学会呢？"她说，声音中稍带点颤抖。

"得经常练习。"亚历山大回答说。

"噢，原来如此！"她一边想，一边高兴得有些发呆，"也就是说，得常来这儿——我明白了！好呀，我会来的，可我是来让您受折磨，粗野的先生，为了报复您的各种不礼貌行为……"

于是撒娇卖俏便成了她对亚历山大的回答，而那一天他再也没有说什么了。

"她可能在转什么鬼念头！"他自言自语说，"她在装模作样、一副娇滴滴的样子……愚蠢透了！"

从那天起，那老头及其女儿每天都来游玩。有时候丽莎是同保姆一起来的，老头没有来。她随身带着活儿和几本书，坐到树下，对于亚历山大的在场完全不当一回事。

她想用这种方法损害他的自尊心，正如她所说的，让他受些折磨。她同保姆大声地谈些家常事，显示她根本没有看到亚历山大。而他有时候的确没有看见她，若是看见了，只是冷淡地点下头，一句话也不说。

她看到采取这一般的手段没有什么效果，便改用进攻的办法，她主动同他说一两回话，有时还拿过他的钓竿。亚历山大也渐渐跟她多聊些了，可他非常谨慎，不谈任何真心话。不管这是他的一种报复手段，或者是如他所说的，是由于无论什么也治不愈的昔日的创伤，[①] 他即使在跟她谈话的时候也显得冷淡极了。

有一回老头吩咐把茶炊拿到河边来。丽莎给大家斟茶。亚历山大坚持不喝，推说自己傍晚是不喝茶的。

"一起喝茶会使人接近……熟悉……我不愿意！"他心里想。

"您怎么啦？昨天还喝了四杯呢！"科斯佳科夫说。

"我在户外不喝。"亚历山大赶忙添说一句。

"不是理由！"科斯佳科夫说，"茶是顶呱呱的花茶，大概得卖十五卢布左右。请再来一杯，小姐，要是有罗姆酒就更好了！"

于是罗姆酒也拿来了。

老头请亚历山大上家里做客，可他断然拒绝。丽莎听到他的拒绝，便噘起嘴来。她开始从他身上探求他与人落落寡合的原因。不论她多么巧妙地把谈话引到这个话题上，亚历山大则更加巧妙

① 引自普希金的诗：《白日这明灯熄灭了》。——原注

308

地避开了。

这种神秘性除了激起丽莎的好奇心外，也许还触动了她的另一种情感。在她一向同夏日晴空一样明朗的脸上出现了焦虑不安的阴云。她常常向亚历山大投去忧郁的目光，一边叹着气把视线转开去，低头看着地面，心里似乎在想："您多不幸呀！也许您受人骗了……噢，我怎能使您变得幸福！我怎能呵护您，怎能爱您……我要保护您不受命运的捉弄，我要……"诸如此类。

大多数女人都是这样想的，大多数女人都能诱骗那些相信这种塞壬①们的歌声的人。他跟她说话，就像跟一个普通朋友，跟叔父谈话似的，没有任何柔情的色调，而这种柔情往往不由自主地潜入男女的友谊之中，并使这种关系变得不光像是友谊。所以有人就说了，男女之间没有也不可能有友谊，男女之间的所谓友谊无非就是爱情的开始或残余，或者就是爱情本身。但是瞧那亚历山大对待丽莎的态度，倒可以相信这种友谊是存在的。

只有一次他部分地吐露或想要向她吐露自己的一些想法。他从长凳上拿起她带来的一本书，顺手翻了翻。那是《恰尔德·哈罗尔德游记》②的法译本。亚历山大摇了摇头，叹了口气，默默地把书放回原处。

"您不喜欢拜伦？您讨厌拜伦？"她说，"拜伦是那么伟大的诗人，您居然不喜欢！"

"我什么都没说，可您已经非难我了。"他回答说。

"那您为什么摇头呢？"

<hr>

① 希腊神话中人身鸟足的女妖，共有八名（一说三名）。她们住在地中海的一个小岛上，常用美妙的歌声引诱航海者，让他们的船触礁沉没。——译注

② 英国诗人拜伦的一部长诗。——译注

"是这样，我感到可惜，此书落到您手里。"

"可惜什么呢，书还是我？"

亚历山大没有吭声。

"为什么我就不能读拜伦的作品？"她问。

"有两个原因，"亚历山大沉默一会儿之后说道。他把自己的手搁在她的手上 (是为了增强说服力呢或是因为她的玉手白嫩得可爱)，开始平静地侃侃而谈，眼珠转来转去，不时轮流地打量丽莎的鬈发、脖子、腰身。随着目光的转换，他的声音也逐渐提高了。

"第一，因为，"他说，"您读的是拜伦诗作的法译本，所以您欣赏不到这位诗人的语言的优美有力。瞧，这译作里的语言显得多么苍白、平淡、乏味！这是伟大诗人的遗骸，他的思想似乎在水中湮灭了。第二，我不赞成您去读拜伦的诗作，因为……他也许会挑动您心灵里那些本可以永远沉默的琴弦……"

此时他意味深长地紧握她的手，似乎要给自己的话语增添分量。

"为什么您要读拜伦的作品呢？"他接着往下说，"也许您的生活像这条小河似的静静地流着，您瞧，它多么小，多么窄，它映不出整个天空和云彩，两岸也没有悬岩和断壁；它欢快地流动着，只有轻微的涟漪才稍稍弄皱小河的水面；它只映出岸边的绿树，小块天空、若干小的白云……您的一生可能就这样平静地流过，您何必硬要那些不必要的波涛和风暴；您想要通过墨镜去观察生活和人们……丢开吧，别去读啦！笑嘻嘻地去看待一切，不要朝远处眺望，一天天地过日子吧，不用去了解生活和人们中的阴暗面，否则……"

"否则怎么样？"

"没什么！"亚历山大仿佛刚清醒过来似的说。

"不，请告诉我，您没准受过什么打击吧？"

"我的钓竿呢？对不起，我该回去了。"

他太大意了，说漏了嘴，显得惶惶不安。

"不，我还有话，"丽莎说，"诗人就应该去唤起别人的共鸣。拜伦是位伟大的诗人，为什么您不愿意我对他有好感？难道我就那么笨、就理解不了……"

她感到委屈。

"不完全是那样，您就去同情您的女性心灵所特有的东西吧；去寻找跟您心灵协调的东西吧，不然，在你的头脑和心灵里……可能会发生可怕的不协调。"此时他摇了摇头，暗示他自己就是这种不协调的牺牲品。

"一人指给您一朵鲜花，"他说，"让您去欣赏那花的美丽和芳香，而另一人却只指给您花萼中的毒汁……那样您就欣赏不到美丽和芬芳。它让您惋惜那里为什么有这种毒汁，您忘记了还有芳香……这两种人是不相同的，对他们的态度也应该有所不同。不要去寻找有毒的东西，不要勉强去摘懂我们周围的一切和我们所遭遇的一切；不要去寻找不必要的经验；它不会引导你走向幸福的。"

他不再往下说了。她信赖地、若有所思地听着。

"说呀，说呀……"她带着孩子般的温顺说，"我愿意整天聆听您的高论，一切都听从您的……"

"听从我？"亚历山大冷冷地说，"得了吧！我有什么权力支配您的意志……对不起，我竟让自己发表了这么些意见。您就随便读些什么吧……《恰尔德·哈罗尔德游记》是一本很好的书，拜伦是一位伟大的诗人！"

"不，您别装了！您不要这样说话嘛。告诉我，我该读点什么好？"

他以学究般的神气劲儿向她推荐了几本历史书和游记，可是她说这些书早在学校里就读腻了。于是他给她提到司各特①、库柏②、几位法国和英国的男女作家，以及两三位俄国作家，尽量像是在无意中显示自己对文学的鉴赏能力。此后他们之间就不曾有过类似的谈话。

亚历山大仍然想避开。"女人于我有什么用！"他说，"我恋爱不了啦；我对于她们已过时了……"

"得了，得了！"科斯佳科夫反对这种看法，说，"您就结婚吧，到时候就会明白的。我自己早先也只是同年轻的丫头和婆娘们玩玩，可到了该结婚的时候，仿佛有人强迫似的，逼着你去结婚！"

于是亚历山大不再逃避了。早先的种种幻想又在他心中活动起来。心开始激烈地跳动。在他眼前仿佛不时地出现丽莎的柳腰、细腿和鬈发，生活又稍稍有了亮色。有两三天不是科斯佳科夫来请他，而是他主动拉科斯佳科夫去钓鱼。"又来了！旧事又要重演了！"亚历山大说，"不过我现在很坚定！"这时候他朝那条小河急忙赶去。

丽莎每次都急不可耐地等候朋友们的来临。她天天晚上都给科斯佳科夫准备好一杯搀有罗姆酒的香茶，也许丽莎部分地就靠这一招使得他们每晚必到。如果他们来晚了，丽莎和她父亲便前

---

① 司各特(1771-1832)，英国小说家、诗人。——译注
② 库柏(1789-1851)，美国小说家。——译注

去迎接他们。若是阴雨天气让这两位朋友出不了门，那到了第二天，埋怨的话就说个没完了，又怨他们又怨天气。

亚历山大考虑再三，决定暂时不去游玩了，谁知道是为了什么，他自己也搞不清楚。他整整一星期不去钓鱼了。科斯佳科夫也没有去。最后他们终于又去了。

离他们垂钓的地方还有一俄里^①来路，他们遇到了丽莎和她的保姆。她一看见他们，便大喊了起来，接着顿时觉得不好意思了，脸都红了。亚历山大冷冰冰地点点头，科斯佳科夫便叨叨开了。

"我们又来了，"他说，"您没料到吧？哈哈哈！我看得出，您没料到，茶炊也没拿来嘛！小姐，好久好久没会面了！有鱼上钩吗？我老是想来，可就是劝不动亚历山大·费多雷奇，他老在家里坐着……噢，不，他老是躺着。"

她带点责备的神态瞄了亚历山大一眼。

"这是什么意思？"她问。

"什么？"

"您整整一星期不来？"

"可不，是有一星期没来了。"

"为什么呀？"

"没什么，不想来……"

"不想来……"她惊讶地说。

"是呀，怎么了？"

她没有吭声，但心里似乎在想："难道您能不想上这儿来？"

"我想让爸爸到城里找您去，"她说，"可我不知道您住哪儿。"

---

① 1 俄里相当于 1.06 公里。——译注

"到城里找我？为什么？"

"多妙的问题！"她带点委屈的语调说，"为什么？去打听您是否出了什么事，身体好不好……"

"这跟您有什么关系……"

"跟我有什么关系？天哪！"

"为什么喊天哪？"

"什么为什么……要知道……您有几本书在我这儿……"她有些发窘地说。"一星期没来！"她又说了一句。

"难道我每天一定要上这儿来？"

"一定！"

"为什么？"

"为什么，为什么！"她忧伤地瞅着他，反复地说"为什么，为什么！"

他扫了她一眼。这是什么呢？是眼泪、惊慌、欢欣、责备？她的脸色苍白，稍稍瘦了些，眼圈发红。

"就是这回事了！已经发生了！"亚历山大心里想，"我没料到如此之快！"随后他大笑起来。

"为什么？您要问。那请您听着……"她继续说道，她那双眼睛里忽然闪现出一种决心。显然，她打算要谈某种重要的事，但这时候她的父亲向他们走了过来。

"明天见吧，"她说，"明天我要跟您谈谈；今天我不行，我心里太乱……明天您来吗？喂，您听见了吗？您不会忘了我们吧？不会丢开我们吧……"

她没有等回答，便跑了开去。

父亲凝望了她一会儿，然后瞧了瞧亚历山大，摇了摇头。亚历山大默默地望着她的背影。他似乎有些懊悔，怨恨自己不知不觉地把她引到这种地步；血液不是流向他的心脏，而是涌入他的头脑。

"她爱我，"亚历山大在回来的路上想道，"我的天哪，多么无聊！这太荒唐，今后我不能再来这儿了，可这个地方的鱼爱上钩……可惜呀！"

而这时候他心里不知因为什么对这件事并没有感到不满，他变得挺开心的，一刻不停地跟科斯佳科夫聊个没完。

良好的想象力似乎有意地为他描画出了丽莎的全身像，优美的肩膀、苗条的腰身，也没忘掉勾出那条大腿。他身上有一种奇怪的感觉在蠕动，全身又掠过一阵战栗，但它没触及心灵便停下了。他从头到尾地认真分析了这种感觉。

"简直是畜生！"他对自己嘟哝说，"我脑子里转的是什么想法呀……啊！裸露的肩膀，胸脯，大腿……利用她的轻信、幼稚……加以欺骗……好呀，欺骗，结果怎么样？同样的无聊，也许还加以良心的折磨，图的什么呀？不！不！我不允许自己这样，我不能把她引到……哦，我很清醒！我觉得自己的灵魂非常纯洁，心地非常高尚……我不能毁灭自己，也不能引诱她……"

丽莎等了他一整天，起先心里乐得突突地跳，可到后来她的心便紧缩了；她胆怯了，自己也不知道所以然，她变得闷闷不乐，几乎不再指望亚历山大来临。到了约定的时刻，亚历山大没有前来，她的焦急变成了难堪的苦闷。各种希望亦随着夕阳最后的余晖一同消失了；她不禁哭了起来。

第二天她又来精神了，打清早起便高高兴兴，可到了傍晚她心里变得更加沮丧了，由于恐惧和希望的交互作用，她却变麻木了。他们又没有来。

第三天、第四天都是如此。希望仍然吸引她去到岸边，只要远处出现一条小船，或者岸边闪现两个人影，她便会颤抖起来，快乐期待的重负使她疲惫不堪。可当她看清船上坐的不是他们，那两个人影也不是他们的时候，她便颓丧地耷拉下头，那绝望更加沉重地压在她心头……过了一会儿，那狡猾的希望又向她悄悄地解释他们迟迟不来的原因，于是她的心又因期望而跳动起来。而亚历山大似乎是故意地迟迟不来。

后来她变得灰心丧气，身体也有点垮了。有一天她在树下那老地方坐着，忽然听到一阵沙沙声，转身一瞧，不禁惊喜得哆嗦起来，那个亚历山大又叉着手站在她面前了。

她噙着快乐的眼泪，向他伸出双手，久久地不能清醒过来，他握住她的一只手，也很激动，贪婪地细细审视着她的脸。

"您瘦了！"他悄悄地说，"您很痛苦是吗？"

她战栗了一下。

"您好久不来了！"她低声说。

"您在等我吗？"

"我？"她急忙地回答，"唉，您若是明白就好了……"她紧握着他的手，没有把话说完。

"我是来同您告别的！"他说了这句话之后便停了一下，看看她有什么反应。

她带着惊慌和疑心扫了他一眼。

"不是真的。"她说。

"是真的！"他回答说。

"请听我说！"她突然开始说，一边胆怯地环视一下四方，"别离开，看在上帝分儿上，别离开！我告诉您一个秘密……这儿爸爸从窗口看得见我们。到我们花园的亭子那边去……亭子前边是田野，我带您去。"

他们去了。亚历山大紧紧盯看着她的肩膀，苗条的腰身，感到一阵热病式的哆嗦。

"我到那儿去有什么要紧呢？"他跟着她走的时候心里想，"我反正只是想……去看看他们花园亭子那边的风景……她父亲曾邀请过我，反正我可以堂堂正正地去……但我绝没有诱骗的意思，的确没有这样意思，我要证明这一点，我特意来说一声我要走了……虽然我哪儿也不去！不，魔鬼，你诱惑不了我。"但在这时候，一个像克雷洛夫寓言中的小魔鬼从一僧人的炉子后边窜了出来，对他悄悄地说：①"你为什么来说这些呢？完全没有必要；你若不来，过个两三星期你就会被忘在脑后的……"

然而亚历山大觉得自己的行为是光明正大的，他跟诱惑进行了面对面的斗争，英勇地做了一件自我牺牲的事。他战胜自我的第一标志就是偷吻了丽莎，随后搂着她的柳腰，对她坦认自己哪儿也不去，他想出这个花招是为了试探她对他有无感情。最后，除了赢得胜利之外，他答应于第二天同一时刻再到这亭子来。在回来的路上，他分析了自己的所作所为，不禁感到一会儿冷、一会儿热。他吓呆了，不相信自己竟会如此糟糕。终于决定明天不去幽会了——可是第二天他到得比约定时间还要早。

这是一个八月天。已是黄昏时分。亚历山大原来答应九点钟前来，可八点钟就到了。他是一个人来的，没有带钓竿。他像个

---

① 参阅克雷洛夫的寓言《冤枉的指责》。——原注

小偷似的朝亭子那边悄悄前去，时而畏惧地四下张望，时而慌忙地奔跑。不过已有一个人赶在他的前头。那个人亦是急急忙忙气喘吁吁地跑进亭子，在黑暗角落的一张长椅上坐了下来。

亚历山大仿佛被人监视着。他悄悄地打开了门，踮着脚，十分激动地走到长椅前，轻轻地握住一只手——那是丽莎父亲的手。亚历山大哆嗦了一下，赶紧把手缩了回来，想要逃跑，而老头立即抓住他的后襟，强使他挨着自己坐在长椅上。

"老弟，您上这儿来干什么？"他问。

"我……来钓鱼……"亚历山大稍颤动着嘴唇喃喃地说。他的牙齿在格格地打战。老头完全不令人害怕，可是亚历山大就像一个当场被人抓住的小偷，像患热病似的直打战。

"来钓鱼！"老头嘲笑地学着说了一句，"您知道吗，'浑水摸鱼'意味什么吗？我早就注意您了，我终于认清了您，我对自己的丽莎从小就了解，她心地善良，轻信别人，而您，您是个危险的骗子……"

亚历山大想站起身，然而老头拉住他的手。

"喂，老弟，不要生气。您装作一副倒霉的样子，装出要躲避丽莎，以此来诱惑她，待到您觉得有把握了，就想要利用……这样做合适吗？管您叫什么好呢？"

"我以名誉发誓，我没有预料到后果……"亚历山大深信无疑的声音说道，"我不想……"

老头沉默了几分钟。

"也许是那样！"他说，"也许您不是为谈恋爱，而只是闲得无聊，把一个可怜的女孩子弄得神魂颠倒，您自己不知道这会有什么结果；成功——那很好，不成功——也不要紧！在彼得堡这样

318

的年轻后生多得很……您知道要怎样处罚这样的花花公子吗？"

亚历山大垂着目光坐在那里。他没有勇气为自己申辩。

"起先我觉得您人不错，可我错了，大大地错了！瞧你装得那么斯文！谢天谢地，幸亏我及时看穿……听我说，没时间可浪费了，这个蠢丫头说话就要来赴约了。我昨天偷偷地监视着你们。不要让她瞧见我们在一起。您走吧，当然，永远别回这儿来；她会以为您欺骗了她，这就作为对她的一次教训。不过您当心，永远别来这儿，另找一个地方钓鱼吧，否则……我就不客气地送您走……您还算走运；丽莎还能心无愧怍地瞧着我；我已观察了她一整天……不然您就不能从这条道上体面地离开……别了！"

亚历山大想说点什么，可老头打开门，几乎是把他推了出去。

亚历山大出来之后处于何种心情——只要读者不羞于设身处地去想一想，那就自己判断吧。我的这位主人会禁不住泪如泉涌，这是羞愧的泪，自我恼怒的泪，绝望的泪……

"我活着干吗呀？"他大声地说道，"这种讨厌的生活令人难受死了！而我，我……不！如果说我缺乏坚强的意志去抵抗诱惑……可我还有足够的勇气来结束这种无益的、可耻的生活……"

他迈着快步走到小河边。河水一片漆黑。水波上乱跑着一些长长的怪诞的幻影。亚历山大站的这岸边的水是很浅的。

"不能死在这儿呀！"他瞧不起地说，一边走到一座离这几百米远的桥上。亚历山大站在桥中央，胳膊支在栏杆上，注视着河水。他心里在向人生告别，向母亲连声叹息，祝福婶母身体安康，甚至还宽恕了娜坚卡。伤感的眼泪流满脸颊……他双手捂着脸……不知道他要做什么，这时候桥突然在他脚下晃动起来；他扭头一看，我的天哪！他处在深渊的边缘上，坟墓在前面张着大

319

嘴，桥的一半已经脱离，正漂浮开去……有几只平底木船从那儿经过；再过一会儿一切都完了。他鼓起全身气力拼命一跳……跳到了那一边去。他在那儿停了一下，喘了口气，按住了胸口。

"怎么，少爷。受惊了吧？"一个看守人问他。

"是呀，老兄，我差点儿掉进河里去了。"亚历山大颤抖着声音回答说。

"千万要当心！哪儿没有倒霉事呀？"那看守人打着哈欠说，"前年夏天就有个船上工人掉到河里。"

亚历山大一手按着胸口，一路走了回去。他不时地回头瞧瞧那河水和那断裂了的桥，他不禁哆嗦起来，立即扭过头来，加快了步伐。

就在这段时间里，丽莎穿得漂漂亮亮的，没有让父亲或保姆陪伴，每天晚上都在那树下一直坐到深夜。

黑沉沉的夜晚来临了，她仍在等候着，但是连朋友的半点音信也没有。

秋天到了。树上纷纷掉下黄叶，落满了两岸；草木褪了色，河水成了铅灰色，天空常是阴沉沉的，寒风阵阵，细雨蒙蒙。岸上和河面上显得空落落的，听不到欢快的歌声和笑声，也听不到两岸响亮的话音，小船和货船不再穿梭往来。草地上没有虫儿在鸣叫，树上没有小鸟在啼啭；只有乌鸦在那里叫个不停，令人心情沮丧；鱼儿也不来上钩了。

而丽莎依然在等待，她一定要同亚历山大谈一谈，向他一表心曲。她老穿着短上衣，坐在那树下的长凳上。她消瘦了；她的眼睛有点眍进去了；两颊裹在头巾里。有一回父亲就见到她这副样子。"咱们走吧，别待在这儿了。"他说，一边皱着眉头，身子冷得直发颤，"瞧，你的手都发青了，你冻着了。丽莎！听见没有？咱们走吧！"

"上哪儿？"

"回家呀，咱们今天就搬回城里。"

"为什么？"她吃惊地问。

"怎么为什么？已经是秋天了，只有我们还留在别墅里。"

"唉，我的天哪！"她说，"这儿过冬也不错呀，咱们留下吧。"

"你在想什么呀！行了，行了，咱们走吧！"

"等一等吧！"她以哀求的声音说，"美好的日子还会到来的。"

"听我说！"父亲拍拍她的脸颊，指指那两位朋友常来钓鱼的地方说，"他们不会再来了……"

"不会……再来了？"她以疑问而悲伤的声调说，随后把一只手递给父亲，垂着脑袋，缓缓地走回家去，并不时地回头瞧望。

亚历山大和科斯佳科夫早已换到此地对岸的另处钓鱼去了。

第十一章

　　亚历山大渐渐地忘了丽莎，也忘掉了那次跟她父亲发生的不愉快的情景。他又显得心平气和，甚至有些快活，听着科斯佳科夫平淡乏趣的笑话也常常哈哈大笑。此人对人生的看法引他发笑。他甚至拟好远行的计划，在一个渔产丰富的河流岸边盖一座茅舍，好在那儿了此残生。亚历山大的心灵又沉没在浅薄概念和物质生活的泥潭里。然而命运没有打瞌睡，他未能完全沉浸在这种泥潭里。

　　秋天里他收到婶母的一封便简，她极为恳切地邀请他陪她去参加音乐会，因为他叔父身体不大好。有一位著名的欧洲艺术家来这里演出。

　　"什么，去参加音乐会！"亚历山大非常惶恐地说，"去参加音乐会，又会回到那一伙人中间，回到浮华虚伪、光怪陆离的生活中去……不行，我不去。"

　　"还得花五卢布的票钱吧？"正在一旁的科斯佳科夫说。

　　"票价是十五卢布，"亚历山大说，"可我倒乐意掏五十卢布，只要不用去。"

　　"十五卢布！"科斯佳科夫拍一下手，嚷了起来，"真是骗子！

该死的家伙！到这里来哄骗我们，抢我们的钱。该死的寄生虫！您不要去，亚历山大·费多雷奇，去他们的吧！假如是件什么东西，能拿回家来摆在桌上，或可以吃到肚里，那倒也好，可是现在只是让听一听，就得付十五卢布！十五卢布可以买一匹小马呢。”

“有时候为了快乐地享受一个晚上，还要付出更多的钱。”亚历山大指出。

“快乐地享受一个晚上！听我说，咱们就上澡堂去，好好享受一番！我每次感到心里烦闷时就上澡堂去——挺舒服的；六点钟进去，十二点钟出来，既取了暖，又擦洗了身子，有时候还能交上几个好朋友，前来洗澡的人有神职人员、商人、军官，他们或谈些生意，或谈世界的末日……听听这些就不想出来了！一人只要花六十戈比！很多人都不知道上哪儿消磨晚上的时光！”

可亚历山大还是准备前去。他叹着气取出去年购置的早就不穿的燕尾服，勉强戴上白手套。

“手套值五卢布，一共是二十卢布了？”亚历山大在穿戴的时候，科斯佳科夫在一旁计算着说，“二十卢布，一个晚上就扔进去了！就是去听一听，真是见鬼！”

亚历山大已不习惯于穿得正经八百的。早晨他穿着舒适的文官制服去上班，晚上穿一件旧礼服或大衣。穿燕尾服他觉得不大舒服。那儿太紧，这儿嫌窄；脖子被裹在缎子围巾里感到太热了。

婶母亲切地迎接他，她心里是很感激的，因为他为了她而终于抛弃了隐居生活，但是她一句话也没有提到他的生活方式和工作。

亚历山大为丽莎韦塔在厅里找好座位之后，便去靠在一根圆柱上，站在一个宽肩膀的音乐迷旁边，顿时感到无聊起来。他悄悄用手捂着嘴打了个哈欠，但还未来得及合上嘴，便响起了震耳欲聋的欢迎演奏家出场的掌声。亚历山大连瞧也不瞧他一眼。

　　开始奏的是序曲。几分钟后乐队渐渐静了下来。在乐声将消失之际，紧接着隐约传来另外的乐音，起初显得活泼、调皮，似乎令人想起童年时代的戏玩，仿佛听到孩子们的声音，喧闹而快活；随后乐声变得更加平衡而雄壮，似乎表现出年轻人的无忧无虑、勇敢无畏、充沛的生命活力。接着乐声则变得较为缓慢而轻柔，仿佛是温柔地表露爱情和诉说心曲，然后声音渐渐地变弱，转为热情的低声细语，最后不易察觉地静止下来……

　　没有人敢动一动身子。许多人在沉静中愣住了。最后大家一致地迸出"啊！"这样的赞叹声，随之厅里出现听众低声的私语。人们开始稍稍活动，突然音乐又奏了起来，并渐渐地 crescendo[①]，形成了一道急流，然后分成千百条小瀑布，奔流着，相互挤压着。它们像嫉妒的斥责那样喧闹，又像狂烈的激情在沸腾；耳朵还未来得及捕捉它们，它们却骤然停止了，仿佛乐器没有了力气而发不出声来了。从弓弦下面时而冒出低沉的断断续续的呻吟，时而又传来哭诉、哀求之声，结果总是难堪的、持久的叹息。乐声似乎在诉说受骗的爱情和失望的苦闷，听来令人心碎。这些乐声里蕴涵着人类心灵的各种苦痛和悲哀。

　　亚历山大发颤了。他抬起头，噙着泪水从邻座的人的肩膀上向前望去。一个稍弓着身子演奏的瘦削的德国人站在听众的面前，他的演奏使大家深深着迷。他演奏完了，满不在乎地用手绢擦擦手和额头。大厅里响起一阵喝彩声和极其热烈的掌声。这位演奏家忽然又在听众前弯下腰，谦虚地鞠躬致谢。

---

① 意大利文：增强。——原注

"连他也向听众躬身施礼，"亚历山大怯生生地望着这人头攒动的大厅，心里想，"他可比他们站得高得多呢……"

演奏家一举起琴弓，厅里即刻变得鸦雀无声。晃来晃去的人群又融成一个静止不动的整体。又奔流出不同的雄伟庄严的乐声，听到这些声音，大家都昂首挺腰，精神振奋，这样的音乐唤起了人们心中的自豪感，产生了对荣誉的憧憬。乐队开始低声地伴奏，仿佛从远方传来人群的喧闹、嘈杂的话音……

亚历山大脸色发白，耷拉着脑袋。这些音乐好像有意地对他讲述着往事——他那痛苦的遭人遗弃的整个生活。

"瞧，这个人的神情多激动呀！"有人指着亚历山大说，"我真不明白怎么会这样受感动，我听过帕格尼尼①的演奏，可我连眉毛也没皱一皱。"

亚历山大抱怨婶母的邀请，也抱怨这位演奏家，而他咒骂得最多的是命运，它没有让他忘掉过去。

"这是为什么？什么目的？"他想道，"命运要我怎么样呢？为什么要让我想起那不堪回首、一去不返的往事呢？"

他送婶母到家门口，本想立即回去，可她抓住了他的手。

"难道您就不进去坐坐？"婶母责备地问。

"不啦。"

"为什么呢？"

"现在已经很晚了，改天再来吧。"

"您就这样拒绝我的邀请？"

"您的邀请我更是不能接受。"

---

① 帕格尼尼 (1782-1840)，意大利小提琴演奏家。——译注

"为什么呀？"

"说来话长。再见吧。"

"半小时就行，亚历山大，听见了吗？不用更多的时间。若是您拒绝的话，说明您对我从来没有丝毫的情谊。"

她如此情深意切地要求，亚历山大感到不好谢绝了，便垂着头随着她进去。彼得·伊万内奇是在书房里。

"难道我只配让您瞧不起，亚历山大？"丽莎韦塔·亚历山德罗夫娜让他坐在壁炉旁，然后问道。

"您想错了，这不是瞧不起。"他回答说。

"那说明什么呢？这是怎么说呢，我好多次写信给您，请您前来，可您就是不来，后来甚至连句话也不回了。"

"这不是瞧不起……"

"那是什么呢？"

"没什么！"亚历山大说，一边叹了口气，"再见吧，ma tante。"

"等一下！我怎么得罪您啦？您怎么啦，亚历山大？您怎么变得这样？为什么您对一切都无动于衷，哪儿也不去，而跟一些与您不相称的人混在一起？"

"没什么，ma tante；这种生活方式我喜欢，这样平静地生活很好嘛，这适合我……"

"适合您？您过这样的生活，同这样一些人交往，您能为头脑和心灵找到滋养吗？"

亚历山大点了点头。

"您假装这样了，亚历山大，您被什么事伤透了心，可闷在肚里不说。从前您总是找得到与之倾诉苦衷的人；您知道总能得到安慰，至少能得到同情；如今您难道就没有这样的人？"

326

"没有人了……"

"您不相信任何人？"

"不相信任何人。"

"难道您有时就没有想起您妈妈……想起她对您的疼爱……抚爱……难道您就没有想到过，也许这里也有人疼爱您，即使比不上您的妈妈，至少也像姐姐那样，或者也会像个朋友吧？"

"再见吧，ma tante！"他说。

"再见，亚历山大，我不再留您了。"婶母回答说，她掉下了眼泪。

亚历山大拿起帽子，可接着又放了下来，她瞅了一会丽莎韦塔·亚历山德罗夫娜。

"不，我不能逃避您，我没有这种狠心！"他说，"您是怎样待我的呀！"

"您再变成从前的亚历山大吧，即使一会儿也好。相信我吧，请把一切告诉我……"

"是的，在您面前我不能再隐瞒了，我要把心里所想的一切统统告诉您。"他说。

"您问我，为什么我老躲避别人，为什么我对一切都漠不关心，为什么连您也不想见……为什么？您也知道，人生早就令我厌倦了，所以我便给自己选择了这种离开人生较远的生活。除了心灵的安宁和沉静，我什么都不想要，也不寻求。我体会到人生的全部空虚和毫无价值，因此我深深地鄙视它。谁生活过、思索过，谁在心里就不能不鄙视世人。①活动、奔忙、操心、娱乐——

---

① 引自普希金：《叶甫盖尼·奥涅金》第一章第四十六节。——原注

这一切我都厌烦了。我不想追求什么；我没有目标，因为你一旦达到目标之后，你就会觉得一切皆是虚幻。对于我来说，欢乐已经过去了；我对它也冷淡得很。在文明社会里，在同人们的交往中，我更为强烈地感到生活的乏趣，我便远离众人，孑然独处，我变麻木了。在这种梦境里，不管发生什么，我既看不到别人，也看不到自己。我什么也不干，也不看别人和自己的行为——心里就很平静……对于我什么都一样，不可能有幸福、也不会有灾难临头……"

"这太可怕了，亚历山大！"婶母说，"在您这个年纪就这样看淡一切……"

"您奇怪什么呢，ma tante? 您暂时脱开您所拥有的狭窄的视野，来瞧瞧这种生活和世界，这算怎么回事呀……昨天还是伟大的，今天就显得微不足道；昨天想要的东西，今天就不想要了；昨天是朋友，今天成了敌人。为了某种东西去奔忙、去爱、去留恋、去吵架、去和解——总之，这样活着值得吗？让头脑和心灵都睡过去，不是更好吗？我是正在睡觉，所以哪儿也不去，特别是不去看望您。我本来已经完全睡着了，可您唤醒了我的头脑和心灵，把它们再度推进了深渊。要是您想要看到我又快活又健康，也许还生气勃勃，甚至还像叔叔所理解的那样显得幸福——那就请让我保持现在这个样吧。让这些波动平静下来吧；让种种幻想消失，让头脑全然僵化，心肠变成铁石，眼睛不会流泪，嘴唇不会微笑吧——过了一年、两年，我再来登门拜访，我就会完全经得住各种考验；到那时候不论您怎样使劲，也唤不醒我了，而现在……"

他做了一个绝望的手势。

"您瞧，亚历山大，"婶母急忙打断他的话说，"您在刚才一会儿就变样了，您眼里噙着泪水，您依然还是从前那个样子；您别假装了，别压制自己的感情，让它宣泄吧……"

"为什么？我这样去做不会变得愉快些的。我只会更加痛苦。今天晚上让我在自己心目中窘得无地自容了。我十分明白，我没有理由将自己的苦闷去怪罪任何人。是我自己毁了我的一生。我曾向往荣誉，天知道是为了什么，可又轻视自己的工作；我糟蹋了自己卑微的使命，如今已纠正不了昔日的错误。太晚了！我逃避众人，瞧不起他们，而那个德国人，具有深邃坚强的心灵，诗意的天性，不脱离这个世界，不躲避众人，他博得人们的鼓掌并以此而自豪。他明白他只是人类这无穷无尽的锁链中很不显眼的一环；他也跟我一样了解一切，他对痛苦也是熟悉的。您听见了吗，他通过那些乐声讲述了整个人生，生活的欢乐和苦恼，心灵的幸福和悲哀。他懂得人生。怀着忧愁和痛苦的我今天在自己眼里突然显得多么渺小，多么微不足道……他唤醒我心里的痛苦意识——我很傲气可又软弱……唉，您为什么唤我来呢？再见了，放我走吧。"

"我哪儿错了，亚历山大？难道我会唤醒您的痛苦感觉？我？……"

"糟就糟在这儿！您天使般慈善的面容，ma tante，温馨的言语、亲切的握手——这一切让我很不好意思，让我很感动。我想哭，想去重新生活，去重新受苦……可又何必呢？"

"怎么说何必呢？留下吧，永远同我们在一起；如果您认为我多少还配当您的朋友，那您也一定能在别的朋友那里找到安慰……不单单是我一人这样……别的人也会器重您的。"

329

"唉！您以为这能让我永远感到安慰吗？您以为我会相信这种一时的怜悯吗？您当然是一位极高尚的女性；您是为了带给男人欢乐和幸福而生的；可这种幸福可靠吗？能否保证它持久不变？能否保证今天明天命运不会把这种幸福生活翻个底朝天？这就是问题！怎能相信任何事、任何人，甚至自己？不如不抱任何希望，没有任何激动，不期待任何东西，不去寻求快乐，因此也就不会为失去什么而哭泣，这样不是更好吗……"

"您不论在哪儿都脱不开命运，亚历山大。就在您现在待的地方，命运仍然会来追逐您的……"

"是的，确实如此；不过在那儿命运捉弄不了我，倒是我更多地捉弄它。有时我一伸手去抓鱼，鱼就挣脱了钓竿；有时我准备到郊外去，就下起雨来；有时天气挺好，可我却不想去……咳，多么可笑……"

丽莎韦塔·亚历山德罗夫娜不好再作反驳了。

"您结婚吧……您会爱……"她犹豫不决地说。

"结婚！那哪儿行！难道您以为我会把自己的幸福去托付一个女人吗？即使我爱上她，也不会有幸福的！难道您以为我会使一个女人幸福吗？不，我知道我们会互相欺骗，结果双方都上当。叔叔彼得·伊万内奇以及我的经验教会我……"

"彼得·伊万内奇！唉，他有很多地方不对！"丽莎韦塔·亚历山德罗夫娜叹着气说，"您大可不必听他的话……您会从婚姻生活中获得的幸福的……"

"是呀，在乡下当然行，可如今……不，ma tante，婚姻生活不是为我设置的。我如今不能装假，既然我不再爱了，也就不再有幸福了；妻子装假，我也不能熟视无睹；结果双方都要花招，比如就像……您和叔叔那样……"

"我们？"丽莎韦塔·亚历山德罗夫娜大为惊讶地问。

"是的，你们！请说说看，你们是不是像曾经向往过的那样幸福？"

"不是像过去所向往的那样……我现在的幸福，不同于以前所向往的，它显得更理智些，也许还更幸福一些——这不是都一样吗……"丽莎韦塔·亚历山德罗夫娜有些惊慌不安地说，"您也……"

"更理智一些！唉，ma tante，您就别说这些了，这些话里有叔叔的气味！我知道他所说的这种幸福，更理智一些，就这样，没有别的吗？反正他什么都挺称心的，没有什么不幸。由他去吧！不！我的生活结束了；我累了，懒得活了……"

两人都不言语了。亚历山大瞧了瞧帽子；婶母没法再留他一会儿。

"好个天才！"她突然激动地说。

"唉，ma tante！您何必嘲笑我呢！您忘了俄国有句谚语：不打倒下的人。我没有天才，绝对没有。我有感情、有热烈的头脑；我把幻想当成创作，我创作过。不久前我还翻出一些幼稚的旧作，读了一读，自己也觉得很可笑。叔叔是对的，他硬要我把那些玩意儿统统烧了。啊，我若是能让往日复返就好了！我就不会这样去支配它了。"

"不要太失望了！"她说，"我们每个人都背着沉重的十字架……"

"谁背十字架？"彼得·伊万内奇刚进房间就问，"你好，亚历山大！是你背吗？"

彼得·伊万内奇弓着背，费劲地挪着腿走着。

"不过不是你所想的那一种，"丽莎韦塔·亚历山德罗夫娜说，"我说的是亚历山大所背的那种沉重的十字架……"

"他还背着什么呀？"彼得·伊万内奇一边问，一边极其小心地坐到圈椅上，"哎哟！疼死了！受的什么罪呀！"

丽莎韦塔·亚历山德罗夫娜扶着他坐下来，把一个靠垫枕在他背后，往他的脚下塞了个小板凳。

"您怎么啦，叔叔？"亚历山大问。

"瞧，我就背着一个沉重的十字架！哎哟，我的腰呀！十字架呀十字架，我干得太累了，才弄成这个样！噢，我的天哪！"

"谁让你老是这么坐着，你是知道这里是什么气候，"丽莎韦塔·亚历山德罗夫娜说，"医生让你多出去走走，可是你不听，早上坐着写东西，晚上坐着玩牌。"

"要我张着嘴在街上东逛西逛，消磨时光？"

"那就受这份罪吧。"

"如果你要干一番事业，在这里你就免不了吃这种苦头。谁不腰疼？这几乎像是赐给每个事业家的奖章了……哎哟，背都直不了。喂，亚历山大，你在干些什么呢？"

"还是以前那一套。"

"啊！所以你就不会腰痛。这好奇怪，真的！"

"你奇怪什么呀，他变成这个样子，你是不是有一部分责任……"丽莎韦塔·亚历山德罗夫娜说。

"我？我喜欢他这种样子！是我教他无所事事！"

"正是这样，叔叔，您没什么可惊奇的，"亚历山大说，"您使了好多劲，促使环境把我变成现在这个样子；但我不怪罪您。怪我自己不好，我不会，更恰当地说，我不能好好地吸取您的教训，因为我没有这方面的准备。您也许有部分的责任，因为您头一眼便看透我的脾性，可您置此于不顾，竟想去改变它；您是一个有经验的人，应该明白这是不可能的……您在我心中唤起两种不同人生观的斗争，可又不能使它们得到调和，结果怎样？在我心中一切都变成疑问，变成一种混乱。"

"哎哟，这个腰！"彼得·伊万内奇呻吟着说，"混乱！嗯，就是混乱，我也想做出些什么来。"

"可不！您做出了什么呢？您把最丑恶的生活赤裸裸地摆到我的面前，而在我这种年纪，本应该只了解生活的光明面的。"

"那就是说我尽量让你看到生活本身的样子，让你脑子里不去空想并不存在的东西。我记得你从乡下来的时候还是个天真的后生小子，所以需要预先警告你，在这里那样天真可不行。大概由于我给过你警告，你少犯了许多错误，少干了许多蠢事；要不是我，你不知还会干出多少蠢事来呢！"

"可能会这样，不过您只是忘了一样东西，叔叔，那就是幸福。您忘了，人怀有妄想、幻想和希望才会感到幸福，现实不能令人幸福……"

"你真是胡说八道！这种见解你是从亚洲那边直接贩运过来的，欧洲人早就不信这一套了。幻想、玩耍、迷惑——这些对于女人孩子适用，男人需要了解事物的真实情况。依你看来，这比受骗要坏？"

"是的，叔叔，不管您怎么说，幸福总是由以下这些东西组成的，比如幻想、希望、对别人的信任、自信心、然后还有爱情、友谊……可您再三再四地对我说，爱情是胡说，是空无内容的感情，没有爱情，日子会过得更轻松，甚至更愉快；热烈的爱不是什么了不起的美德，比畜生也好不了哪儿去……"

"你回想一下你是怎么去恋爱的，写歪诗，说古怪的话，所以才让你的那个……格鲁娜什么的……讨厌得要死！就用这些去迷住女人？"

"那用什么呢？"丽莎韦塔·亚历山德罗夫娜冷冷地问丈夫。

"哎哟，我的腰疼死了！"彼得·伊万内奇呻吟着说。

"后来您又一再地说，"亚历山大继续说道，"深深的依恋爱慕之情是没有的，有的只是一种习惯……"

丽莎韦塔·亚历山德罗夫娜默默地凝望着丈夫。

"那就是说，你明白吗，我对你说这些话是为了……你……不要……哎呀呀，这个腰！"

"这些话您是对一个二十岁的小子说的，"亚历山大继续说道，"而对于他来说，爱情就是一切，他的工作活动、奋斗目标都是围着这种感情转的，他可能因它而得救，也可能因它而毁灭。"

"你好像是生在二百年前！"彼得·伊万内奇嘀咕说，"你最好生活在远古时代。"

"您对我讲解了恋爱、欺骗、变心、冷淡等一套理论……"亚历山大说，"为什么呢？我在开始恋爱之前就知道这种种东西；我一边谈恋爱，一边就对爱情进行分析，好像一个学生在老师的指导下去解剖人体，看到的光是肌肉、神经什么的，而看不到人体的美……"

"然而我记得这并没有妨碍你发疯地去爱那个……她叫什么来着？……达申卡，对吗？"

"是的；可是您不让我受人诱骗，不然我可能会认为娜坚卡的变心只是一种不幸的偶然事件，我可能会一直等到不需要爱情的时候，然而您带着一套理论立即赶来，给我指出这是普遍现象，这样一来，我在二十五岁这年纪便对幸福、对生活失去了信心，精神上一下就衰老了。您否定友谊，把它称之为习惯；你还戏称自己是我最好的朋友，难道就是因为您及时地赶来，证明友谊是不存在的？"

彼得·伊万内奇一边听着，一边用一只手抚摩脊背。他不大经意地反驳着，那样子就像用一句话就能把对他的一切指责彻底驳倒。

"你对友谊理解得多深呀，"他说，"你想让一个朋友来串演一出喜剧。据说古时候有两个傻瓜……他们叫什么来着？一个人还在被人扣作人质，他的朋友却要前去会面……若是大家都这么做的话，那整个世界简直就成疯人院了！"

"我爱人们，"亚历山大继续说，"我相信他们的品德，把他们视为兄弟，我愿伸出手臂热烈拥抱他们……"

"是呀，太好了！我还记得你的拥抱，"彼得·伊万内奇插话说，"当时你的拥抱让我讨厌死了。"

"您还对我指明拥抱没什么意义。你没有对我在恋爱中的激情加以指导，却教我不要感情从事，要我仔细观察分析并提防别人，我对他们进行了观察研究，所以也就不喜欢他们了！"

"谁知道你会这样！你看起来挺机灵的，我以为那样只会使你对别人更加宽容。我对人们也很了解，可我并没有憎恨……"

"怎么，你喜爱人们？"丽莎韦塔·亚历山德罗夫娜问。

"对他们……习惯了。"

"习惯了！"她单调地重复了一下。

"他本来也会习惯的，"彼得·伊万内奇说，"可是他早先在乡下被姨妈和那些黄花给带坏了，所以脑子这么迟钝。"

"后来我对自己有了信心，"亚历山大又开口说，"可您对我说，我比别人差，所以我就憎恨自己。"

"如果你对事物能更冷静地观察，你就会明白你不比别人差，也不比别人强，我就希望你这样，这样你就不会恨别人，也不会恨自己，能坦然地容忍别人的愚蠢，而更加认真看待自己的愚蠢。我很了解自己的价值，我知道自己不算优秀，可我承认我很爱自己。"

"唉！这儿你说的是爱，而不是习惯！"丽莎韦塔·亚历山德罗夫娜冷冷地说。

"哎哟！这个腰！"彼得·伊万内奇哼哼起来。

"最后您不加事先警告，毫不留情地一下击碎了我的美好的幻想，我本以为我有点儿诗人的天赋，可您残忍地指明我生来不是搞文学创作的料，您狠狠地治疗我的心病，要我去干我所讨厌的工作。若没有您的阻拦，我会去搞写作的……"

"会成为一个读者公认的缺乏才华的作家。"彼得·伊万内奇打断他的话说。

"我干吗去管读者呀？我只操心自己的事，我会把自己的失败归咎于愤恨、嫉妒、仇视，渐渐地就接受了这种想法，不要搞写作了，干别的去吧。您有什么可奇怪的，当我明白了这一切之后，便心灰意冷……"

"喂，你还有什么说的？"丽莎韦塔·亚历山德罗夫娜问。

"我不想说什么了，对这种胡说我怎么回答？你来到这里，以为这里遍地是黄花、爱情和友谊，以为人们中间只是一些人写写诗，另一些人听听朗诵，有时候为了换换花样也写些散文——难道这些都是我的过错……我是要你懂得，不论在什么地方，特别是在这里，人必须工作，并要努力工作，甚至累得腰疼……没有鲜花，但有官位，金钱，这些好得多！这就是我想让你懂得的道理！我没有完全失望，因为你总归会懂得什么是生活，就像当今人们对它的理解那样。你也懂得了，可是你一看到生活中很少有鲜花和诗歌，便以为人生是一种大过错，你见到这种情况，便感到烦闷；别人没有注意到，所以便过得挺快活。喂，你有什么不满意的？你还缺少什么呢？换了别人，就会很感谢命运的。无论贫困、疾病、实际的苦难都没有来触犯你。你还少了什么呢？是少了爱情吗？你爱过别人两次，也被人爱过。别人对你变了心，你也报复过。我们认为你的一些朋友是别人所难得遇到的，他们不虚伪，虽然不会为你去赴汤蹈火，也不喜欢搂你抱你；要知道这种表现太愚蠢了，你得明白这个！从他们那儿你总是可以得到忠告、帮助、甚至金钱……这还不够朋友？将来你会成家的；只要努力工作，前途不可限量；随之就会大走红运。像别人一样去奋斗吧，好运不会绕开你的，你会大有出息的。自以为是个特殊的大人物是可笑的，因为天生你不是这样的人！你有什么可悲伤的呢？"

"我不责怪你，叔叔，相反，我很珍重您的好意，为此我向您表示衷心感谢。可您的好意不中用，有什么办法呢？您也不要责怪我。我们彼此不理解——这就是我们的不幸！有些事你和别人可能喜欢、可能中意——可我不喜欢……"

"我和别人喜欢……此言差矣，亲爱的！难道独有我一人是像我教你的那样去想去做的吗……瞧瞧周围吧，好好瞧瞧大伙儿，而你所谓的一群平凡人，不是那些住在乡村的、消息闭塞的人们，而是有思想、很活跃的现代有教养的人们，他们需要什么？向往什么？怎么想的？你会看到，他们正是我教你的那样地去生活。我所要求于你的一切，不是我臆想出来的。"

"那是谁要求的？"丽莎韦塔·亚历山德罗夫娜问。

"时代。"

"这么说大家都得遵循你那时代所提的要求？"她问道，"这些全那么神圣，全是真理？"

"全很神圣！"彼得·伊万内奇说。

"是这样！要多加思考，少动感情，是吗？不要放任心灵，要控制感情冲动？不吐露真心话，也不信真心话？"

"是的。"彼得·伊万内奇说。

"随处按规矩办事，不轻易相信别人，认为一切都靠不住，活着光想着自己？"

"是的。"

"爱情不是人生的主要大事，应该更多地去爱自己的事业，少去爱所钟情的人，不要指望任何旁人的忠诚，要知道恋爱往往以冷淡、变心或敷衍而告终——这些都是真的？友谊就是一种习惯？这全都是实情？"

"这些永远都是真的，"彼得·伊万内奇回答说，"只不过先前人们不愿相信罢了，如今已成为众所周知的真理。"

"一切都得仔细观察，都得思考算计，不要让自己忘乎所以，想入非非，不要受人诱骗，哪怕幸福就在眼前——这些也都是真的？……"

"是真的，因为这都是理智的。"彼得·伊万内奇说。

"是不是对亲人……比如对妻子……也得用心计……"

"我还从来没有这样腰疼过……哎哟哟!"彼得·伊万内奇一边说,一边在椅子上扭动着身子。

"啊!腰疼!上岁数的关系!没有说的。"

"是上岁数的关系,亲爱的;人一任性,就毫无办法;处处要讲理智、道理、经验、循序渐进,最后才会成功;一切都要追求完善。"

"叔叔,您的话也许含有真理,"亚历山大说,"可是它安慰不了我。我依照您的理论去了解一切,以您的目光去看待事物;我是您教育出来的学生,然而我活得很无聊、很痛苦、很难堪……这是因为什么呢?"

"因为还不习惯于新的规矩。不仅你一人是这样,还有一些落伍的人;全都是受苦的人。他们的确可怜得很,可怎么办呢?一整群人是不能为一小撮人而停滞不前的。关于你现在对我的一切指责,"彼得·伊万内奇思索了一下说,"我有一点很重要的辩白,你记得吗,你刚来这里的时候,我同你谈了五分钟之后便劝你回家去?你不听。现在为什么来攻击我呢?我预先告诉过你,你不习惯于当今的事物秩序,而你却指望我的引导,要我出主意……慷慨激昂地谈论现代的思想成就,谈论人类的志向……谈论时代的实际趋向——可现在却成了这个样子!我总不能一天到晚去照料你,我干吗要这样呢?我不能在你夜里睡觉时,给你嘴上遮条手绢以防苍蝇,也不能老为你画十字。我跟你谈过事业,因为你请求我谈谈这个;而这会有什么结果,那就同我无关了。你不是小孩了,人也不笨,自己可以判断嘛……你本来应该去干一番事业,可你忽而为一个丫头的变心而呻吟,忽而为与朋友的离别而

339

哭泣，忽而为心灵的空虚、忽而为过于多情而痛苦；这算什么生活呀？简直是活受罪！瞧瞧当今的年轻人吧，真是好样的！他们的思想多么活跃，精力多么充沛，他们多么灵活、轻松地对付所有这些荒唐事——用你们的老话说，就是所谓的焦急、痛苦……鬼知道还叫什么！"

"你说得多轻巧！"丽莎韦塔·亚历山德罗夫娜说，"你不觉得亚历山大可怜吗？"

"不。如果他腰疼，我是会同情的，因为这不是臆想、不是幻想、不是诗歌，而是实际的痛苦……哎哟！"

"叔叔，您至少要教教我，我目前该怎么办？您用您的脑子怎么解决这个问题呢？"

"该怎么办？嗯……回乡下去。"

"回乡下去！"丽莎韦塔·亚历山德罗夫娜跟着说了一句，"你疯了吗，彼得·伊万内奇？他回乡下干什么呀？"

"回乡下去！"亚历山大重复了一句，他和婶母两人都望着彼得·伊万内奇。

"是呀，回乡下去；在那儿你将见到母亲，回去安慰安慰她。你会找到平静的生活；在这儿什么都让你不安；除了在那边湖上，陪着你姨妈，哪儿还有更安静的地方……真的，去吧！可谁知道呢？也许你有点……哎哟！"

他按住自己的脊背。

大约过了两星期，亚历山大辞了职，前来同叔父和婶母辞行。婶母和亚历山大心里都很难过，默默无言。丽莎韦塔·亚历山德罗夫娜已是热泪盈眶。唯有彼得·伊万内奇一人说着话。

"既不想升官，也不想发财！"他摇着头说，"何必到这里来！

真丢阿杜耶夫家的脸！"

"得了吧，彼得·伊万内奇，"丽莎韦塔·亚历山德罗夫娜说，"你老提功名利禄，让人烦死了。"

"怎么不是呢，八年了，毫无作为！"

"别了，叔叔，"亚历山大说，"谢谢您为我做的一切，一切……"

"不用客气！别了，亚历山大！要不要给你点路费？"

"不用，谢谢，钱我有。"

"这是怎么啦，从来不伸手！真让我生气。好，上帝保佑你，上帝保佑你。"

"同他离别，你不感到难过？"丽莎韦塔·亚历山德罗夫娜低声说。

"嗯—嗯！"彼得·伊万内奇支支吾吾地说，"我……同他也处惯了。记住，亚历山大，你有一个叔叔兼朋友——听见了吗？如果需要谋个职位，找点事做，或需要钱用，尽管找我帮忙！你总能找得到这三样东西。"

"如果需要同情，"丽莎韦塔·亚历山德罗夫娜说，"需要痛苦中的安慰，需要温暖可靠的友谊……"

"还有真情的吐露。"彼得·伊万内奇添了一句。

"……那就请记住，"丽莎韦塔·亚历山德罗夫娜继续说，"您有婶婶这么一个朋友。"

"喂，亲爱的，在乡下朋友有的是，什么都有，鲜花、爱情、真情的吐露，甚至还有一位姨母。"

亚历山大深为感动，他一句话也说不出来。在与叔父告别之际，他本想展开双臂去拥抱他，虽说不像八年前那样热情。彼得·伊万内奇没有拥抱他，而只是抓住他的双手，比八年前握得较紧一些。丽莎韦塔·亚历山德罗夫娜已热泪滚滚。

"唉！真是如释重负，谢天谢地！"亚历山大离开之后，彼得·伊万内奇说，"我的腰疼似乎也轻一些了！"

"他对你干了什么啦？"妻子噙着眼泪低声说。

"干了什么啦？简直让我烦透了；比厂里那些人还要差劲，那些人如果要胡闹，就抽他们的鞭子；而对他有什么办法？"

婶母哭了一整天，到彼得·伊万内奇要吃饭的时候，仆人们禀告他说，饭菜还没有准备呢，因为太太闩上房门，没有对厨子做出吩咐。

"全因亚历山大的过！"彼得·伊万内奇说，"他真让人头痛！"

他唠唠叨叨地埋怨了半天，便坐车到英国俱乐部用餐去了。

一大早有辆公共马车缓缓地出了城，把亚历山大·费多雷奇和叶夫塞载走了。

亚历山大从马车窗口探出头来，竭力装出忧郁的神情，终于形成了一段内心独白。

他们坐车经过理发店、牙病诊所、妇女时装店、贵族的宅第。"别了，"他轻轻摇着脑袋，用手抓抓稀疏的头发，说道，"别了，假发假牙、棉制冒牌衣装、圆帽的城市，假谦恭真傲气、虚情假意、嘈杂忙乱的城市！别了，埋葬深邃强烈、热情温柔的心灵活动的大坟墓。我在这儿面对现代生活，但背朝大自然地待了八年，而它也转过脸不理睬我了，因为我已失去了生命活力，才二十九岁人已老了；而当年……

　　　别了，别了，城市，

342

在那里我受过痛苦，也爱过，

在那里我埋葬了自己的心。①

　　"我要展开双臂拥抱你们，广阔的田野，拥抱你们，故乡令人
快乐的牧场和村庄，把我搂在自己的怀抱吧，我的心就会复活、
新生！"

　　这时候他念了普希金的诗："粗野的艺术家以朦胧的画
笔……"② 等等，揩了揩汪着泪水的眼睛，缩进马车的深处。

---

① 引自普希金：《叶甫盖尼·奥涅金》第一章第五十节。——译注
② 参见普希金的《再生》。——译注。

第十二章

是一个异常美好的早晨。读者所熟悉的格拉奇村的湖上泛着轻轻的鳞波。阳光在水面上时而如金刚石、时而如绿宝石似的闪着光芒，亮得令人睁不开眼睛。垂桦的枝条沐浴在湖水中，湖岸上长着菖蒲，中间隐藏着一朵朵停歇在浮动的阔叶上的大黄花。有时轻云遮住了太阳；太阳仿佛一下转过脸不理睬格拉奇了；这时候湖水、小树林、村庄顷刻间都黯然失色，只有远处还是亮闪闪的。云儿一过，湖面又灿然闪光，田野仿佛涂上一片金色。

安娜·帕甫洛夫娜从五点钟起就待在凉台上。是什么召唤她出来的，是日出的景致、新鲜的空气还是百灵鸟的歌声？都不是！她目不转睛地瞧着那条穿过小树林的大路。阿格拉芬娜来要钥匙。安娜·帕甫洛夫娜瞧都没瞧她一眼，只顾紧盯着大路，把钥匙交给她之后，甚至没有问一声作什么用。厨子来了，她同样没瞧他一眼，只是对他做了许多吩咐。第二天得备好十个人的饭菜。

安娜·帕甫洛夫娜又光剩下一人了。突然她的眼睛闪亮起来，集中全部精力和体力去观看，大路上开始出现一个黑影。有人乘着车过来，然而缓缓而行从容不迫。啊！这是一架大车在下坡。

安娜·帕甫洛夫娜皱起了眉头。

"见鬼，又有人往这儿来！"她嘟哝说，"就不能让人绕着走，全都奔这儿来了。"

她又不高兴地坐进圈椅里，又怀着不安的期盼心情凝视着小树林，完全不理睬周围的东西。而周围的情况是得注意一下的，景观开始大变了。烈日炎炎，烤得中午的空气闷热难耐。忽然太阳藏了起来。天变得黑沉沉的。树林、远处的村庄、草地——全被蒙上一层不祥的色调。

安娜·帕甫洛夫娜醒了醒神，望了天空一眼。天哪！西边的天上有一块黑乎乎的样子难看的东西，边上带着铜色，好像一个活的怪物，两边似乎伸展着巨大的翅膀，向村庄和小树林迅速飞去。大自然里的一切都变得郁郁不乐。母牛低垂着头；马儿摇晃着尾巴、鼓动鼻子，打着鼻响，抖动鬃毛。马蹄践踏下的尘土没有飞扬，而是像沙子似的沉甸甸地散落在车轮底下。乌云可怕地渐渐逼近。不一会儿，从远处便缓缓地传来隆隆的雷声。

一切都沉寂下来，似乎在等待某种前所未有的东西。在阳光下活泼地飞跃歌唱的那些鸟儿藏到哪儿去了？在草丛里叫得那么欢畅的虫子又在何处？一切都躲藏起来，默不作声。那些无生命的东西似乎也有不祥的预感。树木停止摇晃，树枝也不再相互戏耍了；它们挺得笔直，只有树梢偶尔彼此俯过身来，似乎悄声地相互警告危险的临近。乌云已经遮住了天边，形成了一个看不透的铅色的穹隆。村子里大家都赶紧跑回家去。出现了万物庄严肃静的时刻。一阵清风如同先遣的使者，从树林里吹来，凉爽爽地吹拂着行人的脸，吹得树叶沙沙作响，又顺便砰地关上农舍的大门，扬起了街上的尘土，然后停息在灌木丛中。随后刮起一阵狂暴的旋风，它在大路上慢慢地扬起一股尘柱，接着冲向村庄，吹掉篱笆上的几块烂木板，刮走一个茅屋的屋顶，掀起一个在提水的农妇的裙子，把公鸡母鸡赶得满街乱跑，把鸡尾巴吹得鼓鼓的。

这阵狂风过去了。又是一片寂静。一切都在忙乱着、躲藏着；只有一只蠢公羊毫无预感，它站在大路中间，泰然自然若地倒嚼着食物，眼望着一方，没感受到这种普遍的恐慌；鸡毛和茅草拼命紧随着旋风，在路上转呀飘呀。

掉了两三滴大雨点——随之电光突然一闪。一个老头急忙从土台上站了起来，把小孙子小孙女拉进屋里；这家的老太婆画了个十字，赶紧关上了窗子。

轰然一声霹雳，雄壮威武地响彻天空，掩住了人间的喧声。一匹受惊的马挣脱了拴马桩，拖着一根绳子奔向田野，一个农人追它不上。雨起劲地浇着、淋着、变得越来越凶，也愈来愈重地敲打着屋顶和窗户。一只白净的小手胆怯地把精心培养的盆花放到凉台上。

头一声响雷的时候，安娜·帕甫洛夫娜画了个十字，离开了凉台。

"不，今天看来是不用等了，"她叹着气说，"他兴许停留在什么地方避雷雨呢，没准要等到夜里。"

突然传来车轱辘的响声，不过不是从小树林那边而是从另一边传来的。有人乘车进了院子。阿杜耶娃的心脏差点儿停止跳动了。

"怎么是从那边来呢？"她想，"莫非他想悄悄地到来？不会的，那边不是大路。"

她不知该怎么想；可是不一会儿一切都明白了。一分钟后安

346

东·伊万内奇走了进来。他的头发已显花白，身子已经发福了，由于吃得多干得少，两腮胖得鼓鼓的。他穿的还是那件衣服，还是那条肥大的裤子。

"我一直在等呀等着您来，安东·伊万内奇，"安娜·帕甫洛夫娜开始说道，"我以为您不会来了，我失望得很呢。"

"不该这样想！以为我到别人家去了，太太，会这样吗！别的人家我都没兴趣去……除了来看望您。我来迟了不是我的过错，要知道今儿个我只有一匹马拉车。"

"怎么这样呢？"安娜·帕甫洛夫娜不经心地问，一面走近窗口旁。

"原因是这样的，太太，我从帕韦尔·萨维奇那儿参加洗礼回来，我那小斑马瘸了，那个该死的马车夫在水沟上随随便便放了一块谷仓的旧门板……您瞧，那些穷鬼！找不出一块新板！这块旧门板上有个钉子或钩子，鬼知道还有什么！马儿一踩上去，就猛地跌倒在一旁，我差点儿折断了脖子……这样的缺德鬼！从这时候起这匹马儿就瘸腿了……真有这样的吝啬鬼！太太，您真不信他们的家里是什么样子，就连有些养老院里的老人过得比他们还强。而在莫斯科，在库兹涅茨桥那一带，那儿的人一年都得花掉上万个卢布呢！"

安娜·帕甫洛夫娜心不在焉地听着他唠叨，待他说完的时候，她轻轻地摇了摇头。

"要知道我收到了萨申卡的一封信，安东·伊万内奇！"她插上嘴说，"他信上说二十号前后到家，我真高兴得不知怎么好了。"

"我听说了，太太，普罗什卡说过这件事，我起先还不明白他说的是什么；我以为他已到家了，让我高兴得直冒汗。"

"上帝保佑你健康，安东·伊万内奇，您这么关爱我们。"

"怎能不爱呢！要知道亚历山大·费多雷奇是我的掌上明珠，完全跟亲生孩子一样。"

"谢谢您，安东·伊万内奇，上帝会奖赏您的！我差不多两夜没睡了，我也不让下人睡觉，他到的时候，我们都在睡懒觉——这成什么样子！昨天和前天我都走到小树林那边等候，今天本来也想去的，可恨人老了，吃不消了。夜里失眠弄得我困乏得要死。请坐吧，安东·伊万内奇。您全淋湿了，要不要喝点酒，吃点儿早点？午饭可能得晚一些，要等一等亲爱的客人。"

"这么说就吃点儿吧。说实在的，早饭我是吃过了的。"

"您是在哪儿吃的？"

"我顺路在玛丽娅·卡尔波夫娜家停留了一会。反正是路过那儿嘛；不是为我自个儿，主要是为了马，得让它歇歇脚，像今天这样大热天，一下跑十二俄里地，可不是闹着玩的！我顺便也在那儿吃点东西。他们要留我，幸亏我没听他们的，要不然雷雨一来就得在那儿耽搁一整天。"

"玛丽娅·卡尔波夫娜身体好吗？"

"很好，感谢上帝！她问候您。"

"非常感谢；她的闺女索菲娅·米哈依洛夫娜，还有她丈夫近来怎么样？"

"还可以，太太。她快生第六个孩子了。再过两个礼拜左右就要生了。还请我到时候前去。可她家里那样穷酸相，真不忍看。按说不该再要孩子了吧？但是不，还是要生！"

"看您说的！"

"真的！屋里的门窗歪的歪，斜的斜，地板一踩就嘎嘎响，屋顶到处漏水。修补一下也不顶用。桌上放的是奶渣饼和羊肉——请人吃的就是这些！可还邀请得挺热情！"

"也讲这一套，她还打过我的萨申卡的主意呢，那只乌鸦！"

"太太，让她别打这只雄鹰的主意啦！我盼他可盼苦了，多想瞧瞧他，他准定长成个帅气的男子汉了！我在猜想，安娜·帕甫洛夫娜，他在那边会不会跟哪位公爵小姐、伯爵小姐订了婚，是不是回来请求您的祝福，请您去参加婚礼呢？"

"您说什么呀，安东·伊万内奇？"安娜·帕甫洛夫娜说，高兴得直发愣。

"真的呀！"

"唉，亲爱的，上帝保佑您健康……真是的！一下就忘了，我想讲给您听听，可记不起来了。我在想呀想呀，到底是些什么事，可怎么也想不起来，生怕就这样忘光了。您是不是先吃点早点，或者现在就让我讲？"

"都一样，太太，哪怕在我吃早点的时候您在一边讲，我不会少吃一口……也不会漏听一个字的，真的。"

"那就这样，"安娜·帕甫洛夫娜说，这时候端上了早点，安东·伊万内奇在桌边坐下来，"我梦见……"

"您自个儿难道就不吃点儿？"安东·伊万内奇问。

"咳！我现在哪有胃口吃东西？我连一口都吞不下；这几天我连茶水也没喝——我梦见自己好像就这么坐着，阿格拉芬娜拿着托盘站在我面前。我好像对她说：'怎么啦、阿格拉芬娜，你的盘子是空的？'她没有作声，净是瞧着门口。'唉，我的妈呀！'我在梦中私下想道，'她干吗老朝那边瞧呀？'于是我也朝那边瞧……我正瞧着，萨申卡一下走了进来，一副悲伤的样子，他走到我跟前，好像挺清楚地说：'别了，妈妈，我要出远门了，要到那边去。'他指了指湖那边：'我再也不回来了。''是往哪儿去呀，我的朋友？'我这样问，心里疼死了。他好像没有吭声，他望着我，样子挺古怪，又很悲戚。'你是打哪儿来呀，亲爱的孩子？'我好像又问他。而他，我的心肝，叹了一口气，又指了指湖那边。'打深渊里来，'他声音极低地说，'打水怪那儿来。'我听了浑身哆嗦，便醒了过来。我的枕头整个沾满了泪水，我真的安静不下来了。我坐在床上，哭呀哭呀，泪流不止。我一起来，立即在圣母像前点上神灯，求求我们慈悲的保护神，保佑他消灾灭祸，平安大吉。我真的心里很疑惑。我搞不明白这是什么兆头？他会不会出什么事？雷雨这么凶……"

"这是好兆头，太太，梦里哭，必有福！"安东·伊万内奇说，一边往盘子边上砸一个鸡蛋，"明天他准到。"

"我也这样想过，吃早饭后我们要不要到林子那边去迎迎他；总能走得到的；可是这一下满处都是泥浆。"

"不，今天他不会来，我有预感！"

这时候从远处随风飘来一阵车铃声，可一下又听不见了。安娜·帕甫洛夫娜屏住了呼吸。

"啊！"她叹了一声，松了口气，一边说道，"我也想过……"

突然又传来了铃声。

"上帝，我的天哪！好像是车铃声吧？"她说道，并奔向凉台。

"不是，"安东·伊万内奇回答说，"有一匹小马在近处吃草，它脖子上挂着个小铃铛，我在路上看见的。我还吓了它一下，要不然它会跑到麦田里去的。您干吗不吩咐拴住它？"

突然铃声仿佛就是在凉台下边响了起来，并且愈来愈响了。

"哎，我的天哪！没错，是往这儿跑的，往这儿跑的！是他，是他！"安娜·帕甫洛夫娜嚷嚷道，"哎呀，哎呀，跑过去呀，安东·伊万内奇！下人们哪儿去了？阿格拉芬娜呢？谁都不在……他像是到了陌生人家似的，我的天哪！"

她完全慌神了。那铃声仿佛就在房间里响的。

安东·万内奇从桌旁一下蹦了起来。

"是他！是他！"安东·伊万内奇喊道，"驭座上坐着的就是叶夫塞！你们家的圣像、面包和盐在哪儿？快点拿给我！我拿什么到台阶上去迎接他呢？怎么可以没有面包和盐呢？有兆头的……你们家怎么这样乱呀！谁都没有想到！安娜·帕甫洛夫娜，您干吗愣在那儿，怎么不去迎接？快点跑……"

"我不行呀！"她费劲地说，"两腿不听使唤。"

她说着便倒在圈椅上。安东·伊万内奇从桌子上抓起一块面包放到盘里，又放上一个盐瓶，朝门口跑去。

"一点准备也没有！"他嘟哝说。

三个仆人和两个丫头朝着他急闯进门来。

"来了！来了！他到了！"他们脸色发白，心里惊慌，大声喊着，仿佛是强盗来了。

跟着他们后面进来的是亚历山大。

"萨申卡！我的宝贝……"安娜·帕甫洛夫娜大喊了一声，一下又愣住了，疑惑地瞧着亚历山大。

"萨申卡呢？"她问。

"我就是呀，妈妈！"他吻着她的手，回答道。

"是你？"

她凝视了他好一会儿。

"是你，真是你，我的宝贝！"她一边说，一边紧紧地抱住他。稍后突然又打量着他。

"你怎么啦？你身体不好？"她不安地问道，还是抱着他不松手。

"我很健康，妈妈。"

"健康！你出什么事了，我的小鸽子？我让你离开的时候你是这样子的吗？"

她把他紧搂在怀里，伤心地哭了起来。她亲他的头，面颊和眼睛。

"你的那些细发哪儿去了，那些丝一般的细发！"她泪汪汪地说，"早先你的眼睛亮闪闪的，就像两颗星星，两腮白里透红，你像是一只多汁的苹果！准是一些坏家伙妒忌你的帅气和我的福气，把你折磨成这个样子！叔叔为什么瞅着不管呢？我是把你亲手托付给他的，把他当作有本事的人！他竟不会保护我的宝贝！我的小鸽子呀……"

老太太一边痛哭流涕，一边亲热地爱抚着亚历山大。

"看来，梦里哭，不是福！"安东·伊万内奇心里想。

"您这是干什么，抱着他痛哭，像哭死人似的？"他喃喃地对她说，"这样不好，不吉利。"

"您好，亚历山大·费多雷奇！"他说，"上帝还让我活着见到您。"

亚历山大默默地同他握了握手。安东·伊万内奇前去看了看行李是否已经全部从马车上卸下来了，然后去唤仆人们前来向少爷问安。而他们都已聚集在前厅和穿堂里了。他让他们排好队，教他们怎样问安，谁吻少爷的手，谁吻少爷的肩，谁只能吻他衣服的下摆，同时该说些什么话。他把一个小青年搡了出去，对他说："你先去把脸洗洗，把鼻子擦擦干净吧。"

叶夫塞腰束皮带，满身尘土，跟伙伴们招呼问候。他们把他围了起来。他把从彼得堡带来的小礼品分送给他们，有的人给一枚银戒指，有的人给一只桦木烟盒。见到阿格拉芬娜的时候，他变得像块石头似的站住不动了，默默地瞅着她傻乎乎地乐极了。她皱着眉头瞟了他一眼，立即不由自主地变了常态；快活地笑了起来，然后又想哭，突然扭过脸去，变得郁郁不乐。

"你干吗不吱声呢？"她说，"像个木头人似的不问一句好！"

可是他什么也说不出来。他还是带着那种傻乎乎的笑容走到她跟前。她勉强让他拥抱自己。

"见鬼了，"她气愤愤地说，一边又不时地偷偷瞧他；而她的眼神和笑容却显露出莫大的欢喜，"彼得堡的那些娘儿们……准是把你和少爷勾得丢了魂吧？瞧你，胡子长成什么样！"

他从衣口袋掏出一只小纸盒，递给她。盒子里装的是一副铜耳环。随后又从一个袋子里取出一个纸包，里面包着一条大围巾。

她抓起这两样东西，瞧都不瞧一眼，急忙塞进柜子里。

"把礼品让大家看看，阿格拉芬娜·伊万诺夫娜。"几个伙伴说。

"有啥好看的呀？没见过是吗？走开！你们挤在这儿干啥？"她朝他们嚷道。

"还有一样！"叶夫塞递给她另一纸包，说道。

"给看看，给看看！"有几个人纠缠着说。

阿格拉芬娜把纸包猛一把扯开，好几副玩过但还相当新的纸牌散在了地上。

"怎么想到带这种玩意儿回来！"阿格拉芬娜说，"你以为我没事干光玩牌？真是的！你倒想得美，让我陪你玩牌！"

她把纸牌也藏了起来。过了一个小时后，叶夫塞又坐在桌子和炉炕之间的那个老地方了。

"天啊！多么安静！"他说道，一会儿缩腿一会儿伸腿，"这儿待着才惬意呢！在彼得堡我们过的简直像囚犯似的日子！有没有什么吃的，阿格拉芬娜·伊万诺夫娜？离开最后一站以后就没有吃过一点东西。"

"你还没有抛开你那老习惯？给！瞧你这副馋样，好像你们在那边尽挨饿似的。"

亚历山大到每个房间都走了走，然后去到花园，在每棵树林、每张凳子旁边都站了一会儿。母亲陪着他。她望着他那张苍白的面容，连连叹气，然而不敢哭，因为安东·伊万内奇吓唬过她说那样不吉利。她细细盘问儿子的生活情况，怎么也探听不出他人消瘦、脸色苍白、头发脱落的原因。她劝他吃一点儿，喝一点儿，可是他却拒绝了，他说旅途劳顿，光想睡觉。

安娜·帕甫洛夫娜去检查床铺得如何，她责备女仆铺得不好。要她们当着她的面重新铺，并一直等到亚历山大上床躺好之后才离开。她踮着脚走出来，警告仆人不许说话，不许大声喘气，不许穿着靴子走路。然后吩咐叫叶夫塞来见她。阿格拉芬娜跟着他一起来了。叶夫塞向太太磕头施礼，并亲一下她的手。

"萨申卡出了什么事啦？"她严厉地问，"他现在变得像个谁呀——啊？"

叶夫塞默不作声。

"你干吗不言语？"阿格拉芬娜说，"听见吗，太太问你话呢？"

"为什么他瘦成这副样子？"安娜·帕甫洛夫娜说，"他的细头

354

发哪儿去了？"

"我不知道，太太！"叶夫塞说，"那是少爷的事！"

"你不知道！那你照料些什么呀？"

叶夫塞不知道说什么好，一直不吭声。

"您可找对人了，太太！"阿格拉芬娜低声地说，一边深情地望着叶夫塞，"他算是个人也就好了！你在那边干些什么？回太太的话呀！要不然你等着瞧吧！"

"太太，我哪能不尽心呀！"叶夫塞胆怯地说，时而望望太太，时而望望阿格拉芬娜，"我一直勤勤恳恳、实打实地侍候少爷呀，你们可以去问问阿尔希佩奇……"

"哪个阿尔希佩奇？"

"那边看院子的人。"

"瞧他胡扯！"阿格拉芬娜说，"太太，您听他瞎说干吗？把他关到牲口棚里，他不就老实了！"

"只要是老爷们吩咐我去做的，我都是按照吩咐去完成，"叶夫塞接着说，"哪怕让我立刻死掉！我取下墙上的圣像，对它发誓……"

"你们都是嘴上说得好听！"安娜·帕甫洛夫娜说，"一旦要干事，就见不到你们了！看来你对少爷照料得真好呀，你竟让他，我的小鸽子，搞坏了身子！你就这样照料！你就瞧我怎么治你……"

她吓唬了他一下。

"怎么没照料，太太？八年里少爷的衬衣只丢了一件，其他连穿破了的我都给保管得好好的。"

"那一件丢到哪儿去了？"安娜·帕甫洛夫娜怒气冲冲地问。

355

"是洗衣女工给弄丢的。我当时就禀告过亚历山大·费多雷奇，请他扣她的工钱，可是他什么也不说。"

"瞧那个女坏蛋，"安娜·帕甫洛夫娜说，"看见好衬衣就想贪占！"

"我怎么没照料呢！"叶夫塞继续说，"但愿别人都像我这样尽责就好了。常常是他还在睡觉，我就忙着上面包铺了……"

"他吃的是什么面包？"

"白面包，挺棒的。"

"我知道是白面包，是那种奶油甜面包吧？"

"真是个木头！"阿格拉芬娜说，"连话都说不清楚，还算是在彼得堡待过的。"

"一点儿也不是！"叶夫塞回答说，"是素食的。"

"素食的！唉，你这个坏蛋！凶手！强盗！"安娜·帕甫洛夫娜说，气得脸红耳赤，"你就没有想到给他买奶油甜面包吗？还说照料呢！"

"太太，他可是没有吩咐……"

"没有吩咐！我的小鸽子对吃的很不在乎，给他什么他就吃什么。你就想不到这一点？你难道忘了他在家时总是吃奶油甜面包的？你竟去买素食面包！想必你把钱乱花在别处了？看我怎么治你！喂，还有什么？说……"

"他每天喝过茶以后，"叶夫塞胆怯地继续说，"就去上班，我就擦靴子，整个早晨都在擦靴子，擦了又擦，有的擦上三回。晚上他脱下来靴子以后，我又把它们擦得一干二净。太太，怎么说我没有照料呢，我还没看见过哪个老爷穿这么干净的靴子。彼得·伊万内奇的靴子就擦得不怎么样，别看他有三个佣人呢。"

"那他为什么变成这样了？"安娜·帕甫洛夫娜口气稍微缓和了一点说。

"可能是写东西的缘故吧，太太。"

"他写得很多吗？"

"很多，太太，每天都写。"

"他写什么呢？是什么公文吗？"

"大概是公文吧，太太。"

"你为什么不劝阻他呢？"

"我劝阻过，太太。我说：'别老坐着，亚历山大·费多雷奇，出去走走吧，天气多好呀，那么多老爷都在散步呢。老写东西干什么用？你把肺累坏了，太太会生气的……'"

"他怎么说？"

"他说：'滚开，你这傻瓜！'"

"确确实实是个傻瓜！"阿格拉芬娜说。

叶夫塞此时瞪了她一眼，跟着又继续望着太太。

"嗯，难道他叔叔不阻止他？"安娜·帕甫洛夫娜问。

"哪儿呀，太太！他一来，要是碰见少爷闲着不干事，就会剋他一顿。他说：'怎么，什么事也不干？这儿可不是乡下，必须得工作，不能闲躺着！你成天老在想入非非！'有时候还骂他……"

"怎么骂呢？"

"他骂：'乡巴佬……'他就骂呀，骂呀……骂得可厉害了，有时真听不下去。"

"真可恶！"安娜·帕甫洛夫娜啐了一口说，"你自己生了小崽子，你只管骂好了！他不去劝阻，反而……主啊，我的天啊，仁慈的上帝啊！"她大声喊道，"要是自己的亲人比野兽还差劲，还

357

能去指望谁呢？就是一只狗也那么爱护自己的崽子，可是一个叔叔却折磨亲侄儿！而你这个傻瓜就不会对他叔叔说说，求他不要那样去骂少爷，反倒自己躲开去了。让他骂自己的老婆去吧，这种坏娘们！瞧，他倒找到挨骂的人了，'工作呀，工作呀！'你自己死在工作上才好呢！畜生，真的是畜生，上帝原谅我这么说！他找到干活的奴隶了！"

随后是一阵静场。

"萨申卡早就变得这么瘦了？"她过了一会儿问。

"已经有三年左右了，"叶夫塞回答说，"亚历山大·费多雷奇变得总是老大不高兴，吃得又很少；一下就瘦下来，瘦下来，像蜡烛似的融化了。"

"他为什么老不高兴呢？"

"天晓得呢，太太。彼得·伊万内奇同他谈到过这件事；我很想听一听，可是听不清楚，搞不懂是什么意思。"

"他说些什么啦？"

叶夫塞想了一会儿，显然，他努力在回忆什么，嘴唇微微地颤动。

"他叔叔叫他什么来着，我记不得了……"

安娜·帕甫洛夫娜和阿格拉芬娜都瞅着他，不耐烦地等着他说下去。

"叫什么呀……"安娜·帕甫洛夫娜问。

叶夫塞没有吭声。

"喂，笨家伙，说呀，"阿格拉芬娜插嘴说，"太太等着呢。"

"失……好像是……失望……者……"叶夫塞终于说了出来。

安娜·帕甫洛夫娜困惑地瞅了瞅阿格拉芬娜，阿格拉芬娜瞅了瞧叶夫塞，叶夫塞瞧了瞧她们俩，三个人都默不作声。

"什么呀？"安娜·帕甫洛夫娜问。

"失望……者，就是这样说的，我记起来了！"叶夫塞以坚定的声调说。

"这是什么样的倒霉事呀？主啊！病了，是吗？"安娜·帕甫洛夫娜忧愁地问。

"唉，意思是说身体给搞坏了，太太？"阿格拉芬娜急忙说。

安娜·帕甫洛夫娜脸色发白，啐了口痰。

"叫你舌头生疮！"她说，"他去不去教堂？"

叶夫塞有点犹豫不决了。

"不能说他，太太，去得很勤……"他有些踌躇地回答说，"差不多可以说，他是不去的……那边的老爷们好像都很少上教堂……"

"原来是因为这个！"安娜·帕甫洛夫娜叹着气说，并画了几下十字，"看来，光有我祈祷，还不合上帝的意。那梦没有假，确实是从深渊里逃出来的，我的小鸽子！"

这时候安东·伊万内奇走了进来。

"饭菜快凉了，安娜·帕甫洛夫娜，"他说，"是不是该叫醒亚历山大·费多雷奇了？"

"不，不，不要这样！"她回答说，"他不让叫醒他。他说：'你们自己吃吧，我没有胃口；我还是睡觉好，睡觉会使我恢复精力；兴许晚上就想吃了。'你就这样去办吧，安东·伊万内奇，不要生我这个老太婆的气，趁萨申卡这会儿在睡觉，我去点上神灯祈祷一下；我没心思吃饭；您自己吃去吧。"

"好的，太太，好的，我去照办，有事请吩咐我。"

"那就请您行个好，"她接下去说，"您是我们的朋友，这么爱我们，您把叶夫塞叫来，好好盘问他，萨申卡为什么会变成这样心事重重，这样瘦猴似的，他那一头细发哪儿去了？您是男子汉，您问他方便一些……那边是不是有人伤了他的心？要知道世界上就有这种坏蛋……都打听一下吧。"

　　"好的，太太，好的，我好好盘问他，把全部底细都打听出来。待我吃饭的时候，差人叫叶夫塞来见我——我一切照办！"

　　"你好，叶夫塞！"他坐到桌子旁边，把餐巾往领子里一塞，说，"日子过得怎么样？"

　　"您好，先生。我们过的是什么日子呀？很不好。您在这儿可发福了。"

　　安东·伊万内奇啐了一口。

　　"别用毒眼瞧人，老弟，那样准得倒霉！"他添说了一句，一边喝起汤来。

　　"你们在那边怎么样呀？"他问。

　　"就那样，不太好。"

　　"伙食好吗？你吃些什么？"

　　"吃些什么？到铺子买点肉冻和冷馅饼——就算是一顿午饭。"

　　"怎么去铺子里买？自己的炉子干吗呢？"

　　"寓所里不做饭。那边单身的老爷们是不开伙的。"

　　"你说些什么呀！"安东·伊万内奇放下匙子，说道。

　　"真的，少爷吃的也是从小饭铺里买的。"

　　"这是流浪汉的生活！唉！怎能不瘦！给你，干了吧！"

　　"太谢谢您了，先生！祝您健康！"

　　随之是一阵沉默。安东·伊万内奇吃着东西。

"那边黄瓜卖什么价？"他在自己盘子里放了根黄瓜，一边问。

"四十戈比十条。"

"值那么多？"

"真的，还有，先生，说来丢脸，有时候就从莫斯科运腌黄瓜来。"

"唉，上帝呀！嘿，能不瘦吗！"

"那边哪里见得到这样的黄瓜！"叶夫塞指了指一条黄瓜，继续说，"连做梦也梦不见！只有一些个儿小，很差劲的货色，在咱们这儿连瞧都没人瞧，可那边的老爷们就吃那样的！先生，很少人家里是自己烤面包的。储存白菜呀、腌牛肉呀、泡蘑菇呀——这些从来没有。"

安东·伊万内奇摇摇头，但什么也没有说，因为他嘴里塞满了东西。

"那怎么过日子？"

"小铺里什么都有，小铺里没有的，香肠店有；那儿没有的话，就上糖果点心店，要是糖果点心店也没有，那就上英国商店去，还有法国人的店里也什么都有！"

一阵沉默。

"喂，乳猪是什么价？"安东·伊万内奇问，把近乎半个乳猪放到盘里。

"不知道，先生，没买过，那是挺贵的，大概两个来卢布吧。"

"哎呀呀！怎能不瘦呀！东西这么贵！"

"那些上层老爷们很少吃这些，吃得比较多的是办事人员。"

又是一阵沉默。

"那么你们在那边怎么样，生活不好？"安东·伊万内奇问。

"别提了，差劲得很！这儿的克瓦斯多好喝，而那边的啤酒也淡得没味。这儿喝了克瓦斯，肚子里整天都像有东西在翻腾！那边只有鞋油这一样东西是好的。那种鞋油让人看个不够！气味可香啦，真想吃它！"

"瞧你说的！"

"真是这样。"

一阵沉默。

"那怎么好呢？"安东·伊万内奇咀嚼了一会儿后问道。

"也就这么嘛。"

"吃得很差？"

"很差，亚历山大·费多雷奇吃得太少了，压根儿不想吃饭；他一顿饭连一磅面包也吃不了。"

"怎么会不瘦呀！"安东·伊万内奇说，"都是因为东西太贵，是吧？"

"一是东西贵，二是没有每天都吃饱的习惯。老爷们吃饭像是偷偷地，一天只吃一顿，有时候在四五点钟吃，有时挨到五六点钟才吃，要不然随便抓点东西吃，就算是一顿饭了。在他们眼里吃饭是最不要紧的事，先把各种事情做完了，然后才去填肚子。"

"这叫什么生活呀！"安东·伊万内奇说，"怎能不瘦！好奇怪，你们怎么没有死在那儿！一直老是那个样吗？"

"不，每逢节庆日子，老爷们有时聚在一起，便吃个痛快！他们前去德国饭店，一吃就吃掉上百卢布。喝起酒来可不得了！比我们这些人还凶！有时候彼得·伊万内奇家里来了客人，下午五点多钟坐下吃起，起身离开时都到清早三四点钟了。"

安东·伊万内奇瞪大了眼睛。

"瞧你说的！"他说，"一直在吃？"

"一直在吃！"

"真想见识一下，跟我们不一样！他们吃些什么呢？"

"吃什么，先生，看起来不怎么样的！搞不明白吃的是什么玩意儿，天知道德国佬在菜里搁些什么，真不想塞进嘴去。他们的胡椒也不一样；他们把那些外国玻璃瓶里装的什么东西倒在调味汁里……有一回彼得·伊万内奇家的厨子请我吃老爷的饭菜，让我恶心了三天。我瞧见菜里有橄榄，我想跟这儿的橄榄是一样的，咬开一看，里边竟有一条小鱼；我恶心死了，就吐了出来；我又拿了一个，里边还是那样；每个里面都是……唉，那些该死的家伙……"

"他们怎么这样呢，是特意放进去的？"

"天知道是怎么回事！我问他们了，他们都哈哈大笑，说是天生就这样的。这算是什么菜？起先上的是一道热菜，很不错，还有馅饼，不过那种馅饼小极了，嘴里一下可以塞下六个，刚想嚼一下，一瞧嘴里的东西都没了，全化了……热菜以后上的是甜食，然后是牛肉，再下面是冰淇淋，又上了一种青菜，又是一种烤肉……哪里吃得下！"

"这么说你们是不生炉子的？哼，怎么会不瘦呢！"安东·伊万内奇说道，并从桌边站起身来。

"谢谢您了，我的上帝！"他深深叹了口气，大声地说了起来，"因为你赐给我天上的粮食……我怎么啦！话都说不对，是地上的粮食——还请让我进入你的天国。"

"把桌子收拾一下，主人不来吃饭了。晚上你们另外准备好一只乳猪……或者有没有火鸡？亚历山大·费多雷奇爱吃火鸡；他大概饿了。现在给我搬些干净的干草到楼上那个小房间去，我要休息一两个小时；到喝茶的时候叫醒我。要是亚历山大·费多雷奇那边有点儿动静，那就……推醒我。"

他睡醒起来后，便到安娜·帕甫洛夫娜那儿去。

"怎么样呀，安东·伊万内奇？"她问。

"没什么，太太，非常感谢您的盛情款待……我睡得好香呀，干草是那么干净，那么香……"

"请随便用，安东·伊万内奇。喂，叶夫塞说些什么？您问过了吗？"

"怎么没问过呢！全探听出来了，没什么要紧的！一切都会调理好的。事情全是因为那边饭菜不好。"

"饭菜？"

"是呀；您想想看，黄瓜四十戈比十条，乳猪要两个卢布，饭菜全是到外边店里买来的——又加上不吃饱。怎么会不瘦呢？别担心，太太，我们在这儿会治好他的毛病，让他变得健健壮壮的。您吩咐多备些烧酒；我给您一个方子，是我从普罗科菲·阿斯塔菲依奇那儿搞到的；早晚给他服一两杯，最好是饭前服；可以同圣水一起喝……您这儿有吗？"

"有，有，也是您带来的。"

"对了，真的是我。饭菜要挑些油水多的。我已吩咐晚饭烧一只乳猪或一只火鸡。"

"谢谢，安东·伊万内奇。"

"不用谢，太太！要不要再吩咐烧一个白汁童子鸡？''

"我去吩咐……"

"干吗您亲自去？我是干什么的？我去张罗……交我去办吧。"

"那就麻烦您，帮帮我，亲爱的朋友。"

他走开了，她忧思忡忡起来。

女性的本能和母亲的心告诉她，饮食问题并不是亚历山大显得心事重重的主要原因。她开始巧妙地以暗示和从侧面提问的方式去探听，然而亚历山大不懂这些暗示，没有说什么。就这样过了两三星期。乳猪、童子鸡和火鸡安东·伊万内奇倒吃了不少，而亚历山大仍然是那样郁闷、消瘦、头发也没有长出来。

于是安娜·帕甫洛夫娜决定同他直截了当地谈一谈。

"听我说，亲爱的萨申卡，"有一次她说道，"你回到这儿已经有一个来月了，可我还没有见你露过一次笑脸，你像乌云似的愁闷，眼睛老瞧着地上。是不是你觉得在家乡一点也不快活，看来在异乡倒快活些？你在思念异乡是吗？瞧着你这副样子，我的心都碎了。你到底出什么事了？跟我说说，你还缺少什么？我什么都舍得给你。要是有人欺负了你，我就去跟他算账。"

"别担心，妈妈，"亚历山大说，"就是这样，没什么！我年龄大了，变得比较懂事理了，所以说话显得少些……"

"那为什么这样瘦呢？头发哪儿去了呢？"

"我说不出是什么原因……八年里的事没法都说个明白……也许，身体有点儿问题……"

"你有什么地方不舒服？"

"这儿那儿都不舒服。"他指指脑袋和心口。

安娜·帕甫洛夫娜摸了摸他的额头。

"不烧，"她说，"这到底是怎么回事？脑袋有刺痛的感觉吗？"

"不……是这样……"

"萨申卡！我们去请伊万·安德列伊奇吧。"

"伊万·安德列伊奇是谁呀？"

"一个新大夫，来了有两年了。是个了不起的行家！他几乎不开什么药方，他自制了一些小药丸——挺管用的。有一次我们家的那个福马肚子疼，哭喊了三昼夜，他给了他三颗药丸，结果药到病除！找他治一下吧，小鸽子！"

"不，妈妈，他治不了我的病，我的病会过去的。"

"那你为什么老烦闷呢？有什么不顺心的事呢？"

"没什么……"

"你想要什么呢？"

"我自己也不清楚，就是感到烦闷。"

"这就奇怪了，上帝啊！"安娜·帕甫洛夫娜说。"你说饮食你是满意的，生活很方便，职位也不错……还缺少什么呢？可你总是闷闷不乐！萨申卡，"她停了一下，接着轻声地说，"你是不是该……结婚了？"

"哪儿呀！不，我不想结婚。"

"我倒看中了一位姑娘，她像个洋娃娃似的，红扑扑的脸蛋，又嫩又白的皮肤，好像可看得见里面的东西在流动。腰身细细的，身材苗条；她以前在城里的学校念过书。她手下有七十五个农奴和两万五千卢布的私房钱，嫁妆十分出色，是在莫斯科定做的；亲戚也都是有身份的人……怎么样，萨申卡？我有一回同她母亲边喝咖啡边聊天，我开玩笑似的把话摔过去，她高兴得耸起耳朵听……"

"我不想结婚。"亚历山大又重说了一句。

"怎么，永远不结婚？"

"永远。"

"上帝饶恕吧！这成什么样子？每个人都像个人，只有你天知道像什么！但愿上帝让我有孙子抱，我该多么高兴！说真的，娶她吧，你会爱她的……"

"我不会爱的，妈妈，我已经不会再爱了。"

"还没结婚，怎么不会再爱了？你在那边爱过什么人了？"

"一个姑娘。"

"干吗不结婚呢？"

"她对我变了心。"

"怎么变了心？你不是还没有娶她吗？"

亚历山大没有作声。

"你们那边的丫头们真行呀，嫁人之前就乱爱！还变了心！这么个臭丫头！好运自己送上门，她不知爱惜，没用的东西！我要是见到她，我就往她脸上啐唾沫，你叔叔是怎么看的？我倒要看看她会找到哪个更好的夫君……有什么关系，难道世上就她一个姑娘？你再去爱一次就是了。"

"我已再爱过一次了。"

"是什么人？"

"是一个寡妇。"

"那干吗不结婚？"

"是我自己把她甩了。"

安娜·帕甫洛夫娜瞧着亚历山大，不知说什么好。

"把她甩了……"她照着说了一句，"看来准是个轻佻的女人！"稍后她又接着说道，"真是个深渊，上帝宽恕吧，没有在教堂里行过婚礼就爱来爱去，要变心就变心……你瞧瞧，这世道成什么样了！兴许世界末日快到了……你就说吧，你要不要什么东西？没准饭菜不合你的口味？我写信请一个城里的厨子来……"

"不用，谢谢，一切都挺好。"

"也许你一个人觉得无聊，我差人去请些邻居来？"

"不用，不用。不要费心，妈妈！我在这儿觉得很安静、很舒畅；一切都会过去的……我还不熟悉周围的环境。"

这就是安娜·帕甫洛夫娜所能探听到的全部情况。

"不，"她心里想，"看来没有上帝指引，真是寸步难行。"她建议亚历山大同她一起到邻近的镇上去做礼拜，可是他两次都睡过了头，而她不敢去叫醒他。晚上的时候她终于请他去做晚祷。"那好吧。"亚历山大说，就这样他们俩坐车去了。母亲走进教堂，站在靠近唱诗班的地方，亚历山大留在门口。

夕阳西下了，它那斜照的余光时而闪动在圣像的金质衣饰上，时而照亮了圣人们的幽暗而严肃的脸容，它们的光辉使蜡烛微弱而羞怯的亮光黯然失色。教堂里几乎是空荡荡的，农人们都在地里干活，只有在门边的角落里挤着几个戴白头巾的老太婆，她们有的愁眉苦脸，用手支着脸颊，坐在副祭坛的石级上，不时地发出大声的深沉的叹息，天知道这是因为自己造了孽，或是由于家里的烦事。有的伏在地上，长时间地叩拜、祈祷。

清风穿过铁窗栅闯了进来，时而微微掀起供桌的桌布，时而要弄着神父的白发，翻动圣经的书页，吹灭了蜡烛。神父和执事的脚步沉沉地踩响空荡荡的教堂的石板地，他们的话音在拱顶上沮丧地回荡着。在上边的圆顶上，寒鸦在高声叫喊，麻雀叽叽喳喳，在几个窗户上飞来飞去，它们的拍翅声和钟声有时压倒了祈祷的声音……

"当一个人还沸腾着生命力的时候，"亚历山大心里想，"当一个人还活跃着愿望和欲望的时候，他是满怀着感情的，他躲避宗教所引导的那种令人快慰的严肃庄重的沉思默想……可待到生命力耗尽了，消失了，希望彻底破灭了，老迈年高了，他就要在宗教里寻求安慰……"

见到熟悉的事物时，在亚历山大的心中渐渐地产生了种种回忆。他想起了去彼得堡之前的童年和少年岁月。他记得幼小时学着母亲的祷告词，母亲常对他讲，有个守护神，守护着人类的灵魂，永远对抗魔鬼的侵犯。母亲常对他指着天上的星星说，它们是天使的眼睛，它们监视着人世，数着人们做的善事和恶事；要是结果发现恶事多于善事，天神们会难过得流泪哭泣，要是善事超过恶事，他们便会欢欣鼓舞。她常指着远处的蓝天，说那是耶路撒冷的锡安山 ①……亚历山大叹息一声，从这些回忆中回过神来。

"唉，如果我还能相信这些就好啦！"他想，"幼年时的信仰丧失了，可我了解到什么新的正确的东西呢……什么也没有，我只发现一些疑问、见解、理论……比以前的东西离真理更远了……见解的分歧、那种卖弄聪明有什么用呢……天哪……如果信仰的热度不能使心灵得到温暖，那还能幸福吗？我会更幸福吗？"

晚祷结束了。亚历山大回到家里，比去教堂之前更加烦闷。安娜·帕甫洛夫娜不知如何是好。有一回他比平常醒来较早，听见床头有沙沙声。他转眼一看，有一个老太婆站在床边低声叨叨着什么。她一看到自己被人发觉了，便立刻避开了。亚历山大在自己的枕头下发现一种草，他的脖子上挂着一个护身香囊。

---

① 据圣经所述，这里曾是大卫建王宫的地方，也是雅赫维圣殿所在地。——译注

"这是什么意思？"亚历山大问母亲，"到我房间的老太婆是什么人？"

安娜·帕甫洛夫娜发窘了。

"她是……尼基季什娜，"她说。

"哪个尼基季什娜？"

"你明白吗，她是我的朋友……你不会生气吧？"

"是怎么回事？您说说。"

"人家都说……她救了不少人……她只要对着水念几句咒语，朝睡着的人吹几下气，一切灾难都会消去的。"

"前年，寡妇西多里哈家里，"阿格拉芬娜说，"每天夜里都有一条火蛇闯进烟囱里……"

这会儿安娜·帕甫洛夫娜啐了口唾沫。

"尼基季什娜她，"阿格拉芬娜继续说，"对火蛇念了咒，它就不再来了……"

"喂，那酉多里哈怎么样了？"亚历山大问。

"她生了个娃娃，那娃娃又瘦又黑！第三天就夭折了。"

亚历山大笑了起来，也许这是他回家乡之后第一次笑。

"您是从哪儿找她来的？"他问。

"是安东·伊万内奇带来的。"安娜·帕甫洛夫娜回答说。

"您喜欢听这个傻瓜的话！"

"傻瓜！唉，萨申卡，你这是怎么啦？不罪过吗？安东·伊万内奇是傻瓜！你怎么说出这样的话？安东·伊万内奇是我们的恩人，朋友！"

"好了，妈妈，把这个护身护香囊拿去吧，把它送给我们的朋友和恩人，让他挂在自己的脖子上吧。"

从此以后他夜里都闩着门。

过去了两三个月。家里这种清静幽居的生活以及它所具有的富裕的物质条件渐渐使亚历山大胖了起来。懒懒散散、无忧无虑、又无任何精神震动，这些使亚历山大的心中形成一片宁静，这是他在彼得堡所求之不得的。在那边，他躲避着思想界、艺术界的人们，把自己禁闭在四堵墙里，想酣然大睡个痛快，但激动着的忌妒情绪和无法应付的欲望却不停地唤醒着他。科学界、艺术界的每种新成就，每个新名人的出现都会在他心中唤起一个问题："为什么这不是我，为什么不是我？"在那边他随时随地与别人相比，总是自愧弗如……在那边他经常灰心丧气，在那边像照镜子似的对自己的弱点看得清清楚楚……在那边有一个铁面无情的叔父，老批评他的思想方式、懒惰和莫名其妙的沽名钓誉；在那边有一个高雅的天地和一大群富有才华的人，他在他们中间不起任何作用。还有，那边的人们都力求过着循规蹈矩的生活，弄清生活中那些神秘莫解之处，约束着情感、欲望、幻想，因此使生活丧失了诗意的魅力，并且想给生活规定一种枯燥无味、单调沉重的方式……

而这儿何等逍遥自在呀！他比这里所有的人都帅气、聪明。在这儿他是周围几俄里之内人人崇敬的偶像。再说，在这儿处处都面对大自然，他心里充满平静安详之感。潺潺的流水、窃窃私语的树叶、清爽的空气、有时还加上大自然中的寂静——这一切都会引起他的遐想、唤醒他的情感。在花园里、在田野上、在家里，童年和少年时光的种种往事都涌上心头。安娜·帕甫洛夫娜有时坐在他的身旁，似乎在猜度他的心思。她帮助他重温那些令人亲切的生活琐事，或者对他讲述他所完全忘记了的事情。

"你瞧那一棵棵椴树，"她指着花园说，"都是你爹栽的。我那时正怀着你呢。我常常坐在凉台上瞧着他。他干呀干呀，有时抬头瞧瞧我，身上大汗淋淋。'啊，你在这儿呀？'他说，'怪不得我干得这么欢快呢！'——接着又干起活来。你瞧那块小草地，从前你常常跟一些小伙伴们在那儿玩耍。那时你有一点不顺心，就大闹特闹——使劲地喊呀叫呀。有一回那个叫阿加什卡的丫头——现在已嫁给了库济玛，他们家就住在村口的第三座房子里——不知怎的撞了你一下，把你鼻子碰伤流血了，你爹就抽了她好一会，我好不容易才劝住他。"

亚历山大心里还回忆起另一些事来。"就在树底下那张长凳上，"他回想着，"我常和索菲娅并肩而坐，那时候我感到多么幸福呀。就在那边的两棵丁香树之间，我博得了她的初吻……"那种种情景至今仍历历在目。他想起了这些，不禁现出一脸笑容，就这样在凉台上常常一连坐上几个钟头，迎日出，送日落，倾听小鸟的歌唱、湖水的汩汩声和那些看不见的小虫的鸣叫，

"我的天！这儿多么舒畅呀！"他感受到这种温馨的气氛时说，"远离尘世的浮华，远离那种无聊的生活。远离那边像蚂蚁似的人群……

> 人们在院墙里挤成堆，
> 呼吸不到早晨的清爽空气，
> 也闻不到草地上的春天气息。[1]

---

[1] 引自普希金的《茨冈》。——原注

"在那边人活得多么累呀，而在这里，在这简单淳朴的生活中，精神上却多么平静！心儿重新活跃起来，胸膛呼吸得更加舒畅，头脑不会受痛苦的思虑所折磨，也不会因无休止地处理同心灵的纷争而烦愁，一切都很和谐。不用为什么煞费苦心。无忧无虑、无牵无挂，心儿平静、头脑轻松，目光带着微颤从树林滑向田野，从田野滑向山丘，然后投向深邃的蓝空。"

有时候他走到朝向院子和朝向村里大路的窗子旁边。那边又是另一种画面，是特尔尼斯①笔下的画面，洋溢着忙碌的家庭生活的场面。巴尔博斯热得伸直身子躺在狗窝旁边，把嘴搁在脚掌上。几十只母鸡争着咯咯地叫，以此来迎接早晨；公鸡在打架。大路上人们把成群的牲口赶往田野。有时有一头掉了队的母牛，站在大路中间发愁地哞哞叫唤，还不时朝四下张望。农夫和农妇们肩上扛着耙子和镰刀，前去干活。风儿不时地抓住他们谈话中的三两句吹送到窗边来。那边一辆农家的大车嘎嘎地驶过桥去，后面有一辆装着干草的大车懒洋洋地爬动着，淡黄色硬头发的小家伙们撩起衣服在水塘地里踩来踩去。瞧着这种画面，亚历山大开始理解灰色的天空、残破的篱笆、篱笆的门、肮脏的池塘和民间的舞蹈②所具有的诗意。他脱下瘦小的讲究的燕尾服，换上宽松的家常便服。

这种平静生活的每种现象、早晨、晚间、用餐和休息等所形成的每种印象，都含有母亲的精心关爱。看到亚历山大人胖了，脸蛋也恢复了红润，眼睛闪烁出安详的光，安娜·帕甫洛夫娜不禁高兴极了："只是像丝似的柔软头发还没有长出来。"

---

① 特尔尼斯 (1610–1690)，荷兰画家，风俗画大师。——原注
② 参见普希金的《叶甫盖尼·奥涅金》中《奥涅金的旅行》一章。——原注

亚历山大常常在周边一带悠然信步。有一回他遇到一群农妇和村姑，她们要去林子里采蘑菇，他便加入到她们中间，度过了一整天。回家之后，他夸奖那个名叫玛莎的姑娘麻利灵巧，于是玛莎便被招到家里服侍少爷。有时候他前去察看田间的活茬，亲身体验他经常为杂志撰写和翻译的那些东西。"我们在文章里经常瞎扯一气……"他心里想，一边摇摇头，因此开始比较认真比较深入地去研究事物。

有一回，在一个阴雨天里，他试着做点事，他坐下来写作，对写作的开头部分感到很满意。他需要一本参考书，他写信到彼得堡，人家就把书寄来了。他工作得挺认真，又订购了一批书籍。安娜·帕甫洛夫娜劝他不要写作，怕伤害肺部，可她说也白说，亚历山大不听她的，还是照常笔耕不辍。过了三四个月，他不仅没有瘦，反而更胖了，安娜·帕甫洛夫娜才放下心来。

就这样过了一年半左右。本来一切都很如意，可是到了这段时间的末期，亚历山大又变得心事重重。他已没有什么欲望，即使有，也很容易满足，因为这些欲望都没有超出家里的生活范围。没有什么事惊扰他，既没有烦心的事，也没有疑虑，可他感到无聊！他渐渐地讨厌这个窄小的家庭圈子了，母亲的迎合照料也令人厌烦，而安东·伊万内奇更令他反感；写作也写烦了，大自然也不能令他迷恋了。

他常常默默地坐在窗旁，淡漠地瞧着父亲所栽的椴树，愁闷地听着湖水的响声。他开始思索这种新的烦恼的原因，他发现自己是因为思念彼得堡而烦恼！他离开那些往事很远了，却开始产生一些惋惜之情。他身上血液在沸腾，心在怦怦地跳，灵魂和肉体都需要活动……又是一道难题。我的天哪！他险些为这个新发现而哭了起来。他以为这种烦闷将会过去，以为在乡下会过习惯的，可事实并非如此，他在这儿越是住下去，心里越是沮丧，不禁又想要投入那个他已熟悉的深渊。

他同往事和解了，他觉得它是可亲的。幽居生活和深深思考缓减了憎恨、悲观、忧郁和孤僻的心境。往事在圣洁光芒照耀下呈现在他的眼前，连那个移情别恋的娜坚卡几乎也显得光彩照人。"我在这儿干什么呢？"他懊恼地说，"我干吗颓丧呢？干吗让我的才华徒然埋没呢？为什么我不能在那边通过努力而光耀一番呢……现在我变得更加明白事理了。叔叔什么地方比我强？难道我不能为自己探出一条路？虽然至今还未获成功，还未着手干自己的事业——这有什么呢？现在我醒悟了，该是干一番事业的时候了！可是我一旦离去，又会让母亲伤心死的！不过走是必须要走的，不能就把前途断送在这儿！那边所有的人都获得了一定的名誉地位……而我的荣华呢？富贵呢？唯有我一人落在了后面……为的是什么呢？原因何在呢？"他苦恼得直打转，不知如何告诉母亲他要离家远行的愿望才好。

不过母亲不久就故世了，因此使他摆脱了这种困难。

他终于给在彼得堡的叔父和婶母写了信。以下是给婶母的信：

在我离开彼得堡的时候，您，ma tante，噙着眼泪对我说了许多珍贵的临别赠言，这些赠言都铭刻在我的记忆里。您说，如果有一天我需要温暖的友谊和真挚的关怀，那么在您的心中永远为我保留着一席之地。如今我懂得了这些话语的整个价值。您如此慷慨地赐给我这种拥有您心中一角的权利，这对于我来说就是平安、宁静、慰藉、放心的保证，也许就是我一生幸福的保证。三个月前我妈妈故世了，这件事我就不多谈了。您从她生前写的信里就可知道她对于我是何等珍贵，您就明白她的去世意味着我失去了什么……我现在要永远离开这里。可是像我这样孤独的流浪者，假如不奔向您所在的地方，又能奔往哪里？请告诉我一句吧，我能否在您那里找到一年半以前所留下的东西呢？您是否已把我从您的记忆里驱赶出来了？您是否愿意承担一种枯燥的责任，用您曾多次地解除过我痛苦的那种情谊来医治我严重的新创伤呢？我把全部希望寄托在您身上，也寄托在另一强有力的盟友——工作上了。

　　您感到惊奇了，是吗？听到我说这些话，读着这些我用平静的、不合我个性的语气写的词句，您觉得奇怪吧？请不要惊奇，也不要怕我回来，因为到您那里去的已不再是一个乖僻的人，不是一个空想家、不是一个悲观失望者、不是一个乡巴佬，而是一个很普通的人，这样的人在彼得堡多得很，我早就该成为这样的人了。这一点请务必先告诉我叔叔。当我回首以往的生活，我感到很不好意思，我为别人也为自己感到惭愧。但也无可奈何。待我清醒过来，已是三十岁的人了。我在彼得堡的沉痛经历和在乡下的深刻反思使我认清自己的命运。远离了叔叔的教诲和个人的体验之后，在这僻静的乡村，我对这些进行了深思，较为清楚地认识到我早该听从这些教诲的引导，认识到我是多么不幸地、不理智地脱离了真正的目标。如今我心里平静了，不烦恼、不痛苦，可并不以此来自吹自擂。也许这种平静是一时来之于利己的思想，不过我觉得我的人生观很快会显得更加明了，我将发现另一种平静的源泉——更为纯洁的源泉。如今我还不能不感到遗憾，我已经走到了这种地步——唉！青春正在逝去，开始进入深刻反思的时期，对各种感情激动进行检验和分析的时期，思想觉悟的时期。

虽然我对人和人生的见解也许改变不多，但许多希望逝去了，许多欲念消失了，总之，没有了幻想，因此在许多事情上、许多人际关系上就不会犯很多错误，不会受骗上当了，从某个方面来说，这是非常令人快慰的！我对未来看得更清了，最痛心的事已经过去，感情激动已不足惧，因为它们已所剩无几；最主要的已经过去了，我祝福它们。我从前老以为自己是个受难者，我常常诅咒自己的命运和生活，我一想起来便感到羞愧。我还常诅咒呢！多么可怜幼稚，多么不知好歹！我很晚才明白，痛苦能净化心灵，只有它才能使人宽以待己，也宽以待人，使人变得高尚……如今我才认识到，没有体验过痛苦，就体验不到生活的整个充实性。痛苦中含有许多重要问题，我们在这世上也许等不到解决的时候。我在这些激情中看到上帝伸出的一只手，他似乎向人类提出无法穷尽的任务——奋力向前，达到上帝所指定的目的，时时刻刻跟不可信的希望和折磨人的障碍进行斗争。是的，我明白这种斗争和激情对于生活是很必要的，如果没有这些东西，生活就不成其为生活，而是成为梦幻，成为一潭死水……斗争终止了，那生活也就终止了。一个人忙着做事、恋爱、享受欢乐、经受痛苦，情感波澜起伏，尽自己的本分，这才算活着！

您明白我的论断了吗？我走出黑暗——看到我至今所经历的一切都是为走上真正的道路所做的艰难的准备，是为生活设置的繁难课程。有个什么精灵对我说，剩下的道路将容易一些、平坦一些，也明朗一些……黑暗的地方变明亮了，难解的结子自动松开了，生活开始显得是一种幸福，而不是一种灾祸。我很快又要说，生活何等美好！但我说这句话的时候已经不是一个迷醉于短暂欢乐的小伙子，而是一个已充分理解人生的真正欢乐和悲愁的人了。再说，死并不可怕，死不是一种吓人的东西，而是一种美妙的体验。现在我心中飘溢着一种人所不解的平静，孩子式的苦恼、被刺痛的自尊心的突发、稚气的躁怒、像小狗对大象发怒似的对人世和人的可笑的气愤，统统都消失不见了。

我跟那些早已断绝往来的人们又友好结交了，我顺便说明一下，这里的人与彼得堡的人是一样的，只不过显得生硬些、粗鲁些、可笑些。而我对这里的人都不生气，而到了彼得堡那边我更不会生气了。这里我向您举个例子说明我现在脾气多么温和。有个叫安东·伊万内奇的怪人来我家做客，似乎是要分担我的痛苦；第二天他就去参加一个邻居的婚礼，与人同乐，随后又去了某某家，竟充当起接生婆角色来了。而无论是苦是乐，都不妨碍他在各个人家捞个一日四餐。我知道，死人也好，生孩子也好，结婚也好，对于他反正都一样。即使对这样一个人，我也没有对他加以敌视，也没有为之生气……我宽大为怀，没有对他下逐客令……这是一种好迹象，不是吗，ma tante? 读到我这些自吹自擂的话，您如何评论？

致叔父的信：

最亲爱的、最仁慈的叔叔，尊敬的阁下！

　　得悉您仕途顺利，财运亨通，我十分高兴！您是四品文官，您是办公厅的厅长！我斗胆向阁下提一下您在我离去时所许的诺言，您当时说："要是你需要职位、工作或需要钱，就来找我吧！"如今我正需要职位和工作，当然也需要钱。我这可怜的乡巴佬冒昧请求给予一个职位和一份工作。我的请求会遭到什么样的命运呢？会不会遭到像扎耶兹扎洛夫请您为他的官司帮忙的那封信一样的命运？……至于您在一封来信中无情地提到的文学创作，那种早已忘怀的蠢事，让我自己也为之脸红，您却用来讥刺我，岂非罪过？唉，我的叔叔，唉，尊敬的阁下！谁没有过年轻的时候？谁没有干过一些蠢事？谁没有过那种奇怪的所谓秘藏的但又永远无法实现的幻想？例如我右边的一个邻居，自以为是个英雄、巨人——耶和华面前的一个英勇的猎户①……他想以自己的功勋惊动世界……而结果呢，他没打过一次仗，便以准尉的资格退

---

① 参见《圣经·旧约全书·创世纪》第十章第八节。——译注

伍了，在家平平安安地种土豆种萝卜。左边一个邻居幻想按自己的想法改造整个世界和俄国，可是他在衙门里抄写了一个时期的公文之后便离职回家了，至今连自家的旧篱笆也改造不了。我也曾经以为自己很有创作天赋，我想告诉世人新的、人所不知的奥秘，没想到这已经不是奥秘，而我也不是先知。我们大家都是很可笑的，但请您告诉我，谁敢于辱骂年轻人的这些崇高的、热烈的、虽然不很适宜的幻想而不为自己脸红呢？谁当年不曾怀有徒然的愿望，谁不自以为是创建英勇业绩的英雄，是人们庄严歌唱、高声传颂的英雄？谁不向往那些神话般的英雄的时代？谁不曾为崇高美好的东西感动得热泪纵横？若能找得出这样的人，就让他朝我扔石头好了，我不羡慕他。我为自己年轻时候的幻想感到羞愧，但我尊重它们，它们是心地纯洁的保证，是精神高尚、品性善良的标志。

我知道这些论点说服不了您，您需要有力的实际论据；那好，这儿就有一个，请您说说，如果青年人都把身上的早期志趣压制下去，如果他们不让自己的幻想有自由发展的空间，不试一试自己的力量，只是唯命是从地遵循被指定的方向，那又怎么去发现和培育天赋呢？难道青春时期必定是激动不安，热烈紧张，有时甚至狂妄愚蠢，每个年轻人心中的幻想将来都会像我现在这样平息下去——这就是一般的自然规律吗？您自己年轻的时候就没有过这些罪孽？您好好地回想一下吧。我从这里就看到，您带着您那安详的、永不窘惑的目光，摇摇头说，绝对没有！那就由我来揭穿您，比如就拿爱情方面来说吧……您不承认？您别不承认，我手上就有证据……请记住，我能作实地调查。您干风流韵事的场地就在我眼前——就是这儿的湖。湖上还长着黄花；有一朵黄花，我适当地加以晾干，荣幸地将它随函寄给阁下，给您提供甜蜜的回忆。而对付您对一般恋爱、特别是对我的恋爱的攻击，我有一种可怕的武器——那就是一份证件……您皱眉头了？是什么样的证件呀!!您脸色发白了？这份珍贵的旧物我是从姨妈那儿偷来的，从她那件相当陈旧的胸衣里掏到的，我要随身带着它，作为反对您的论点的有力证据，也作为保护自己的盾牌。您发颤了吧，叔叔！不仅如此，我还详细地知道您全部的风流艳史，姨妈天天都给我讲述，无论在喝早茶、吃晚饭的时候，或在临睡之前，都要讲一番，她讲的事情都很有趣，我把这一切珍贵的材料都记在专门的记事本里。我一定要把它同我已撰写了一年的有关农业方面的著作一起交给您本人。从我这方面来说，我认为自己有责任让姨妈相信，您对她的那种如她所说的情感是永世不渝的。如蒙阁下对我的请求赐以肯定的答复，那么我将荣幸地前去拜访，并将带去干马林果和蜂蜜等礼品，同时呈交邻居们托我转交的几封求助信，其中没有扎耶兹扎洛夫的信，因为他在诉讼结束之前就去世了。

第十三章

亚历山大重来彼得堡又近四年了，这里谈一谈本书几位主要人物此时的一些情况。

一天早晨，彼得·伊万内奇在书房里踱来踱去。这已不是从前那个神采奕奕、体格壮实、身材挺拔、一贯目光安详、昂首挺胸的彼得·伊万内奇了。可能是由于年岁的关系、境遇的关系吧，他似乎衰颓多了。他的动作已不那么灵活，目光已不那么坚定自信。连鬓胡子和鬓毛也花白了许多。看来，他已过了五十周岁。他走起路来背有点儿驼了。特别令人奇怪的是，在这个冷静而稳重的人（以前我们以为他是这样的）的脸上竟可看到超于烦心、几近忧愁的表情，虽然这种表情带有彼得·伊万内奇所具有的特色。

他似乎感到困惑。他有时走两三步，突然便停在房间的中央，或者从一个角落到另一个角落快速地走两三个来回。好像有一种不寻常的思虑出现在他的心头。

桌旁的圈椅上坐着一个个子不高、有些发胖的男人，脖子上挂着一枚十字勋章，穿着一件全扣上扣子的燕尾服，跷着二郎腿。只是他手里还缺了一根带有很大的金镶头的手杖，那是一种古典式的手杖，不然，读者一看到那手杖便可认出他是小说里的医生了。也许这种锤形手杖对于做医生的人挺合适，他拿着这样的手杖没事的时候出来遛遛弯，或者去到病人家里坐上几个钟头，对他们好生安慰，他常常是身兼好几种角色，如医生、务实的哲学家、家庭之友等等。如果是在地域辽阔、人烟稀少的地方，那儿的人很少生病，医生成了奢侈品，而不是必不可少的人物，那么这样做自然是很好的。然而彼得·伊万内奇请来的这位乃是一位彼得堡的医生。他不了解步行有什么意义，虽然他也劝病人去散散步活动活动身子。他是某个委员会的委员，某个协会的秘书，是位教授，是几个政府机关里的大夫，也是为穷人治病的大夫，各种医学咨询的必然参加者；他有很繁忙的业务活动。他甚至不脱下左手上的手套，要是不需号脉的话，右手上的手套也不脱下来。他从来不解开燕尾服的扣子，所以很少坐下来。这位医生不耐烦了，多次地忽而把左腿跷在右腿上，忽而把右腿跷在左腿上。他早该走了，可是彼得·伊万内奇老是什么都不说。最后终于开口了。

"怎么办呢，大夫？"彼得·伊万内奇突然停在他面前，问道。

"到基辛根去，"医生回答说，"这是一种办法。您的病发得太频繁了……"

"咳！您净是谈我！"彼得·伊万内奇插进话说，"我跟您谈的是我太太的病。我已经年过五十了，而她还是正当年，她应该活着；如果她的健康从此衰弱下去……"

"怎么就衰弱下去呢！"医生说道，"我对您说的只是我对她的将来有些担心，而现在还是没有什么……我只是想告诉您，她的健康……或者说她的病况，因为她的身体……似乎有点不大正常……"

"这不是一样吗？您曾经顺口谈过您的诊断，过后就忘了，而我从那时候起就很留意她的病况，每天都在她身上发现新的令人担心的变化，三个月以来我一直心里不安。我不明白我先前怎么看不到！公事和生意夺走了我的时间和健康……现在也许还要夺走我的太太。"

他又在房间里踱起步来。

"您今天仔细问过她了吗？"他沉默片刻后问道。

"问过了，可她没有发觉自身有什么症状。我起初以为是生理方面的原因，她没有生育过孩子……不过似乎不是这个问题。也许，纯粹是心理方面的原因……"

"还比较轻！"彼得·伊万内奇说。

"也许什么问题也没有。可疑的症状一点都没有！这是因为……你们在这儿这种低湿地的气候里住得太久了。到南方去吧，恢复一下精神，积聚些新印象，看一看会怎么样。夏天待在基辛根，作些水疗，秋天去意大利，冬天在巴黎过。我向您保证，什么黏液淤积呀、肝火旺盛呀……通通都会消失！"

彼得·伊万内奇几乎没有听他说话。

"心理方面的原因！"他低声地说，一边摇了摇头。

"您明白吗，这就是为什么我说是心理方面的原因。"医生说，"换了不了解你们的别人可能怀疑是什么忧虑……或者不是忧虑……而是受压抑的欲望……有时候往往有某种需要。某种不满足……我是想提示您……"

"需要、欲望！"彼得·伊万内奇插话说，"对她的各种欲望预先都有所防范；我很了解她的趣味、习惯。而需要嘛……嗯！您

384

不是瞧得见我们的房子，知道我们是怎样生活的吗？"

"房子很好，挺漂亮的房子，"医生说，"还有出色的……厨子和高级的雪茄！可是您的那位住在伦敦的朋友……怎么不再给您寄核列斯酒①来了？怎么今年在您府上见不到……"

"命运多会开玩笑呀，大夫！难道我对她还不细心吗？"彼得·伊万内奇带着非他所特有的激动说，"我每走一步路似乎都经过思量……什么地方让她颓丧了呢？是在什么时候呢？事事如意，仕途顺利……啊！"

他挥一下手，继续来回踱步。

"您干吗这样担心？"医生说，"绝对没有什么危险。我对您重复一下我第一次所说的话，那就是，她的身体没有受损害，没有严重的症状。贫血、体力有点衰弱……如此而已！"

"小事一桩！"彼得·伊万内奇说。

"她身体有点儿不得劲，而不是有什么病。"医生继续说道，"难道光她一人是这样？您看一下所有住在这里的外地人，他们像什么样啦？走吧，离开这儿吧。要是走不了，就让她有些消遣，不要让她老在家里蹲着，讨好讨好她，带她出去逛逛；让肉体和精神多活动，她这两方面都处于异常的麻痹状态。当然，这样将来可能危害肺部或者……"

"再见，大夫！我要去找她。"彼得·伊万内奇说，随即快步向妻子的房间走去。他在房门口站了一下，轻轻地拉开门帘，向妻子投去不安的目光。

她……医生在她身上发现什么异常现象了吗？凡是初次见到

---

① 一种烈性的白葡萄酒，产于西班牙南方。——译注

她的人都觉得她同许多彼得堡的妇女差不多。脸色很苍白，这是真的；她的目光有些暗淡，一件短衫宽松地罩在瘦削的肩膀和平坦的胸脯上；动作缓慢，几乎迟钝……可难道绯红的面颊、明亮的眼睛和热烈的动作才是现代美人的特征？无论菲狄亚斯[①]和伯拉克西特列斯[②]在这里是找不到维纳斯雕像的模特的。

不，不要在北方美人的身上寻找雕塑的美，她们不是雕像；她们不具有那种永远保存着希腊女性美的古代雕像的身姿，也不必从她们身上造出那些身姿，因为不具备那样无可挑剔的完美的身材轮廓……肉欲不会从眼睛里以热烈的光流倾泻出来；半张开的双唇上并没有南方女性嘴边那样闪烁着的纯真而甜蜜的微笑。我们这里的女性天生具有另一种崇高的美。雕刻刀捕捉不住呈现在她们脸容上的那种思想的光芒，那种意志与情欲的斗争。那种无法言传的心灵活动，它们具有狡猾、假天真、愤怒和善良、深藏于内心的苦和乐等无数细微的差别……以及从灵魂深处闪出的顷刻即逝的电光……

不管怎样，初次见到丽莎韦塔·亚历山德罗夫娜的人都没有发现她有什么病。只有那样的人，即从前就认识她，并记得她红润的脸容、炯炯的目光（在这样的目光下往往很难看清她的眼睛的颜色，因为它们隐没在华美闪烁的光波中），记得她的丰腴的肩膀和优美的胸部，而他现在一见到她，便会感到吃惊，感到难过，如果他不是她所陌生的人，他的心就会痛惜得直发紧，正如彼得·伊万内奇此时的心情一样，虽然他不敢向自己承认这一点。

---

① 菲狄亚斯（主要活动时期为公元前 448 至前 432 年），古希腊雕塑家。——译注
② 伯拉克西特列斯（创作活动时期为公元前 375 至前 330 年），古希腊雕塑家。——译注

他悄悄地走进房间，在她旁边坐了下来。

"你在做什么呢？"他问道。

"我在翻看开支账本，"她回答说，"你明白吗，彼得·伊万内奇，上个月光伙食费就花了近一千五百卢布，这可不像话！"

他没有说话，拿掉她手中的账本，放到桌子上。

"听我说，"他开口说，"医生说了，在这儿我的病可能会加重，他建议我去国外作水疗。你说怎么样？"

"我能说什么呀？我想，医生的话比我的意见重要。如果他这样建议，就应该去。"

"那你呢？你想不想做这样的旅游？"

"也行吧。"

"不过，你也许更想留在这儿？"

"那好，我就留在这儿。"

"两者到底选哪一个呢？"彼得·伊万内奇有些不耐烦地问。

"随你怎么安排你和我吧，"她沮丧而冷淡地回答说，"你叫去，我就去，不叫去，我就留在这里……"

"不能留在这里了。"彼得·伊万内奇说，"医生说你的身体有点问题……是由于这儿的气候关系。"

"他根据什么呢，"丽莎韦塔·亚历山德罗夫娜说，"我身体很好，我没有什么不舒服的感觉。"

"长途旅行，"彼得·伊万内奇说，"也许也会让你累得不行；在我出国的时候，你要不要去莫斯科姑妈家住一段时间？"

"好吧，我就去莫斯科。"

"或者我们俩要不要都去克里米亚消夏？"

"好吧，就去克里米亚。"

彼得·伊万内奇忍不住了，他从沙发上站了起来，像在自己书房里一样开始踱来踱去，然后停在她面前。

"不管待在哪儿，你都无所谓？"他问。

"无所谓。"她回答说。

"为什么呢？"

她对此不作任何回答，又从桌子上拿起那账本。

"随便你怎么想，彼得·伊万内奇，"她开口说了，"我们应该缩减些开支，你瞧，单是伙食费就花了一千五百卢布……"

他夺过她手里的账本，扔到桌子底下。

"开支怎么这样让你操心？"他问，"难道你舍不得钱？"

"怎么能不操心呢？我是你妻子嘛！是你自己教我这样的……可现在又责备我操心……我是在做我应该做的事嘛！"

"听我说，丽莎！"彼得·伊万内奇稍稍沉默之后说，"你想改变你的天性，克制你的意志……这样不好。我从来没有强迫过你，你别让我相信这些琐事（他指指账本）能占据你的心，你干吗要约束自己？我给你充分的自由……"

"我的上帝！我要自由干吗呢？"丽莎韦塔·亚历山德罗夫娜说，"我拿它去做什么？你一直把我和你安排得这么得当、这么合理，我已经不习惯于自己的意志了；往后也继续这样吧，我不需要自由。"

两个人都沉默起来。

"有好些时候了，"彼得·伊万内奇又开口了，"我没有听到你有什么要求、什么愿望和任性的想法了。"

"我什么也不需要。"她说。

"你有没有什么特殊的……隐秘的愿望？"他凝视着她，关切

388

地问。

她犹豫不定，不知说或是不说。

彼得·伊万内奇觉察到这一点。

"说吧，看在上帝的分儿上，说吧！"他接着说，"你的愿望就是我的愿望，我会把它们当作法律一样去执行的。"

"那好，"她回答说，"如果你肯为我这样做……那么……就取消我们每星期五的聚餐吧……这些餐宴让我太累了……"

彼得·伊万内奇沉思起来。

"你老是这样闭门幽居，"他沉默了一下说，"要是每星期五朋友们再不来我们家聚聚，你简直就像待在荒漠里了。不过，也行；你既然希望这样，那就这样吧。可你将做些什么呢？"

"你把你的账单、账本、家务事都交给我吧……我来管……"她说，一边又伸手去拿那个账本。

彼得·伊万内奇感到这是一种不很高明的掩饰。

"丽莎……"他带点责备的口吻说。

那账本还留在桌子底下。

"我在想，你要不要恢复同一些我们已经完全不来往了的熟人的交往呢？为此我想要举行一次舞会，让你散散心，你自己也出去走走……"

"哎呀，不，不！"丽莎韦塔·亚历山德罗夫娜惊慌地说，"看在上帝分儿上，不要！怎么能……举行舞会……"

"这事怎么让你这样惊恐呢？在你这样的年岁，舞会是不会没有吸引力的吧；你还可以翩翩起舞……"

"不，彼得·伊万内奇，求求你，别搞什么名堂了！"她急忙地说，"那样得考虑衣着打扮、接待宾客、探亲访友——天哪，千万别这样！"

"看来你想一辈子只穿短衫了？"

"是的，要是你同意，我就不穿别的了。干吗要讲究衣着打扮？既费钱、又麻烦，毫无好处。"

"你知道吗？"彼得·伊万内奇突然说，"听说罗比尼①今年冬天应邀来这里演出，我们将经常有意大利歌剧可欣赏了。我请人家给我们留个包厢，你看怎么样？"

她默默不语。

"丽莎！"

"用不着……"她畏怯地说，"我想，这会让我很累……我会感到疲乏的……"

彼得·伊万内奇耷拉下脑袋，走到壁炉前，把臂肘支在上面，有些忧郁地望着她……这怎么说好呢？有些忧郁，也不全是忧郁，而是有些惊恐、不安和担心地望着她。

"为什么，丽莎，这样……"他开始要说，可没有说完，"淡漠"一词他没有说出口。

他默默地望了她好一阵子。从她暗淡无神的眼睛里，从她那没有生动的思想情感表现的面容上，从她那懒洋洋的姿势和慢吞吞的举动中，他看出了他所不敢探问的那种淡漠的原因。早在医生刚向他暗示自己的担心的时候，他就已猜到了答案。他当时就清醒了，就开始觉悟到了，他精心地让妻子避开一切可能会损害他们夫妇利益的偏向，却没有同时向她提供带补偿性的条件，以弥补她在夫妇生活之外可能遇到的那些也许不大合法的欢乐。她

---

① 罗比尼(1795—1854)，意大利歌唱家。——译注

的家庭世界简直像一座堡垒。由于他措施得力，有效地抵御了诱惑，然而堡垒里却步步设防，戒备森严，连任何正当的情感流露也消除了……

他对她所采取的手段和冷淡态度无意中竟意料不到地发展成了冷酷而巧妙的虐待，用以对付什么呢？对付一颗女人的心！为了这种虐待他也对她有所回报，回报她以财富、以奢华生活，以一切合乎他看法的表面的幸福条件。殊不知这是一种可怕的错误，更为可怕的是，犯这种错误不是由于无知，不是由于他对人心的粗浅理解（他是很了解的），而是由于掉以轻心，由于自私自利！他忘了她不工作、不打牌，她没有工厂，而佳肴美酒在女人眼里并没什么价值，可是他却强使她去过这种日子。

彼得·伊万内奇是个善良的人。即使不是出于对妻子的爱，就凭正义感来说，他不管怎样都要为自己的过错做出补救。但如何补救呢？自从医生告诉他很为他妻子的健康担心之后，他失眠了好几个夜晚，力图找到一些办法，使她的心与她的现实情况协调一致，恢复衰颓下去的心力。这会儿他站在壁炉旁，也是在思考这件事情。他忽然想到，也许她身上已潜伏着危险的病症，她是被空虚乏味的生活所扼杀的……

他的额头渗出了冷汗。他惊慌失措了，感到要选对治病的药物，情感比理智更要紧。可他从哪儿找来这种情感呢？似乎有什么精灵告诉他，如果他能拜倒在她的石榴裙下，怀着真正的爱意将她搂在怀里，柔情满怀地对她说，他活着只是为了她，他辛辛苦苦、忙忙碌碌、追名逐利通通都是为了她，他对她采用的一套手段都是出于那种火热的、执着的、带醋意的愿望，就是想牢牢地抓住她的心……他明白，这些话具有起死回生的作用，她会顿时变得健健康康、快快活活，也就不需要出国去做水疗了。

　　然而嘴巴说与实际行动乃是两种迥然不同的事。要付诸实行，必须确实具有激情。而彼得·伊万内奇在自己心里翻寻了好久，也找不到一点激情的踪影。他只感觉到，老婆之于他是必不可少的，这是真的，但跟其他的生活必需品一样，是由于习惯才觉得必不可少。他大概不反对扮演一个情人的角色，尽管在五十来岁这么大把年纪讲起绵绵情话是何等可笑，然而心里没有激情、装模作样能骗得了女人吗？往后他有没有足够的勇气和本事将所扮演的这一角色演到可满足爱情要求的程度？如果她发现，前几年被她视作是有魔力的饮料，如今拿给她作为治病的良药，那种受侮辱的自尊心会不会使她彻底地垮掉？不，他按自己的思路细细地衡量和思考着这最后的一步棋，不敢轻易走出这一步棋。他认为采用另一种做法（也有此必要和可能），也许能达到同样的目的。有一种念头在他脑子里已翻腾了三个月了，这种念头在先前他会觉得荒谬，可如今却是另一回事了！他走这步棋是为了以防万一，而这万一的情况已经到来了，他决定实施自己的计划。

　　"如果这也不起作用，"他心里想，"那就没有救了！只得听天由命了！"

　　彼得·伊万内奇迈着坚定的步子走到妻子跟前，握住她的一只手。

　　"你知道，丽莎，"他说道，"我在工作中起着什么样的作用，我在部里被公认为是最能干的官员，今年我将被提升为三品文官，不用说，我定会得到这官衔。你不要以为我的官运就到此为止了，我还能升迁……会升到……"

　　她惊讶地瞅着他，等着这话要导致什么结果。

"我从来没有怀疑过你的才能，"她说，"我完全相信，你不会半途而废，会一直走到底……"

"不，我不走了，我近日就提出辞职。"

"辞职？"她直直身子，惊讶地问。

"是的。"

"为什么？"

"你听我说。你也知道，我已同我的几个合伙人算清了账，工厂归我一人所有了。不用操什么心，它就可给我带来四万元的纯利润。它就像开动的机器那样运转着。"

"我知道，那又怎样？"丽莎韦塔·亚历山德罗夫娜问道。

"我要把它卖掉。"

"你说什么呀，彼得·伊万内奇！你怎么啦？"丽莎韦塔·亚历山德罗夫娜愈益惊讶地说道，吃惊地望着他，"这全是为了什么？我悟不出道理来，我理解不了……"

"难道你真理解不了吗？"

"理解不了……"丽莎韦塔·亚历山德罗夫娜困惑地说。

"你不能理解，我看到你如此闷闷不乐，你的身体又受到气候的损害，竟不惜抛开自己的官职和工厂，带你赶快离开这里吗？我不会把余生都献给你吗……丽莎！难道你认为我不会做出牺牲吗……"他带着责备的口吻补充说。

"这么说都是为了我！"丽莎韦塔·亚历山德罗夫娜刚回过神来说，"不，彼得·伊万内奇！"她十分惊惶不安，急忙地说，"看在上帝分儿上，不要为我作任何牺牲！我不会接受的——听见了吗？我决不接受！让你停止努力，不再去建功立业，不再去发财致富——就是为了我！万万不能这样！我不值得你作这种牺牲！原

393

谅我吧，我对于你来说是很渺小的、无足轻重的、没有能力去理解和评价你的崇高的目标，高尚的劳动……你需要的不是这样的女人……"

"又是舍己为人！"彼得 - 伊万内奇耸耸肩膀说，"我的心意是不会改变的，丽莎！"

"天哪，天哪，我干了什么呀！我成了你路上的绊脚石了；我妨碍着你……我的命运多么奇怪呀！"她几乎绝望地说，"既然一个人不想活了，也不需要活了……上帝怎么不发慈悲，不把我带走？妨碍你……"

"你不要以为这种牺牲对于我来说是沉重的。这种呆板的生活真过够了！我要休息一下，要安静下来，不跟你互相厮守，我哪儿能安心呢……我们去意大利吧。"

"彼得·伊万内奇！"她几乎哭着说，"你心眼好，为人高尚……我知道你是好心为别人而这样做的……也许，这种牺牲是徒劳无益的，也许已经……晚了，而你却去抛弃自己的事业……"

"宽恕我吧，丽莎，不要这样去想嘛，"彼得·伊万内奇持异议地说，"不是这样的，你会看到我并非铁石心肠……我向你再说一遍，我不想单靠头脑去生活，我还没有完全僵化。"

她将信将疑地凝视着他。

"这是……真的？"她沉默了一下问，"你真的是要安静一下，不光是为我才出去的？"

"是呀，也是为我自己嘛。"

"要是为了我的话，我绝不去，绝不去……"

"不，不！我身体不好，人很累……我想休息一下……"

她把一只手伸给他。他热烈地吻它。

"那我们就去意大利？"他问。

"那好，去吧。"她平淡地回答。

彼得·伊万内奇如释重负。"会有效果的！"他心里想。

他们对坐了好久，不知交谈点什么好。要是他们俩还这样待下去，不知谁会先打破这种沉默。不过这时候从隔壁房间里传来急促的脚步声。是亚历山大来了。

他的外表变得好厉害呀！他发胖了，谢顶了，红光满面！他神气地挺着肚子，脖子上挂着勋章！他的眼睛闪着喜悦的光芒。他怀着一种特殊的情感亲了亲婶母的手，然后握了握叔父的手……

"打哪儿来呀？"彼得·伊万内奇问。

"您猜一猜。"亚历山大意味深长地回答说。

"你今天好像特别精神。"彼得·伊万内奇说，同时带点疑问地望着他。

"我敢打赌，您猜不着！"亚历山大说。

"我记得十年或十二年前的一天，你也是这样风风火火地闯到我这儿来，"彼得·伊万内奇说，"还碰碎了我的一件东西……当时我一下就猜到你在恋爱了，而现在……难道又是这样？不，不可能，你已经变得十分精明了……"

他瞧了瞧妻子，突然不往下说了。

"不猜了？"亚历山大问。

叔父望着他，一直思索着。

"是不是……你要结婚了？"他犹豫地说。

"猜对了！"亚历山大得意地喊了一声，"祝贺我吧。"

"确实？娶谁呀？"叔父和婶母都这样问。

"娶亚历山大·斯捷潘内奇的女儿。"

"真的吗？她可是位有钱的新娘，"彼得·伊万内奇说，"他父亲那儿……没问题吧？"

"我刚从他们家里来。她父亲怎么会不同意呢？相反，他听到我要向她女儿求婚，感动得热泪盈眶。他拥抱了我，并且说他可以安心地死去了，因为他知道女儿的幸福托付给了什么人……他说：'不过要学习您叔叔的榜样'……"

"他这样说了？瞧，在这件事上也缺不了叔叔！"

"他女儿说些什么呢？"丽莎韦塔·亚历山德罗夫娜问。

"嗯……她呀……您知道的，跟一般姑娘一样，"亚历山大回答说，"什么也没说，只是脸一下绯红了。当我握住她的手时，她的手指在我手心里像弹钢琴似的……抖个不停。"

"她什么也没说！"丽莎韦塔·亚历山德罗夫娜说，"难道您在求婚之前就没有劳神去了解一下她对此事的意见？您以为反正没关系？那您为什么要结婚呢？"

"怎么问为什么？不能老这样晃来晃去吧！单身生活让人烦闷死了。是时候了，ma tante，我要安定下来，建个据点，成个家，履行天职……那女孩子又漂亮，又有钱……叔叔会告诉您一个人为什么要结婚，他常讲得头头是道……"

彼得·伊万内奇背着妻子向他挥了挥手，让他不要乱引他的话，最好闭嘴不说，可是亚历山大没有注意到他的暗示。

"也许她不喜欢您呢？"丽莎韦塔·亚历山德罗夫娜说，"也许她不能爱您——这您怎么说呢？"

"叔叔，怎么说呢？您说得比我好……所以我就引用一下您的话吧，"他继续说下去，没有发觉叔父在那儿坐立不安，也没有注意到叔父故意咳嗽想打断这个话头。"因为爱情结婚，"亚历山大说，"爱情过去了，就凭习惯生活下去；不是因为爱情结婚，也会得到同样结果，对妻子会习惯的。爱情归爱情，结婚归结婚；这两种事不总是相一致的，不相一致时反而更好……不是这样吗，叔叔？您一直是这样教导的……"

他瞧了瞧彼得·伊万内奇，看到叔父恼怒地瞅着他，便顿时把话打住了。他张着嘴，神情困惑，瞧了瞧婶母，随之又瞧了瞧叔父，沉默下来。丽莎韦塔·亚历山德罗夫娜若有所思地摇摇头。

"那么您要结婚啦？"彼得·伊万内奇说，"现在也该结婚了，上帝保佑你！本来你在二十三岁的时候就想结婚了。"

"那时候年纪轻，叔叔，年纪轻嘛！"

"当时是太年轻了。"

亚历山大沉思起来，后来又笑了一声。

"你笑什么？"彼得·伊万内奇问。

"没什么，我突然想起一种不一致性……"

"指的什么？"

"当我有爱情的时候……"亚历山大沉思地说，"那时候结不了婚……"

"而现在要结婚了，却没有爱情。"叔父补说了一句，他们俩都笑了起来。

"由此可见，叔叔，您认为一切主要是习惯问题，这是对的……"

彼得·伊万内奇又抛给他一个难看的脸色。亚历山大闭口不说了，不知怎样才好。

"您现在近三十五岁结婚，"彼得·伊万内奇说，"这正合适。你记得吗，你曾经在这儿气得直发抖，大声嚷嚷说，那些不般配的婚姻让你气愤至极，你说新娘就像是一种被鲜花和珠宝装饰起来的牺牲品、被人拉出去，往一个多半其貌不扬、秃了头的有大把年纪的男人的怀里一推。你让我瞧瞧你的头。"

"那时太年轻呀，太年轻，叔叔！不懂事理。"亚历山大一边说，一边用手抚摩头发。

"事理，"彼得·伊万内奇继续往下说，"你记得吗，从前你曾经爱上那个……她叫娜塔莎是吗？'疯狂的醋劲、感情的冲动、无上的快乐'……这一切都到哪儿去了……"

"哎，叔叔，得了吧！"亚历山大红着脸说。

"那'巨大的激情、眼泪'今又安在？……"

"叔叔！"

"怎么啦？不再沉醉于'真心的吐露'，不再去摘黄花了！'单身的生活让人烦死了'……"

"噢，既然这样说，叔叔，我可证明，不光是我一个人那样去恋爱、发狂、吃醋、哭鼻子……对不起了，我这儿还有一份证据……"

他从口袋里摸出一个皮夹子，在一堆纸头里翻了半天，掏出一张陈旧的几乎破碎的发黄的纸。

"瞧，ma tante，"他说，"这就是证据，证明叔叔并不总是这样审慎、好嘲笑人、一本正经的人。他也懂得真情的流露，那不是写在印花纸上，而且还用一种特殊的墨水去写的。四年来我一直随身带着这张纸片，老在等待时机来揭一下叔叔的老底。我本来已把它忘了，现在是您自己提醒了我。"

"瞎扯什么呀？我一点也不明白。"彼得·伊万内奇瞅着那纸片说。

"那好，您瞧瞧吧。"

亚历山大把纸片递到叔父的眼前。彼得·伊万内奇的脸顿时沉了下来。

"还给我！还给我，亚历山大！"他急忙喊了起来，并想把那纸片抓了过去。然而亚历山大机灵地把手缩了回去。丽莎韦塔·亚历山德罗夫娜好奇地望着他们。

"不，叔叔，我不给，"亚历山大说，"除非您在这儿当着婶婶的面承认，您也曾经恋爱过，也像我，像大家一样……不然的话，这份证明就交给她了，让您永受责难。"

"坏小子！"彼得·伊万内奇喊道，"你跟我玩什么把戏？"

"您不想承认？"

"好，我承认，我恋爱过。给我吧。"

"不行，还要说说您也发过狂、吃过醋？"

"好，我吃过醋、发过狂……"彼得·伊万内奇皱着眉头说。

"也哭过鼻子？"

"不，没哭过。"

"说谎！我听姨妈说过的，您就供认吧。"

"难以出口，亚历山大，难道让我现在就哭一通？"

"Ma tante! 请把这张证据拿去吧。"

"让我看看，这是什么呀？"她问道，同时伸手去拿。

"我哭过，哭过！给我吧！"彼得·伊万内奇绝望地大喊起来。

"在湖上？"

"在湖上。"

"还摘过黄花？"

"摘了。都依你了！给我吧！"

"不，还没完，您要保证您永远不再提我那些蠢事，不再拿那些事来刺痛我。"

"我保证。"

亚历山大把那张纸片交还给他。彼得·伊万内奇一把抓过去，点上一根火柴，立即就把那张纸片烧掉了。

"至少对我说说嘛，这是怎么回事？"丽莎韦塔·亚历山德罗夫娜问。

"不，亲爱的，这种事哪怕到了世界末日受审判的时候我也不会说的，"彼得·伊万内奇回答说，"难道我写过这种东西？不可能吧……"

"您呀，叔叔！"亚历山大打断他的话说，"我大概还说得出那上面写的话，我背得出来：'我最亲爱的小天使……'"

"亚历山大！我们永远得吵架了！"彼得·伊万内奇冒火地喊了起来。

"你们都红脸了，像做了什么坏事——有什么事呀！"丽莎韦塔·亚历山德罗夫娜说，"大概是那柔情无限的初恋吧。"

她耸耸肩膀，并转过脸去。

"这种恋爱中有好多……蠢事，"彼得·伊万内奇温柔而讨好地说，"而咱们俩根本就没什么互诉衷情呀、花前月下呀……反正你也是爱我的嘛……"

"是呀，我对你……已经很习惯了。"丽莎韦塔·亚历山德罗夫娜心不在焉地回答。

彼得·伊万内奇心思重重地抚摩起连鬓胡子来。

"怎么，叔叔，"亚历山大低声问道，"就该这样吗？"

彼得·伊万内奇向他眨了眨眼，似乎是说："闭嘴。"

"彼得·伊万内奇这样想、这样做，那是可以谅解的，"丽莎韦塔·亚历山德罗夫娜说，"他早就是这样的了，我想没有人认为他是另外一种人。可是，亚历山大，我真没有料到您会有这样的变化……"

她叹息一声。

"您叹什么气呀，ma tante?"他问。

"为了从前那个亚历山大。"她回答说。

"难道您希望，ma tante，我依然是十年前的那个样子？"亚历山大反问道，"叔叔说得对，那种愚蠢的幻想……"

彼得·伊万内奇面露怒容，亚历山大闭嘴不说了。

"不，不要是十年前那个样子，而是要像四年前那样，记得吗，您从乡下给我的信写得多好呀？你那时候多好！"

"我那时候似乎也还是在幻想。"亚历山大说。

"不，不是在幻想。那时候您懂得人生，对它理解得很透；那时候你很美好、很高尚、很聪明……为什么不保持那个样子？为什么光停留在言语、笔墨上，而不是付诸行动呢？这种美好像从乌云后面露出的太阳，只闪现了一下……"

"您是要说，ma tante，现在的我……不聪明……也不高尚……"

"千万别这样想！不是的！不过您现在的聪明和高尚……是另一类的，不是我所想的……"

"有什么办法呢，ma tante?"亚历山大大声叹了口气说，"时代是这样嘛。我与时代同步前进，落后不得！现在我同意叔叔的看法，我来引用他的话……"

"亚历山大！"彼得·伊万内奇厉声厉色地说，"到我书房里去

401

一下，我要跟你说一句话。"

他们来到了书房。

"今天你怎么拼命把什么都推到我身上？"彼得·伊万内奇说，"你没看见我太太是怎么样吗？"

"怎么回事？"亚历山大吃惊地问道。

"你什么也没觉察到？我就要扔下职务、事业等一切，跟她一起去意大利。"

"您说什么呢，叔叔！"亚历山大惊讶地喊了一声，"您今年不是就要升为三品文官了吗？……"

"你要明白，三品文官的夫人情况不佳……"

他心事重重地在房间里踱了两三个来回。

"不，"他说，"我的仕途到此结束了！事业也干完了，命运不让我再往前奔了……算了！"他挥了挥手。

"还是来谈谈你吧，"他说，"看来，你是踏着我的足迹前进……"

"这是让人高兴的事吧，叔叔！"亚历山大添上一句。

"是呀！"彼得·伊万内奇接着说，"三十岁刚出头已当上六品文官，薪俸丰厚，外快也不少挣，又及时地娶了个有钱的……是呀，阿杜耶夫家的人就是有出息嘛！你整个都像我，只是还没有腰疼……"

"有时候也疼呀……"亚历山大摸了摸后背说。

"这一切都好极了，当然，腰疼除外，"彼得·伊万内奇继续说道，"说真的，你刚来这里的时候，我认为你不会有什么出息。你那时脑子里尽装着一些古怪可怕的想法，尽是在天空中飞……不过全都过去了，真是谢天谢地！我想对你说，你在各方面就踏

402

着我的足迹前进吧，不过……"

"不过什么，叔叔？"

"是这样……我想给你一些忠告……关于你未来的妻子……"

"是些什么忠告呀？我很想领教。"

"啊，不行！"彼得·伊万内奇沉默了一下，又继续说道，"我怕把事情搞糟了。你自己怎么想就怎么办吧，也许你猜得到……还是谈谈你的婚事吧。听说你的未婚妻有二十万元作陪嫁——真的吗？"

"是真的，父亲给二十万，还有母亲留下的十万。"

"那么一共三十万了！"彼得·伊万内奇几乎吃惊地喊了起来。

"他今天还说了，他现在就把自家的五百个农奴通通交给我们全权支配，只要每年付给他八千就行了。我们将在一起生活。"

彼得·伊万内奇以他不常有的敏捷动作从圈椅上蹦了起来。

"等一下，等一下！"他说，"你把我耳朵给震聋了，我听错了吗？再说一遍，多少？"

"五百个农奴和三十万块钱……"亚历山大又说了一遍。

"你……不是开玩笑吧？"

"怎么是开玩笑呢，叔叔？"

"地产……也没典出去？"彼得·伊万内奇悄悄地问，没有挪动身子。

"没有。"

叔父双手叉在胸前，心怀敬意地瞧着侄儿几分钟。

"真是仕途顺利、财运亨通！"他颇为赞赏地自言自语说，"多大的福气呀！一下子全有了！全到手了……亚历山大！"他庄重而自豪地说，"你是我的嫡亲，你是真正的阿杜耶夫！这很好，拥抱我吧!"

他们俩相互拥抱了。

"这是第一回,叔叔!"亚历山大说。

"也是最后一回!"彼得·伊万内奇回答说,"这是不同寻常的事。喂,难道眼下你不需要点臭钱吗?哪怕求我一次也好嘛。"

"唉!很需要,叔叔,要花钱的地方可多了。要是您能给我一万或一万五……"

"好容易张口了,这是头一回!"彼得·伊万内奇高兴地说。

"也是最后一回,叔叔,因为这是不同寻常的事!"亚历山大说。

译后记

　　冈察洛夫是 19 世纪俄国著名批判现实主义作家，是与果戈理、屠格涅夫、托尔斯泰等齐名的艺术大师。他的作品主要有三部长篇小说：《彼得堡之恋》《奥勃洛莫夫》《悬崖》；一部两卷本旅游随笔《战舰巴拉达号》；三部中篇小说：《文学晚会》《癫痫》《因祸得福》；三部回忆录：《在大学里》《在故乡》《东西伯利亚之行》；几篇出色的文学论文：《万般苦恼》《迟做总比不做好》等；另有短篇小说、特写、小品等多篇。

　　冈察洛夫的作品虽不算很多，但他对俄罗斯文学和整个俄罗斯的精神文明无疑做出了不可磨灭的贡献。他的每一部作品都提出了当时社会上最迫切、最令人关注的问题，引起了读者最广泛的注意和文艺界的热烈讨论。特别是他塑造的没落贵族阶级的典型——奥勃洛莫夫的形象，已成了世界文学宝库中闻名遐迩的不朽形象，也是俄国读者乃至整个社会自我认识和自我教育的手段。

　　冈察洛夫出生在伏尔加河岸辛比尔斯克省一个贵族兼商人的家庭，祖父和父亲都是当地的粮食巨商，父亲死后，由母亲继续

405

接管商务。19世纪40年代俄国资本主义已有所发展，这在冈察洛夫的家庭及其青少年生活中就有所反映。他早年在莫斯科商业学校读书，后来上了大学，大学毕业后，便在财政部外贸司任职，对商业及外企等问题十分熟悉。他的第一部长篇小说《彼得堡之恋》中的企业家形象就来自这个时期的生活积累。

俄国农奴制改革前后，国内社会阶级矛盾和社会冲突已达到空前激烈的程度，随着资本主义在俄国的发展，新旧生产关系的矛盾冲突不断加剧，农奴制经济危机日益加深。1861年沙皇尼古拉二世的农奴制改革，并没有让农民获得真正的解放，农民生活更加困难，农民的骚乱和起义遍及全国。虽然围绕如何解决俄国社会矛盾、通过什么途径来拯救俄罗斯的问题上存在各种不同的主张，但反对农奴制度的呼声是主流。冈察洛夫长达四十年的创作反映的就是这个时期的俄国社会现实。作家站在新兴资产阶级立场上，揭露和批判腐朽的农奴制度，并最终消灭这种制度，让资本主义制度取而代之。这就是他创作的全部激情和意义。

按照作者的构思，《彼得堡之恋》《奥勃洛莫夫》和《悬崖》这三部小说是一个整体，是相辅相成的三部曲。他多次强调说："这不是三部小说，而是一部。它们是由俄罗斯生活从我所经历的一个时代到另一个时代的过渡这一条共同的线索，一个首尾一贯的思想联系着的。"[①]

《彼得堡之恋》(原名《平凡的故事》)写作始于1844年，1847年在《现代人》杂志上发表后，立即得到广泛的好评。别林斯基在给友人的一封信中写道："冈察洛夫的小说在彼得堡博得了

---

① 冈察洛夫：《迟做总比不做好》。译文见《古典文艺理论译丛》第一辑第一四八页，1962年，人民文学出版社。

热烈的喝彩，成就是空前的——它会给社会带来多大的益处啊！它对于浪漫主义、爱好空想、温情伤感和乡下人的保守落后等现象是一个多么可怕的打击啊！"[①] 小说描写一个在外省贵族庄园长大、不谙世态炎凉、满脑子充满幻想的青年来到彼得堡，与新兴资产者实业家彼得叔叔相处，经过曲折的道路最终也成了有产者的故事。小说不仅真实地表现了两种文化、两种生活方式的激烈碰撞，而且成功地塑造了彼得这个俄国新兴资产阶级人物形象，并让他侄儿亚历山大最后也步他的后尘，以此表明俄国贵族地主的没落，代之而起的是资产阶级的兴起。

---

① 《别林斯基全集》第12卷第352页，1965年，莫斯科。

创美工厂® | 轻经典

出品人：许 永
责任编辑：许宗华
特邀编辑：林园林
装帧设计：李双鑫
印制总监：蒋 波
发行总监：田峰峥
投稿信箱：cmsdbj@163.com
发　　行：北京创美汇品图书有限公司
发行热线：010-53017389　59799930

创美工厂
微信公众平台

创美工厂
官方微博